Über dieses Buch Neun Jahre lang arbeitete Bernanos an diesem Buch. Kein anderes Werk bereitete ihm so viele Mühen wie ›Die tote Gemeinde‹. Schließlich war er von sich überzeugt: »Das beste, das vollständigste Buch, das ich bisher geschrieben habe.« Thema ist das Schicksal einer kleinen französischen Gemeinde, welche derart der Lauheit und Langeweile verfallen ist, daß nicht einmal ein geheimnisvoller Mordfall sie aus ihrer Gleichgültigkeit aufzuschrecken vermag. ›Die tote Gemeinde‹ gilt als ein Schlüsselwerk des »Renouveau catholique«, des französischen Existentialismus. So kompliziert wie die Entstehungsgeschichte ist auch die Überlieferung dieses Romans. Bernanos lehnte kompromißlos das Kollaborateurregime des Marschall Pétain ab und ging nach Brasilien ins Exil. [Nach der Befreiung Frankreichs wurde er von de Gaulle telegrafisch in seine Heimat zurückgerufen.] Auf den interkontinentalen Postwegen zwischen Plon in Paris und dem Exil waren Manuskriptseiten und Korrekturen untergegangen. Erst in den fünfziger Jahren konnte eine komplette Fassung des Romans ediert werden. Im Nachwort zu dieser Ausgabe schildert Eckart Peterich diese verwickelte Geschichte.

Der Autor Georges Bernanos, 1888 als Sohn einer spanischstämmigen Familie in Paris geboren, studierte die Rechte und Philosophie an der Sorbonne; anschließend Redakteur und Versicherungsagent, seit 1926 freier Schriftsteller; lebte von 1934 bis 1937 auf Mallorca, wo er vom Spanischen Bürgerkrieg überrascht wird; Gegner des Münchner Abkommens und des Vichy-Regimes; wanderte, mit einer Zwischenstation in Paraguay, nach Brasilien aus und kehrte 1945 nach Frankreich zurück; Autor von Romanen, Essays, Kritiken und Theaterstücken; besonders bekannt geworden ist sein Roman ›Tagebuch eines Landpfarrers‹ (von R. Bresson verfilmt); wurde 1936 mit dem Großen Preis der Académie française ausgezeichnet. Georges Bernanos starb 1948 in Neuilly bei Paris.
Vom selben Autor sind im Fischer Taschenbuch-Programm lieferbar: die Romane ›Die Sonne Satans‹ (Bd. 5907) und ›Tagebuch eines Landpfarrers‹ (Bd. 5908).

Georges Bernanos

Die tote Gemeinde

Roman

Aus dem Französischen von
Eckart Peterich

Fischer Taschenbuch Verlag

Ungekürzte Ausgabe
Veröffentlicht im Fischer Taschenbuch Verlag GmbH,
Frankfurt am Main, Februar 1987

Die Originalausgabe erschien unter dem Titel ›Monsieur Ouine‹

Umschlaggestaltung: Jan Buchholz / Reni Hinsch
Gesamtherstellung: Clausen & Bosse, Leck
Printed in Germany
980-ISBN-3-596-25909-6

Sie hat sein kleines Gesicht ganz in ihre Hände genommen – in ihre langen, ihre langen sanften Hände – und schaut Steeny mit stiller Herausforderung in die Augen. Wie bleich diese Augen sind! Als ob sie verlöschen, sich zurückziehn wollten... jetzt sind sie noch fahler geworden, bläulich-grau, kaum lebendig, mit einem Goldfünklein darin. »Nein, nein!« schreit Steeny auf. »Nein!« Er wirft sich zurück, beißt die Zähne aufeinander, sein hübsches Gesicht ist von Angst verzerrt, so als müsse er sich erbrechen. Mein Gott!
»Was ist los, Steeny? Sag doch!« fragt eine beunruhigte Stimme ganz nah, von jenseits der geschlossenen Fensterläden. »Sind Sie es, Miß?«
Doch die hat ihn schon heftig, fast wild zurückgestoßen und steht aufrecht und unbeteiligt auf der Schwelle.
»Nun, Steeny, du böser Bub?«
Er zuckt die Achseln, wirft einen harten Blick nach der Tür, einen Männerblick.
»Mama?«
»Mir kam vor, ich hätte dich schreien hören«, sagt die Stimme, schon ermüdet. »Wenn du ausgehst, Liebling, hüte dich vor der Sonne. Was für eine Hitze!«
Wirklich, was für eine Hitze! Die Luft zittert zwischen den Querbrettlein der Fensterläden. Steeny preßt seine Nase gegen den Laden und schnuppert diese Luft, atmet sie, fühlt, wie sie hinabfließt in die innerste Höhlung seiner Brust, bis zu jenem Zauberort, wo alle Schrecken und Freuden der Welt widerhallen... Mehr davon! mehr davon! Das riecht stark nach Bleiweiß und Kitt: ein Geruch, mächtiger als der von Weingeist, mit dem sich seltsam der immer feuchte Anhauch von den großen Alleelinden mischt. Da hat ihn plötzlich der Schlaf überfallen, verräterisch, mit einem Schlag auf den Nacken, meuchlings, ehe er noch die Augen schließen konnte. Das schmale Fenster schwankt langsam, gerät in ein Beben, dann zieht es sich maßlos in die Länge, als würde es von oben angesaugt. Das ganze Zimmer folgt ihm nach, die vier Wände füllen sich mit Wind und flattern mit einemmal wie Segel...

»Steeny!«
Laut klappen die Läden auf, das Licht strömt in den Raum. »Was für eine Narretei, sich einen solchen Platz zum Schlafen auszusuchen! Wir haben dich gehört, von der andern Seite des Rasens her. Nicht wahr, Miß?«
»Steeny sollte am Nachmittag überhaupt nicht schlafen. Der Arzt hat es verboten.«
Sie legt ihre Hand auf seine Stirn oder senkt sie vielmehr langsam und bedächtig dorthin, drückt mit der Handfläche auf die Schläfen, läßt ihre geheimnisvollen, immer frischen Finger in seine wirren Haare gleiten.
»Wenn Sie erlauben, gnädige Frau...«
Die Gefragte nickt mit dem Kopf, so als wäre sie mit allem einverstanden – ja, was ist schon wichtig! – wenn es nur bald Nacht wird. Nacht! Und sie versucht vergebens, einen wohligen Schauer zu unterdrücken, der über ihr hübsches Gesicht huscht, wie eine Welle übers Wasser.
»Steeny soll mich begleiten. Ich will den Hund ausführen.«
»Nein!«
Mama weicht einen Schritt zurück, lehnt sich mit der Schulter an die Mauer, legt mit einer verteidigenden Bewegung den Arm auf die Brust. Dies Nein, wenngleich fast ein leises Nein, zerreißt die Luft wie eine Flintenkugel. Hat es wirklich der kleine Junge da gesagt?... Aber schon hebt sie den Kopf wieder, setzt sich zur Wehr, läßt ihre blendend weißen Zähne sehn. Sie setzt sich zur Wehr mit all ihrer Kraft, all ihrem Mut, mit ihrem ganzen jungen Leben gegen die zwar unsichtbare, doch vertraute Gegenwart des Verschollenen, des Verschlungenen, des für immer Abwesenden, dessen Stimme sie erkannt hat.
»Ich kann es nicht leiden, wenn man nein sagt, Steeny. Und merk dir, daß man nie einer Frau nein sagen darf. Niemals. Das ist unritterlich.«
Miß wird ganz rosig vor Überraschung, vor Erregung, von einer Art köstlicher Entzücktheit. Sie umfängt ihre Herrin mit einem strahlenden Blick.
»Wenn Sie erlauben, gnädige Frau, werde ich allein gehn. Ja, Steeny?«
Von außen her hat sie ihn plötzlich um den Leib gepackt: verräterisch, gewandt wie ein Raubtier, mit flammendem

Haarbusch. Sie reißt ihn roh ins Freie, ans offene Licht, auf die Gefahr hin, seine Brust am Fensterbrett einzudrücken. Seit langem kennt er diese berechnete, tückische Gewalttätigkeit, diese wilden Zärtlichkeiten, die ihn mit Neugier, mit Schrecken, mit einer Art von unbeschreiblicher Entmutigung überschütten. Nein! nein! dies Geheimnis soll unter ihnen beiden bleiben. Verzweifelt entzieht er seinen Blick, beißt die Zähne zusammen, um nicht zu schreien. Mama lächelt.
»Lassen Sie ihn, Miß.«
Sie läßt ihn wirklich. Er fühlt, wie die grausamen Arme um seine Schultern weicher werden, daß sich die Umschlingung nicht minder schnell löst, als sie sich unter Mamas zerstreutem, halb zustimmendem Blick geschlossen hatte. Da wenden ihm die beiden auch schon den Rücken zu, entfernen sich, eng aneinandergeschmiegt, um sowenig wie möglich aus dem schmalen Schattenstreifen hinauszugeraten. »Lügnerin! Lügnerin!« stammelt er halblaut vor sich hin. Lügnerin?, warum Lügnerin?...
Mama ist eine vernünftige Frau, das heißt bewundernswert gefeit gegen die großen Enttäuschungen des Lebens, ihr Panzer ist undurchdringlich. So weit sie im Laufe der Jahre zurückdenken könne, pflegt sie zu sagen, finde sie in ihrer Erinnerung nichts als eine einförmige Aufeinanderfolge von gleichgültigen Geschehnissen, die der Meeresbrandung auf einer glatten Uferfläche gleichen: die Flut streichelt sie, ohne sie abzunützen. Dem ehemaligen Pfarrer von Fenouille, der sich in aller Höflichkeit darüber verwunderte, daß sie stets so ergeben, dem Willen einer Vorsehung so gefügig sei, von der sie doch vorgebe, nichts wissen zu wollen – und das durchaus nicht aus bösem Willen, sondern wer weiß aus welchem starrköpfigen Mißtrauen heraus, einem leider echt weiblichen Mißtrauen gegen eine spiritualistische und, zugegeben, oft anspruchsvolle Philosophie –, jenem Pfarrer antwortete sie einfach: »Die Sanftmut überwindet alles.« »Liebe gnädige Frau«, rief der brave Mann aus, »Sie reden wie eine Heilige!« Und tatsächlich hat nichts dieser Sanftmut widerstanden, niemals. Durch die beständige Berufung auf diese Zeugenschaft – die Sanftmut, meine Sanftmut – war sie allem Anschein nach ein Opfer ihres eigenen Spieles geworden, wie es einem Kind mit einem erdachten Tiger geschehn mag, den es sich auf die

Mauer gezeichnet hat. Für so manchen armen Menschen ist die Sanftmut nur ein Fehlen, die Abwesenheit von bösem Willen oder von Bösartigkeit, ein negativer Wert, ein reiner Begriff. Ihre Sanftmut aber hat sich bewährt; sie plant klug, ist kühn im Nehmen, wachsam im Bewahren. Wie könnte man sie sich anders vorstellen als in Gestalt eines bekannten Tieres? Zwischen dieser Frau und dem Leben vervielfacht der emsige Nager seine Dämme, gräbt, bohrt, räumt weg, bewacht Tag und Nacht den Stand des tückischen Wassers. Sanftmut, Sanftmut, Sanftmut! Sobald sich der geringste verdächtige Schatten auf dem stillen Spiegel zeigt, hebt das Tierlein sein zartes Maul, verläßt das Ufer, rudert mit dem Schwanz und den Pfoten bis zu jenem Hindernis hin und beginnt zu nagen: geräuschlos, ununterbrochen, unermüdlich. Der schwarze Fleck nimmt unmerklich ab, dann verschwindet er, bevor das Auge etwas anderes wahrgenommen hat als einen winzigen silbernen Kielwasserstrich. Manchmal vor dem Abendessen, unter der Lampe, wenn eine leichte Müdigkeit zum Träumen einladet, läßt sie ihr Kinn zwischen die Hände sinken und seufzt. Sie träumt von der Kraft, die in ihr ist. Doch ein Geschick, das ihr allzu hold war, hat ihr verwehrt, diese ganze Kraft zu bewähren: dies tiefe Wissen um alles Lebendige, seine Schwächen, seine geheimen Gefährdungen, ein Wissen, an dem sie keinen mit Gewinn teilnehmen lassen könnte, weil es kaum vom Geist gebändigt oder auch nur überprüft wird, sich kaum von den dunklen Vorgefühlen des Triebhaften unterscheidet. »Ich habe nie etwas vom Leben begriffen«, pflegt sie zu sagen, »außer daß es mich stets an das Ziel geführt hat, das ich erreichen wollte.« Und nicht ohne eine spielerische Selbstgefälligkeit fügte sie, auch zur Erbauung des ehemaligen Pfarrers von Fenouille, hinzu: »Als ganz kleines Mädchen hatte ich eine schreckliche Angst vor den Männern, aber dann erkannte ich eines Tages, daß, was da strampelt und zappelt, ungefährlich ist.« Woher hat sie diese große, bewegliche, zarte Begabung, diese Ameisen- und Bienengeduld, diese unerbittliche Hellsicht, die ihr erlaubt, mit unfehlbarem Blick die Mattigkeit des Gegners zu erkennen, die erste Regung von Schwäche, von Unaufmerksamkeit? Vielleicht von ihrem Vater, der sehr jung gestorben war. In Gedanken sieht sie sein wässerigbleiches Gesicht, seine Augen mit den bläulichen Schattenringen, seinen reizbaren, beunruhigten, zur Lüge wie zur Liebkosung geschaffenen Mund, sieht sie sogar jene Bewegung, die ihm eigen war, wie sie auch ihr selbst eigen ist: ein fast unmerkliches Zurückzucken des ganzen Oberkörpers bei dem leichtesten Anschein von Widerspruch.

»Dein Großvater«, sagte sie zu Steeny, »war der anziehendste Mann, den du dir denken kannst, verführerisch wie eine Frau, deine Großmutter betete ihn an.«

Sie hatte ihn wahrhaftig angebetet, und zwar so sehr, daß sie das einzige Laster förderte, dessen er fähig war: seine Faulheit. Die aber wurde bald ungeheuerlich und verzehrend. Nachdem er seine bescheidene Stellung verloren und das Vermögen durchgebracht hatte, gab sie, um diesen Krebsschädling zu ernähren, in fremden Häusern Nachhilfeunterricht. Auf die flehentlichen Vorhaltungen der Familie antwortete sie mit der mirakelstarken Sicherheit zum Opfer geschaffener Menschen: »Lucien ist kränker, als ihr glaubt.« Furchtbare Worte, denen der von Langeweile zernagte, unselige Mensch nur einen ohnmächtigen Widerstand entgegenzusetzen hatte. Endlich starb er nach einem endlosen Todeskampf, der Monate dauerte, die zugleich von ohnmächtigen Bemühungen wie vom harten Spott seiner Mitmenschen erfüllt waren; starb einen Tod, so langsam, wie sein Leben verlaufen war. Michelle war damals acht Jahre alt. Immer wird sie an diesen schwarzen Dezember denken: Geruch von Tee und Guajakharz, auf die Fenster trommelnder Regen und diese entsetzliche Stille und immer wieder Stille! Die ganze Nacht über läuft ihre erschöpfte Mutter zwischen der Kammer und der Küche hin und her, das Parkett knarrt, das Wasser pfeift im Kessel, die Gläser klingen leise – das kleine Mädchen fällt in einen beunruhigten Schlaf, bis im Gange doch wieder Licht ausbricht und durch die Türspalten dringt. Soll sie rufen?... Aber mehr als vor jedem Alleinsein fürchtet sie sich davor, die Mutter auf der Schwelle erscheinen zu sehn: bleich, mit unerträgbarem Blick, verloren in einem Halbschlaf, eine Art von besessenem Schauen; denn sie ist hier so, von dem Warten aufs Unheil völlig verwandelt, fast fremd geworden. Was vermag denn sie gegen diese beiden bedrohlichen Wesen, die wer weiß durch welches Bündnis aneinander gebunden sind:

Partner eines unheilvollen Spiels? Darum taucht sie ihren Kopf in das ausgehöhlte Kissen, sammelt ihre kindlichen Kräfte, übt sich linkisch und insgeheim im Lachen, ganz für sich allein. Sanftmut, Sanftmut, Sanftmut... Ein sicheres Gefühl sagt ihr, daß sie jede Auflehnung, auch wenn sie eine kurze Erleichterung brächte, nur noch vollkommener diesen beiden Gefährten unterwerfen müßte, die sich da gemeinsam in ein grauenhaftes Abenteuer gestürzt hatten. Es gilt nur, das Herz zu verschließen, die Verbindung abzubrechen: dieses winzige, flinke, tückische Herz. Indem sie einen Finger an die Schläfe legt, hört sie, wie es ihr Leben schlägt, ihr kleines Leben, das geschützt, das verteidigt werden muß. »Auf das Herz achten!« wiederholt der Arzt jeden Abend im Hintergrund des halbdunklen Vorzimmers, »Vorsicht mit dem Herzen, das Herz kann einen bösen Streich spielen.« Tag um Tag hat sie geglaubt, ihr Schicksal sei an dies langsam brechende Herz gebunden, und sie war bereit, den grauen, schweigenden Mann zu hassen, weil er sie so ins Schwarze, in den Tod mitzog; aber dann hatte sie doch begriffen, so sei es nicht, und daß ihr Herz, wenn jenes andere einmal still stünde, weiterhin mit Mäuschengeknusper seine Pflicht tun werde. Aber damals war es ihr zur Gewohnheit geworden, das allzu gebrechliche Dienerlein zu überwachen. Sanftmut, Sanftmut. »Michelle ist ein Engel!« ruft Mama. »Die arme, liebe! Es sieht aus, als ob sie alles verstünde. Sie versteht einfach alles!« Und wirklich, sie verstand so ungefähr, daß das Ende nahe war. O Staunen! jener gefürchtete Tag ist wie alle andern, weder besser, noch schlechter: halbgeschlossene Vorhänge, der gedeckte Tisch, das weiße Tischtuch, flüsternde Stimmen und milde Stille. Am Abend hat sich die unglückliche Mutter – ihre Kräfte sind erschöpft – wild auf die Tochter geworfen, sie emporgerissen mit einem Gesicht, das so rot ist wie auf Lichtmeß, wenn sie die dampfenden Plinsen in der Pfanne springen läßt: »Mein Liebstes!...« Zum Glück hat sie die Kleine gleich wieder auf den Boden gestellt. »Laß dir's nicht zu nahe gehn, Liebling! Du ängstigst mich.« Und dann: »Du warst so tapfer, so geduldig! Seit drei Monaten kümmere ich mich nicht um dich. Mein Gott! Wir werden uns nie mehr verlassen, Mimi!«
Und sie haben einander wirklich nie mehr verlassen. Mama ist

sehr viel später gestorben, sechs Monate nach Michelles Hochzeit, in Philipps Haus zu Béthune: einem jener abscheulichen Backsteinwürfel mit viel zu kleiner Freitreppe. Die seltsame Volksmenge nordfranzösischer Sonntage zieht unter dem Fenster vorüber, schweigsam, in einer Wolke von goldenem Staub. Die Abendblätter kündigen die Mobilmachung der russischen Armee an. »Schonen Sie sie«, haucht die Sterbende zum letztenmal in das Ohr ihres Schwiegersohns. »Ach, Philipp – ja? Schonen Sie sie. Haben Sie Verständnis für sie!« Umsonst! zu spät! Dieser große Bursche mit dem ins Harte geschnittenen Gesicht gehört zum feindlichen, zum verschlingenden Geschlecht, das seinen Lebensschwung nicht bemißt und sich auf eine geliebte Frau wie auf eine Beute wirft. Für kurze Zeit hat Mama gesehn, wie Michelle schwach wurde. Unter jenen mächtigen Händen schien das so sichere, so besonnene Mädchen ein anderes Wesen zu werden. Man hätte sie geradezu verkennen können mit dem geleerten, schmerzlichen Gesicht, den vielen Launen, dem Trotz, dem scharfen mißklingenden Lachen, das durch die Dichte der Mauern drang und die alte Dame auf ihrem Stuhl aufschreckte: »Wie der Schrei einer Wildgans, nachts, wenn der Wind fällt.« Einige Wochen hindurch widerhallte das Backsteinhaus von wilden Auftritten, doch dann verstummte deren Nachklang, stufenweise; um den begehrlichen Mann ward es still; die emsige, die erfinderische Sanftmut begann wieder ihre Fäden zu spinnen. »Er ist wie ein Dichter«, seufzte Michelle, »ein großes Kind. Er reißt einen vom Boden empor, und fünf Minuten später weiß er nicht mehr, was er mit dir anfangen soll, und sucht irgendeinen dunklen Winkel, um sein Spielzeug abzulegen.« Am 28. Dezember 1916 verschwand er im Laufe eines Gegenangriffs. »Außer den da und dort eingezogenen Erkundigungen und vor allem über den sehr genauen Zeugenbericht des Leutnants Debouloy hinaus, steht es leider fest, daß kein Verwundeter auf dem Gelände zwischen Saint-Jean-du-Loup und Höhe 193 lang hätte weiterleben können, und zwar wegen der dichten Gasdecke, die auf dem Talgrund liegenblieb und jene Stellung noch am Morgen des 29. unhaltbar machte.«
Steeny ist ein falscher, ein Spitzname, den Michelle ihrem englischen Lieblingsroman abgeborgt hat. Steeny heißt Phi-

lipp wie sein Vater, der Verschwundene, der Verschlungene. Gewiß, den Spitznamen hat er nicht gern, aber der richtige Name ängstigt ihn. Manchmal nennt ihn Miß mit diesem Namen, vielleicht zum Scherz – wozu auch sonst? Sie allein wagt es, übrigens fast immer ohne Vorbereitung, die beiden Silben mit dem Grabesklang auszusprechen: Papa! und Steeny läuft es dabei kalt den Rücken herunter, ob er will oder nicht. Das Bildnis des Toten steht auf seinem kleinen Arbeitstisch zwischen denen der beiden Großeltern Quicherat. Er weiß gewiß, daß er es dort jeden Morgen wiederfinden wird, und schaut es kaum an. Jahre hindurch ist dieser nie gesehene Vater für ihn eine Legendengestalt geblieben, kaum zu unterscheiden von jenen Millionen drolliger, geschwätziger, schmuddeliger Landser, deren Geschichten ihm »Der Jugendbote« erzählt, bis er eines Tages in einen jener riesigen Verschläge auf dem Hängeboden gekrochen ist, den Michelle, man weiß nicht recht warum, das Fegefeuer nennt und der als zweite Wäschekammer dient; und dort plötzlich einen fremdartigen, seltsam lebendigen Geruch erwittert hat, den er sofort erkannte – doch woran? und warum? – nach Tabak, Pfeffer, Sandelholz, das Michelle so verabscheut. Mein Gott! Aus seinem Versteck wie von einer zornigen Hand hervorgerissen, fand er sich wieder, wie er am Boden saß und, fast mechanisch, eine Jacke aus steifem, kaltem Samt an die Brust drückte, die er gleich darauf in die Finsternis zurückschleuderte. Seitdem fürchtet er den Namen Philipp. Armer Philipp! Zwanzigmal, hundertmal hat er sich vorgenommen, wieder dort hinaufzusteigen: an einem Nachmittag wie diesem, wenn alles schläft. Sich dabei von Michelle überraschen zu lassen, wäre freilich lächerlich. Er wird soviel wie möglich von diesen Reliquien zusammenraffen, so wie es der Zufall will, armweise, mit weit offenen Armen, und sie davontragen, wie er des Vaters blutenden Leib durch den Kugelregen getragen hätte. Der Totengeruch aber wird ihn noch lange umwehn, bis zum Abend, und Michelle wird mit geneigtem Kopf und gerümpfter Nase sagen: »Pfui! Grauenhaft!« Doch zum Glück wird dann die Beute schon im Schrank sein, und er wird den Schlüssel in der Tasche haben. »Steeny, du hast geraucht, bestimmt hast du geraucht, ich könnte darauf schwören. Dein Zimmer riecht nach Tabak. Abscheulich!«

Doch gestern, wie heute, wie immer: es war, ist, wird nur ein Traum sein. Das Unternehmen ist gewagt, fast tollkühn, einen Toten in das Innere eines schon bis zum Rande angefüllten Lebens hineinzunehmen. Seit zehn Jahren, kurze Ferientage ausgenommen, hat Steeny von der Welt nichts anderes gesehn als das von Fichten eingeschlossene Haus, mit seinem altmodischen Blumen- und Küchengarten, seinen Buchenhecken. Jenseits dieser Hecken liegt das winzige Dorf und die schmale, staubblonde Straße, die sich wie eine Schlange in sich selbst verringelt und nirgends hinführt. Michelle hat diese Einsamkeit gewollt. »Ich werde aus Steeny keinen jener abscheulichen Gesichteschneider, jener Äffchen machen. Keinen jener Pennälertröpfe.« Im übrigen liegt die einzige höhere Schule, die leidlich wäre, in Boulogne, geführt von Diözesanpriestern und ehemaligen Vikaren, ungewaschenen, tintig riechenden Leuten: »Einmal, es ist eine Weile her, bin ich dem Rektor begegnet, eine Klatschbase, eine echte fette und pausbackige Klatschbase mit ausladenden Hüften. ›Gnädige Frau, Sie geben uns ein Kind, und wir geben Ihnen einen Mann zurück.‹ – ›Einen Mann, Herr Rektor? Ich weiß, was das ist, dazu hat es noch lange Zeit!‹« Kein Zweifel, sie liebt ihren Sohn leidenschaftlich, doch sie schiebt, so lang, wie sie es irgend vermag, die unvermeidliche Stunde hinaus, wo noch einmal, zum letztenmal, der Feind aller Ruhe, der Gewaltmensch erscheinen wird, ein zweiter Philipp… Ein zweiter Philipp?

»Hallo, Steeny, ganz allein?«
Es ist die Schloßherrin von Wambescourt, Frau von Néréis, die sich zu lächeln bemüht und der doch nur eine vertrackte Grimasse gelingt, während sie ihren armen, närrischen Kopf nach allen Seiten wirft und in der Luft nach einem unsichtbaren Halt sucht.
»Mama ist drüben«, antwortet Steeny in einem frechen Ton. »Ich vermute, sie hält ihren Nachmittagsschlaf. Wollen Sie...?«
»Nein, nein! Bleibe, mein Lieber, geh nicht.«
Mit einer lebhaften Bewegung rafft sie die Falten ihres langen, schwarzen Mantels um sich herum, läßt die Handtasche fallen, fängt sie im Fluge wieder auf und wirft einen verstohlenen Blick auf die geschlossenen Läden.
»Geh nicht! Laß Michelle schlafen. Schlafen tut so gut, Steeny... Ach Gott!«
Sie dehnt sich mit einem seltsamen Schaudern in der Sonne. Das Licht zergräbt noch tiefer das elende, zerquälte Gesicht, in dem der bemalte Mund gespenstisch aufflammt. »Willst du mich nicht bis zu meinem Wagen begleiten, Steeny, mein Engel? Ich habe ihn am Eingang des Parks stehn lassen wegen der Fliegen. Dem Fluß entlang war es fürchterlich. Ich glaubte, die Stute würde mir durchgehn.«
»Durchgehn?! Oh, gnädige Frau!« Steeny zuckt vielsagend die Achseln. Er fürchtet sich vor keinem Pferd, diese Geschichten von scheuenden Stuten findet er lächerlich.
»Du machst dich über mich lustig, mein Engel...«
Sie geht mit großen, doch zögernden Schritten voran, mit ungleichmäßigen, wilden Schritten. Die hohen Absätze ihrer Stiefel gleiten über die Fichtennadeln, und jedesmal, wenn sie die Knie beugt und sie wieder streckt, umweht sie ein Odem von Äther und Kampfer.
»Doch, du machst dich lustig. Sag nicht nein, Steeny. Bin ich nicht lächerlich in diesem Seidenüberwurf und mit meinen langen, dünnen Beinen? Ich schau aus wie eine schwarze Spinne mit einem weißen Kopf. Nicht wahr, Steeny, das bringt dich zum Lachen?«

»Mich? Nein«, antwortete Steeny ruhevoll. »Ich finde, daß Sie wie eine Romanfigur aussehn.«
Plötzlich stand sie still, mit zurückgeworfenem Kopf, hochgezogenen Augenbrauen, wütendem Mund. Was wird sie sagen? Aber ihr Blick, dem Steeny mit einer Art von herausfordernder Neugier standhält, gibt als erster nach, weicht aus. Sie kehrt ihm den Rücken zu, wirft sich nach vorn, als müßte sie ihr Gleichgewicht wiedererlangen. Philipp denkt dabei an einen verwundeten Riesenvogel, der auf seinen Schwingen läuft.
»Das darfst du nicht sagen, mein Engel! Romanfiguren – pfui! Und was fängst denn du mit solchen Gestalten an, Steeny?«
»Oh, weiter nichts. Und darum gefallen die mir so. Die sind zu nichts nütze. Ich ebensowenig.«
Sie bleibt noch einmal stehn, wendet ihre Augen, die Augen eines gehetzten Wildes, nach rechts und nach links, nimmt ihren tänzelnden Gang wieder auf. Steeny gerät außer Atem, während er ihr folgt. Es würde genügen, wenn er, um damit Schluß zu machen, still im Buschholz verschlüpfte; aber er zieht vor, sich zu sagen, er könne seinem Geschick nicht entkommen, dies abgeschmackt-seltsame Geschöpf werde vermutlich bis zum Abend über ihn verfügen. Wahrscheinlich wird er erst in der Dämmerung heimkehren können, das Lächeln seiner Miß aushalten müssen und dazu Michelles sanfte Stimme, wenn sie hinter der Tür fragen wird: »Woher kommt er denn? Bei Ginette zum Abendessen! Er ist verrückt!«

Denn man sieht Ginette nur noch selten in Fenouille, wenngleich sich Michelle noch für sie einsetzt, aus Gewohnheit etwa oder vielleicht auch aus Haß gegen die frommen Nebenbuhlerinnen, die sie selbst mit einem Bann belegt, ganz langsam und tückisch von den glücklichen Ufern vertrieben haben, wo die gute, wohlanständige Gesellschaft sich harmlosen Spielen überläßt. Die alte Marquise Destrées mit dem immer gleichen, schwarzen, nach altem Leder riechenden Rock und ihren gierigen Händen, die mit einem einzigen Ruck einem Hasen den Hals brechen können, hat ein für allemal gesagt: »Ich verbiete Frau Dorsel nicht ausdrücklich mein Haus, aber Ginette hat sich unmöglich gemacht.« Und sie fügt hinzu: »Mein armer Vetter Anthelme ist verrückt geworden.« Man erzählt sich in der Tat, das Haus verfalle zur Ruine: ein geborstenes Dach, der Regen von Stufe zu Stufe plätschernd, manchmal wie in Wasserfällen, die Vorhalle im vollen Verfall, überfließend mit schwärzlichem, fauligem Wasser, das bei jedem Schritt zwischen den Ritzen der locker gewordenen Bodenfliesen aufspritzt. Vierzig Jahre hindurch hat der biedere Anthelme dort ruhig gelebt, gut gegessen, noch besser getrunken, gesund geatmet und noch kräftiger gepißt. Zehn weitere Jahre hätten nicht genügt, um seine Samthosen zu verschleißen. All das ging so, bis zu einem Schicksalsherbst, da er in einer Gasse von Vittel der Ginette de Passamont begegnete, der Tochter eines armen Apothekers aus Lyon. Einige Monate später brachte er diese Ginette de Passamont in sein Haus. Ihr folgte ein Schweif von Freunden und Freundinnen, mehr oder weniger zufällig auf Bahnhöfen, in großen Gasthöfen zusammengelesenen Geschöpfen. Sie verschwanden beim ersten Reif auf den einsamen Parkwiesen und ließen den großen Jungen Anthelme in den Händen seiner Freundin zurück: voll Staunen und Schrekken, schlotternd in seinem seidenen Hemd, seinem knappen, dünnen, havannafarbenen Anzug und den viel zu leichten Stiefelchen. Um jene Zeit sah man ihn dann wieder, wie man ihn ehemals gesehn hatte: allein durch die Felder schweifend, seine Hunde vor sich her treibend, kaum älter geworden und doch kaum wiederzuerkennen, mit einem in unheimliches, verdächtiges Licht getauchten Antlitz. »Anthelme ekelt mich!« riefen jetzt alle Frauen. Einige Zeit später begegneten ihm zufällig einige alte Jagdkameraden, und die verbreiteten nun von Schloß zu Schloß ausgefallene, aufregende Geschichten über ihn: wie dieser lebensfreudige, schlemmerische, schweinische Anthelme – verfluchter Kerl von Anthelme! – seine Tage im Hinterstübchen der Buchhandlung Hudeville verbringe, sich um das Schicksal der Künstler kümmere und davon rede, auf seine Kosten einen Dichter, einen Denker, einen Theosophen durchzuhalten, ganz gleich wen, wenn er nur einer von jenen tollen Kerlen wäre, die die Gesellschaft dazu verurteilt, Hungers zu sterben, ja, daß er zu verstehn gebe, er habe sein Leben vertan, indem er wie ein Rohling immer nur hinter den Schnepfenhintern hergejagt

sei. Immerhin hat er schon von jeher Freude an Musik gehabt, war fähig, eine gehörte Melodie nachzusingen, sie mit einem Finger auf dem Klavier zu klimpern. Außerdem spielt er das Waldhorn. Auch denkt er daran, eifrig Musiktheorie zu betreiben, um sein Ohr des Rohen zu entwöhnen, zu schulen, indem er zweimal in der Woche die Konzerte in Boulogne besucht... »Denn die Literatur, lieber Freund, ist verteufelt schwer, wenn man sich in meinem Alter dranmacht!« Nennt man den Namen seiner Frau, dann stottert er, und seine Lippen zittern. »Ja... ja! Mit sich allein ganz zufrieden... Ein paar Pariser Freunde... wir leben allein, ganz allein...« Immerhin hat er seinen Lieblingsplan ausgeführt, einen alten Professor für lebende Sprachen in sein Haus aufgenommen, einen beachtlichen, leider von der Lungenschwindsucht zerfressenen Mann, Herrn Ouine, der mit dem Unterrichtsminister Briefe tauscht und ein Buch über neue Verfahren im Schulunterricht veröffentlicht hat. Im übrigen achtet die gute, wohlanständige Gesellschaft diesen tadellosen Hausgast in jeder Hinsicht, denn er zieht vor jedermann den Hut, und der Dekan von Lescure erklärt, dieser Ouine mache den Eindruck eines Mannes von ganz ungewöhnlicher Selbstbeherrschung und einer nicht abzuschätzenden seelischen Kraft. »Niemals habe ich im Laufe unserer allzu kurzen Gespräche von diesem höflichen Mann ein Wort für oder gegen den Glauben zu hören bekommen, er scheint sich ausschließlich mit Fragen der Moral zu beschäftigen.«
Die Klatschbasen, die einst gern von Anthelmes Liebesabenteuern tuschelten und diesen bedauernswerten Anthelme laut beklagten, sind nacheinander verstummt, und mehr als eine Schloßherrin bedauert, daß dieser Edelmann sich für einen zweifelhaften Hausstand entschieden hat und es nicht angeht, ihn zu empfangen. Bei den Neujahrsempfängen, auf denen Michelle noch geduldet wird, fragt man sie noch mit gespielter Gleichgültigkeit und so nebenbei: »Er soll äußerst unterhaltend sein?« Schade! Michelle setzt seit zwei Jahren keinen Fuß mehr nach Néréis. Anthelme ist krank, vielleicht verrückt, Ouine ist nicht zu sehn, Ginette rast hinter ihrer großen normannischen Stute auf den Landstraßen einher, als wäre sie von Gespenstern verfolgt. »Letzten Winter ist sie eines Abends zu mir ins Haus ge-

kommen, auf einem Lehnstuhl ohnmächtig geworden und gegangen, wie sie gekommen war, ohne den Mund aufgetan zu haben.«

Philipp löst den Halfterriemen und stellt den Wagen an den Rand der Böschung. Doch schon hat Ginette die Zügel zusammengerafft. Er hat gerade noch Zeit, den Rädern auszuweichen und mit einem verzweifelten Sprung in den leichten, lackierten Nußbaumkasten zu hüpfen, der recht lächerlich in der Federung herumschwankt. »Toll! Wie grob sie ist!...« Die lange, braunrote Stute wirft sich ins Gebiß und sichelt die Straße mit ihren vier blinkenden Hufeisen, indem sie die Flanken gewaltig hin- und herwirft, während das Knarren des Leders sich aufs angenehmste zum wilden Geruch des Felles fügt, dem schönen, schweißfeuchten, leuchtenden Haarkleid. Heute sieht Steeny das berühmte Tier zum erstenmal aus der Nähe, und dennoch hat er für nichts anderes Sinn als für seine seltsame Gefährtin. Überraschend hat sie sich seiner bemächtigt, reißt ihn hinein in einen sich ständig steigernden Traumwirbel: einen wilden, wahrscheinlich sinnlosen, ihm völlig unerschlossenen. Wie hat er nur so, ohne ein Wort zu verlieren, dieser Frau von Néréis folgen können, dieser »Wollwade«, wie sie die Spötter im Dorf boshafterweise nennen? Im allgemeinen meidet er sie oder beobachtet sie neugierig, ohne ihr zu antworten, sehr zum Ärger von Michelle; und Michelle gibt doch gern zu, daß Ginette »ein aufreizendes Benehmen« hat. Auch ist er ihr nicht einfach aus Langeweile, aus Unbeschäftigtheit gefolgt. Denn der tückische Angriff seiner Miß, Michelles Gleichgültigkeit dagegen, der Abgang der beiden Freundinnen, diese beiden schmeichelnden, so eng ineinander verflochtenen, sich miteinander vermählenden Stimmen, diese kaum zu ertappende Verschwörung in ihrem Lachen – o dies vertraute Lachen voller Mitschuld! – das jäh zwischen ihm und seiner häuslichen Umwelt einen Abgrund von Einsamkeit aufgerissen hat, und dann das Erscheinen der Fremden: all das bildet ein einziges, zusammenhängendes, mit der erbarmungslosen Nacktheit dieses glühenden Tages eng verschlungenes Erleben. Woher kommt es, daß er meint, diese dünnen, von andern kleinen Zwischenfällen des täglichen Lebens kaum unterscheidbaren, nur vermuteten Zusammenhänge gehörten einer unbekannten Welt von Empfindungen und Bildern, ja geradezu einem andern Weltall an? In welchem Augenblick, durch welches Wunder ist der nie unterbrochene Kreislauf dennoch unterbrochen worden, hat er, fast ohne es zu wissen, die Kindheit überschritten? Wer könnte das genau feststellen? Es genügt, daß das Wunder geschehn ist: das Morgen, jenes Morgen, das bis dahin nur ein blasses Spiegelbild des Gestern, ja eigentlich noch unter dem Horizont jedes Gestrigen lag, das ruhigen Herzens erwartete, alle Morgen ohne Überraschung wiedergefundene Morgen gibt es plötzlich nicht mehr. Welch ein Wunder! Das Leben ist ihm jäh entflogen wie ein Stein von der Schleuder!

»Neig dich ein wenig seitwärts, mein Engel.«
Sie nimmt eine Wegkreuzung im schärfsten Trab. Die Böschung schwingt sich leicht gegen den Himmel empor, senkt sich dann wieder, läuft ihnen sehr rasch entgegen. Die zwei Räder springen mit einem so harten Knattern über die Straße, als werde mit Pistolen geschossen. Der Wagen scheint einen Augenblick zu zögern, dann aber neigt er sich, und die Hekken fliegen pfeilflink an den Hüften des ungerührten Tieres vorbei, dessen Hinterteil nun von schaumgerändertem Schweiße schwärzlich geworden ist.
»Du verstehst? Es war wegen der scharfen Wendung«, sagt sie in einem vertraulichen, entschuldigenden Ton. »Du hättest dich mehr neigen sollen, mein Engeljunge.«
Ihr armes Gesicht mit den roten Flecken kann sich nicht beleben. Im vollen Licht der Stunde zeigt der blauumschattete Blick seine ganze Unfrische. Aber ihre über den Zügel gekreuzten Hände haben nicht nachgegeben. Wo hat nur Philipp diese Hände schon einmal gesehn? Woran erinnern ihn die allzu mageren Handgelenke? Wie nackt sie sind! Außerdem bemerkt Philipp, wie das Wachs der Zügel sie ein wenig geschwärzt hat, und daß sie nun an die tintigen Finger eines Schulmädchens erinnern. Ein eingerissener Fingernagel blutet noch. Seltsame Hände: als ob sie schwebten zwischen Himmel und Erde, als ob sie hinflögen in leisem Fluge hinter

dem wilden gewaltigen Tier. Woher kommen sie? Wohin wollen sie, welchem Schicksal entgegen?
Mit einemmal hat Philipp diese Hände mit den Lippen berührt.

Seit einer Minute rollt der Wagen durchs Gras.
»Wir werden über die Weiden ins Haus gehn, Steeny, wir müssen das tun. Es ist unvermeidlich. Ouine sitzt Tag und Nacht an seinem Fenster und beobachtet alles.«
Sie springt auf den Boden, streichelt den langen, schweißtriefenden Pferdehals.
»Schau dir diese Stute an, Steeny! Du wirst sie an der gleichen Stelle wiederfinden, und sie wird keinen Huf bewegt haben, außer um die Fliegen zu verscheuchen. Man braucht sie niemals anzubinden.«
»Oh!« sagt Philipp. »Abgerichtete Tiere, Wundergeschöpfe – ich glaub nicht daran. Warum kein Zirkuspferd? Kann sie tanzen?«

Ouines Zimmer ist mit hellrosenfarbenem, ein wenig verblaßtem, aber sauberem Papier beklebt. Er selbst hat die Decke geweißt. Leider schlägt der mehrhundertjährige Schmutz durch die Tünche und zeichnet Vorgebirge darauf, Buchten, Inseln, eine ganze geheimnisvolle Erdkunde. Das enge Fenster läßt nur spärliches Licht herein; durch zwei nahestehende Fichten wird es noch überschattet. Die dicken, knorrigen Stämme dieser drei schon eingehenden Bäume mit den schwarzen Wipfeln knacken und knarren ohne Unterlaß.

»Du hast Glück, recht viel Glück«, wiederholt der alte Herr mit einer milden Stimme. »Meist schlafe ich einige Minuten vor sieben Uhr ein. Aber ich habe deutlich die Tür im Vorplatz gehn hören, mein Schlaf ist leicht. Jedenfalls wollen wir nicht mehr von diesem unerfreulichen Mißverständnis reden.«

Ouine saß am Rande des Betts, ließ die Beine herabhängen, hielt seinen harten, runden Hut auf den Knien. Seine Jacke war bis zum Halse zugeknöpft, seine schweren Schuhe sorgfältig gewichst. Man hätte ihn für eine Art von Werkmeister halten können, hätte sein Gesicht mit den ungewöhnlich schlichten, reinen Linien nicht so überaus edel gewirkt. Weder das Alter, noch die Leiden, noch ein unschönes Dickwerden änderten das geringste an dem Ausdruck von tiefem Wohlwollen, von Stille, von klarem Hinnehmen des Gegebenen, das sich darin ausdrückte.

»Hör«, sagte er nach längerem Schweigen, »unsere Freundin geht im Gang ihre üblichen hundert Schritte auf und ab. Ach, armes Geschöpf! Lieber Philipp – es wäre mir zu peinlich, wenn ich dich mit dem sinnlosen Namen Steeny nennen sollte! – strebe danach, das Mitleid kennenzulernen, bevor der Ekel die Quellen vergiftet hat, daraus es strömt.« Eine seiner kurzen Hände streichelt zart die Kuppel aus feinem Filz, während sich die andere auf Steenys Schulter legt. »Wundere dich nicht darüber, Philipp, mich hier zu finden. Bedauere mich nicht. Ich liebe dieses Haus. Ich habe hier unvergeßliche Stunden erlebt. Ja, viele Tage hindurch war dies

Zimmer, das du hier siehst, dies läppische Zimmer mit seinem Zimmermädchenbett, mit seiner Waschschüssel und seinem Henkelkrug wie ein kleines, auf stürmischem Meere treibendes Schiff. Ich habe es so kahl gewollt, so arm und gewöhnlich, denn das begünstigt einen traumreichen Halbschlaf. Wie oft habe ich die roten Bodenfliesen abreiben, wachsen, blankmachen müssen, ehe sich dieser schimmelige, brakige Geruch verlor, der hier aus allen Mauern dringt und sogar die Luft im Garten vergiftet! Ich habe die Ritzen zwischen jeder einzelnen Fliese behandeln müssen, sie mit Chlor tränken müssen, als wären es lauter kleine Wunden. Du kannst es dir nicht vorstellen, junger Mann: als der Schmutz von ein oder zwei Jahrhunderten von der Säure angegriffen, durch deren Biß gewissermaßen aus seiner alten Erstarrung aufgeschreckt wurde, hörte er nicht auf, tropfenweise zwischen meinen Fingern hervorzuspritzen, in dicken, grauen Blasen zu zerplatzen. Und dann legte ich mich erschöpft und mit Schweiß bedeckt nieder, und im Ohr klang noch dies weiche, scheußliche Blasenplatzen nach. Die Vergangenheit ist nämlich verteufelt hartnäckig, mein Junge.« »Ach was!« meinte Steeny. »Ich hätte mir nicht so viel Mühe gegeben, Herr Ouine. Mir ist die Vergangenheit ganz gleichgültig. Und aus der Gegenwart mach ich mir auch nichts: eine schmale Schattenfranse am Rand der Zukunft. Aber die Zukunft!«
Er hat seinen Kopf mit unwillkürlicher Bewegung dem Fenster, dem Tageslicht zugekehrt. Vergebens. Er fühlt, welch trauriger Blick auf ihm lastet, wie dieser Blick ihn schon langsam zwingt, ihn mit geheimnisvollem Druck zu dem Bett zurückführt, dessen bleiche Form sich im Dunkeln verliert.
»Ich bin dein Freund«, sagte Ouine schlicht, doch mit einer wunderbar gewaltigen Sicherheit und Macht.
Er hat jäh den Kopf erhoben und blitzschnell – o seltsamer, unmöglicher Traum! – glaubt Steeny den Schicksalsgefährten seines Lebens zu erkennen, den, der ihn weihen und einweihen wird, den in so vielen Büchern unermüdlich gesuchten Helden. Und weil er ihn nun so ganz anders findet, als er ihn sich vorgestellt hatte, alt und krank, meint er, seine eigene Brust werde von der gleichen tückischen Glut ausgebrannt, die jene andere unter der armseligen Wolljacke verzehrt; und, um sein läppisches Schluchzen zu unterdrücken, wirft er den

Kopf zurück, bietet, er weiß nicht welcher Herausforderung die Stirn, die von diesem Hause ausgeht und von seinen geheimen Mächten, emsigen Dienerinnen der allergeheimsten Macht, des Todes; denn der Tod ist ja am Werk, unmittelbar neben ihnen, unter ihren Füßen... Ouine streichelt noch immer seinen Hut.

»Du bist ein guter lieber Junge. Entschuldige mich«, sagt der Professor nach einigem Schweigen. »Ich schäme mich, in diesem Ton dummer, väterlicher Fürsorglichkeit mit dir geredet zu haben. Wolle Gott, daß ich wenigstens deinesgleichen wäre!«

Sein Blick wird ein wenig blaß, während er mit den fünf Fingern seiner freigebliebenen Hand vorsichtig auf seine Brust drückt, ganz oben unmittelbar unter dem Halsansatz. Nichts, außer vielleicht die graue Verfärbung der Wangen, ihr Einfallen, ließen diese plötzliche Schwäche deutlich werden, und dennoch warnte Philipps Gefühl ihn mit einer unerhörten Kraft vor naher, gewisser, abscheulicher Gefahr. Dann aber verblaßte wieder alles.

»Bitte, verzeih mir«, begann Ouine abermals. »Als ich dich eben in Gesellschaft dieser unglücklichen Frau sah, habe ich an nichts anderes gedacht, als dir einen Anblick zu ersparen, der für einen Knaben deines Alters grausam, vielleicht peinlich gewesen wäre. Aber vielleicht wärest du fähiger als ich, diese Demütigung zu ertragen.«

»Welche Demütigung?« fragte Philipp. »Wie könnte ich davon gedemütigt werden, daß ich Herrn Anthelme noch einmal sehe, ob lebend oder tot? Und wer beweist Ihnen, daß Frau von Néréis... Glauben Sie etwa, daß sie mir nicht zufällig begegnet ist?... Ich hätte die Hunde ausführen sollen.«

»Hunde ausführen!« rief der alte Sprachlehrer. »Leider gibt es hier mehr Hunde, als du jemals ausführen kannst, ein gewaltiges Rudel! Mein Kind«, so fuhr er nach einem neuen Schweigen fort, »ich habe für den einfachen und guten Mann, der nun sterben wird, so viel getan, wie ich für keinen andern Menschen getan hätte. Und nicht etwa aus Mitleid, merke dir das. Ich mißtraue dem Mitleid, junger Mann. Es erweckt in mir eher niedrige Gefühle, ein Gelüst nach allen seelischen Wunden und Leiden, ein abscheuliches Vergnügen. Trotzdem ist es nun einmal so, daß der Anblick eines gewissen Gra-

des von Erniedrigung und Entwürdigung auf die Dauer unerträglich ist. Ich habe diese Leute gegen sie selbst beschützt. Daraus wirst du sehn, wie ich sie kenne! Jeder Winkel in diesem Zimmer erinnert mich an eine Kraftanstrengung, an einen Kampf, an irgendeine erbärmliche, zufällig irgendwo zerquetschte Lüge, zerquetscht wie ein ekler Käfer. Jetzt ist die Arbeit getan: es gibt nichts mehr zu töten, leider! Ihre armseligen Geheimnisse liegen überall im Hause herum. Aber, glaub es nur! das ist ihnen gleichgültig; sie kommen und gehn wie ehemals, wiederholen mehr oder weniger die gleichen Märchen und vergessen, daß alle Seelenverstecke umgestülpt, geleert sind. Auf der letzten Stufe der Erniedrigung verliert ein Mensch für immer die ihm eigene Wahrheit. Die hier im Hause würden auf der ihren herumtrampeln, ohne zu erkennen, wem sie zugehört. Es kann durchaus stimmen, daß unsere Freundin dir zufällig begegnet ist. Der Gedanke wird ihr gekommen sein, als sie dich erblickte. Ach, von Fenouille nach Néréis mag die Stute nicht schlecht getrabt haben!«
»Und wie die traben kann! Ohne Zweifel. Hören Sie, Herr Ouine, wenn Sie es für nützlich halten, werde ich gern zu Herrn Anthelme ins Zimmer gehn. Warum auch nicht? Seit heute früh – das läßt sich nicht erklären – geschieht mir nur Außerordentliches. Ein Gärtner, der seine Pfeife stopft, ein leerer Karren, der vorüberfährt, alles scheint mir ein Zeichen zu geben, mich anzurufen. Wie sich mit einem Male alles um mich herum weitet! Wie das Leben schön und tief ist! Niemals hat mir der Tod weniger Furcht eingeflößt als heute abend.«
»Ich werde dich lehren, den Tod zu lieben«, sagt plötzlich Ouine mit gedämpfter Stimme. »Er ist so reich! Ein vernünftiger Mensch empfängt von ihm alles, was wir aus Furcht oder Scham von niemand anderm fordern würden, sogar die erste Einweihung in den Genuß, die Freude. Denke daran, Philipp, und du wirst den Tod lieben. Ich fürchte sogar, daß ein Tag kommen wird, wo du nur ihn lieben wirst. Wenn dir mein bescheidenes kleines Zimmer in all seiner Entblößtheit angenehm scheint, so kommt das nur davon, daß er hier gegenwärtig ist. Du hast dich hier, ohne es zu wissen, in seinen Schatten geduckt.«

Er legte den lächerlichen Filzhut neben seine Füße, und seine beiden blassen, ein wenig geschwollenen Hände zeichneten einen geheimnisvollen Baum in die Luft, wer weiß was für eine große unsichtbare Palme.
»Nun?« fragte Steeny in einem Ton, als erwachte er. »Wofür entscheiden wir uns, Herr Ouine?«
Aber der Blick des alten Mannes zwang ihn sogleich, seine Augen zu senken.
»Ich kehre heute abend nicht heim«, sagte der Knabe mit einer plötzlich aufflammenden Wut. »Mein Herz ist zu voll, ist zu schwer! Im übrigen hasse ich unser Haus. Heut oder morgen, was macht das schon aus? Früher oder später muß ich ja doch zum letztenmal durch diesen lächerlichen Garten gehn, über die verfallene Treppe, hinaus aus den Buchenhekken, fort von den verdorrten Wiesen. Und dann werde ich zum letztenmal seine blöde, bleiche Fassade sehn, diesen Würfel, den weder Sonne noch Regen aufzulösen vermögen. Und wenn es der Himmel will, werde ich einst an Stelle jenes Hauses einen Pfuhl von Kalk und Mörtel wiederfinden!«

Auf der Schwelle gibt ihm Ouine ein Zeichen, schließt sorgsam die Tür. Vergebens lauscht Philipp. Es ist nun, als ob das wunderbare Schweigen des kleinen Raumes irgendwie erschüttert werde, als ob es sanft um eine unsichtbare Achse schwinge. Fast meint er, es gleite ihm über Stirn und Brust und Hände, so wie Wasser streichelt. Wie tief wird er hinabsteigen können, bis in welchen Abgrund ungeheuern Friedens? Noch nie im Laufe dieses so überaus bedeutsamen Tages hatte er sich so frei von der Jugend gefühlt, von dem nun entfärbten Weltall der Kinderwelt, den Freuden und Schmerzen von gestern, ja von jeder Freude und von jeder Qual! Die Welt, an die er nicht zu glauben wagte, die Michelle haßt – »pfui, Steeny, du träumst!« – die Welt der Faulheit und des Träumens, die einst seinen schwachen Ahnen verschlungen hatte, die Sagenhorizonte, die Seen des Vergessens, der ungeheuern Stimmen, all das ward ihm plötzlich aufgetan, und er fühlte sich kräftig genug, um darin zwischen Gespenstern zu leben, ausgeforscht von ihren tausend Augen, darin zu leben bis zum letzten falschen, schicksalhaften Schritt. »Bei uns gibt es keine Möglichkeit zu siegen, man fällt unweigerlich.

Selbst Herr Ouine wird fallen.« So redeten alle diese Schattenmünder. Und für ihn, Philipp, was macht es ihm denn aus? Er wundert sich nur darüber, daß er für seinen neuen Meister keinen Platz unter seinen Lieblingshelden finden kann. Was für eine Heiterkeit rings um diesen starken Mann mit der bleichen Stirn! Ob er vielleicht einer von denen ist, die man Heilige nennt? denkt Philipp belustigt erschreckt.
Man könnte nicht sagen, das Schweigen sei gebrochen, es fließt nur langsam ab, die eigene Neigung hinab. Hinter seinem Rücken schwillt ein fast unhörbares Rauschen und Brausen an. Es ist noch kein Geräusch, nur etwas, was einem Geräusch vorangeht, es ankündigt. »Still«, ruft Philipp, »Ginette weint.«
Wer nicht sehr aufmerksam hinhorcht, kann diese eintönige Klage kaum hören. Ein dunkles Sausen und Summen begleitet sie, ohne Zweifel Herrn Ouines Stimme. Plötzlich schwillt sie an, dann fällt sie wieder. Schweigen.

»Nun, Herr Ouine?«
Der Sprachlehrer zuckt betrübt die Achseln.
»Liebst du die Gerüche, junger Mann? Ich hasse sie.«
»Welche Gerüche?«
»Gleich welche. Es gibt kaum einen Anblick, von dem meine Nerven erschüttert werden, aber ich muß bekennen, daß es Gestänke gibt, die mich entsetzen. Ja, junger Mann, der Schrecken dringt durch die Augen schrittweise in mich ein.«
Er faltet die Hände und schnuppert ängstlich an jedem einzelnen seiner Fingernägel.
»Unser Freund riecht nicht gut«, sagt er endlich mit seinem leichenblassen Lächeln.
»Welcher Freund? Herr Anthelme? Und warum?«
»Ein brandig gewordenes Zuckerleiden, nehme ich an«, erklärte der alte Mann. Er war plötzlich ganz friedlich geworden. »Zum Glück ist dies langsame Verfaulen schmerzlos. Du kannst dir darüber selbst ein Urteil bilden, wenn ich dir erzähle, daß unser armer Kranker vor sechs Tagen bettlägerig wurde. Wie er es gewohnt ist – diese Landleute sind von einer entsetzlichen Nachlässigkeit –, hatte er seine Socken anbehalten. Wir haben sie gestern in einem Zuber mit lauem Wasser von seinen Füßen gelöst, denn wir hofften, dadurch die Ablö-

sung der Haut, mit der leider zu rechnen war, zu erleichtern. Aber er hat dabei nicht aufgehört, seine Pfeife zu rauchen und über unsere Sorgengesichter gelacht, sie gar nachgeäfft. Oh, was für ein kräftiger, gesunder Kerl!«
Er sprach ruhig, gesetzt, mit einer nur ein ganz klein wenig gedämpften Stimme, und dennoch empfand Philipp, nicht ohne ein leises Erschaudern, wie sich das gleiche Schweigen um sie beide zusammenschloß, ein lebendiges Schweigen, das nur die gröbsten Geräusche aufsog und eine Art von klingendem Durchschimmertsein vortäuschte. Denn Philipp träumt ja vor allem vom durchsichtigen Zauber des Wassers, von seinen sanften Umhüllungen: des Wassers ewiges Wunder.
»Daß der brave Anthelme so allein und ohne Sang und Klang davongeht, finde ich doch recht rücksichtsvoll. Meinethalben mögen noch die Nachbarn kommen, diese bösen Bestien. Mir scheint es leichter, in einem Straßengraben zu krepieren, als zum Beispiel die alte Destrées an seinem Totenbett auftauchen zu sehn. Pfui! Die Alte mit ihrer Flinte, ihrem Wettermantel und ihren Stiefeln. ›Mein Vetter hier und mein Vetter da!‹ Wie sie blutig nach der Jagdtasche riecht, die Tiermörderin! Aber vor allem keinen Priester, keinen Arzt, keinen Notar... Brr!... Ja, Sie können ruhig lachen, Herr Ouine.«
»Und warum, Philipp, möchtest du, daß wir keinen Arzt und keinen Notar rufen lassen? Dem Notar werden wir freilich nicht viel zu tun geben. Aber ein Arzt aus Boulogne ist gekommen, und er wird morgen wieder hier sein: rein förmliche Besuche natürlich. Denn seit langem ist unser Freund nichts anderes als ein elendes Stück Fleisch in voller Gärung, mit Zucker und Alkohol übersättigt, Most. Darum riecht er auch so unangenehm nach Honig. Und was den Priester betrifft, vergiß nicht, daß ich selbst das Unmögliche gewagt habe, um Frau von Néréis dafür zu gewinnen, daß sie ihm nicht ihr Haus verbietet. Ich habe sie angefleht, habe gedroht, alle möglichen Listen gebraucht. Vergebens... Welcher Mensch würde wagen, diesem Elenden, diesem Gefallenen die letzte Möglichkeit zu nehmen, anständig in das Reich des Todes einzugehn? Ich bekenne gern, daß ich mich vielleicht dazu bereit gefunden hätte, ernstes Ärgernis zu ge-

ben; doch der Herr Abbé de Doucedame war nicht bereit, dergleichen zu wagen... Hältst du Gottes Namen in Ehren, mein Kind?«
Sogleich streckte er die Hand aus und legte sie fest auf Philipps Mund.
»Nein! Kein Wort! Du bist drauf und dran, eine Dummheit zu sagen«, setzte er fort und lächelte immer weiter, obwohl seine Lippen vor Ungeduld erzitterten. »Ein Knabe deines Alters antwortet nicht gern auf eine solche Frage.« Jäh wendete er ihm den Rücken, tat einige Schritte auf das Fenster zu. Die Filzglocke lag schräg auf dem Leintuch und zeigte ihr Futter. Einst war es granatrot gewesen; nun schien es ein schmaler, rosiger Halbmond, vergleichbar einer kleinen zierlichen Rachenöffnung. »Ob er mit dem Hute schläft?« denkt Steeny. Und er bricht in ein nervöses, allzu lange verhaltenes, unwiderstehliches Lachen aus. Die lächerliche schwarze Kuppel prallt von der Wölbung des Kopfkissens zurück, zögert, verschwindet, fällt zwischen Bett und Wand und schaukelt dort hin und her wie eine jener schwarzen Bojen aus Kork, wenn sie die Dünung auf- und niederrollt. »Lassen Sie mich! Lassen Sie mich!« Aber seine Arme hängen ohnmächtig an ihm, als ob die Gewalt des Lachens sie gebrochen hätte. Wie entzweigeteilt, heftig schluckend, versucht er wieder Atem zu bekommen.
»Hample nicht mehr herum«, sagt Ouine ernst. »Stell dich ruhig dorthin, so! mit emporgehobenem Kopf. Glaub mir: die Nerven haben wenig Gewalt über einen aufrechtstehenden Menschen. Und erinnere dich auch an das: weder Buben, noch Frauen sollten jemals lachen, es ist etwas Tückisches im Lachen, ein Gift. Mit etwas gesundem Menschenverstand hättest du dir vor mir die Demütigung dieses dummen Schwachwerdens ersparen können.«
»Welches Schwachwerden?« schreit Philipp, blaß vor Wut. »Ich bin fast an meinem Lachen erstickt, das ist alles.«
»Ich fürchte, daß du solchen Schwächen ausgesetzt bist«, fuhr Ouine ungerührt fort. »Leider ist unser Ursprung ein zweifacher, und das erste Drittel unseres Lebens reicht kaum dafür aus, das Weib in uns zu töten. Vielleicht habe ich auch deine Kräfte überschätzt. Ich bin ein schlichter, sehr schlichter Mensch geworden; ich berechne nichts mehr. Nach einer

Anzahl überflüssiger Versuche – wer von uns hat nicht das verlorene Schaf gesucht? das verirrte Lämmlein auf seinen Schultern heimgetragen? – werde ich keinem mehr zuvorkommen. Wie jene lebenden Gallerten am Meeresgrund schwimme ich und sauge ich ein. Du wirst dies armselige Geheimnis lernen. Ja, du wirst von mir lernen, dich von der vorüberflutenden Stunde ganz erfüllen zu lassen. Wie oft habe ich am Rande des Waldes von Frescheville gesessen und dort alte Briefe wieder gelesen – ungerechte und stolze Briefe von jungen Leuten; Briefe, die ich nur ungern zerrissen habe –, und dann gingst du quer über die Straße gegen Hagron hinauf und schossest auf Amseln und Drosseln. Vom ersten Blick an hatte ich jenen ungleichmäßigen, manchmal befehlerischen, manchmal schleppenden Gang erkannt, jenes plötzliche Aufspringen, Aufflammen, das bei dir wie ein Anruf ans Schicksal ist, jenes plötzliche, sinnlose Anhalten in der prallen Sonne. Ja, das war wirklich das Bild, dem ich so viele Jahre hindurch nachgeträumt hatte! Ein Leben, ein junges menschliches Leben, vollkommen unwissend und vollkommen kühn, der wahrhaft vergängliche Teil des Weltalls, das einzige Versprechen, das nie gehalten werden wird, ein unvergleichliches Wunder! Denn täusche dich darüber nicht, Philipp: eine echte Jugend ist ebenso selten wie das Genie. Oder vielleicht ist sie das Genie selbst: eine Herausforderung gegen die irdische Ordnung, ihre Gesetze, eine echte Gotteslästerung. Ja, eine Gotteslästerung. Die Natur als die grauenhafte Hausfrau, die sie ist, macht sich alles zunutze, umbrütet die Jugend mit ihrem wachsamen Haß, öffnet bereitwillig ihre Metzgerstuben. Aber die Jugend springt darüber hinweg, fliegt davon. Wenn alles verdirbt, verfault, wieder wie im Anfang zu Lehm und Schlamm wird, hat nur die Jugend die Fähigkeit zu sterben und kennt wirklich den Tod. O Philipp, jeder Schritt, den du unter dem Feuerregen vorwärts gingst, jeder Schritt, den du am Abend über deinen eigenen Schatten hinaus tatest, entriß mich irgendeiner Angst, einer Gewissensnot, ersparte mir, ohne daß ich es wußte, irgendeine Lüge. Eines Tages schienen mir die alten Briefe in meinen Händen häßlich und traurig. Ich warf sie fort, bedeckte sie mit einer Hand voll Erde, denn ich mochte sie nicht einmal verbrennen. Und sie waren doch das einzige, was mich noch an Jahre erinnerte, wie ich sie dir zu erleben wünsche. Aber deine Gegenwart löschte dieses Erinnern aus.«

Die Stimme ist immer stumpfer geworden: ein ganz undeutliches Gemurmel. Es umhüllt ein ewigkeitsähnliches Schweigen... Es sieht aus, als sei die Dämmerung eigens gekommen, um diese allzu kostbaren Worte in ihren grauen Wattebäuschchen zu verbergen. Alles, was vom Kindsein her an Bösartigkeit, an Spottlust, an Grausamkeit noch in Steeny steckt, steigt mit einemmal in seinem Herzen auf, bewegt ihm die Lippen, und sein hübscher Mund verbiegt sich zu jenem gewaltsamen Zug, den Miß so haßt, den sie manchmal, halb zerstreut, mit der Spitze ihres lackierten Fingers fortzuwischen versucht. Kann man mit diesem alten Mann spielen? Wo ist die empfindliche, die verwundbare Stelle an diesem zu dicken Hals, der an Bildnisse römischer Prokonsuln erinnert, an dieser breiten, schweren Brust, an diesen kurzen, linkisch über den Bettrand gestreckten Schenkeln, überhaupt an diesem Körper, von dem man ahnt, daß er zugleich fett und gebrechlich ist wie der Leib einer reifen Frau? Philipp möchte wieder lachen, wie er einen Augenblick zuvor gelacht hat, wie er stets lachen kann, wenn eine gewisse, auch ihm wohlbekannte Trostlosigkeit mit einemmal unerträglich zu werden droht: ein Lachen, das Michelle »dein Wickelkinderlachen, dein blödes Lachen« nennt. »Dein blödes Lachen!« – das mag noch hingehn. Aber es ist zu spät! Denn schon siegt ein anderes Gefühl. Es kommt aus der finstersten Tiefe, aus der halb toten, verrotteten Seite der Seele, wo ein entstelltes Mitleid wacht, ein Ur-Mitleid, das nicht weniger wölfisch ist als der Haß. Und welcher leichte Triumph wäre wohl die herzzerreißende Freude, die tiefe innere Erschütterung wert, jene Folgen eines über den Ekel errungenen Sieges, die freiwillige Unterwerfung unter eine Art von erniedrigter, verächtlicher, fast abstoßender Größe? Er nimmt die große weiche Hand, drückt sie zart an seine Brust, dann an seine Lippen und bricht in Schluchzen aus.

»Mein Kind«, wiederholt Ouine zweimal, ohne die Stimme zu erheben, doch mit überwältigender Kraft.

Der alte Lehrer löst sogleich seine Hand aus den Fingern des jungen Freundes. Dann beugt er sich eine Weile zur Erde nieder in der Haltung eines Menschen, den ein unerwarteter

Schlag getroffen hat und der nur langsam seine Überraschung, seinen Schrecken oder seine Freude aufbraucht. Aber er spricht den begonnenen Satz doch zu Ende und fährt im gleichen Ton fort:
»Schau, Philipp, das warst du seit jener Zeit für mich. Ich habe immerhin auf dich gewartet. Doch ging es nicht ohne diese unvorhersehbare Verknüpfung der Dinge, den ausgefallenen Einfall einer Närrin, damit wir einander ins Antlitz schauen könnten. Und zwar hier, an diesem Ort, wo ich niemals gehofft hatte, dich zu sehn, in diesem Zimmer, das du nie mehr vergessen wirst. Nun, darauf kommt es nicht an. Und nun noch ein Wort, ein letztes: was denkst du in diesem Augenblick über mich?«
»Sie beängstigen mich«, sagt Steeny. »Ich würde Ihnen ans Ende der Welt folgen!«
Dann schüttelt er den Kopf. Sein Blick flammt auf in Spottlust, Kühnheit, jungem und wildem Stolz:
»Und morgen«, sagt er, »werde ich Sie vielleicht lächerlich finden.«

Doch schon bewegt sich Ouine voll Eifer um den Tisch aus hellem Holz, breitet ein Tischtuch darüber, stellt einen Teller darauf und legt einfaches Besteck daneben, öffnet einen Topf mit Marmelade. Das Brot ist gerade von der Art, auf die Steeny so gierig ist.
»Du sollst von diesem alten Madeira trinken. Mein Kind, ich habe dich eben in der Absicht verlassen, unser lächerliches Mißverständnis zu beenden. Kurz und gut, ich hoffte, der Launen unserer armen Freundin ohne weiteres Herr werden zu können und sie dazu zu bewegen, dich noch heute abend heimzubegleiten. Leider ist nicht daran zu denken. Unser Mißgeschick will außerdem, daß Herr Malicorne, der einzige unserer Nachbarn, von dem du dir hättest Hilfe erwarten dürfen, heute in Boulogne übernachtet. Was tun? Mein Gesundheitszustand würde es mir nicht erlauben, dich zu begleiten, und es ist zu spät, als daß du allein einen Weg von drei reichlichen Meilen wagen könntest.«
»Ach was!« sagt Philipp mit vollem Mund, »heute nacht schlafe ich einfach nicht.«
»So bleibt uns nichts anderes übrig, als dich hierzubehalten.

Doch zuvor müssen wir deine Frau Mutter beruhigen. Der Bursche der Familie Malicorne, der uns nach getaner Arbeit alle Abende unsere Milch bringt, besaß einmal ein Fahrrad. Er hat es verkauft. Trotzdem habe ich ihn auf den Abkürzungswegen sogleich nach Fenouille geschickt. Wann eßt ihr daheim zu Abend?«
»Acht, halb neun, Herr Ouine. Und oft geh ich auf den Anstand, am Rand unsers Waldes unter den großen Eichen längs der Straße. Dann komm ich vor zehn Uhr nicht heim. Im übrigen...«
Er spreizt beide Hände, verjagt lachend die Vorstellung von einer klagenden Michelle, von ihren zerstreuten Vorwürfen, ihren langlastenden Blicken.
»Und im übrigen? Was meinst du?« fragt der alte Mann fast zornig. »Glaubst du etwa, ich würde dich den Deinen entführen? Schau ich wie ein Kinderentführer aus? Ach, ihr seid alle gleich! Nicht einer meiner ehemaligen Schüler, der nicht geplant hätte, mir, wie du's nennst, bis ans Ende der Welt zu folgen. Es gibt kein Ende der Welt, mein lieber Junge.«
Plötzlich wird seine Stimme wieder sanft. Philipp schien es, als sei eine trübe Träne über Ouines Auge geronnen: ein leises Zwinkern mit den Lidern hatte es ein wenig aufgedeckt.
»Doch jeder von uns kann bis ans Ende des eigenen Seins wandern.«
Einen Augenblick lang rührt er sich nicht, beugt den Oberkörper nach vorn, biegt den Hals ein wenig, indem er den Kopf in einer unbequemen, fast erschreckenden Bewegung der Schulter nähert, als ob der Satz, den er soeben ausgesprochen hatte, ihn selbst hätte erstarren lassen.

»Du wirst also hier in meinem Zimmer übernachten«, fuhr er endlich fort. »Mach dir keine Sorge um mich. Ich werde mich auf dem Sofa im Bücherzimmer ausstrecken. Das tue ich oft. Ich fühle mich dort wohl. Vielleicht werde ich auch dem Burschen entgegengehn. Die Nacht muß sehr schwarz sein. Beunruhige dich auch nicht wegen Anthelme. Das Ereignis steht nicht so unmittelbar bevor, wie ich gedacht hatte. Der Arzt erwartet nichts vor der kommenden Woche. Diese Art von Todeskampf verläuft sehr langsam. Und die Schlaflosigkeit der Frau von Néréis ist Einbildung. Es stimmt schon, daß sie sich, soweit ich darüber Gewisses weiß, nur selten entkleidet. Ein Stuhl, ein Teppich, eine Mauerecke genügen ihr, um zu schlafen. Und der Schlaf, der sie jäh überfällt, ist der eines kleinen Kindes. Im übrigen ist es ganz unwahrscheinlich, daß sie heute noch das von ihr bewohnte Stockwerk verläßt. Ich glaube, ehe sie das täte, ließe sie sich prügeln. Du kannst ganz ruhig schlafen.«

»Herr Ouine...«, begann Philipp.

Fast weinte er vor Erregung, vor Ungeduld, vor einer Art tückischem Zorn, der ebensogut in Lachen wie in Weinen umschlagen könnte.

»Sie verfügen einfach über mich, Herr Ouine. Soll ich gehorchen oder nicht gehorchen? Es sieht so aus, als ob Sie sich die Frage gar nicht gestellt hätten. Unerhört! Zumal sich Ihr Plan gar nicht durchführen läßt, wenn ich das offen sagen darf. Es wäre ganz überflüssig gewesen, den Burschen nach Fenouille zu schicken, wenn man mir eine Stunde früher Bescheid gesagt und mich ruhig allein hätte gehn lassen. Ich kenne den Weg genauer als er. Ein zweifelhaftes Mittel zur Beruhigung meiner Mutter! ›Steeny bei Ginette, das ist einfach schrecklich!‹ In ihrem Munde heißt freilich schrecklich so viel wie lächerlich oder unsinnig. Denn nie hat irgend etwas meiner Mutter einen echten Schrecken eingejagt, niemals!«

Sein ruckweises, kreischendes Reden verliert alle Natürlichkeit, alle Haltung; er verfällt, sehr gegen seinen Willen, in den nun verachteten Ton der Kindheit und sieht voll Verzweiflung, wie seine Hände zittern.

»Worauf willst du hinaus?« unterbrach ihn Ouine. »Wer redet davon, dich zwingen zu wollen? Geh oder bleibe, du bist frei.«

»Nein, ich bin nicht frei!« schrie Philipp. »Ich *will* überhaupt nicht frei sein! Es gefällt mir, eine Rolle zu spielen, irgendeine Rolle, aber eine echte Rolle. Und glauben Sie nicht, ich hätte mir eine solche Rolle auch von einem andern als von Ihnen geben lassen! Einer müßte sehr pfiffig sein, um sagen zu können, ob ich Sie liebe oder verabscheue, Herr Ouine! Ich bin auf einen abschüssigen Weg geraten, das ist alles. Es gibt nichts Abschüssiges im Leben eines Lausbuben. Mit unsern kleinen Freuden, unsern kleinen Schmerzen, unsern kleinen Empörungen ist der Boden unter unsern Füßen sauber und glatt geschoren wie eine Parkwiese, ein Samtweg. Wenn mir heute der Boden unter den Füßen fehlt, so kommt das daher, daß ich der Baumschule entronnen bin!... Oh, Herr Ouine, in was für einer Stimmung bin ich!«

»Hüte dich davor, dich zu berauschen«, sagte der alte Mann ungerührt. »Du bist bei deinem fünften oder sechsten Glas Wein.«

»Ein Ausgleiten, ein Sturz, was sollen wir sagen?... Zur Not würde man sich damit begnügen, daß ich mir den Fuß vertreten habe. Ja, ich, der ich alles andere als fromm bin – Mama kann die Priester nicht leiden, das ist bekannt.«

»Warum denn?« fragte Ouine mit einem leicht gereizten Ton.

»Was weiß ich?! Vielleicht fürchtet sie sich vor ihnen, nichts weiter.«

»Und du?«

»Ich? Ich bin mißtrauisch. So oder so, Herr Ouine, ich mißtraue Gott – das ist meine Art, ihn zu ehren.«

Lachend fuhr er mit seinen beiden Händen über sein glühendes Gesicht.

»Ach, Philipp«, sagte Ouine, »es ist höchste Zeit, daß du schlafen gehst.«

»Recht, recht so! Sie halten mich für betrunken... Und warum haben Sie denn die Flasche nicht eher verschwinden lassen, Sie alter Pfiffikus? Jetzt ist sie zu drei Vierteln leer. Aber ich habe es gar nicht besonders nötig, klar zu sehn. Ich lege nicht einmal Wert darauf, klar zu sehn. Große Anhäufungen von Schatten ängstigen mich nicht. Miß behauptet, ich sei ein Geist, der den Weg vom Besondern zum Allgemeinen sucht. ›Wie jene lebenden Gallerten am Meeresgrund...‹ Oh, Herr Ouine, es gibt Tage, wo man, was auch immer geschehn mag, ganz sicher ist, daß man sich selbst nicht enttäuscht. Es gibt Tage, an denen uns die Götter besuchen!«

Er schlägt mit der Faust auf den Tisch und wundert sich darüber, daß kein Tischtuch mehr auf dem nackten Holz liegt. Vor ihm brennt eine Kerze in einem bescheidenen kupfernen Halter. In einiger Entfernung beugt sich der unmäßig groß gewordene Körper Ouines mit übermenschlicher Wendigkeit nach allen Seiten.

»Wie Sie wollen, Sie Hitzkopf!« schreit Steeny. »Ja, mein

Herr! Anthelmes letzter Wille, da gibt es freilich was zu lachen! Was geht mich der Dummkopf an? Und wenn es wahr ist, daß dem so viel daran liegt, mich zu sehn, bevor er stirbt, war es darum nötig, mich zu entführen? Mama hätte mich schon selbst hierhergebracht. Im übrigen wären er und ich seit langem miteinander im reinen, wenn Sie mich nicht buchstäblich aus den Armen dieser Närrin gerissen hätten. Eine Närrin? Arme Ginette! Als ich diese arme, kleine, viel zu magere, viel zu lange Hand gesehn habe, diese tintenfleckige... Sie roch nach Geißblatt und Fenchel. Ich erinnere mich noch an eine große unbewegliche Biene. Sie flog genau auf der Höhe unserer Stirnen, vom Wind getragen. Als es in die Kurve ging, pfiff sie wie eine Kugel an meinem Ohr vorbei. Sagen Sie doch, Herr Ouine...«
Vor seinen Augen schwebt und schwankt das entstellte Schattenbild immer noch mit der gleichen Heftigkeit, und dennoch kommt die Antwort von der entgegengesetzten Seite des Zimmers zu ihm. Erstaunt dreht er sich um.
»Du hast soeben eine Ansprache an meinen Schatten gehalten«, bemerkte ruhig der alte Sprachlehrer. »Das ist sehr drollig.«
Eben war er damit fertig, das Bettuch einzustopfen, klopfte mit kurzen, harten Schlägen das Kopfkissen zurecht.
»Nicht alles, was du sagst, ist widersinnig. Ich bedauere zum Beispiel, daß der Zustand des... daß Anthelmes Zustand uns heute nicht erlaubt hat... Leider ist es uns nicht gelungen, ihn zu wecken. Mach es dir klar, mein Freund, daß ich lebhaft gewünscht hätte, dich niemals in diesem Haus zu sehn. Aber da der Zufall so viel dazugetan hat, dich hierherzubringen...«

Die Stimme erlöscht stufenweise, ist nichts anderes mehr als ein unbestimmtes Summen, zu dem jedes geheimnisvolle Aufflackern der Kerze in einem Hof von goldenem Lichte den Takt schlägt. »Steeny, böser Steeny!« Ist es Miß, die wieder einmal ihre grausamen Arme um ihn schlingt? Aber vergebens horcht er hin, um das wilde, sieghafte Lachen zu hören: eine behutsame, unbekannte Hand schüttelt sorgsam das Kopfkissen unter seinem glühenden Nacken auf. Wie frisch die Leinwand ist! Ach was! Morgen wiederkommen?...

»Sagen Sie, Herr Ouine, habe ich geschlafen?«
Lange und leise wiederholt er sich selbst immer wieder diese Frage und wagt es nicht, dabei die Augen zu öffnen. Nun ist der alte Mann fern. Gott weiß wo, in welchem Winkel dieses toten Hauses. Er stellt ihn sich lieber noch ferner vor, jenseits der Felder, auf der sanften Straße... Die Straße!... Warum die Straße? Wer spricht von der? Nicht diese Straße, nicht irgendeine jener blassen Straßen, sondern seine Straße. Er hat sie oft im Traum gesehn: die offene endlose Straße, mit staunend offenem Mund. Die Straße! die Straße! Und angesichts irgendeiner ungeheuern, von Sternen erfüllten Bresche schläft er ein mit geballter Faust.

»Ich habe ihm mein Ehrenwort gegeben«, wiederholt Steeny zum zweitenmal.

Immer noch fiel der gleiche schwere, von keinem Wind bewegte Regen senkrecht auf die dampfende Erde. Sehr fern im Osten, wie am Ufer einer andern Welt, bildete die gewittrige Morgendämmerung gemächlich ihr Gewölk aus staubfeinem Nebelwasser.

»Schon recht, schon recht«, sagte der kleine lahme Wilhelm, »ich habe verstanden. Aber rede nicht zu laut, Philipp. Heute früh ist er mit Schlamm bedeckt heimgekommen und mit einem zerfetzten Ohr. Er hat seine Flinte verloren. Die Waldhüter haben ihn von Dugny bis Théroigne gejagt. Wenn du gesehn hättest, wie er den ersten Bierkrug in einem einzigen Zuge geleert hat, ohne abzusetzen. Ein Durst! Von Zeit zu Zeit, ganz außer Atem, wie er war, hörte er einen Augenblick zu trinken auf und biß stöhnend in den Rand des Kruges. Mein Gott! mein Gott, Philipp, werde ich ihn jemals lieben können?«

»Du tätest ebensogut daran, ihn umzubringen«, sagte Steeny ernsthaft. Aber dann brach er gleich in Lachen aus und nahm seinen Freund bei der Hand.

»Lach nicht!« bettelte der Lahme. »Du ängstigst mich wirklich, Philipp. Und ich fürchte doch sonst keinen Menschen, nicht einmal diesen scheußlichen Bastard. Aber es gibt Tage, da meine ich, daß sie mit all ihrer Kraft auf mich einprügeln und ich fallen werde, und mein Herz wird leer.«

»Dann gib mich auf, alter Freund. Ich kann auch allein fallen.«

»Nie!« sagte das Kind mit dumpfer Stimme. »Nie!«

Von wem, von welchem Vorfahren, von welchem rohen Gutsherrn stammte dies kleine barbarische Gesicht mit den mongolischen Bäcklein, den tiefen, schattigen Augenhöhlen unter dem Doppelbogen der Stirn, der befehlslustige, fast wilde Mund und das schwarze Haar? Aber noch seltsamer und vielleicht noch erschreckender war die unfaßbare Beweglichkeit seiner Gesichtszüge, das andauernde Erzittern der schwächlichen Muskeln unter der blassen Haut, der unauf-

hörliche Anruf, der in seinem Blicke lag und an eine vom Wind bewegte Flamme erinnerte.
Selbst der Alte, der Ahne mit den Riesenschultern, der Ausländer, der vor vierzig Jahren aus den Ebenen Flanderns gekommen war, hat nie die unbewußte Herausforderung dieser Augen ertragen, die allzu verschieden von den seinen sind, von einer andern Art und Rasse. Wenn er sie sieht, wendet er ein wenig seinen rosigen und kahlen Kopf ab, gerade genug, um ihren Blick zu meiden. Wie hätte er ihn erwidern sollen? Sein Sohn ist tot, seine Schwiegertochter auch. Und dann hat noch die Nachlässigkeit des Arztes von Fenouille aus seinem Enkel, dem einzigen Kind aus dieser Ehe, einen Lahmen gemacht! Ja, einen Lahmen! Kürzlich hat er dann erlaubt, daß seine einzige Tochter, Helene, diesen schlechten Burschen, diesen Trunkenbold heiratete. Gebe der Himmel, daß der Flegel nicht eines Tages auf den Gedanken kommt, ihr ein Kind zu machen! Aber der Alte frißt seine Scham schweigend in sich hinein. Jeden Abend setzt er sich kerzengerade, mit erhobenem Kopf an den Familientisch und ringt insgeheim mit Hüftschmerzen, mit dem Zerren im Nacken, den brennenden Gelenken, mit dem ganzen abscheulichen Altwerden. Im übrigen nimmt er sich seinen gemessenen Teil von der Arbeit in Haus und Hof, von der Suppe, vom Schnaps; und in seiner Schatulle ist Geld genug für den Pfarrer und für den Arzt, um den Sarg zu kaufen und um seiner Tochter die zwei Leintücher zu ersetzen, in die sie einst seinen Leichnam wikkeln muß. Keiner versteht es besser als er, Pferde zur Ader zu lassen, den vom allzu frischen Klee aufgedunsenen Bauch einer Kuh mit einem einzigen Sondenstich zum Abschwellen zu bringen oder mit nacktem, bis zur Schulter in den Tierleib versenktem Arm einer Jungkuh in ihren ersten Kalbsnöten beizustehn. Früher, zur Zeit der schlechten Ernten entschädigte man ihn kurzerhand mit einem »Herzlichen Dank, Herr de Vandomne!« und lüpfte dabei die hohe schwarze Seidenmütze. Denn trotz seiner Heirat mit Zéléda hätten es nur wenige gewagt, ihn als ihresgleichen zu behandeln, und er hatte seinen festen Platz in der Kirche. Aber jetzt läßt er sich bezahlen, nimmt seine Zehn- und Zwanzigfrankenscheine ruhig an, faltet sie sorgsam auseinander, glättet jeden einzelnen mit dem Daumen und bündelt sie mit einem alten Nestel.

Und am ersten Tag jedes Monats legt er das Päckchen wortlos auf den Tisch, zieht eine riesige Hand voll Münzen aus der Tasche und sagt mit rauher Stimme: »Da, mein Kleiner. Für deine Bücher.« Die Tochter aber füllt ihm ein großes Glas mit Wacholderschnaps.
Wie sie ihre verstorbene Mutter nicht geliebt hat, so liebt Helene auch ihren Vater nicht sehr, diesen hochmütigen Bauern. Sie fürchtet ihn eher und macht sich insgeheim, ohne es sich einzugestehn, und im allertiefsten, ein ganz klein wenig lustig über ihn. Von der väterlichen Familie weiß sie nichts, genausowenig wie über einen afrikanischen Volksstamm. Der Alte hat weder Brüder noch Schwestern, und seit vierzig Jahren schreibt er an keinen Menschen. Darum gehört sie ganz und gar zu den Einheimischen, diesen Schnapstrinkern, diesen Aufschneidern mit den schönen, schneeweißen Sonntagshemden auf der braunen Haut, der hellen Mütze auf dem Ohr, dem hübschen, unverschämten, immer ein wenig feuchten Mund und dem zotigen Gerede, das sie auf den Bällen von Etaples lernen. Gewiß, ihr Vater hatte ihr seinerzeit nicht erlaubt, auf den Kirmessen zu tanzen; und es ist ein recht armseliges Sonntagsvergnügen für ein Mädel, allemal nach der Messe einen verstohlenen Blick in die Fenster der Kneipe zu werfen und dann ganz brav im Gemeindesaal mit dem säuerlichen Geruch Wäsche zu säumen. Was war es da für ein betäubender Schlag mitten auf die Brust, was für ein Aufbrausen ihres ganzen jungen Blutes, als sie – zwei Monate ist es nun her – eines Abends, nur zehn Schritte von ihr hinter der Hecke, Eugen auftauchen sah, die kurze Pfeife im Mundwinkel und mit lachendem Blick: den schönen Eugen, Eugen Demenou. Vor zehn Monaten war er mit einem Haufen von Holzfällern, mit Wagen und Pferden gekommen. Er kam im Auftrag einer Gruppe von Unternehmern aus den Ardennen, um den Wald von Garbonne auszubeuten. Ach ja, schon am zweiten Tag hat sie den Kopf gegen seine grobe, nach Heidekraut und Moos riechende Wolljacke gepreßt und ihn in den weißen Hals gebissen.
[Zum höchsten Staunen der beiden jungen Leute antwortete der alte Mann einfach: »Gut, wir werden im August Hochzeit halten«, genauso, als ob er gesagt hätte: »Nun ist Kirschenzeit.« Und dabei hatte er einen Blick auf den vergoldeten

Rahmen geworfen, darin die dicke Dame ununterbrochen lächelt, mit einem seit fünfzehn Jahren verstorbenen Lächeln: friedvoll, unerschütterlich unter dem Schmutz und dem Fliegendreck.]
Am Abend der Hochzeit selbst sah der Lahme, der, im Gras verborgen, ganz oben auf der Weide lag, den Alten mit seinem langen, schweren Schritt auf sich zukommen. Der Pappelbaum zitterte kaum ein wenig, eine aufhorchende Kuh zeigte die Unterseite ihres rosigen Mauls. Rasch ergriff das Kind seine Krücken, richtete sich mit Knien und Händen auf. Doch schon nahm es der Großvater, schlang es in seine beiden harten Arme, hob es empor und drückte es gegen seine alte Brust, die so knotig und knorrig ist wie ein Apfelbaumstamm. »Junge, Junge«, sagt er, »wir sind in die Schande geraten.«

Die Familie de Vandomne stammte nicht aus Erighem, wenn sie auch seit vier Generationen dort lebte, noch aus irgendeinem andern Dorfe Flanderns. Vielleicht kam sie aus den Ardennen oder von der Maas. Was tut das auch zur Sache? Seit hundert Jahren und länger haben die Bürger von Wormdhout, von Steinword, von Cassel den Gruß dieser gütigen, dienstbereiten, heftigen Zornausbrüchen unterliegenden Riesen freundlich erwidert. Sie waren bekannt dafür, daß sie die besten Schmugglerhunde züchteten, doch sich in Geschäften anständig hielten und der Kirche manchen Sohn geschenkt hatten. All das bis zu einem bestimmten Tag. Aber das war das Geheimnis des kleinen Leutnants mit den goldbetreßten, orangefarbenen Hosen und der apfelgrünen Jacke geblieben, der Karl X. von Rambouillet nach Cherbourg und von da nach Schottland begleitet hatte. Ein Kutter von Dover hatte ihn dann in Dünkirchen ausgeschifft. Auf dem Rücken einer struppigen Mähre kehrte er nach Lothringen heim, ohne sich um die orleanistischen Häscher zu kümmern, und trug das Ludwigskreuz herausfordernd auf einer unwahrscheinlichen Uniform aus der Zeit des Exils. Die Mühen der Reise oder, was wahrscheinlicher ist, das Lächeln, die runden Arme einer hübschen Ahnfrau, der er am Brunnen begegnete, hielten ihn drei Tage auf. Spät ging er zu Bett, früh stand er auf und striegelte schon im Morgengrauen seine Mähre, wobei er munter

wie ein Vöglein pfiff. Die guten Leute hatten Spaß an seinem näselnden Flämisch, das er bei den Chevaulegers vom Regiment Cassel gelernt hatte, und an seiner Schlankheit, seinen zierlichen Waden, seinen gut gebauten Hüften, seinem tänzelnden Schritt. Bis er eines Tages den Namen Vandomne gehört hatte. »Heh, Vandomne! Donnerwetter, Vandomne! Hieß Ihr Herr Großvater nicht mit Vornamen Antenor? ›Antenor von Vandomne?‹ – ›Ja, mein Herr.‹ – ›Zum Teufel, hat ihn denn einer von Ihnen gekannt?‹ – ›Nein, mein Herr. Wir wissen, daß er ein kräftiger Kerl war, die Priester verachtete, und, wenn wir nichts verschweigen wollen, reichlich verhurt war. In meiner Jugend erinnerten sich die Alten noch daran, wie er eines Abends angekommen ist, genau wie Sie, auf einem störrischen Pferd und mit einem Mantelsack voll Lumpen. Doch wer kümmerte sich denn damals um die Leute? Von Hazebrouck bis Gravelines beherrschten die Banden das flache Land, es gab nichts wie Plünderungen. Bis Furnes hin sah man die Dörfer brennen, über die Hügel von Bamberque hinaus, zwanzig Meilen entfernt. Später kaufte er dies Land, auf dem wir leben, und nach einem knappen Jahr heiratete er zu Herschelle eine Tochter aus Vanhoutte. Dann ist er gestorben, als mein Vater noch ein Wickelkind war.‹«
Er konnte nicht weiterreden, denn schon rieb der kleine grüne Kerl, ganz außer sich vor Rührung, seine lange, tränen- und tabakbesudelte Nase an de Vandomnes Wange: »Marquis von Vandomne, Ihr Diener! Unsere Großväter waren einander Nisus und Euryalus, Castor und Pollux, Achill und Patroklus! Der Krieg, das Spiel, die Weiber und vielleicht auch eine üble Sklavenhandelsgeschichte in Afrika haben eine so treue Freundschaft zerbrochen. Ihr Ahne verschwand und ließ den meinen in Tränen zurück. Heil der Gottheit, die uns zusammengeführt hat! Wozu brauche ich da Beweise?! Wer kann sich rühmen, einem Vandomne auf diesem Ufer der Lys begegnet zu sein und noch dazu einem, der den trojanischen Namen Antenor trug?« Im übrigen fand er diese Entdeckung äußerst wichtig und folgenreich, versprach, die Sache bis zu Ende zu führen, die Abstammung durch unbezweifelbare Urkunden aus seinem eigenen Archiv festzustellen. »Man hat Sie ausgeplündert, mein Herr. Man hat sich die Ihnen geraubte Erbschaft geteilt. Und was soll man von einem so mit-

telmäßigen Geschlecht halten wie den Crescent-Vandomne, die Ihren Namen, Ihr Wappen, Ihren Titel angenommen haben – dieser lächerliche Wurf von Dachsen! Ich kann davon aus Erfahrung reden, mein Bester. Wir liegen seit 1780 mit ihnen wegen einer Erbschaft in Streit, und wenn Robespierre und Bonaparte nicht gekommen wären, dann hätte ich sie so arm gemacht wie Johannes in der Wüste. Aber durch Ihr Verdienst, Kamerad, sind nun wir im Spiel an der Reihe.«

Der große flandrische Wind rollte mit seinem meerhaften Grollen hinter den Läden. Von Rosendael bis Poperinghe, auf den Zwerghügeln, warfen die überanstrengten Windmühlen einander ihre wilden Schreie zu. Dann und wann zerschlug eine Hagelwolke, die aus den Tiefen des nördlichen Eismeers kam, die Luft wie mit einem Beil, fiel pfeifend über die Ebene her, und das hörte sich auf der gefrorenen, amboßharten Straße wie das Klappern von zehntausend Holzpantoffeln an, wie eine ungeheuere Flucht. Verfluchter kleiner grüner Kerl! Er redete immer noch, als man schon das Angelus läutete, und Vater de Vandomne, die Arme auf den Tisch gestützt, überschauerte es schmerzlich, wie ein Kind, das man plötzlich aus dem Schlafe weckt. Was für eine wunderbare Geschichte! Die Vandomne als Rivalen der Lothringer, nicht weniger alt und fast ebenso mächtig wie dies Fürstenhaus. Wie sie dann langsam durch seltsame Ausschweifungen ihren Stern verdunkelt, ihre Glücksgöttin müde gemacht, ihr Erbe zwanzigmal verloren und wiedergewonnen hatten bis zu jenem Herrn hin, der in Afrika Sklavenhandel trieb. »O meine Freunde! fürchtet dies edle Blut, das weder die Liebe noch die Zeit abgekühlt haben, und bleibt tapfere Leute, bis euch die Vorsehung durch meine Hilfe und trotz der Sünden mancher eurer Ahnen ihren mit vollem Recht hochgeehrten Namen wiedergegeben haben wird. Was aber mich anbelangt, so schwöre ich, selber zu vollbringen, was ich dem Gedanken an den besten aller Großväter, diesem treuesten aller Freunde, schuldig bin.«

Der ehemalige Emigrant zog eines Abends ab, nachdem er seine Mähre gegen eine vorzügliche Boulogner Stute eingetauscht hatte. Wie einen grünen Affen hatte man ihn auf sein Pferd hinaufhissen müssen, denn er war glorreich besoffen. Und leider hat zu Erighem niemand niemals mehr von dem wunderbaren kleinen Kerl gehört, denn zwei Tage später fand man seinen Leichnam, von den Wölfen enthäutet, mitten im Wald von Lambercke, am Ufer eines zugefrorenen Sumpfes.

»Erzähl mir! erzähl mir!« bettelte der Lahme. Und vor allem: »Bist du ganz sicher, daß du alles verstanden hast?« »Ja und nein. Er hat die Augen nie aufgemacht, noch die Finger bewegt, die ich fest in meiner Hand hielt, aber seine Stimme war doch laut und stark. Sie klang wie eine Trompete.«
»Wie eine Trompete? Wie konntest du mir dann eben noch sagen, daß du dein Ohr an seinen Mund pressen mußtest?«
»Nun, es schien mir so. Glaub mir, Wilhelm, ich versichere dir: sie klang wie eine Trompete. Es stimmt schon, daß ich betrunken war. Die Wollwade hat lang an der Tür gescharrt, die arme Närrin! Sie war nicht sicher, daß der andere gegangen war. Sie hörte mich im Schlaf winseln wie Herrn Ouine. Denn er winselt immer im Schlaf, denk dir, und manchmal sogar im Wachen, mit weit offenen Augen, plötzlich, so ein, zwei Sekunden, vielleicht so: hui! hui! Scheußlich!«
»Und dann?«
»Und dann? Ich denke, nun ist der arme Kerl tot.«
»Und du hast nichts anderes zu erzählen, Philipp? Nichts anderes? O Steeny! mein kleiner Steeny! Vergangene Nacht habe ich dich im Traum gesehn. Du warst mit Nägeln, die dir durch die Brust drangen, an einen kahlen Felsen angenagelt, an einer Art von Flammenmauer, an einer Salzmauer, und ehe ich ein Wort sagen konnte, schriest du: ›Nein! Nein! Bleib dort! Rühre dich nicht! Laß mich!‹ Ganz genauso, als ob du schon verdammt wärest.«
»Du ärgerst mich. Solche Geschichten liest man im Katechismus. Im übrigen weißt du, was wir miteinander abgemacht haben: ich renne immer geradeaus hinter meiner Nase her. Wenn das Leben nichts anderes ist als ein zu überwindendes Hindernis, dann zwing ich es und komm auf der andern Seite schaum- und blutbedeckt wieder heraus. Und du, du folgst mir, aber von weitem. Und wir werden sehn, wie auch du hervorkriechst, wenn deine Zeit gekommen ist; und du wirst die Last meiner Sünden tragen. Bist nicht du meine Seele? So laß mich in Frieden! Unser ewiges Heil ist deine Sache! Hör, Wilhelm...«

Das armselige Haus mit seinem leichenblassen Bewurf, dem geteerten Sockel, den winzigen Fenstern löste sich ganz langsam aus der Nacht wie ein primitives Schiff, von dessen Flanken die Schatten herabrinnen, glitt ebenso langsam in den neuen Tag hinein. Eine vorüberziehende Wolke schlägt es jäh in seine Beschattung ein, segelt gewaltig von Hügel zu Hügel, zergeht.

»Höre, Wilhelm, ich habe mein Wort gebrochen, habe es am gleichen Tage gebrochen, an dem ich überhaupt ein Wort geben konnte, am ersten Tag meines Lebens als Mann. Womit werde ich das je gutmachen können?«
Die Hand des kleinen Lahmen hatte sich in die seine gelegt, und er empfand ihren Druck so hart und kalt wie den einer Totenhand.
»Ich bin schuld daran, Philipp. Als du anklopftest, habe ich dich gleich durchs Fenster hindurch erkannt. Ich hätte dir Zeit zum Verschnaufen lassen sollen. Aber du redetest wie ein Traumwandler, deine Augen drehten sich sehr rasch und waren groß wie Lampen.«
Er versuchte, die beiden Krücken über seiner Brust zu kreuzen. Sie schlugen mit unheimlichem Klappern aneinander. Philipp lag auf dem Bauch. Er wurde nicht müde, das entschlossene Gesichtlein zu betrachten, das da, nahe dem grasigen Grund, langsam vom Morgendämmerlicht umschattet wurde. Die verräterische Helle zeigte dennoch die ganze übertriebene, leidenschaftliche Bewegtheit dieser Züge. Steeny sah den schmerzbewegten Bogen des Mundes, die doppelten Grübchen mit den fahlen Falten, erst das angstvolle Suchen, dann plötzlich das Sich-Sammeln und Scharfwerden des Blicks: das ganze ihm so vertraute traurige Schauspiel dieser Gesichtszüge, deren Geheimnisse er nun alle und seit langem kannte.
»Um so ärger«, antwortete Wilhelms Stimme, in einen Hauch eingehüllt, »um so ärger für die! Selbst wenn das alte Haus Ohren hätte: mach du dir nichts daraus, Philipp. Wende nie den Kopf zurück. Denk immer nur an das Morgen. Und im übrigen wollen wir uns sputen. Sputen und große Dinge tun! Ich fürchte mich so davor, daß ich dir nicht bis ans Ende folgen kann. Denn du wirst mich schon vorher aufbrauchen.«

Er schob beide Hände unter seinen Kopf, und der Tag erhellte nun ganz das Gesicht mit dem lieben alterslosen Lächeln, über dessen Ausdruck man sich freilich wiederum hätte täuschen können.

»Antworte, Steeny. Sei kein Dickkopf. Oder führe mich weiter, bis zu den Ställen. Sie werden von einer Minute zur andern aufstehn.«

»Das lohnt sich gar nicht«, meinte Philipp. »Es wird auch nicht lange dauern. Mein Gott, warum habe ich dir diese Geschichte erzählt?! Es stimmt ja, daß ich nicht allzuviel geschlafen hatte, der Regensturm trommelte mir auf den Kopf, niemals hatte ich mich so sehr danach gesehnt, dich zu sehn, deine Hände zu berühren, dich zu hören! Denk dir, ich habe von der Höhe des Hügels herab vergebens nach den Lichtern des Bahnhofs Plantier ausgeschaut, ich konnte sie nicht sehn! Und die Nacht saß mir im Nacken. Sie werden mein Bett heute früh leer gefunden haben. Mein Hut liegt noch auf dem Tisch. Und als ich im Dunkeln tastend die Tür öffnete, muß ich etwas zerschlagen haben: ein verglastes Bild oder ein Gefäß, weiß nicht was, aber es knirschte unter meinen Stiefeln. Wenn man es genaunimmt, war dieser Satz ja ganz dunkel, Phantasien eines sterbenden Säufers, vielleicht ein nachgeplapperter Satz, den man ihm vorhergesagt hatte. Wer könnte darüber Gewisses sagen? Denk dir, zu Anfang hat er mir nicht einmal die Augen zuwenden wollen. Ginette hatte seinen mageren Arm aus den Decken herausgenommen und schüttelte ihn. ›Anthelme, Anthelme! Da ist Philipp, der kleine Philipp, dem du doch immer etwas sagen wolltest. [Nein, mein Liebling, wir wollen ihn nicht allzusehr bedrängen. Lassen wir ihn zu sich kommen. Ich glaube, mein Liebling, es handelt sich um deinen Vater.] Anthelme, Mut, Anthelme!‹ Der aber schnaufte, schnüffelte und greinte, indem er den Kopf verneinend schüttelte. Du hättest an eine Amme mit ihrem Säugling denken können. Abscheulich! Schließlich hörte er doch auf zu winseln. Da hat mich dann Wollwade, indem sie mir beide Hände auf die Brust und ihren Kopf gegen meine Backe drückte, an das Bett herangedrängt. ›Er wird sprechen, mein Engel! Höre! höre! Befreie ein wenig seine arme Seele.‹ Da hat er es mir dann gesagt, diese Geschichte...«

»Was war es denn, genaugenommen? Versuche, dich zu erinnern. Wiederhol es mir, Wort für Wort.«

»Wenn ich mich nur erinnern könnte! Er hat mir von meinem Onkel Franz gesprochen, den ich nie gesehn habe, der mit meiner Mutter im Streit lebt. Dann von meinem Vater, der im Gymnasium von Etouy sein Schulkamerad war – sein wirklicher Schulkamerad, stell dir vor! Dazwischen immer wieder ganz unverständliche Wörter. Ginettes lange Hände fuchtelten unter meiner Nase herum. Ich glaube, daß sie ihn in die Hüften kniff. Er machte: hi! hi! mit einer Grimasse; vergiß nicht, daß er entsetzlich nach Alkohol stank, der Geruch verbreitete sich über alles. Dann hat er geschrien. Es stimmt aber nicht, was ich sagte: mit einer Trompetenstimme geschrien. Er hat zweimal, so laut, wie er vermochte, gesagt: ›Philipp ist nicht tot, Bub. Dein Vater lebt, mein Bub!‹ Dann schüttelte er den Kopf, wie es Betrüger tun, denen ein Streich gelungen ist: etwa eine wassersüchtige Kuh oder ein kurzatmiges Pferd zu verkaufen. Am Ende aber wimmerte und winselte er wieder mit allen Kräften, während mir Wollwades Tränen in den Hals rannen. ›Behalt das für dich, Steeny. Wir müssen seinen Willen achten, den Willen eines Sterbenden. Nicht wahr, mein Engel?‹ Dann forderte sie von mir mein Ehrenwort darauf, daß ich warten und ohne ihre Einwilligung keinem etwas davon sagen würde. ›Vor allem kein Wort zu unserm Freund.‹ Unser Freund ist Herr Ouine. Selbstverständlich hab ich das Wort gegeben. Mein Ehrenwort. Wollwade ein Ehrenwort geben! Möchte wissen, was Herr Ouine davon hält.«

»Du wirst mir Herrn Ouine bringen. Bringen wirst du ihn! Ich will es unbedingt! Versprich mir, daß du das tust, daß du es morgen tust.«

»Morgen? Warum nicht gleich? Weiß ich denn überhaupt, wo er morgen sein wird? Stell dir vor, mein Lieber, er selbst hat mir das Abendbrot aufgetischt, weißes Brot und Marmelade, ein Kinderfrauenabendbrot, auf seinem kleinen traurigen Tisch aus gescheuertem Tannenholz. Und dann hab ich getrunken wie noch nie. Da mußte er mich in sein Bett legen. Vielleicht hab ich ihn ein wenig später gesehn mit einer Mütze auf dem Kopf und mit einem seltsamen Überzieher aus Leder und jenen lächerlichen Gamaschen aus Segeltuch, weißt du, von denen, die man in Ramschläden zu kaufen bekommt.

Vielleicht hab ich ihn gesehn, vielleicht hab ich ihn nicht gesehn, vielleicht war es nur ein Traum. Als ich aufwachte, war er fort.«
»Fort? Wohin?« – »Was weiß ich!«
»Fort, mitten in der Nacht, unter diesem Sturzregen! Schau, die Weiden dort unten sind versoffen, und der Fluß ist bis zur Straße nach Langle angeschwollen.«
»Was soll ich dir sagen? Er war nicht mehr im Zimmer, das ist alles. Du kannst auch ruhig denken, daß er ganz einfach irgendwo anders schlafen gegangen war, zum Beispiel im obern Stock. Das Erstaunliche aber ist, daß man sich diesen Mann in jeder Art von Umständen denken kann: wahren wie erlogenen, gemeinen wie unerhörten, tragischen wie komischen. So widersinnig es auch klingen mag: er paßt zu allem, er paßt in alle Träume. Ich kann ihn mir sogar besonders gut unter jenem Sturzregen in der schwarzen Nacht vorstellen, wie er einem Ziel zustrebt, das er alleine kennt – *seinem* Ziel.«
»Ich muß ihn sehn«, fuhr der Lahme nachdenklich fort, »wie kannst du in diesem Ton von ihm reden, da du ihn doch gestern nicht besser gekannt hast als ich. Was ist denn das für ein Mann? Ach, Steeny, ich fürchte mich für dich!«
»Dummkopf!«
»Nein, Philipp. Ich sehe mehr Dinge, als man annehmen kann, seh sie von hier, von dieser Hühnerleiter aus, den ganzen Tag dies schmutzige Dorf vor den Augen! Ich hatte so gehofft, mein Freund, daß du mich aus alledem herausziehen würdest. Nun aber scheint mir... Hast gut lachen! Jetzt weiß ich mehr von allem als du, mehr als jeder von den andern. Denn ich hab zu viel gelitten. Leiden, glaub mir, das lernt sich schon! Zuerst ist es wie ein leises Murmeln in deinem Allerinnersten, Tag und Nacht, Tag und Nacht – ob einer schläft oder wacht, das spielt dabei keine Rolle. Manchmal geschieht es, daß du meinst, es nicht mehr zu hören, doch genügt es dann, hinzulauschen: es ist immer da und redet, redet seine Sprache, eine unbekannte Sprache. Und dann vergehn noch Wochen um Wochen, aber plötzlich, gewaltsam, fängst du zu verstehn an. Gewiß, es gibt Verstehn und Verstehn. Selbstverständlich sind das keine Worte, keine Sätze, die man einfach nachsprechen könnte, und dennoch: das Gespräch ist in Fluß, du bist nicht mehr allein, du bist nie mehr allein. Auch

wenn du dich ganz leicht, ja ausgehöhlt fühlst, wird das Leid Frage und Antwort geben, wird es für dich denken. Man muß es nur schaffen lassen. Wenn ich an das denke, was ich noch im vorigen Jahre war, denk dir, Philipp, dann schäme ich mich – so ungeschickt und so grob! Ich hätte dir zu gar nichts mehr nützen können.«
»Und jetzt?«
»Jetzt versuch ich nicht mehr, dich zu verstehn. Das hab ich jetzt nimmer nötig. Denn ich fühle nun, daß alle deine Leiden durch mich hindurchgehn.«
Er wandte die Augen ab. Steenys schönes Gesicht wurde hart, und seine Lippen zitterten.
»Ich verbiete dir, so zu reden«, sagte er.
Aber in seiner Stimme lag nicht so sehr Zorn als wilde, unüberlegte Furcht.
»Und dann sind das gar keine Leiden«, fuhr er fort, den Kopf schüttelnd. »Ich verbiete dir, das Leiden zu nennen. Seit geraumer Zeit hab ich einfach kein Heim mehr. Denn ein Käfig aus Klinkern mit zwei niedlichen Tierlein darin, das ist kein Heim!«
»Philipp!«
»Nun? Was meinst du? Wenn dich das beleidigt, dann denk du an ein paar Turteltäubchen, ich will die Grenzen des dichterisch Erlaubten nicht überschreiten. Im übrigen paßt der Vergleich nur auf eine von beiden. Man kann Mama nicht sehn, ohne gleich an einen vergoldeten Käfig zu denken. Aber die andere! Die seh ich eher wie meine Frettchen, mit einem Korb aus Stahl vor ihrem tückischen kleinen Maul. Macht weiter nichts! Die Leute, Wilhelm, reden ja immer vom Vaterhaus. Das klingt ein wenig romantisch, aber vom Mutterhaus redet man nun einmal nicht.«
»Was meinst du?«
»Ich meine, daß ich mich noch nie so frei gefühlt habe, alter Freund. Leicht wie eine Biene. Ich werde meinen Honig überall finden.«
»Du bedenkst nicht, was du da redest, Philipp. Warum lügen? Du hast es mir hundertmal gesagt: ›was ich auf der Welt am meisten hasse, das ist das Vereinfachen und Leichtnehmen‹. Das ekelt dich an.«
»Und nun? Wenn ich an die Zeit denke, die wir damit vertan

haben, in unsern Büchern Helden zu suchen, dann kommt mich Lust an, uns zu prügeln, Wilhelm. Jede Generation sollte ihre ganz eigenen Helden haben, Helden nach ihrem Herzen. Wahrscheinlich hat man uns eigener Helden nicht würdig gefunden und setzt uns die ausgedienten wieder vor. Ausgedient seit 1789, aber wiedergekehrt nach einer kleinen Pause, die um 1880 herum die ›Helden der Wissenschaft‹ auf den Thron erhob, wiedergekehrt als neue Bürger-Soldaten, neue Völkerbefreier, neue Vorkämpfer der Demokratie und des Rechtes und immer noch mehr davon! Und weißt du, was daran das albernste ist, alter Freund? Als sie 1914 ihre Schulbuchhelden beweisen mußten, da ist diesen Heldenfabrikanten beinahe der Atem ausgegangen. Drei, fünf, sechs Millionen auf einen Schlag. Soviel Helden wie Groschen umlaufen! Das ekelt einen, diese Helden aus Erz. Die Helden aus Marzipan sollen leben!«
»Und doch, Philipp, du bist hart. Nichts wird das je ändern können.«
»Hart? Eher gierig, und wie! Findest du nicht, daß fast alle Menschen so aussehn, als ob sie das Leben nur aus der Ferne betrachteten, von unten hinaufblickend und mit dem Hut in der Hand, als sei es eine Sehenswürdigkeit. Verstehst du, was ich meine? Als Palast, Kathedrale, Museum oder ganz einfach als Polizeikaserne oder Sparkasse, jeder nach seinem Geschmack. Für uns, Wilhelm, darf das Leben nicht einfach einen Zweck haben. Das Leben ist eine Beute. Und nicht nur eine, Tausende und aber Tausende von Beuten, so viele wie es Stunden hat. Es kommt darauf an, keine dieser Stunden zu verfehlen, keine von jener letzten, der allerletzten, die uns immer entwischt. Irgendwo quietscht es. Etwas bewegt sich, du springst es an, wie es Raubtiere tun. Und von da an ist es belanglos, wie du das Opfertier erwischst, ob durch List oder mit Gewalt. Du kannst es verfolgen oder auf es warten, ihm auflauern, es liegend oder im Lauf niederschießen, es in seiner Behausung fangen oder es auch im Vorbeigehn verschlingen, wie's eine Forelle tut, die, gegen den Strom schwimmend, den Laich verschluckt. ›Ich werde dich lehren‹, so hat er gesagt, ›dich mit der Stunde zu erfüllen, die vorüberrinnt‹.«
»Wer? Nein! brauchst mir nicht zu antworten. Hör, Philipp, das ist einfach abscheulich. Ich weiß bestimmt, daß du ge-

nauso geredet hast wie er. Ich hätte deine Stimme nicht erkannt.« – »Das stimmt. Mach dich nicht lustig über ihn, Wilhelm. Im hellen Tageslicht kann er für mich mit seinen halbgeschlossenen Augen, seinen glatten Backen so ungefähr nach allem aussehn: nach einem Straßenaufseher oder einem schlechten Priester. Man muß ihn in seiner kleinen Kammer in Néréis gesehn haben, die ausschaut wie eine Dienstmädchenkammer, zwischen jenen vier nackten Wänden. Du weißt es, unter so vielen Menschen, die sich ähneln, deren Ähnlichsein lächerlich, hassenswert, ja unanständig ist – sie sind sich alle so schandbar gleich! –, begegnet man dann und wann einem und denkt: der da ist Rastignac oder Marsay oder Julien Sorel. Aber dann fühlt man fast sofort, daß das nicht stimmt, daß man drauf und dran ist, mit sich selbst zu spielen, mit dem eigenen Traum zu spielen wie ein Kätzchen mit seinem Schwanz. Aber Herr Ouine – weißt du, wenn der seinen verschlafenen Blick auf dich richtet, diesen Blick, der so seltsam schwebt, wie über einem grauen Gewässer, da könntest du das Wort ›Held‹ gar nicht aussprechen, ohne darüber zu lachen. Und trotzdem: auch unsere Helden sehn einer wie der andere aus. Er aber ist ein besonderer, ein einzigartiger!«

»Schweig«, sagte Wilhelm, »du liebst ihn gar nicht.«

»Ich brauche ihn gar nicht zu lieben.«

»Du bedienst dich seiner gegen dich selbst, er rächt dich an dir. Mein Gott, Philipp, nichts wird dich mehr zurückhalten.«

»Worüber beklagst du dich eigentlich? Waren wir uns nicht darüber einig: immer geradeaus! Der erste Schritt ist getan. Nun kommt es nur noch darauf an, das Gleichgewicht zu wahren, das Abschüssige zieht einen dann ganz von selbst hinunter. So frag ich mich eigentlich, warum ich heute früh zu dir gekommen bin. Ich habe mein Wort gebrochen, und ich komme um in meinem nassen Rock. Schöne Ergebnisse!«

»Komm näher«, sagt leise der kleine Lahme, »komm näher, damit ich deine Hand in meine nehmen kann. Hierher. So. Mein Gott, Philipp, du wirst mich allein lassen, vielleicht werde ich dich nie mehr wiedersehn. Wie soll ich in einer Minute sagen, was ich in so vielen Tagen langsam gelernt habe? Und vergiß nicht, daß das jedem aufgefallen wäre. Philipp, du hast bei dir allzulange einen Platz für einen Toten frei gehalten.«

»Und nun?«
»Unterbrich nicht. Sonst kann ich nicht weiterreden, sonst verliere ich den Faden. Es gibt Tote und Tote. Die Toten des Krieges sind ganz besondere Tote, anders als die andern. Die Erschöpften, alle, die sich ergeben haben, die durch Krankheit, Fieber, Schweiß einen Ekel vor ihrem Körper bekommen haben, die so weit kamen, daß sie ihn hassen – und ich kenne das, Philipp! –, oder die, die ein Unheil überrascht hat und die mit weit offenen Augen in die ewige Nacht hineingegangen sind, so wie sie waren, mit all ihren kleinen alltäglichen Sorgen, einem ungeschriebenen Brief, einem unvermeidlichen Besuch, einem Verdauungsschnäpschen, was weiß ich, statt...«
»Wie dumm du bist! Der herunterpurzelnde Schornstein, der Autobus, der dich überrennt, eine Kugel mitten in die Stirn – was wäre denn da der Unterschied?«
»Ein gewaltiger, Steeny! Denn der Tod konnte sie wohl unvorbereitet treffen, aber er überraschte sie nicht. Aus dem vollen Leben herausgerissen, aus der vollen Lebenskraft und fast immer in demselben Augenblick – verstehe recht! –, in dem sie die letzten körperlichen und seelischen Kräfte in Anspruch nahmen. Wie sollen solche Tote nicht anders als die andern sein, als die, die den Tod hinnehmen, als die, die einfach auf das Leben verzichten? Ja, ja, hör du nur noch zu, hör zu bis zum Ende! Jetzt verläßt mich dieser Gedanke nicht mehr, weder Tag noch Nacht. Vor allem nachts, zwischen zwei und drei Uhr, wenn das Fieber fällt, dann wird es um mich, dann wird es in mir, ja in mir! so vollkommen still – aber das verstehst du wohl nicht –, so vollkommen, daß ich mir vorstelle... Ach, du mein Gott, soll man wirklich glauben, daß nichts, wirklich nichts jemals von einer Welt in die andere hinüberreicht, niemals nichts?! Ein Murmeln, irgendein Laut, was weiß ich? Bist du nie an einem Oktobertag in der Gegend von Brinqueville über die Ebene gegangen, wenn der Wind von Nordwesten weht? Wenn du da deine Ohren fest an den Boden preßt und den Atem anhältst, dann wirst du nach langem Hinlauschen eine Art von dumpfem Rollen hören, das mit keinem Geräusch der Ebene etwas Gemeinsames hat, das dir im Innersten der Brust Echo gibt und dir das Herz zusammenschrecken läßt. Das sind die großen Äquinoktial-

stürme, die dort unten herausdröhnen. Und vielleicht hast du dein Ohr gerade auf die rechte Stelle gelegt, gerade an den Ort, wo – nicht lauter als das Rad eines Wagens – das ungeheure Brüllen der Wogen gerade noch vernehmbar wird, der Wogen, die über Tausende und aber Tausende von Meilen dahinrollen, unter ganz andern Himmeln als den unsern, aber doch nicht deutlicher als ein Wagenrad. Kannst du dir das vorstellen?«

»Ich ahne, worauf du hinauswillst. Aber glaube mir, alter Freund, Tote sind Tote.«

»Die aber nicht! Nicht, wie du sie dir denkst!«

»Nichts wie Gerede. Im Gegenteil, man hat sie auf der Stelle vergessen, deine Toten. Es waren einfach zu viele.«

»Vergessen, vergessen! Du meinst vielleicht, Philipp: so tun, als ob man sie vergäße. Sie sind noch zu nahe, viel zu nahe; sie haben die Welt noch nicht fahren lassen, sie klammern sich an. Weißt du, Steeny, ein Toter, den man verehrt, das wird wirklich einer. Die Verehrung wird ein Vor- oder ein Sinnbild aus ihm machen, auf alle Fälle etwas Nur-Gedachtes. Aber die Toten sind noch nicht so weit, daß sie von Weih- und anderm Geräucher leben könnten. Man hört sagen, man verleugne jene Toten. Darüber muß ich einfach lachen. Sie sollen Besiegte sein?! Und wenn sie Tyrannen wären, ja gerade das? Unsere Herren? Unsere wahren Herren? ›Die hätten nicht gedacht, die hätten nicht gewollt...‹ Weiß man denn, was die denken und wollen? Wenn nun sie die Ursache der allgemeinen Weltunordnung wären? Ich sehe sie sehr deutlich an der Grenze stehn, die sie zu früh überschritten haben, und ganz gegen ihren Willen, und über die sie mit Gewalt zurückschreiten möchten. Die Schläge, womit sie an die Tore des Lebens pochen, erschüttern die Welt. Sie werden eine, zwei, vielleicht drei Generationen verpfuschen, weil es ihnen nicht gelingt, eine nach ihrem eigenen Bilde zu bilden, nach ihrem echten Bilde, nicht nach dem der Gedächtnistage und Gedenkfeiern, eine, die ihrem letzten Blick, ihrem letzten Schrei gleicht, als ihr ganzes Leben sie plötzlich floh und sie den Boden, auf den sie gefallen waren, aufkratzten und zerbissen. Aber du wirst sehn, Philipp, daß es ihnen gelingt, sie werden nicht immer danebenhauen. Sie werden am Ende *ihre* Generation bekommen, und Gott allein weiß, was das für eine sein wird. Eine Generation, die mit Körper und Seele die ihre ist. Die hat nichts gemeinsam mit dem Landser, der vor dem Rathaus steht und einen braven, dicken, metallenen Schnurrbart trägt. Im übrigen, alter Freund, bin ich davon überzeugt, daß wir nicht mehr allzulange auf sie warten müssen, auf die Erben, die echten Erben. Sie sind unterwegs. Und du zum Beispiel, Philipp –«

»Ich?«

»Du! Deine Gier, deine Härte, deine Rachegelüste, diese Freude daran, dir selbst zu widersprechen, dich zu verleugnen, als ob du schon große Dinge getan hättest, unvergängliche Dinge, die dich gar enttäuscht haben. Bleib du nur bei deiner Bewunderung für Herrn Ouine, bei deiner abscheulichen Vorstellung von einem umgestülpten Heldentum. Ach, Philipp, wenn du des Kampfes gegen dich selbst müde sein wirst, dann wird es zu spät sein, denn dann bin ich tot.« Sein Gesicht, das in jenem Augenblick von Gescheitheit und Willenskraft aufleuchtete, stand in seltsamem Gegensatz zu der armen und nackten Landschaft, die da unter dem Nebel lag.

»Das habe ich oft gedacht«, sagte Steeny mit verdunkelter Stimme. »Hältst du mich für so dumm, daß ich nicht seit langem begriffen habe, wie sie sich dort unten nicht nur vor mir fürchten? Aber was macht mir das jetzt aus? Und vor allem: was mache ich mir daraus, ob mein Vater lebt oder nicht?«

»Mein Gott, Philipp, bist du imstande, eine solche Nachricht zu glauben und davon zu reden, als ob sie dir gleichgültig wäre? Aber du glaubst nicht daran!«

»Wenn er lebt, dann ist er für mich tot, in Wahrheit und vollkommen tot. Ich werde ihm nie verzeihen.«

»Du glaubst nicht daran?«

»Du machst mich wild. Glaubst du etwa an den Marquis von Vandomne? In der ganzen Geschichte der Ardennen und von Lothringen kommt nirgends ein Vandomne vor, keine Spur von einem Vandomne, so wenig von ihm wie hier in meiner hohlen Hand. Das hast du mir hundertmal gesagt. Und der kleine grüne Mann hat sich über uns lustig gemacht. Und so wohnen wir denn unter dem gleichen Wirtshausschild, du und ich, beide ohne Ahnen, und die Welt fängt für uns von vorne an. Du, Wilhelm, ich ziehe das vor.«

Er hatte sich in seinem regennassen Rock aufgerichtet, und gerade auf der Höhe seiner Schultern sah Wilhelm die endlose Fluchtlinie der Hügel unter einem unordentlich umwolkten, pfützenfarbenen Himmel.
»Geh«, sagte der Lahme sanft, »geh! Ich möchte dir raten: geh eine Weile beiseite, kehr mir den Rücken zu. Ich weiß, du wirst weinen.«

»Auf, Steeny!... Hierher, Steeny, mein Engelchen!«
Die Bodensenkung, in der sie sich verkrochen hatten, war von einer undurchdringlichen Dornenhecke umgeben. Selbst als Steeny aufstand, konnte er nur schwer vor dem noch dunkeln Himmel den Hügelkamm erkennen und darauf dicht und staubig die Baumschößlinge des letzten Frühlings. Aber mit einemmal erklang in das Schweigen hinein der Hufschlag eines unsichtbaren Pferdes, und gleich danach tauchte hinter dem Zaun, zwei Schritte vor ihm, Ginette auf. »Hierher! hierher! Steeny, du liebe Seele!«
Er sah, wie sich ihr bemaltes Gesicht zwischen den grauen Latten hin- und herbewegte: vom gesenkten Kinn bis zu den hohen kastanienbraunen Brauen sah es wie lackiert aus: ein gewaltsames Gesicht, das zu dieser Stunde, an diesem Ort, unter diesen friedlichen Dingen völlig unerklärlich und so grausig wirkte wie ein abgeschnittener Kopf.
Die große Stute wieherte im Nebel.
»Willst du mir einen großen Gefallen tun, Steeny?« [Sie schob ihren Finger zwischen sein Hemd und seinen Hals und zog ihn sanft an sich.] Geh nach Hause, nimm dein Fahrrad und eile, um Herrn Ouine zu sagen, daß ich mich nicht in Fenouille aufhalten kann. Ich muß weiter, sehr viel weiter! Nicht wahr, mein Liebling, das tust du?«
»Vielleicht«, antwortete Steeny frech, »aber zuvor nehme ich mein Bad.«
»Du wirst...«, begann sie mit ihrer kindlichen Stimme und wandte ihm den Rücken zu. Doch im gleichen Augenblick stieß die Stute sie mit ihrem gewaltigen Brustkasten mitten vor die Brust. Sie versuchte, sich an die Deichsel zu klammern, aber dann fiel sie gegen die Böschung hinab.
»Philipp!«
Einen Augenblick schnappte das erstaunte Tier nach der Kan-

dare, schüttelte wild die gelösten Zügel, aber schon packten die kleinen Knabenhände das große stählerne Beißeisen und zwangen es in das zarte Maul. O wunderbares Innehalten des Seins! Wunder des Vergessens! Er fühlte sie in seinen Fingern, er hielt sie ganz in der Hand, die Gewalt dieser riesigen Hüften, dieses tief gebeugten Rückens, dieser gewaltigen Schenkel, die vor Schmerz zitterten und sich mit Schweiß bedeckten, während ringsum der Straßenkot aufspritzte. Jetzt, da des Tieres Widerstand gebrochen war, floh es rückwärts vor ihm, schneller und schneller.

»Vorsicht!« schrie der Lahme von der andern Seite der Hecke her. »Paß auf, Steeny!«

Worauf denn aufpassen? Die große Stute fiel auf ihre Knie.

»Saudummes Vieh!«

Er ließ absichtlich die Zügel lockerer und wischte sein mit Schaum bedecktes Gesicht ab. Er schwieg. Was gibt es Trüberes als einen vom Gewitter zerwüteten Weg, mit den doppelten lehmigen Fahrrinnen, zwischen denen die Jauche ölige Pfützen bildet? Und das ununterbrochene Gegurgel und Getröpfel des von Wasser übersättigten Bodens? Er beachtet es nicht. Er sieht nichts als das besiegte Tier, er hört nichts als dessen wilden, hastigen, schreckgejagten Atem und das Knirschen des schweißgebadeten Lederzeugs. Und gierig, aus voller Lunge atmet er diesen warmen, diesen lebendigen Geruch ein, der dem des Blutes gleicht. Alles, was in ihm für gewöhnlich urteilt, beurteilt, billigt, ablehnt – all das schweigt. Gott weiß es ja, wie oft er im Lauf der vergangenen Wochen geglaubt hat, in ihm müsse ein immer dünner werdendes Band zerreißen und ein Ungeheuer aufstehn... »Wie wütig er ist«, sagte dann Miß mit ihrem zweideutigen Lächeln, »sehn Sie nur, gnädige Frau, man glaubt einen kleinen Stier vor sich zu sehn.« Frühreife Zornausbrüche, zu drei Vierteln geschauspielerte, den Tränen abgetrotzte, leere Bilder, denen es nicht gelingt, den gefangenen Gott zu befreien, Bilder, deren Verlogenheit ihm das Herz immer mehr vergiftete. Dagegen heute...

»Gib mir das Paket wieder, Philipp.«

Das Kleid der Frau de Néréis ist an der Hüfte zerrissen, man sieht eine schäbige Hemdhose aus Jersey. Ein seidener Rockschoß schlappt im gelben Wasser. Ob sich Ginette fürchtet?

Mit einer Bewegung des Mundes deutet sie eine schmerzliche Grimasse an, und das Lippenrot ist ihr übers Kinn geflossen.
»Da, Philipp... schau... in deiner Hand!«
Wirklich! Ein Stoß hat etwas Unförmiges aus dem Wagen herausgeworfen, und er hat es im Fluge aufgefangen. »Philipp! Philipp!...« Wie sie bettelt! Aber ihr Blick bettelt schon nicht mehr. Ihre schlammbehandschuhten Hände mit den zehn rotbemalten Krallen zeichnen, ohne daß sie es weiß, eine seltsame Drohung in die Luft: es ist die linkisch-unheimliche Geste eines mordbereiten Kinderschrecks.
»Fort mit den Pfoten!« schreit Steeny wütend. »Können Sie mich nicht wenigstens höflich um Ihr Mistzeug bitten?!« Er ist zurückgesprungen und schwingt das Paket am Bindfaden im Kreis herum. Um ihm zu folgen, hüpft Ginettes entsetzter Blick wie ein Weberschiffchen hin und her. O weh! das verregnete Zeitungspapier platzt, alles löst sich auf, und Steeny bückt sich, um aus der Fahrrinne einen kleinen Mantel aus braunem Samt aufzuheben. »Was ist denn das?« fragt er spöttisch. Aber er kann nicht zu Ende reden, nicht einmal den Kopf aufheben und nur in die Luft schlagen. Ginette hat sich ächzend auf ihn geworfen. Als er aufsteht, sind seine Hände leer, und die große, nun beruhigte Stute entfernt sich erst im Schritt, dann im Trab.
»Hure! Vermaledeite Unglückshure!«
»Komm mit nach Haus, Philipp«, sagt der Lahme mit seiner ernsten Stimme, »du kannst dort hinaufgehn. Nimm nur meine Krücke. Schau, wie komisch, dein Handgelenk blutet.«
»Ich glaube, die Närrin hat mich gebissen«, stellt Philipp fest. »Sieh, da all ihre Zähne auf meiner Hand! O Wilhelm, da fährt sie schon um Les Roches herum, ganz dort unten. Sie galoppiert, scheint es. Wo mag sie nur, zum Teufel! so früh am Morgen hinwollen!... Du aber, alter Freund, zuck nicht so mit den Schultern, du machst mich wild damit.«
»Ich zucke nicht mit den Schultern. Ich habe nur Mitleid mit dir, Philipp.«
Er umhüllte seinen Freund mit einem raschen Blick und sagte in einem sehr edeln Ton, mit einer Stimme, die so gewichtig

und rein klang, daß sie auf der Stelle sogar die Erinnerung an die unerklärliche und grausige Erscheinung auszulöschen schien:

»Mitleid und Angst.«

»Leb wohl, Wilhelm!« schrie Philipp und floh.

Sie haben den kleinen Leichnam in den Saal der Bürgermeisterei getragen, auf den großen Tisch, von dem rasch die grüne Decke heruntergerissen worden ist. Zu seiner Rechten hat der Feldhüter die beiden Schuhe des Toten einander lächerlich gegenübergestellt: es sieht aus, als winke der eine dem andern mit der verbogenen Sohle zu. Und das ist alles. Ein Kärrner aus Croules, ein Säufer, hat ihn an jenem Morgen ganz zufällig gefunden, am Rand des Sumpfes, unter den Brombeeren, nackt. »Gewiß hat ihn die Strömung ausgezogen, eine tolle Strömung. Das Wasser schäumte um ihn herum wie Bier.« Doch auf den ersten Blick hat er den Knecht der Eheleute Malicorne erkannt, einen braven jungen Burschen, der gar keine Laster hatte. Donnerwetter! Sein Kopf war bloß eine Schlamm- und Kieselkugel. »Als wär er geköpft worden, der arme Kerl«, sagte der Kärrner.

Der Bürgermeister hatte sich gerade seine Hose angezogen. Schon erklingt der Amboß des Hufschmiedes am Ende der stillen Straße, der unermeßlichen, stillen, frischgewaschenen Straße, die daliegt, wie sie die Morgendämmerung überrascht hat: noch ganz erfüllt von den Gestalten und Geräuschen des Vorabends. Einen Augenblick wirkt sie hell, dann geradezu blond und strahlend und so frisch, daß ein Sterbender seine Wange auf den Boden hätte legen können, so nahe, daß sie auf der gleichen Höhe mit den großen leeren Fensteröffnungen zu verlaufen scheint und einen Widerschein auf die Decke des Zimmers wirft. Aber schon hatte sie ein Schatten seitlich angefallen und galoppiert von einem Ende zum andern über sie hin, bis zum letzten Hügelgrat, zur Höhe von Trablois, deren lichtvergoldeter Kamm abspringt wie ein winziger Hobelspan. Grollend bricht der graue Himmel von allen Seiten herein, beruhigt sich dann aber ebenso rasch: ein feiner Regen beginnt zu fallen, und das Angelus ertönt.
»Da haben wir wieder den Regen«, sagt der Bürgermeister. »Nicht gerade ein Vorteil für das Einbringen der Ernte!« Seine dicken Augen keltern verdächtige Tränen; am Rand der Wimpern bleiben sie hängen und rollen ohne Unterlaß herab.

Er wird sie heute abend vor dem Einschlafen zerdrücken müssen, aber die Nacht wird andere bilden. Seine von einem Ausschlag gefirnißte Nase mit ihrem Netz blauer Äderchen, ihrer federnden Rundheit, ihrer übertriebenen Beweglichkeit hält seine Frau in Schrecken. Und wirklich, diese Nase springt mit überwältigender, possenhafter Lebendigkeit mitten aus diesem verlebten Gesicht heraus. »Sie ist mein Talisman«, hat er einst zu den jungen Mädchen gesagt. Und mehr als eine hat diese ungeheuerliche Nase in die Hand genommen, denn der ehemalige Brauer verbirgt sein Gelüst auf die Weiber nicht. »Ja, meine Beste«, wußten sie dann zu erzählen, »stell dir nur vor, ich habe sein Herz in der Nasenspitze schlagen gehört; es ist so, als ob du ein richtiges Tier in Händen hieltest.« Der brave Mann denkt fast so wie jene, doch bisher hat er sein Geheimnis gehütet. Unter dem Vorwand einer Vertraulichkeit, hinter der im Grunde nichts als Prahlerei steckt, hat ihn der Doktor Malépine, mitten in der Versammlung der Kreisabgeordneten, mit abgeschmackten Fragen bedrängt, von Überempfindlichkeit gesprochen, von den Nervenzentren der Nasenwurzel, und ihn endlich einen »großen Geruchsmenschen« genannt. »Lieber Freund, die Wissenschaft nennt die Dinge bei ihrem rechten Namen. Der nasale Gesichtsfortsatz ist bei Ihnen eines der Genußwerkzeuge. Und vergessen Sie nicht, meine Herren, daß diese Beobachtung nichts Neues ist. Der große Duriez führt das Beispiel eines Kranken an, den die geringste Spur von Jodoform bis zum Krampf erregte. Die Nase verfärbte sich jäh, und er hat sogar, so unglaublich das auch klingen mag, erektionsartige Erscheinungen beobachtet.« Der arme Geruchsmensch! Zuerst hatte er gelacht wie die andern, ohne allzuviel davon zu verstehn, und alles in allem war er nicht wenig stolz darauf, sich mit Emile Zola verglichen zu hören. Tage um Tage von Faulenzerei, Tage um Tage unter der Gartenlaube oder an dem kleinen tönernen Ofen hatte es gebraucht – in der Ferne leuchteten rosig die Dächer seiner früheren Brauerei, des verlorenen Königreichs –, Tage um Tage voll Langeweile, ehe der winzige Samen des Zweifelns keimen konnte, des ersten Zweifels. Und er ist auch wirklich nie ein gewöhnlicher Bursche gewesen, selbst bevor die launischen Kurse der Hopfen- und der Malzpreise jeder Stunde, jeder Minute seines Lebens einen Sinn gegeben hatten. Bei Gott, es stimmt schon, daß er mehr als jeder andere gerochen und gewittert und geschnuppert, daß er seine Jugend mit der Nase erlebt hat; und auch das beginnende Alter hat seinen eigenen Geruch. Seine wahren Erinnerungen liegen da, zwischen den beiden Augen, am tiefsten Grund jener zwei dunkeln Höhlungen. Ein Windstoß, der den Weg überquert, ein vorüberfahrender Wagen, unter dessen Plane es laulich riecht, das Taschentuch, das einer entfaltet, noch geringeres. Und dann leuchten im Gedächtnis solche Einzelheiten auf wie ein Blick, ein Gesicht, ein wollüstiger Wink: das Halbdunkel einer Kammer, ein eisernes Bett, der gastliche Heuschober, wenn ihn um die Mittagszeit die Sonnenstrahlen umspinnen. Wie diese Vorstellungen gleich die Handhöhlung mit kaltem Schweiß bedecken! Unglücklicherweise trifft ihn jeder dieser Schläge am gleichen Ort im Nacken, und sein Blick muß sich sehr quälen, um das Netz zu zerreißen, mit dem sich ihm beim jähen Aufwallen des Blutes die Augäpfel überziehn. Milliarden von Dämonen! Soll man wirklich mit über sechzig Jahren entdecken, daß man nicht wie die andern ist, also das Schlimmste vom Schlimmen: Entsetzen und Verdammnis der Dummköpfe! Er, den keine Frau jemals hat erblassen sehn, entdeckt mit einemmal, daß er sich dieser ungestalten, unreinen, unerklärlichen Nase auf irgendeine Art und Weise ganz lächerlich schämt. Vergebliche Abwehr! Diese tückische Vorstellung ist dorthin gedrungen, wo sein Gehirn am dichtesten ist, und alle Pinzetten des schönen Herrn Doktors können sie da nimmer herauslösen. »Nicht wie die andern!« er, der Gemeindebeamte, der Bürgermeister! »Denk dir, Malvine«, sagt er zu seiner verdutzten Frau, »ebenso gern wäre ich Pfarrer.« Was ist da zu tun? Der unvorsichtige Malépine hat, als er von Neurasthenie sprach, das Übel im Grunde nur verschlimmert. Irgendwo unter seiner Schädeldecke steckt sie doch, diese unsichtbare, unfaßbare Verletzung, die er von einem unbekannten Vorfahren geerbt hat, die entzündete, brennende Höhlung, in die der Schrecken wie eine Schmeißfliege sein Ei gelegt hat! Was für ein Narr, was für ein armer Narr ist er geworden, weil er einst auf seinen Geruchsinn stolz war, den er nun verheimlichen muß. Noch in der vergangenen Woche, als er in der Umgebung der Goubaudschen Besitzungen

Füchse jagte, sind seine Jagdgefährten auf eine alte verrostete Falle gestoßen, an deren Kette frisches Blut klebte. »Nun, Arsène?« Jeder von ihnen weiß, daß er in seiner Jugend im Rufe stand, in der Morgendämmerung ein noch fellwarmes Tierversteck unterm tautriefenden Laub zu erwittern. »Nun, Arsène?« Aber er hat mit den Achseln gezuckt: würdevoll, wenn auch mit einem schmerzlichen Ausdruck. »Idioten! Hab euch nun oft genug den Spaß gemacht, ihr Dummköpfe!« Großes Gelächter! Leider steht es so, daß die Sorgfalt, die Beharrlichkeit, mit denen er sich seinem seltsamen Wahn hingibt, ihn in der unvorstellbarsten Weise im Riechen ausbilden, statt ihn zu beruhigen. Nie, wirklich noch nie haben sich seine verteufelten Nasenlöcher besser auf das schnüffelnde Genießen und Abschmecken verstanden als jetzt darauf, durch unsichtbare Siebe, durch Myriaden von zitternden, tanzenden, erregten Stäubchen hindurch sich eine immer reichere und dichtere Luft zu eratmen, eine mit sich überschichtenden, einander durchdringenden, doch sich nie vermischenden Düften überladene Luft, bis in der Herzstunde des Tages die Gewalt des Mittags sie alle zu einem dichten, unter der Sonne wie fettiges, blasiges Sumpfwasser brodelnden Gemisch ausbreitet. Dann aber, hinter der Mauer verborgen und mit tief in die Stirn gedrücktem Hut, erlebt er in der vollkommenen Sättigung der fünf Sinne eine Art Entspannung, eine finstre Rauschruhe. Niemand zweifelt daran, daß der Ekel vor leider nie mehr erlebbaren Lüsten, wenn nicht die Reue davor, nun bei dem alten, lasterhaften, ganz von Todesahnungen erfüllten Burschen die Gestalt dieses lächerlichen Deliriums angenommen hat. »Stell dir vor, Malvine, im Grunde bin ich nichts als ein Schwein!« – »Du Trottel, man wird dich hören!« Und indem sie ihre beiden mageren Arme, die das Alter mit einem dichten Flaum bedeckt hat, zum Himmel emporhebt, ruft sie aus: »So einer möchte Kreisrat werden und hat nicht einmal Achtung vor sich selbst!« Was tut es? Sein Aufschrei hat sein Herz doch ein wenig erleichtert. Manchmal träumt er davon, seine Bekenntnisse im Bett, mitten in der Nacht fortzusetzen, sich ein für allemal zu befreien, auch wenn seine Alte vor Wut platzen oder ihm noch so laut ins Gesicht lachen sollte. Inzwischen wäscht er sich an jedem Morgen und an jedem Abend mit viel frischem Wasser, splitternackt vor dem Zuber stehend, und rubbelt sich mit einer Leidenschaft ab, als ob ihm, wie Malvine sagt, seine alte Haut zuwider wäre. Um so schlimmer für Malvine! Denn die Stunde, die darauf folgt, ist eine gute, traumlose, fast jungfräuliche. Als ihn der Arzt in der ihm eigentümlichen Sprache lobt, weil er »von einer, wenn auch rudimentären hydrotherapeutischen Behandlung eine Beruhigung seiner Nerven erwartet, die gewisse einfältige Menschen von abergläubischen Gebräuchen erhoffen«, antwortet er ihm mit dem tiefsinnigen, herzzerreißenden Satz: »Die Schwierigkeit, sehn Sie, liegt darin, daß man mit sich selbst Mitleid hat.«

»Anton, etwas mehr Haltung, zum Teufel! etwas mehr Achtung vor den Toten!«

Der alte Wachmann hatte seine beiden Arme gebogen auf dem Tisch ruhn, seinen Kopf zwischen die Arme genistet und schnarchte. Der rechte Ärmel berührte die kleine, blutleere Hand, die sich wie eine Blume öffnete.

»Warum kommt denn der Untersuchungsrichter nicht? Wieder eine Stunde, nun mag geschehn, was will! jetzt fange ich selbst mit der Untersuchung an! Wo ist der Zeuge?« »Welcher Zeuge?«

»Der Mann, der die Leiche gefunden hat.«

»Er ist besoffen«, sagte der Wachmann, »vollkommen besoffen. Er hat die Kneipe aufmachen lassen. Und er scheint da drinnen zu saufen, ganz allein, mit zwei Stühlen unter dem Hintern wie ein Schiffskapitän.«

Der Bürgermeister rührt sich nicht, aber seine gutmütigen weichen Backen erzittern, werden rot. Furchtbar! Seit Wochen umspinnt ihn nun der entsetzliche Eifer des Arztes mit zauberischen Gespinsten! Ein Wort, das man scheinbar zu spät herunterschluckt, ein Lächeln, ein Schweigen oder ein plötzliches Ausweichen des Blicks, jene Art und Weise, mit der die Ärzte durch den Raum hindurch eine unsichtbare Geschoßbahn verfolgen: das ihnen allein bekannte Schicksal; braucht es noch mehr, um das Ansehn eines Gemeindebeamten zu vernichten, um ihn zu erniedrigen? Zwischen der mitleidenden Gattin, dem allzu vertraulichen Herrn Lehrer, den sanft spöttelnden Angestellten steht da der alte Brauer am Abend eines erfolgreichen Kaufmannslebens, das voll von gewinn- und ruhmbringenden Fälligkeiten war, und findet sich

genau so hilflos wieder, wie er immer gewesen war, so entwaffnet wie einst, als er im Schutz des Schulhofes mit der einzigen, im Winde pfeifenden und speienden Gasflamme zur Winterszeit die Taschen der Mädels mit Näschereien vollstopfte; denn selbst mit der dreifarbenen Bürgermeistersschärpe um den Bauch ist er immer noch der dicke, gierige und furchtsame Bursche, ein riesenhaftes Wickelkind.
»Sie können sich Ihre Bemerkungen schenken. Kein Anlaß zu dummen Witzen. Für alles verantwortlich. Sie täten besser daran, den Abstand zu wahren.«
Durch die angelehnte Tür dringt der Geruch von heißem Kaffee herauf. Im Handumdrehen hat Malvine aus dem alten Ofen im Erdgeschoß die Asche herausgeräumt, ihn mit trockenem Holz vollgestopft, eine Schürze über den Barchentrock geknüpft und mit knappen, raschen Bewegungen die Kaffeekanne für jene Herren gefüllt. Ihr schwarzer, hüpfender Blick springt von einem zum andern Winkel des übergroßen Raumes, prüft jeden Zoll der nackten Wände.
»Unser erstes Verbrechen!« denkt sie. Denn sie glaubt unbedingt an ein Verbrechen. Gerade eben als Arsène, völlig außer sich, den Fensterknauf in der verkehrten Richtung gedreht und mit den Fäusten gegen die Läden geboxt hat, ist sie zu dem kleinen Leichnam getreten, hat ihn mit ihren stillen, erfahrenen Händen umgewendet, denn sie fürchtet sich nicht vor den Toten... Es ist schon recht so. Und was sie da gesehn hat, geht niemand etwas an.

»Hör, Arsène...« Ganz grün sieht er aus. Er denkt wohl, daß der Tote sich bewegt hat.
Der Regen trommelt ans Fenster. Auf jeden Gluckser im Spülstein antwortet eine Traufe, sehr ferne, mit einem klagenden Schrei, wie Unkenruf. Ist es wirklich die Traufe oder die Windfahne oder eine traurige, staubige, vom Himmel gefallene Krähe? Draußen übertönt das gewaltige Rauschen des Regens alles.
»Ich höre Schritte, du Klotz. Komm rasch herauf!«
Er ist so häßlich, wie er da auf allen Vieren die Treppe heraufklimmt und noch die vergessene Flasche mit dem Wacholderschnaps in der Hand hält, so daß Malvine ihm zuschreit:

»Anton muß die Tür zur Kanzlei offengelassen haben. Es ist sicher der Doktor. Stell deine Flasche fort.«
»Da hast du deine Flasche!«
Und er wirft sie im Schwung durch ein halboffenes Fenster hinaus.
»Nun, Herr Doktor?«
Aber kaum hat der Arzt die Schwelle betreten, verliert er wieder einmal völlig den Mut. Doktor Malépine wendet sein rosiges Gesicht der Tür zu, und sein Mund versucht sich in einem mahnenden Lächeln, wie eine Amme ihren Säugling anlacht:
»Na, na! Schon wieder über die Stränge geschlagen! Der Bürger in mir erweist Ihnen alle Ehre, und der Arzt empört sich. Ein ärgerlicher Widerspruch!«
Seine rote Hand, mit dem goldenen Armband ums Gelenk, streichelt zerstreut über des Toten graue Brust, die schon so hart wie Stein ist.
»Ich konnte nicht früher kommen. Was für ein Wetter! Sagen Sie, lieber Freund, die Sache ist so einfach wie zweimal zwei vier ist: ein Verbrechen.«
»Sind Sie sicher?«
»Was soll es denn sonst sein?«
Mit dem Zeigefinger lüpft er das Kinn des Leichnams, entblößt auf dem faltigen Hals eine tiefer eingeschnittene Linie, einen zarten, blaukohlfarbenen Kreis.
»Erdrosselt. Ich möchte sagen: erdrosselt mit Hilfe einer sehr dünnen Schnur oder noch eher mit einem Draht. Schaun Sie doch hin: der Einschnitt ist deutlich da. Ja, was denn?! Bringt Sie das so durcheinander, die kleine Schaustellung da? Verzeihn Sie, ich habe unvorsichtig geredet, wie zu einem Kollegen. Schaun Sie einfach nicht hin, dann ist es gut.«
»Herr Doktor«, sagte mit einem Male der arme Mann mit komischem Ernst, »man neidet mir mein Amt, sie neiden mir mein Amt, und sie sollen es haben. Ich habe schwere Augenblicke erlebt. Sieben Jahre, nachdem ich mein Anwesen erworben hatte, Sie werden es nicht glauben, Herr Doktor, hob ich mein Papiergeld noch in einer Schweinsblase auf. Im Jahre 1895 hat mir meine Alte meine erste Brieftasche gekauft. Eine ganz volle Brieftasche, eine runde, so voll, daß die Naht springt, das wärmt eines Menschen Herz. Ich trug sie unter

meinem Hemd, Sommer wie Winter, sie hatte meine Körperwärme angenommen, sie gehörte zu mir wie meine Haut. In Gottes Namen! Und ausgerechnet ich verliere das Vertrauen in mich, ich, ein Kerl, der keinem Menschen etwas schuldig ist, der das Leben kennt! Verteufelter Bettelbub, der!«
Er zuckt voll Ekel mit den Achseln.
»So was nennt man ein Opfer. In einem gewissen Sinn, Herr Doktor, widert mich der Anblick fast mehr an als der des Verbrechers. Ein Verbrecher, der ist wie ich und Sie, der kommt, der geht, der atmet, der lebt. Da muß einer schon sehr schlau sein, um sein Gesicht zu erkennen. Nehmen Sie an, daß Sie ihm morgen in Montreuil oder in Boulogne begegnen. Da könnte es geschehn, daß Sie mit ihm zechen, ohne zu wissen, wer es eigentlich ist. Sein Verbrechen! Was bleibt denn von seinem Verbrechen an ihm hängen? Was sind denn schon ein oder zwei armselige Minuten im Leben eines Mannes? Aber dieser Art von Leichen steckt das Verbrechen im Leib, diesen Schweinen! Sie schwitzen es geradezu aus. Selbstverständlich werfe ich ihnen ihr Unheil nicht vor. Ehe es ihnen zustößt, tun sie mir leid, ich achte sie sogar. Aber wenn es einmal geschehn ist und das Gesetz nicht mehr das Geringste für sie tun kann, ist es, als ob ihnen die Bosheit aus allen Poren dränge. Sie bringen Schande über das Land, stellen alle Welt bloß, machen die Gesellschaftsordnung lächerlich. Sie werden mir sagen, daß man den Mörder bestrafen muß. Das stimmt. Nur müßte das unter Polizeimenschen abgemacht werden, um den Skandal zu vermeiden, und in einer Art und Weise, die der Lebensstellung des Opfers entspricht. Denn, unter uns gesagt, kann das einen vernünftigen Sinn haben, wenn man den ganzen Richter- und Beamtenapparat um eines kleinen toten Kuhhirten willen in Bewegung setzt, als ob es sich um einen weltberühmten Forscher oder um einen Staatsmann handelte? So wahr wie ich Arsène heiße, wird mich der Rotzkerl da meine Bürgermeisterschärpe kosten; man kann sie gleich mit ihm begraben. Schaun Sie ihn doch an! Da liegt er ruhig und lächelnd, als ob er ein Junge aus gutem Hause wäre: seine eigene Mutter würde ihn nicht erkennen! Mein Gott! mein Gott! Wenn er da barfuß vorbei lief, hinter seinem Vieh her, wie hätte ich da auf den Gedanken kommen können, daß der eines Tages...! Es ist zum

Krämpfe kriegen! Dabei weiß man bei diesen Schlingeln nie, woran man mit ihnen ist, sie machen einfach alles anders, sie stecken voll Listen wie die Wilden! Ein etwas harter Tadel, eine anständige Maulschelle, und so einer schafft sich aus der Welt, nur um den Herrn und Meister zu ärgern, einfach um ihn zu ärgern. Oder die Strömung hat ihn die ganze Nacht hindurch am Rande des Flußbetts durch die Büsche geschleift, und er ist dann in die Schlinge eines Wilderers geraten und erdrosselt worden. Sehn Sie doch zu, Doktor, ob es nicht gescheiter wäre, man brächte die Sache irgendwie in Ordnung, statt alle Leute durcheinander zu wirbeln und meine ganze Gemeinde auf den Kopf zu stellen? Eine so friedliche Gemeinde, das Herzstück unseres Kreises! Verfluchter Unheilshirtenjunge!«
»Mein lieber Freund, sagen Sie das alles meinem Kollegen, dem Gerichtsarzt. Was mich betrifft...«
Mit den Fingerspitzen gibt er dem ehemaligen Brauer einen zerstreuten Klaps auf die dicke Backe, und zwar mit der gleichen zur Gewohnheit gewordenen Bewegung, mit der er daheim in der Sprechstunde, unter dem starren Blick des schwarzmarmornen, auf dem Kaminsims thronenden Äskulap, ein schwanger gewordenes Mädchen ermutigt.
»Sie sind ein Kind, mein Lieber. Werden Sie doch nicht so rot! Alle Nervenmenschen sind Kinder, sind richtige Säuglinge. Wie kommen Sie denn auf den Gedanken, daß Sie solch eine alltägliche dumme Geschichte Ihre Schärpe kosten könne? Warum? Und wie? Sagen Sie doch! Was fällt Ihnen ein?«
»Ah-Ahnungen, Vorausahnungen«, stottert der scharlachrot gewordene Mann.
»Vorausahnungen? Lassen Sie mich in Ruhe mit Ihren Vorausahnungen! Einer dieser Tage wird es noch dazu kommen, daß ich Sie zur Beichte schicke – ja, auf mein Ehrenwort! Sie schlagen sich mit dem Gewissen herum, mein Lieber, wie viele alte Sünder, wenn es auf die Sechzig geht. Kurz und gut, da ist was nicht richtig, da! irgendwo in der Herzgrube. Stimmt es? Oder, wenn Sie wollen, auch ein wenig tiefer, am Plexus, wo die Seele ihren Sitz hat. Ein tüchtiger Rückstand von angenehm unzüchtigen Vorstellungen, die nicht so einfach zu vertreiben sind, wenigstens nicht so einfach wie ehemals. Gelt, verdammter Schäker! Und da träumt man nun

von Unschuld, von Reinheit, von Erlösung – von was weiß ich sonst für dummem Zeug. Lasterhafte Menschen sind immer Idealisten, merken Sie sich das, Teuerster.«
Ganz nebenbei hat er auf dem Tisch die geballte Faust des Toten genommen und reibt sie sanft und mit beiden Händen, als ob er sie öffnen wolle.
»Im übrigen mache ich Sie darauf aufmerksam, daß Sie mir von all dem, was ich Ihnen da sage, auch nicht ein Wort glauben müssen. Wenn so ein unternehmungslustiger Kerl sein ganzes Leben lang hinter den Mädels hergewesen ist, bringt man es nicht so leicht in seinen Kopf hinein, daß er in eine umgekehrte, in eine rückläufige Pubertät hineingeraten ist. Werden Sie doch nicht rot, zum Teufel! Wir sind doch unter uns, zum Donnerwetter!«
»Habe mir nichts vorzuwerfen... Gar nichts... Dummheiten gemacht wie jedermann... Kann mit erhobenem Kopf den Leuten ruhig ins Gesicht sehn, Herr Doktor...«
»Sakrament, das ist es ja gerade, was ich von Ihnen will: daß Sie den Leuten gerade und ruhig ins Gesicht sehn, mitten in die Augen hinein. Denn auch die scheinbar Besten sind nicht viel wert.«
Der Arzt hatte die kleine, noch immer geschlossene Hand auf seine Knie gelegt und bemühte sich nun darum, ihre Finger, einen um den andern, ohne Gewalt auszustrecken, nachdem er zuvor ein Lineal behutsam unter den Handballen geschoben hatte.
»Sehn Sie, Arsène«, fuhr er fort, doch diesmal fast flüsternd, »Sie täten gut daran, Ihre Zunge ein wenig zu hüten. Die Pflicht eines Beamten besteht darin, die Justiz zu unterstützen, nicht sie zu verwirren. Im übrigen ist Ihre Selbstmordhypothese nicht zu halten.«
»Ich werde die Schlinge schon auftreiben, Himmelherrgott!« rief plötzlich der Bürgermeister mit donnernder Stimme. »Wir werden zusammen mit den Herrn Untersuchungsrichtern den ganzen Flußlauf hinuntergehn, überall längs der Uferböschungen sind Abflußstollen, und irgendein Einfaltspinsel wollte dort Fischotter fangen. Die Leute sind so dumm! Wer soll denn, zum Teufel, diesen Lausbuben da getötet haben? Nehmen wir an, ein Landstreicher sei es gewesen, schließlich gehört die Straße allen, nicht wahr? In dem

Fall könnte man sagen, daß die Sache die Gemeinde nicht weiter angeht. Statt daß ... statt daß ...«
Zweimal drehte er langsam, ja feierlich seinen Kopf von links nach rechts, seinen großen purpurroten Kopf mit dem unbestimmten, fast milchigen, säuglingshaften Blick.
»Es ist zum Verrecken!« sagte er.
»Warten Sie das Ende ab«, antwortete der Arzt mit übertrieben ruhiger Stimme, »das Ende verspricht sehr aufregend zu werden, Teuerster.«
Die kleine, leere, nun völlig geheimnislose Hand pendelte ganz nahe dem Boden fast unmerklich hin und her, indem sie ihr schwarzviolett gewordenes Inneres abwechselnd verbarg und entblößte. Der schöne Arzt legte sie mit einer heftigen Bewegung auf den Tisch zurück:
»Ein Wagen? Schon?! Donnerwetter, wie die Herrn Untersuchungsrichter heute früh auf den Beinen sind!«
»Das sind nicht die«, sagte der Bürgermeister, nachdem er zum Fenster hinausgeschaut hatte. »Das ist die Närrin von Néréis, Wollwade, mit ihrer Stute ... Es ist anzunehmen, daß Herr Anthelme das Zeitliche gesegnet hat.«
»Einen Augenblick, Arsène! Halten Sie sie einen Augenblick unten auf, mein Bester! Die ist fähig und hat sich unsern Toten schon von ihrem Hause aus erschnüffelt, wie eine Krähe von ihrem Ast.«

»Dahin hat man ihn gebracht, die arme Unschuld!« sagte die Schloßherrin von Néréis. Sie stand plötzlich stolz auf der Schwelle.
Der große, schwere Mann drehte sich nicht einmal um. Mit hängenden Schultern und Armen, mit gebogenem Nacken bot er dem bleichen, regengestreiften Tag sein trauriges Gesicht in einer Art von vollkommenem Sichgehenlassen dar. Für die Zeit eines Augenaufschlages warf der Blick des schönen Arztes, der so lebendig hinter dem Zwicker hervorblinkte, etwas wie einen Feuerschein auf dies mit einemmal ganz unfaßbar gewordene Gesicht – flach, wie ausgewischt vor Scham, ausgelöscht durch Gewissensbisse, durch ein verzweifeltes Mitleid mit sich selbst – eine Reue, die weder begründbar noch benennbar war.
»Sie täten besser daran, Gnädige, wenn Sie sich gleich wieder

davon machten«, bemerkte er mit einer überraschenden Zartheit. »Es gibt hier nichts für Sie zu tun.«
Schon ging sie mit ihrem feierlich stolzen Schritt auf ihn zu. Von dem Sturz her war ihre Hüfte mit einem riesigen Flecken Straßenkot gezeichnet, und auch ihr Ärmel, den die Brombeersträucher zerrissen hatten, ihr nackter Arm war ganz schmutzig und ihr erhitztes Gesicht befleckt, weil sie es mit den Händen angefaßt hatte. Erstaunlich, daß es ihr gelang, sich auf ihren lächerlichen kleinen, mit Wasser vollgesogenen Samtschühchen aufrecht zu halten! Während sie ging, mußte sie mit einer kindisch trotzigen Bewegung des Fußes einen heruntergerissenen Fetzen ihres langen Rocks beiseite stoßen. Endlich setzte sie sich.
»Was für Scherereien! Die große Stute hat mir die Hände abgesägt. Ja, Herr Doktor! Schaun Sie doch her! Diese Närrin! Stellen Sie sich vor, dort oben auf der Hochebene ist uns der Oststurm in die Flanke gefallen. Sie hat geschrien vor entsetzlicher Angst, ja, Herr Doktor, geschrien! Ich dachte, ich kann sie nicht mehr halten, und sie geht durch mit mir.« »Was tun Sie da mit dem verteufelten Bündelchen?« fragte der Arzt von Fenouille. »Sie werden es gewiß unterwegs aufgelesen haben, irgendwo im Bach.« Sie lachte.
»Nicht wahr? Diese Lausbuben! Steeny vor allem, der böse kleine Teufel! Er hat sich mit der großen Stute herumgeschlagen. Er hat mein Kleid zerrissen. Ich hab ihn auf allen vieren im Straßenkot gesehn, aufflammend vor Zorn – süß sah er aus! Aber, Herr Doktor, wir wollen mit dem Schwatz eine Pause machen. Ich bin lediglich gekommen, um eine Pflicht zu erfüllen. Ich möchte jetzt mit dem Herrn Untersuchungsrichter reden.«
»Diese Schindmähre! Aber wenn es sich darum handelt, eine Pflicht zu erfüllen, hat es keinen Sinn zu warten. Wir werden das unter uns ausmachen. Vor allem aber, Arsène, machen Sie das Fenster auf! Wenn mich die Natur, was den Geruchssinn betrifft, nicht so großzügig begabt hat wie Sie, so kann ich doch die guten von den schlechten Gerüchen unterscheiden. Und mit Verlaub, schöne Dame, Sie riechen verteufelt schlecht.«
»Im Ernst? Mein Gott, wie mir das leid tut!« sagte sie. »Meinen Sie nicht... daß einem das zustoßen kann?«

Sie berührte den Arm des Bürgermeisters mit ihrer schmalen Hand, die auch unter dem Kot und der Wagenschmiere noch edel wirkte.
»Papperlapapp!« fuhr der Arzt heftig und grob fort. »Man kennt Sie! Ich kenne Ihr Rattennest. Arsène, geben Sie mir die Pinzetten, bitte! Ich werde dies Bündel nicht anders als mit einem Paar Pinzetten anrühren.«
»Es ist gar nicht so schmutzig, ich schwör es Ihnen!« widersprach sie laut und mit einem erschreckenden Lachen. »Nur Erde, nichts als ein wenig Erde. Im übrigen, wenn Sie erlauben, Herr Doktor, werde ich selbst es aufknüpfen.«
Ihr großartiger, nun gedemütigter Blick, jener Zauberblick, mit dem sie das ganze Leben eines Mannes verschlungen hatte, wanderte von dem einen ihrer Peiniger zum andern. Er glich dem Blick eines unschuldigen Tieres.
»Nicht auf den Tisch!« schrie der Arzt. »Auf den Boden, verstanden?! Auf den Boden, zum Teufel!«
»Gut, gut!« sagte sie. »Regen Sie sich nicht auf, es lohnt nicht... Da! Das kleine Hemd, die Hose, die Hosenträger. Allerdings habe ich nur einen Stiefel gefunden. Vielleicht hat die Strömung den andern mit fortgetragen.«
Mit der Spitze ihres geplatzten Schuhs breitete sie ein Stück nach dem andern auf dem Boden aus.
»Was wird denn da ausgepackt? Wo haben Sie das gefunden?«
Auf der Türschwelle stehend betrachtete Malvine schweigend, was da vor sich ging, und faltete ihre Hände über der Schürze.
»Bitte, bitte, gehn Sie weg«, bettelte zitternd die Unglückselige.
»Ich bin hier zu Hause, Gnädige«, gab die Bürgermeisterin zurück, wobei sie den Kopf in einer Weise bewegte, die würdevoll aussah und spöttisch gemeint war.
»Gut, dann werde ich erst vor dem Untersuchungsrichter reden.«
»Keineswegs. Sie werden auf der Stelle reden, meine Teure«, sagte der Arzt von Fenouille mit ruhiger Gleichgültigkeit. »Bringen Sie Papier, Arsène. Nehmen Sie meine Füllfeder, lieber Freund. Ich höre Sie an, Gnädige.«
»Schreiben Sie nicht«, flehte sie. »Nein, schreiben Sie nichts! All das muß unter uns bleiben. Schwören Sie es mir. Bitte,

bitte, Herr Doktor, sagen Sie laut und deutlich: ich schwöre. Bevor Sie nicht geschworen haben, sage ich kein Wort! Und er darf nichts davon hören, niemals! niemals! Nicht wahr, ich habe Ihr Wort, Herr Bürgermeister? Niemals! Er würde mich umbringen wie eine Maus.«

»So, so! Wir wissen genau, wo Sie hinauswollen!« sagte der Arzt und lachte so heftig, daß ihm die Tränen kamen. »Sie wissen doch, worauf sie hinauswill, Arsène? Es handelt sich offensichtlich um ihren Hausgenossen. Hören Sie«, fuhr er fort, »beeilen Sie sich, entledigen Sie sich rasch dieser kleinen Formsache. Seit einem Jahr – und von den anonymen Briefen, die der Herr Staatsanwalt regelmäßig in den Papierkorb wirft, will ich gar nicht reden – seit einem Jahr haben Sie ihn, ich weiß gar nicht mehr welcher und wie vieler Liebenswürdigkeiten beschuldigt, die vom einfachen Betrug bis zum Mordversuch an Ihrer kostbaren Persönlichkeit oder an der Ihres Gatten reichen, lächerliche Anklagen, die zusammenbrechen, sobald der erste Zeuge verhört wird. Verteufeltes Schloß von Néréis und verteufelte Schloßbewohner! Feuer, hören Sie es nur, meine Schöne! Feuer wäre nötig, um diesen Sumpf von Lügen und Froschgezücht auszuräuchern. Eine prächtige Feuersbrunst, sage ich Ihnen, eine mordsmäßige! Und für die Schloßherrin ein geschwefeltes Hemd, wie wenn eine im Mittelalter zum Feuertod geführt wurde, ja, ein hübsches, kleines geschwefeltes Hemd, ein steifes und starres, ein sackleinernes Schilderhaus mit einer Zipfelmütze.«

»Was für Scherze«, sagte sie und versuchte zu lachen. »Wie können Sie es wagen, in Gegenwart eines Toten so zu reden? Mein Gott, mein Gott, schauen Sie doch, wie schön er ist, wie er zuhört!... Und dennoch, Herr Doktor, ich erhebe in aller Form Anklage...«

Sie warf abermals einen angstvollen Blick auf die Bürgermeisterin.

»Meine Herren«, so begann sie wieder, »ich habe diese Kleider im Zimmer gefunden. Das heißt, um genau zu sein, nicht in seinem Zimmer. Sie werden wissen, daß sich die Tür auf eine Art von Gang öffnet...«

»Schon recht«, sagte mit kalter Stimme der Arzt von Fenouille, »ersparen Sie uns Einzelheiten. Kurz und gut, Sie beschuldigen in aller Form Herrn Ouine dieses Mordes. Recht so. Lieber Freund, bitten Sie Ihre Frau um ein paar alte Zeitungen und um etwas Bindfaden. Ich nehme nicht an, daß wir diese Dreckfetzen noch länger auf dem Fußboden herumliegen lassen werden.«

Frau von Néréis zuckte sanft mit den Schultern, fing an, die Lumpen einen nach dem andern zusammenzulesen und sie Stück für Stück im Bausch ihres armseligen Rockes zu bergen.

»Und was sagen denn Sie als Bürgermeister dazu?« schrie mit einemmal der wackere Arzt in gespieltem Zorn. »Haben wir den Schuldigen, ja oder nein?! Seit zehn Minuten sehe ich, wie Sie diese bemerkenswerte Helferin der Göttin Gerechtigkeit anstarren, als wollten Sie sie verschlingen. Hölle und Teufel! Auch ich habe mit der Gnädigen eine Rechnung zu begleichen! Und es ist mir keineswegs unangenehm, Donnerwetter, daß ich dazu Gelegenheit finde! Nicht wahr, meine Schönste? Es ist nun wirklich zu lange, daß Sie die Straßen unsicher machen, während eine Verwaltung, der die sittliche Gesundheit dieser Gemeinde nur ein wenig am Herzen läge, Sie vom allerersten Tage an hinter Schloß und Riegel gesetzt hätte. Ja, hinter Schloß und Riegel, wohin denn sonst?! Dort, hinter Ihren gepflegten Rasenflächen oder hinter dem Hintern Ihrer verteufelten Stute sind Sie eine Dame. Hier, vor mir, sind Sie bloß ein Fall, noch dazu ein ganz gewöhnlicher Fall, ein Nichts. Verstehen Sie, Arsène? Diese bemerkenswerte Dame hat wahrscheinlich einen Mann vernichtet und einen andern so halb und halb angeschlagen. Wenn die unschädlich gemacht würde, nehmen wir an: unter meiner Aufsicht, in irgendeiner gutgeführten Heilanstalt, würde ich, ich, der ich hier mit Ihnen rede, die da in ein ganz und gar ungefährliches Tierlein verwandeln, ungefährlicher als ein Hündchen. Bedenken Sie es einmal selbst... Eine Taktfrage, Kaltblütigkeit, Ernst und Strenge, vor allem Ernst und Strenge. Ich war Mitarbeiter des großen Duriez, das sagt alles. Ein sehr bescheidener Mitarbeiter, mein Lieber, ein Hospitant, bloß ein Hospitant, aber ich hatte meine Augen nicht hinter dem Kopf, ich wußte mir immer zu helfen, ein echter, rechter Mediziner... Der alte gute Studikergeist geht verloren, mein Freund. Man ersetzt uns durch bebrillte Haarspalter, durch

Naturheilkundige, durch Arzneimischer, Chemiker... Ach ja, der ärztliche Beruf ist der erste von allen, aber er verlangt Charaktere...«

Der Bürgermeister von Fenouille schüttelte den Kopf und stimmte mit seinem ganzen übergroßen Gesicht zu, das, eigentlich zum Lachen geschaffen, doch eine unaussprechliche, gespenstische Traurigkeit aufwies. Die Worte schlugen wie eine Art von ununterbrochenem Rauschen an sein Ohr, ein Rauschen ohne Anfang und Ende, dem die Gesten und Grimassen des Redenden eine Art von übernatürlicher Verstiegenheit beifügten. Denn über ihn und seine eigene Schwäche übte die Grobheit des kleinen Mannes jetzt ihre Herrschaft aus. So späht ein Tier im geheimnisvollen Gesicht seines Herrn nach den geheiligten Anzeichen, aus denen ihm Leid oder Freude entstehn werden.

»Müssen Sie wirklich allen meinen Bindfaden aufbrauchen«, rief die Bürgermeisterin von der Schwelle her. »Leih ihr dein Messer, Arsène.«

»Genug Bindfaden«, sagte der Arzt. »Legen Sie das Paket auf den Kamin. Recht so. Und verzeihen Sie, meine Beste, wenn ich so offen geredet habe. Sie sind die Kranke, und ich bin der Arzt. Eine Kranke beschäftigt mich weit mehr als ein Toter. Und wenn da in dem Köpfchen noch irgendein kleines Geheimnis steckt, dann verraten Sie es mir lieber gleich, nicht erst dem Untersuchungsrichter. Es ist besser für Sie. Glauben Sie mir, meine Liebe, es ist besser für Sie.« Seine Stimme hatte ein wenig von ihrer drolligen Sicherheit verloren, während seine Hände, flach auf den Knien liegend, eine Art von scheu streichelnder zärtlicher Bewegung andeuteten, eine Vogelstellergeste. Und auf diese Hände senkte sich unwiderstehlich ihr wilder, scham- und angstverlorener Blick, voll von der List und der unendlichen, unerbittlichen Geduld des Tieres im Käfig. Einen Augenblick, unter dem Schutz der langen, gesenkten Wimpern glitten ihre Augen dem Fenster zu, auf den Horizont hin, zu der fliehenden Linie der Hügel, der schwellenden Linie der Wälder von Vernoul, einer windzerfetzten Wolke nach, ins Leere.

»Wenn ich also recht verstanden habe, wäre Ihr Hausgenosse der Urheber dieses Mordes?«

»Ja, Herr Doktor«, antwortete sie. »Ich schwöre es.«

»Heben Sie Ihre Schwüre für später auf. Zunächst Ihre Beweise.«
»Ich... ich habe ihn gesehn.«
»Gut, Herr Bürgermeister. Schreiben Sie nieder, daß sie Zeugin des Mordes gewesen ist.«
»Nein. Warten Sie. Nicht des Mordes. Mein Gott, ich habe gewacht, wir haben in jener Nacht gewacht, in jener wie in andern Nächten. Der Herr von Néréis ist um fünf Uhr morgens gestorben.«
»Was? Wie? Anthelme ist gestorben?!«
»Ja, Herr Doktor«, antwortete sie mit ihrem üblichen Lächeln. »Um fünf Uhr. Er hat sehr gelitten, Herr Doktor.«
»Gnädige Frau werden daran denken müssen, eine Todeserklärung abzugeben«, sagte der Bürgermeister. »Gnädige Frau stehn nicht über dem Gesetz.«
»Unser Freund hat gegen Mitternacht ausgehn müssen. Er ist zwei Stunden später heimgekommen. Und dann habe ich das da am Boden des Wandschranks gefunden, ich beschwöre es! unter einem dicken Kartoffelsack.«
»Ist das alles?« »Ja, meine Herren, das ist alles.«
»Das ist alles«, wiederholte der Arzt mit einer flötenden Stimme und neigte wie Frau von Néréis seinen Kopf gegen die linke Schulter hin. »Das also nennen Sie einen Beweis? Aber ich wette, daß man heute auch einen anonymen Brief im Briefkasten des Herrn Staatsanwalts finden wird, nicht wahr, meine Teuerste? Und ohne Zweifel wird der ehrenwerte Herr Professor Ouine morgen dort sein, wohin Sie ihn sich wünschen, Sie liebenswerte Nemesis... Und was die Dreckfetzen dort in der Zeitung anbelangt...«
Er zog seine Uhr hervor.
»Wir werden sogleich wissen, woran wir uns zu halten haben. Ich habe das Ehepaar Malicorne auf neun Uhr bestellt, Frau Bürgermeisterin!«
»Sie kommen gerade herauf«, sagte die Stimme der Bürgermeisterin im Treppenhaus.
»Einen Augenblick! Einen Augenblick! Man läuft hier nicht einfach hinein wie in eine Mühle. Hier liegt ein Toter, zum Teufel!«
Indem er dem Tisch den Rücken zudrehte und sich bemühte, den Leichnam zu verdecken, verschwendete er an den noch

unsichtbaren Besuch ein Lächeln des Einverständnisses, herzzerreißende Blicke, überfließend von Mitleiden und salbungsvollem Amtseifer.

»Entschuldigen Sie, Herr Doktor«, stotterte der eben Eingetretene, durch diese ihm unverständliche stumme Schaustellung mehr verstört als beruhigt, »es handelt sich um meinen Angestellten, ich bin berechtigt... Du kannst hereinkommen, Alida, hab keine Angst, es ist das nichts, was dich verletzen könnte... Und außerdem sind wir im Ratshaus doch alle wie daheim, nicht wahr, Arsène?« Mit dieser Frage schloß er, indem er dem Blick des Bürgermeisters auswich, in einem falsch vertraulichen Ton seine Rede.

»Tu, was du zu tun hast«, antwortete die Alte hinter der Tür. »Mir würde das Blut stocken, wenn ich ihn sehn müßte.«

Der Alte zuckte verächtlich die Achseln, trat an den Tisch und legte seine Hand schwer auf die Brust des Toten.

»Er hätte uns immer nur Ärger gemacht«, sagte er. »Ein armer kleiner Kerl, nicht bös, aber doch voll Widerspruchsgeist. Du solltest ihn sehen, Alida. Er sieht aus, als ob er lebte, als ob er reden wollte.«

»Bestehn Sie nicht darauf«, sagte der Arzt von Venouille mit großer Sanftmut. »Der Richter wird dann entscheiden, ob es nötig ist, Ihre Frau dem Toten gegenüberzustellen. Glauben Sie mir: ein solcher Anblick ist nicht jedermann willkommen. Aber da der oberste Beamte dieser Gemeinde es für richtig gehalten hat, zuerst Ihr Zeugnis zu hören, lassen Sie mich eine Frage an Sie richten, eine einzige. Sie werden darauf antworten oder nicht darauf antworten, wie es Ihnen beliebt.«

»Je nachdem«, antwortete der andere überrascht. »Komm doch, Alida, so hör doch auf mich, um Himmels willen! Sehn Sie, Herr Doktor, sie versteht sich auf das Dafür und Dawider, sie erinnert sich an alles.«

Die Alte vollzog ihren Eintritt mit dem Rücken, das Gesicht der Mauer zugekehrt. »Erkennen Sie diese Kleider?« fragte der ehemalige Aushilfsarzt in feierlichem Ton. »Lassen Sie sich nicht beeindrucken, gute Frau. Denken Sie nach.«

»Schon nachgedacht«, antwortete sie. »Und ob ich die erkenne!« »Ach!«

Sie traten alle ans Fenster, alle durcheinander, und beugten sich über die kläglichen Lumpen. Der schale Geruch nach

Schlamm und Wasser, nach faulendem Wasser, ließ sie die Nasen rümpfen und mit den Wimpern zwinkern.

»Wägen Sie Ihre Worte, Frau Malicorne. Sie behaupten also, daß das Opfer diese Kleider getragen hat, und zwar in der Mordnacht?«

»Aber nein!« sagte sie heftig. »Was denken Sie denn?! Leinenzeug! Bei der ersten Kälte hat er das abgelegt. Und Sie müssen wissen, daß ihn Herr Anthelme um Allerheiligen herum auf zehn Tage und für täglich fünf Franken zum Kartoffelklauben eingestellt hat. Da ist er mit einem ganz neuen Samtanzug heimgekommen, nicht wahr, Julius? Aber was die fünfzig Franken betrifft, auf die warte ich, mit Verlaub, noch immer.«

»Frau von Néréis...«, begann siegesbewußt der Arzt von Fenouille.

Doch sie schauten sich vergebens nach den Augen dieser außergewöhnlichen Frau um. Die einsame Straße triefte von Nässe und breitete sich wie ein Spiegel in der Sonne. Und indem sie den Atem anhielten, meinten sie zweimal, ganz in der Ferne, in der Richtung auf Saint Vaast zu, und dann noch ein drittes Mal die große Stute im Westwind wiehern zu hören.

Im Grunde, denkt Philipp, habe ich das, was sie Landschaft, was sie Natur nennen, gründlich satt. Ich habe nie etwas anderes geliebt als die Straßen. Ja, die Straße, die weiß, was sie will. Sie weiß es nicht erst morgen, sondern heute! heute schon!

Heute... wiederholt er vor sich hin, indem er den Schritt beschleunigt wie ein Berauschter. Heute schon!

Die schöne Straße! Die liebe Straße! Diese hinreißende Freundin, dies unendliche Versprechen! Der Mensch, der sie da Zoll um Zoll mit seinen eigenen Händen gebaut, bis in ihr Innerstes, bis in ihr steinernes Herz umgewendet und dann geglättet und gestreichelt hat, er erkennt sie gar nicht mehr, er glaubt einfach an sie. Sie ist die höchste, die letzte Möglichkeit, sie liegt vor ihm als die einzige große Gelegenheit seines Lebens: vor seinen Blicken, unter seinen Schritten, ein Einbruch ins Fabelreich, ein endloses Sich-Entrollen, ein Wunder der Einsamkeit und des Entfliehens, erhabener Bogen, hinübergeschlagen ins unendliche Blau. Er hat sie gemacht, er hat sich selbst dies herrliche Spielzeug geschenkt, und kaum hat er die bernsteinfarbene Fläche betreten, vergißt er schon, daß seine eigene Berechnung ihren unwandelbaren Verlauf von allem Anfang an vorausgezeichnet hat. Beim ersten Schritt auf dem zauberischen Boden, den seine Kunst der überwältigenden, der abscheulichen Fruchtbarkeit der Erde entrissen hat, auf dieser nackten und unfruchtbaren Fläche, die sich wölbt wie ein Brustpanzer, findet auch der Verlassenste und Verlorenste seine Geduld, seinen Mut wieder und träumt davon, es könne vielleicht für seine elende Seele einen anderen Ausweg geben als den Tod. Wer nie in der Morgendämmerung eine Straße gesehn hat, dahineilend zwischen zwei Reihen von Bäumen, ganz frisch und ganz lebendig, der weiß nicht, was Hoffnung ist.

Heute, wiederholt Philipp wieder, heute noch!

Warum denn nicht morgen? Morgen wäre es zu spät. Die verlorene Gelegenheit wäre nicht wiederzufinden. Ungefähr in vierundzwanzig Stunden, so sagt er sich trunken, stirbt man daran. Und eine schmeichelnde Stimme, die er nie zuvor ge-

hört hatte – sie war genauso entsetzlich an diesem lichten Morgen wie ein Widerschein von geschlechtlicher Lust im Gesicht eines Kindes –, flüsterte ihm ohne Unterlaß zu: »Verliere sie! verliere sie!« Irgendein Satz, den er irgendwo gelesen hat [wenn er nur noch wüßte, wo!], kommt und geht in seiner Erinnerung mit der Gleichmäßigkeit eines Uhrenschlags: »Wer seine Seele retten will, der wird sie verlieren...« Still!
Die Trunkenheit vom Abend zuvor, der fehlende Schlaf, die Berührung mit seinen noch feuchten Kleidern unterhielten in seinen Adern, auf der Oberfläche der Haut, ein leichtes Fieber, eine Art von Beklommenheit, die ihm die Illusion einer überlegenen und beherrschenden Gedankenklarheit gaben. O diese zauberische Stunde, wenn die erste Morgenfrühe sich langsam aus den Abgründen herauslöst, in die sie niemals zurückkehren wird, wenn sie aufspringt wie eine große giftige Blume auf der Oberfläche des Gewissens, bis zum Gehirn vordrängt wie ein Gift! O zauberische Stunde, in der das kleine Menschentier seiner Kraft, seiner Freude und seiner Begnadung faßbare, nennbare Namen gibt! Und doch sind sie schon nicht mehr, diese Kräfte und Freuden und Gnaden, sind im gleichen Augenblicke schon gebrochen. Was tut es mir?! Für einige Tage, so sagte er zu sich, nur noch für einige Tage verfüge ich ganz über mich selbst. Die Straße war so frisch, so rein, schattengestreift, sie glich so sehr der Vorstellung, die er sich in diesem Augenblick von sich selbst machte, daß er seine Hände und sein Haupt in ihr hätte baden, sich in sie hinein hätte werfen mögen wie in klares Wasser. Denn immer wieder mußte er an ein völlig neues Leben denken, ein ganz leuchtendes, unzerstörtes, ja! ein unzerstörtes und unbeflecktes, das ganz wunderbarerweise in seine Hände gelegt worden war, so daß er damit tun und lassen konnte, was immer ihm beliebte, und daß es von der kleinsten Berührung für immer befleckt worden wäre; ein Leben, das da dauern müßte, bis das Bild des Todes, eines Todes, der von allen einst geträumten Toden so verschieden wie möglich sein sollte, aus diesem Leben selbst hervorbrechen würde, auf dem Gipfel seiner Lebensfreude das strahlende Bild dieses Todes!
»Da!« sagte er plötzlich, »die große Stute.«
Die vier Hufeisen hoben und senkten sich fern und geräuschlos auf dem feuchten Boden. Er jedenfalls hörte sie nicht.

Und er konnte auch den auf- und niederwogenden Rücken des Pferdes nicht sehn. Jene Art von Entrückung, in die er hineingerissen worden war, umgab ihn wie mit einem geheimnisvollen Schutzwall: er meinte, daß dieser Wall mit ihm den Ort wechsle, wie ein mit Händen greifbares Licht, wie ein Seidenkokon, in dem die Larve reift. Für einen ganz kurzen Augenblick schien die Landschaft nichts anderes mehr als seltsam gefärbter Nebel, ein Erzittern von Formen und Farben, von dem sich plötzlich und grausam genau die Stute abhob, allein und nackt mit hoch erhobenem Kopf. Ein blauer Schatten flog unter seinen Füßen vorüber.

»Oh! Oh!«

Es war nicht Furcht, was ihn an den Boden festzunageln schien, sondern ein unbegrenztes Staunen oder, um es genauer zu sagen: eine dumme Neugier, die größer war als die Angst. »Ah?! Was fällt ihr ein?!«

Zehn Meter vor ihm warf sich die Stute deutlich und schräg auf die linke Seite der Straße und fiel wie ein Blitz über ihn. Und fast in der gleichen Sekunde versuchte er mit einer unsinnigen Bewegung die ungeheure, schweißverklebte Brust des Pferdes zurückzustoßen: mit beiden Händen! Doch schon lag er am Boden des Straßengrabens und ächzte schwer. Ein Rad des umgestürzten Wagens drehte sich noch im vollen Laufe und feierlich leise über ihm in der Luft. »Um ein Haar verfehlt«, dachte er, »die Karre ist umgekippt, gerade im rechten Augenblick.«

Der Gedanke, daß er nicht einem gewöhnlichen Unglück entronnen war, sondern ohne Zweifel einem echten Mordversuch, erregte ihn. Nein! er würde mit keinem davon sprechen, nicht einmal... doch, vielleicht mit Herrn Ouine... Aber plötzlich erfaßte ihn dieser furchtbare Zweifel, ging ihm durch und durch:

Kann ich aufstehn? Kann ich gehn?

Ehe er sich die Frage zu Ende gestellt hatte, stand er schon schwankend, vom Licht geblendet, wie nach einem festen Schlaf. Zwanzig Schritte von ihm weidete die Stute friedlich im Gras der Böschung und schleppte eine gebrochene Deichsel hinter sich her. So weit man schauen konnte, war die Straße leer.

Wo, zum Teufel! mag sie hingekommen sein?... »Ginette«,

sagte er, fast ohne die Stimme zu erheben, »benehmen Sie sich nicht so albern! Zeigen Sie sich, Sie schmutziges Vieh!« Der Wagen lag wie ein riesiges Kerbtier auf dem Rücken und zeigte seinen schwarzlackierten Bauch mit dem Eisenzeug voll von rostigen Beschlägen und Wagenschmiere. Ein Zügel lag neben der entzweigebrochenen Peitsche im Gras. Um besser zu sehn, kletterte Steeny auf allen vieren die Böschung empor.
Und was soll das bedeuten?
Gerade in dem Augenblick sah er die Gesuchte.
Die letzte, plötzliche Wendung des Wagens hatte sie auf die andere Seite der Straße geschleudert, wie einen Stein von der Schleuder. Mit ihrem zerfetzten, seltsam um ihre langen Beine gerollten Rock, über der Brust gekreuzten Armen und den Kopf am Boden kroch sie langsam, wie ein verwundetes Tier, auf den Schatten zu. Eine lange Minute lang betrachtete er sie stumm vor Entsetzen, vor Ekel und irgendeinem andern trüb verwirrenden Gefühl, wie sie sich da im Staube wand. Die unordentlichen Bewegungen ihrer Schultern und Hüften, die entsetzliche Steifheit des Halses, die schlaffe Unbeweglichkeit der Beine erinnerte ihn an das Sterben Kims, des alten Wachtelhundes, den er fast am gleichen Ort gefunden hatte, nachdem ein Landstreicher dem Tier mit seinem Knüppel die Rippen gebrochen hatte. Denn sie schleppte sich halbschräg nach vorne, genau wie es der verwundete Hund getan hatte, kaum merkbar, dann mit plötzlichen Stößen; und Philipp konnte den Blick nicht von der nur ein wenig blutenden Spur abwenden, die ihr unsichtbares, am Boden hinstreifendes Gesicht hinterließ. Was sollte er tun? Was er da sah, glich weniger einem lebenden Wesen, als einem ungeheuerlichen, aus dem Leim gegangenen Spielzeug.
»Das war was, mein Junge!« sagte eine Stimme.
Der Mann beeilte sich nicht, die Böschung herunterzusteigen, er wendete seinen kleinen geschorenen und schwarzen Kopf nach allen Seiten.
»Faß nix an, mein Bursch! Trau nicht! Laß erst Zeugenaufnahme machen, das ist Gesetz. Du kannst den ersten besten darum bitten, der vorbeikommt. Die Straße ist begangen. Ihr Wagen hat sich ganz und gar auf die Linke geworfen, die

Deichsel steckt einen Fuß tief im Boden. Es ist sicher und gewiß, daß sie es auf dich abgesehn hatte, mein Junge.«
»Kümmern Sie sich nicht um das, was Sie nichts angeht, ja?« grollte Philipp. »Keine Geschichten! Und woher kriechen Sie denn überhaupt heraus, Sie dicker Teufel?«
»Woher? Woher ich gekrochen komm? Will's dich lehren, mein Bursch. Ich komm aus der Hecke da gekrochen, dort oben vom Acker der Fontan. Von dem großen Nußbaum aus überschaut man die Straße bis Meursault, mein junger Mann. Ich habe alles gesehn.«
Vor ihm stand ein ehemaliger Holzfäller aus dem Walde von Saint-Vaast, der einst mit seinen Kameraden aus dem Elsaß gekommen war. Man hatte den alten Wald verkauft, wieder verkauft, noch einmal verkauft, im Dämmerlicht dumpfer Notarstuben hatte er dann immer wieder den Besitzer gewechselt, bis plötzlich seine Schicksalswürfel gefallen waren und er im Lauf von zwanzig Wochen, in Tag- und Nachtschichten niedergeworfen, zermalmt, zerpflückt, wagenweise verkauft wurde, bis die letzte Fuhre siegreich durchs Dorf schwankte, unter Musik und Fahnenschwenken, und das Schweigen auf das junge, zerhackte, nackte, im Winterwald zitternde Buschholz fiel. Doch er, dieser schwarzbraune Kerl, war mit einem gebrochenen Bein im Lande geblieben.
»Da liegt sie mal stille«, sagte er. »Endlich! Sie hat aufgehört, sich zu winden, mein Junge. Aber du kannst Gift darauf nehmen, daß die davonkommt: die Narren halten mehr aus als die Säufer, sie sind dauerhaft, die Narren. Und sieh nur, was die Stute für Possen macht. Sie knabbert ganz vernünftig an ihrem Gras mit ihrem verteufelten schiefen Blick. Sieh sie dir doch an, die Kuh! Bei dem Fall hätte sie sich die Beine abschlagen müssen. Ich will mal versuchen, sie zu erwischen.«
Er zog sich sorgfältig seinen Ledergürtel fest.
»Ohne dir etwas befehlen zu wollen, mein Junge – du könntest mir vielleicht dabei helfen...«
»Was?« sagte Philipp, »erst die Stute? Sie sind mir der Rechte, alter Mann!«
»Der Rechte? Wieso der Rechte?« antwortete der kleine Kerl mit einer scheußlichen Grimasse. »Wo sollen wir sie denn

hintun, dein Fräulein Braut? Wohin denn, heh?! Sie hat sich selbst in den Schatten geschoben, dorthin, wo keiner vorbeikommt, die Schlaue, so ganz unauffällig und sanft – ja! und jetzt wirst du sie nicht mehr dazu bringen, auch nur einen Finger zu rühren. Die hat eine Geduld, die könnte eine Ameise Geduld lehren. Eine Ameise, ein Insekt, denn die ist nichts anderes als ein Insekt. Aber die Leute hierzuland sind zu dumm, die Jungen halten das Maul, und die Alten tun so, als ob sie nichts sähen. Sie halten sich einfach an das, was ihnen der Lehrer erzählt. Selbst die Lausbuben wagen es nimmer, von Wollwade zu reden, wegen der Kläpse. Worum solch ein Schulmeister sich alles kümmert, der schlappe Kerl! Weiß denn der, was ein Insekt ist? ein Insekt – so fett wie ein Frauenzimmer, weiß der denn, was das ist? Es gibt nichts Ärgeres, junger Mann. Es gibt kein wildes Tier, das so arg wäre wie das. Keinerlei Schaden, kein Gejammer, nichts was auffällt, was die Gendarmen, den Polizeikommissär, die Richter auf die Beine bringt und all ihre Drohungen und Donnerwetter, einfach nichts. Nichts als ein kleiner Pfeil, der dich so von ungefähr trifft, nebenbei. Du kratzt dich und denkst nimmer dran. Ja, ja! Tag und Nacht hören sie sie von einem Ende zum andern durchs Land brummen wie eine fette Fliege. Frau von Néréis hier, Frau von Néréis da. Und sie tut ihnen unter der Nase alles, wonach ihr der Sinn steht, hinter ihrem Rücken, diesen Trotteln! Und die Burschen, die damit protzen, sie auf den Rücken gelegt zu haben, je! je! die muß man sehn, wie sie rot werden, wenn die sie anschaut, so! mitten in die Augen, ganz bemalt und lächelnd wie eine Leiche. Aber nein? Aber wo denn? Sind nicht grade sehr mutig, die Brüder! denn sie kennt die Stärken und Schwächen eines jeden, die verfluchte Köterin. Seit Jahren und Jahren kennt sie die, verstehst du?« Immerzu weiter redend schob er sich langsam und von der Seite auf die Stute zu, die damit beschäftigt war, das spärliche Gras der Böschung abzuweiden. Dann ging er einige Schritte über sie hinaus und sprang plötzlich mit einem Satz auf den herabhängenden Zügel. Er hatte kaum Zeit, sich beiseite zu werfen, ohne freilich von seinem Fang zu lassen. Für einen Augenblick schreckte das Tier unter der Heftigkeit dieses Angriffs zusammen, dann bäumte es sich wiehernd auf. Eines seiner Hufeisen pfiff dem Holzfäller um die Ohren.

»Blödsinn, strafbarer!« sagte Steeny. »Das ist mir eine schöne Art, einen Gaul einzufangen, meiner Treu! Warum nicht gleich mit dem Lasso?«
»Sie ist zu tückisch, die Mähre«, antwortete der andere friedlich. »Geh an die Seite, Drecksvieh! Kannst du überhaupt noch laufen?«
Er ließ sich rückwärts gleiten, flach und steif ausgestreckt, indem er Rücken und Hüften auf die Böschung stützte und seine zu kurzen Arme mühsam über der Brust kreuzte.
»Niemand«, sagte er, »keine Katze! Komische Straße.«
Und indem er Steeny mit den Augen zuzwinkerte:
»Gehn wir hin?«
Aber der junge Bursche versuchte vergebens, so allein den auf ihn gerichteten Blick zu ertragen. Etwas wie ein Hauch, wie ein kalter Atem flog über sein kleines verkrampftes Gesicht, streichelte ihn wie gegen den Strich und ließ ihn alle seine Züge schmerzlich verzerren. Und er fühlte, erst wütend, dann verzweifelt, daß sein Mund den kindlichen Ausdruck wiederfand, sich zum Aufschluchzen zusammenzog. »Ich... ich fürchte... ich fürchte, daß sie tot ist«, sagte er. »Ich würde es niemals wagen, sie anzurühren. Gehn Sie! Ja, gehn Sie!« wiederholte er und stampfte mit den Füßen auf, »machen Sie, daß Sie fortkommen. Brauch ich denn Sie, um den ersten besten Wagen anzuhalten, der vorüberfährt? Ich verbiete Ihnen, hier zu bleiben und zu grinsen wie ein Hanswurst. Verstanden?! Meine Geschichte geht Sie gar nichts an«, kreischte er. »Stekken Sie das da ein und machen Sie, daß Sie fortkommen.« »Man weiß nie...«, antwortete der andere höhnisch. Seine Blicke wanderten von Philipp zu dem ausgestreckten Körper, dann blieben sie an dem Geldschein haften, den er zwischen den Fingern zerknitterte, und mit einemmal nahm sein Gesicht den Ausdruck komischer Würde an.
»Trau ihr nicht, junger Mann«, sagte er. »Sie hat Gift in sich.« Plötzlich sprang er den Abhang hinauf, tat noch einige jähe Schritte. Dann tauchte sein runder, schwarzer Kopf hinter dem Kamm der Böschung abwechselnd unter und auf. »Dummer Kerl!« schrie er. »Esel! Sie hat auf dich gezielt, glaub es mir, gezielt wie auf ein Rebhuhn.«
Die Straße fängt an, sich leise zu bewegen, leise unter ihm zu bewegen, wie ein goldglänzendes Tier. Er sieht sie zwischen

seinen Knien: falb, flüchtig, verstohlen; und sobald er versucht, seine Stirn wieder aufzurichten, die Lider offenzuhalten, schwillt sie an, schwingt sich von einem Horizont bis zum andern, zum Himmel hin. Dann schließt er die Augen. Aber nun spürt er sie ganz unter den Handflächen, die verteufelte Straße da! wie sie sich langsam hebt und senkt gleich einem zarten Leibe. Einen Augenblick später wirft ihn die Furcht auf alle viere, und alles, was er tun kann, ist: sich im Gleichgewicht zu halten, seinen leer gewordenen Kopf auf den Schultern im Gleichgewicht zu halten. Auf allen vieren?! Auf! Auf! Auf die Füße! Er versucht, eine Hand vom Boden zu lösen, dann auch die andere, beugt heftig die Hüften, wirft sich zurück. Vergebliche Mühe! Die ganze Landschaft wird jetzt wie in ein Wellental hineingesogen, scheint zu kentern wie ein Schiff. Und die Ebene, die da und dort grün auftaucht, schwillt an unter der ungeheuern blauen Kuppel, scheint immer rascher auf- und niederzupulsen wie der Kropf eines großen Frosches. »Philipp! Steh auf, Philipp!«
Was für eine tiefe, eine gewichtige Stimme! Wenn sie sich an einer allzu harten Silbe bricht, hat er stets das Gefühl, als ob sie sich in einer Art von wilder Klage fortsetze, als Zärtlichkeit oder Drohung, einem Ton, der kaum noch menschlich klingt; und sie klingt nun in seinem Innern nach, vermählt sich mit jeder Faser seines Seins, stachelt es auf zu einer Art Neugier, stärker als die Furcht, zu etwas, was man beim Anblick und dem Geruch von Blut empfindet. Warum hat er das nicht früher wahrgenommen? Es wird doch nicht die Stimme da sein, die er liebt? Geliebt oder gehaßt, darauf kommt es nicht an! Er spürt ihre Macht als eine Beleidigung, einen Schimpf, roh verletzt sie seinen Stolz... Glücklich das Kind, das der ersten Herausforderung der Lust aufrecht begegnet, atemlos vor Zorn und zum Widerstand bereit!
»Auf, mein kleiner Philipp!«
Er wacht auf. Kein Zweifel, sein Kopf ist über den Boden hingerollt, und nun hält sie ihn zwischen ihren langen harten Fingern und versucht linkisch, ihn zu ihren Knien hochzuheben.
Das über ihn gebeugte Gesicht ist übrigens nicht das der Frau von Néréis. Zumindest ist ihm dessen Ausdruck vollkommen fremd. Was da in ihren Augen flammt – in einem dieser

schwarzen Augen, das andere ist geschlossen, verklebt von Blut, mit Straßenstaub durchsetzt –, gleicht keinem Feuer, das er vorher sah. Kein Schmerz, keine Scham, kein Mitgefühl könnten auch nur für einen Augenblick diese hohe, diese unbewegliche Flamme ersticken.

»Lassen Sie mich!« sagt er.

»Nein, nein, Philipp, steh auf, mein Engel! schnell, steh auf! Auf der Stelle sollst du aufstehn! Es geht mir besser, es geht mir sogar sehr gut, es ist zu Ende. Ich möchte nur, daß du mich ein wenig nach hinten ziehst, dorthin, ja genau dorthin, und den Rücken an die Böschung gestützt.«

Er erhebt sich stöhnend. Die Straße ist leer.

»Zieh nicht so an meinen Armen, Philipp. Schieb mir die Hand unter die Schultern... So... Ja... Oh!«

Sie atmet vorsichtig, aber den Kopf hält sie hoch. Und was für eine Ungeduld liegt in den Händen, die sie mit äußerster Mühe über ihrer Brust zusammenschließt.

»Ich habe dir Angst gemacht, ja? Komischer Bursch! Verabscheust du mich wirklich, Steeny?«

»Ich wünsche mir, Sie hätten sich das Genick gebrochen. So sehr liebe ich Sie!«

»Lügner! Eben habe ich deine Schritte auf der Straße beobachtet. Als ich die Augen auftat, sah ich deinen Schatten, unbeweglich und ganz nah bei mir. Und dann ist dir schwindlig geworden, nehme ich an. Ich glaubte nämlich, ich sei tot, auch ich, stell dir das vor! Das ist wie ein gewaltiger Schrei, ein überwältigender Schrei, den ich aber nicht mit den Ohren hörte. Verstehst du das? Ein einziger großer Schrei, der von wer weiß woher kam, vielleicht aus der Seele. Bestimmt ist der Tod, der richtige Tod, der gleiche Schrei, der immer lauter wird, immer lauter und lauter, bis plötzlich, mit einem ganz kleinen ›Quieck!‹, wie ein zertretener Frosch, das letzte winzige Stück Stille zertreten ist. In der andern Welt gibt es keine Stille, so wenigstens stelle ich es mir vor, hörst du, Philipp? Mein Gott, nie ist mir mein Körper so verletzlich vorgekommen, nichts als ein Häutchen, ein durchsichtiges Häutchen, das ein Nadelstich zum Platzen bringen kann: Puff! Und dann drang der Schrei von allen Seiten in mich ein, brüllend, und ich ging jäh unter in diesem Lärm, ging unter wie ein gekentertes Schiff.«

Jeder Zug ihres Gesichts bewahrt eine außerordentliche Starre. Träumt sie? Redet sie irre? Aber die Hände, die sie mit wachsender Angst in- und auseinanderfaltet, reden auf ihre Art in einer andern Sprache. Ihre tückische Beweglichkeit erbittert Steeny.

»Ja, Sie spielten die Tote«, sagt er, »aber Sie hörten alles. Der Kerl da, er hatte recht, es ist erstaunlich, wie sehr Sie einem Tier gleichen, einem richtigen Tier – einem großen Insekt. Schmutzige Wesen mit Fühlhörnern, schwarzen Panzern, klemmenden Mäulern und zwickenden Scheren. Und wenn mir schwindlig geworden ist, dann gewiß nicht wegen Ihrer schönen Augen, Verehrteste. Haben Sie im übrigen nicht vor fünf Minuten versucht, mich umzubringen oder doch etwas sehr Ähnliches, wie? Sagen Sie nur nicht nein. Ich habe gefühlt, wie Sie mit der großen Stute auf mich gezielt haben, wie über eine Flintenkimme. Sie haben mich um Haaresbreite verfehlt, eigentlich hätte ich jetzt auf der andern Seite der Straße liegen sollen, mit einer Deichsel durch den Bauch. Und danach dann: Bedauernswerter Steeny, armer Engel!... Ach, hampeln Sie doch nicht so herum, bleiben Sie ruhig, ich nehme es Ihnen nicht übel. Schließlich haben auch Sie etwas dabei gewagt.«

»Mein Gott, wie dumm er ist«, sagte sie. »Wenn dir eines Tags zustoßen wird, daß dir die rechte Radachse bricht, wer wird dich davor bewahren, dich im vollen Lauf auf die linke zu retten? Du etwa? Aber laß uns vernünftig reden, mein Engel.«

Sie hat sich auf die Seite gedreht, langsam und stöhnend ihre Knie gebogen. Für einen Augenblick bleibt sie unbeweglich, schließt fest die Lider, und ihre Lippen sind so blaß, daß sie sich nur noch wie eine bleiche Schattenlinie durch das Gesicht ziehn. Aber dann steht sie plötzlich aufrecht da, mitten auf der blendenden Straße.

Ihr Arm gleitet unter Steenys Arm, aber stützt sich kaum darauf. Und doch liegt in jeder ihrer Bewegungen etwas Unbestimmtes, Überflüssiges, Unvollendetes, wie in den Bewegungen eines erschöpften Schwimmers, wenn er untergeht.

»Wir werden ihn retten«, wiederholte sie mit überraschendem Ernst, »wir werden ihn retten. Ohne uns kann er sich

nicht retten, Philipp. Jetzt ficht ihn schon nichts mehr an. Ach! wenn du ihn gesehn hättest, in der Morgendämmerung, wie er da zurückkam, ganz vom Regen durchnäßt, vollkommen ruhig. Nicht ein Schlammspritzer auf seiner Hose, seinem Kittel! Und seine schönen Hände waren sauber, diese Hände, die ebenso leicht Gutes wie Böses tun können, wie die eines Gottes... Horch!«
Der Zug heult im Talgrund.
Sie schwankt, richtet sich auf, schwankt wieder. Zornig läßt sie Philipps Arm los, und der Knabe betrachtet sie nun mit einer Art von Schrecken. Sicherlich und ob sie nun verwundet ist oder nicht: das seltsame Geschöpf da unter seinen Blicken braucht keinerlei Hilfe mehr. Die Vorstellung, die sich langsam ihrer Seele bemächtigt hat, ist jetzt ein und dasselbe mit dieser Seele, flammt in jeder ihrer Nervenzellen, bestimmt jeden Pulsschlag des Blutes in ihr genau wie bei einem andern unbezähmbaren Wesen. Steeny denkt an die große Stute, wie sie sich kopfüber und in vollem Galopp gegen die Böschung geworfen hat... Auch die wird nichts jemals aufhalten können, sagt er sich. Die wäre imstand, gegen eine Mauer loszugehn. Doch wem zulieb und warum? »Horch, Philipp, das ist ein Auto. Es hat gerade die Kurve von Bernoville genommen, in einer Minute wird es hier sein. Wenn es über Les Aiges fährt, kann es uns hundert Meter von Wambescourt absetzen; in Plansier erreichen sie dann wieder die Straße nach Boulogne. Rasch, rasch! Wir haben es so eilig, mein Engel!«
Einige Augenblicke später rollen sie zusammen auf das dunkel-unheimliche Haus zu. Wie all das einem Traum gleicht! Ein Faden, der sich abrollt, denkt Philipp, man meint, er werde reißen, und er reißt doch nie... Oder wird er es tun? Werde ich ihn bis auf die Spule abrollen können? Und hat er überhaupt ein Ende?
Als er jäh den Kopf wendet, sieht er die Augen der Frau von Néréis fest auf die seinen gerichtet. Doch gleich darauf schließt sie die Lider mit einem Lächeln.

Anthelmes Zimmer ist leer, und Philipp erkennt es nicht wieder. Im Schein der Lampe war es ihm überwältigend geräumig erschienen mit seinen großen leuchtenden Fliesen und den hohen nackten Wänden, die unsichtbar in die Decke übergehn. Alles in allem ist es nicht viel größer als das seine daheim in Fenouille und zugleich völlig harmlos, ja gewöhnlich. Nur schmutzig ist es. Und doch erregt der Schmutz von so vielen Jahren keinen Ekel mehr. Er ist gewissermaßen nötig: er hat die lebendige Kraft krankhafter Ausschläge an Pflanzen. Und es sieht aus, als ob das tief unterm Mauerwerk versickerte Wasser diesen Schmutz nur befruchte; und wenn die Mauern zerstört wären, würde er die Ruinen noch lange allein beherrschen, bis das Gras und die Schlinggewächse seine starken Säfte ausgepumpt und verbraucht hätten.

Ginette ist allein und ohne zu straucheln den langen, völlig von Wagenspuren zerwühlten Weg hinuntergegangen. Sie ist ganz allein die Treppe hinaufgeklettert: mit jenem langen, sanften, ein wenig wilden, gefährlich vertrackten Schritt, der an einen Kriegstanz erinnert. Aber diese Sanftheit hat heute etwas Gewolltes und Verletzliches, und ihr Blick verrät eine dunkle, erschöpfte Starrköpfigkeit, die Starrköpfigkeit eines in die Falle geratenen Tieres – Philipp kennt das gut –, eines Tieres, das nach einer Nacht, einem Tag und noch einer Nacht voll ungeheuerlicher Mühen, indem es die Falle und die Kette hinter sich herschleppt, angesichts der zweiten, immer schicksalsträchtigen Morgendämmerung aufrecht seinen Todeskampf kämpft.
Sehr ferne schlägt eine Wanduhr neun dünne Schläge. Neun Uhr. Was werden dort unten Miß und Mama, die beiden Freundinnen, denken?... Selbst wenn er gelaufen wäre, ist der Hirtenjunge in dieser so schwarzen Nacht gewiß erst sehr spät nach Fenouille gekommen. Miß hat ihren großen weißen Mantel über den Schlafanzug geworfen, ihm die Tür geöffnet, mit den Schultern gezuckt, gegähnt. Vielleicht hat sie es Mama erst heute früh mitgeteilt. »Bei der Verruchten

hat er geschlafen?! Man soll ihn sofort holen! Und ich werde Fanny noch heute abend sagen, was ich davon halte!«

Aber Michelles Wut dauert nie lange. Sie scheint diese kleinen Ausbrüche wie ein gleichgültiger Zuschauer zu ertragen. Kein Zweifel, daß sie zum Schluß auf der Schulter von Miß weinen wird, in ihrem frischen und geheimnisvollen Nacken, unter der Wolke von goldenem Haar. Und um dies Bild so schnell wie möglich in sich zu löschen, streicht Steeny sich zweimal hintereinander mit den Handflächen über die Augen.

Wie weit liegt jetzt das Haus mit den Weißbuchenhecken! Gestern, vielleicht sogar heute früh noch, glaubte er, daß er es hasse. Jetzt könnte er ohne Bedauern dorthin zurückkehren, vielleicht sogar darin leben, doch als Gast, der jederzeit bereit ist abzureisen, als der Herr seines Geheimnisses, seiner Einsamkeit gewiß. Was er erwartet hatte, war geschehn. Seit Wochen und Wochen, seit Wochen, die sehr viel länger sind als Jahre im Leben eines Erwachsenen, war er ja nun schon frei, auch wenn er sich dessen noch nicht bewußt war; und dennoch zog er aus Gewohnheit rings um das seelenlose Haus den gleichen, sich täglich weitenden Gedankenkreis. Um ihn zu durchstoßen, hat ein Zeichen von fremder Hand genügt, und zweifelsohne hätte auch etwas Geringeres genügt. Auf die Hand, auf das Zeichen kommt es ja auch gar nicht an, da ihn irgendwo ein Abenteuer erwartet, das für ihn geschaffen ist, ein Abenteuer und ein Meister. Denn das, wonach alle seine Seelenkräfte riefen, war die Befreiung. Doch Befreiung ist nur ein leeres Wort. Kein Leben findet in sich selbst das Werkzeug zu seiner eigenen Befreiung. Nicht Befreiung, sondern ein Meister!

Lieber Herr Ouine! Bei der ersten Begegnung mit dem Blick dieses schlichten Mannes hat sich der Aufruhr in Philipps wildem Herzen beruhigt: vom ersten Blick an, denn von so vielen Worten, die er gesagt hat, ist dem Knaben nur die Erinnerung an einen eintönigen Tonfall ergreifender Sanftmut geblieben, doch welch vollkommene Sicherheit und herrscherlich-überlegenes Fordern lagen darin. »Wenn ich gehenkt werden sollte«, träumt er vor sich hin, »dann müßte Herr Ouine mein Urteil verlesen.« Und ist es nicht so, daß dieser ungewöhnliche, durchaus gute, durchaus mit Verständnis und Mitgefühl erfüllte Blick die beiden weiblichen Tyrannen und ihre zermürbende Zärtlichkeit wie in eine Nacht zurückgestoßen, daß er geradezu die Erinnerung an sie ausgelöscht hat? Ein Augenblick hat genügt, um all die Bilder von gestern zu einem einzigen, Verzweiflung erregenden, hassenswerten Bilde zusammenzubündeln: das Zimmer mit der frischgewaschenen Cretonne, das kleine Boudoir voll Quasten und Tapetengeranke und den Kamin mit den dünnen Säulen; die heftig und gewaltsam gefärbten Tulpen in einem schattigen Winkel. Dazu die kindischen Morgen, die Mittage mit ihrem vollkommenen Blau, der Abend, der von Vorhang zu Vorhang klettert, vom Licht der Lampen eingegrenzt, und sich schließlich wie ein Haustier auf den Eßtisch lagert. Die nie geleistete Aufgabe der leeren Stunden, der vergeblichen und süßen Worte, der falschen Fröhlichkeiten, die so traurig stimmen, das Rauschen der Röcke, das wilde Aufblitzen der Ringe, das leise, immer verschwörerische Lachen, die Düfte. All das erinnert an einen goldenen Käfig, der, wenn möglich, mit einer großen rosaseidenen Schleife geschmückt ist, einen vergoldeten Käfig, dessen vier Ecken Pagoden nachäffen, ein Käfig und nichts darin, gar nichts. Und dabei gibt es doch...

Gewiß, die Frechheit, die in Philipp steckt, wird wach, wenn er an den trommelrunden Halbgott denkt, wie er seinen lächerlichen Hut auf den Knien hält. »Wetten, daß ich dem Ding einen Fußtritt versetze!« Aber er weiß schon, daß er seine Wette verlieren wird. Jedes Ding hat seinen rechten Ort in diesem wunderbaren Abenteuer, und er hätte auch keinen anderen Ort dafür gewählt als dies winzige Zimmer, das mit seinem Eisenbett, seinem spärlichen Licht und dem Tannenbaumschatten auf der Mauer so vollkommen einem Dienstmädchenzimmer glich. In diesem Dienstmädchenzimmer hat er gefühlt, wie sein Leben zerbrochen ist, oder vielmehr das, was er in seiner Einfalt Leben nennt, denn er weiß es ja nun, daß die Vergangenheit nur ein vorläufiger Schutz war, vergleichbar der Eierschale, unter der die Freude heranreifte. Welche Freude? Er genießt sie, er besitzt sie, er saugt sie ein, er verbraucht sie, ohne sie zu nennen. »Du wirst keinerlei Zwang dulden«, bemerkt Michelle traurig, »vor allem nicht den des Glücks.« Und es stimmt schon, daß ihm seit Jahren das Wort Glück einfach dumm erscheint: diese eine glucksende Silbe hat zugleich etwas Leichtfertiges und Unvollendbares, Unerfüllbares. Aber das Wort Freude berauscht ihn mit plötzlicher, auffunkelnder, schicksalshafter Helligkeit. Wenn er es leise vor sich hinspricht, fühlt er das regelmäßige Schlagen seines Herzens als ein einziges tiefes Summen, so tief, daß es auf der Stelle das zerstört, was er Lust nennt, ihn in eine Art wildwehes Staunen versetzt, in die Erschütterung, die von einem großen, doch gewollten Wagnis ausgeht, in die erregende Gewißheit, daß er mit sich selbst ein verwegenes Spiel spielt, ein vielleicht von vorneherein verlorenes Spiel. Auch das Wort Sieg liebt er nur allzu sehr, dies gewaltige, heitere, das dennoch ein Gefühl von Ödigkeit hinterläßt. Doch trotz ihrer geheimnisvollen Autorität erinnert die Persönlichkeit des Herrn Ouine gewiß an nichts, was einem Siege gliche. Und blitzschnell durchzuckt es Philipp: dies Wort entspricht in wunderbarer Weise dem, was er an sich und in sich selbst am schlechtesten kennt, einem so geheimen Teil seiner selbst, daß er selbst nicht zu sagen wüßte, ob er Stärke oder Schwäche, Lebens- oder Todesbeginn ist. Zumindest fühlt er unbestimmt, daß ihn dies Etwas von andern Menschen unterscheidet, daß es aus ihm einen Einsamen macht; und Herr Ouine ist der erste, der in diese Einsamkeit eingedrungen ist, ohne sie zu zerstören.

Er verläßt das Zimmer mit fuchsleisem Schritt. Schon hat ihn die Treppe in ihre Schattenspirale hineingekreist, unter seinen Fingern gleitet die Mauer, auf die er unbewußt seine Hand gelegt hat, fett und kalt vorbei ... »Wo ist sie?«

Da sieht er sie vor sich, aufrecht an das Geländer gelehnt, ganz gerade. Ein schwaches Licht fällt vom obern Treppenabsatz auf ihren Nacken, ihre Schultern, und er erkennt weder ihre Augen noch ihren Mund. Eine ihrer Hände scheint auf der Höhe der Brust in der Luft zu hängen, und plötzlich spürt er die Wärme dieser Hand auf seinen Lippen.

»Sprich leise«, sagt sie. »Ich habe den armen Anthelme hier in sein früheres Zimmer bringen lassen, in sein Bubenzimmer. Möchtest du ihn sehen? Er ist sehr schön.«

»Ich denke nicht daran! Und was haben Sie denn da oben seit einer Stunde getan? Ich nehme an, daß Sie mir nachspionierten.«

»Ja«, gab sie zurück. »Mit dir weiß man nie, woran man ist. Du bist ein seltsamer Junge.«
Sie schaute ihn, während sie sich langsam auf die Mauer zurückzog, lange und fest an, immer mit dem gleichen unbestimmbaren Blick. Für Sekunden stand ihr kleines Gesicht im Mittelpunkt des Lichtkreises, der die schwache Lampe umgab, und ehe sie ihre Lider wieder geschlossen hatte, sah Philipp, daß ihr Auge jede Durchsichtigkeit eingebüßt hatte.
»Vielleicht hat sie doch mehr abbekommen, als ich dachte«, so träumt er zynisch vor sich hin. In dem Augenblick winkte sie ihm, die Treppe hinaufzusteigen, ihr zu folgen.
Ouines Zimmertür steht offen. Der Durchzug bewegt die kleinen weiß-roten Vorhänge, und ihre Ringe kratzen über die Gardinenstangen. Sie prustet vor Lachen in ihre gefalteten Hände hinein.
»Es ist schon lange her, daß Anthelme einen Schlüssel geschmiedet hat. Wir gehn hier aus und ein, wie es uns gefällt. Einmal haben wir uns angesehn, wie er schläft.«
Sie läßt sich auf das Bett gleiten, knäult sich im Winkel der Wand zusammen, indem sie die Arme über den gebogenen Knien kreuzt. Philipp ist immer außer sich, wenn er irgendwo Durchzug spürt. Mit dem Fuß stößt er die Tür zu.
»Hör, Philipp! Genug, Philipp!...«
Mit allen ihren Kräften schüttelt sie seinen Arm ab, aber Steenys Hand hat sie über dem Ellbogen gepackt, umschließt hart den ihren.
»Sagen Sie mir! Ja, Ja! Sie werden es mir sagen! Was für ein Mensch ist dieser Herr Ouine? Und was treibt er hier, dieser Herr Ouine?«
Mit weinerlicher Stimme weist sie auf ihre nackte Schulter, die plötzlich aus ihrem Schlafanzug herausgeschlüpft ist: geschwollen und blutunterlaufen. Sie erklärt ihm, daß sie unter ein Rad geraten ist, als sich der Wagen überschlug. »Und warum haben Sie sich mit der großen Stute auf mich geworfen, Sie böse Bestie? Sie hatten mehr Aussicht, sich selbst umzubringen als mich.«
»Still!« sagt sie. »Du warst so winzig, so spärlich. Hat man Mitleid mit einer Fliege? Und im übrigen, mein Engel, hat das alles jetzt keine große Bedeutung mehr.«
Sie schiebt Philipp mit ihrem ausgestreckten Arm leicht zu-

rück. »Warum hätte ich dir etwas Böses antun sollen, liebes Herz? Aber ich mißtraue dir. Du siehst ihm ähnlich.«
»Wem?«
»Unserm Freund«, antwortet sie lachend. »Was? Hat er es dir nicht gesagt? Nein? Mein Gott, wie albern du dreinschaust und wie komisch, du lieber Kerl! Komm, ich will dir eine Photographie zeigen.«
Sie springt zu Boden, ganz gelockert vor lauter Lustigkeit. Ist das noch dieselbe Frau, die heute früh mit dem Gesicht im Staube über die Straße kroch?
Das Bild ist so zerknittert und vergilbt, daß man darauf nur mit Mühe einen kurzärmeligen, kurzhosigen und doch schon zu fetten Schüler erkennen kann. Was, zum Teufel, soll Philipp mit diesem lächerlichen Burschen Gemeinsames haben? Gewiß den Blick! Und mit einemmal sieht er wie durch das vergilbte Papier hindurch, daß sich ein kleiner Doppelschatten bewegt, zurückweicht, noch weiter zurückweicht, sich zu zwei kaum wahrnehmbaren, fast ausgelöschten Pupillen zusammenzieht, zu zwei blassen Punkten, die Steeny mit einer Art von befehlender Traurigkeit genau betrachten. Meine Augen! denkt er, genau meine Augen!
Die Schloßherrin von Wambescourt legt einen Finger auf den Mund. »Gib es mir zurück, Herzchen!«
Aber schon ist es zu spät: die Schnitzel fliegen durch das Zimmer.
»Was hast du getan?!« sagt sie. »Herr Ouine hängt so an seinen kleinen Schätzen! Das ist arg!«
Sie gleitet zu Boden, kauert sich zu Steenys Füßen, indem sie den Kopf zurückwirft, und in einer Falte ihres zugleich kräftigen und schmalen Halses sieht Steeny das rasche Klopfen einer Schlagader.
»Wir haben viel von dir gesprochen. Wie lieb er dich hat! Das erste Mal, als er dir begegnete – es ist nun schon lange her, schon Jahre vielleicht – aber die Jahre gehn hier bei uns rasch herum –, mein Gott! es war an einem schlammigen, traurigen Septemberabend. ›Eben seh ich mich selbst wieder‹, hat er gesagt, ›wie ein Toter, der in die Vergangenheit zurückblickt. Den kleinen Knaben, der ich selber war, den sah ich! Ich hätte ihn berühren, ich hätte ihn hören können.‹ Ja, gewiß, Herr Ouine ist keine heitere Natur, aber glaube es mir, mein Engel,

von dem Tage an haben wir ihn niemals mehr lachen gesehn.«
»Das ist aber toll! Und warum?«
»Was weiß man davon?«
Die langen Hände schließen sich über Philipps Händen zusammen.
»Ich hasse ihn«, sagt sie und lächelt immer noch. »Wir hassen ihn wie den Tod. Freilich, freilich, er braucht so viel Schutz, er will bedient sein. Seine Einfalt ist außerordentlich, sie geht über jedes Maß. Er kann nichts selber tun, er ist entwaffnet wie ein Kind. Bedienen, das ist das rechte Wort. Ohne Widerspruch bedient, geehrt, verehrt wie ein Gott. Seine Laune beherrscht uns ganz. Denn von seinem Willen wollen wir gar nicht reden. Er hat nicht mehr Willen als ein Kind.«
»Redensarten«, meint Philipp verächtlich. »Wenn Sie ihn hassen, warum bedienen Sie ihn dann? Sie lieben ihn auf Ihre Weise, das ist alles.«
»Den lieben!«
Sie richtet sich auf, geht in die Knie, antwortet erstaunt: »Lieben! Er ist dick, fett, klebrig, er hat feuchte Hände. Pfui! Weißt du nicht, daß er krank ist? Seine alte Stimme zittert, als ob er in eine Trommel redete. Mein Gott, den lieben! Aber, mein Engel, jeder, der ihm näher kommt, hat es gar nicht mehr nötig zu lieben. Was für ein Frieden, was für eine Stille gehn von ihm aus! Lieben? Ich will es dir sagen, Herzchen: wie andere etwas ausstrahlen, wie andere wärmen, so saugt er alle Strahlen, alle Wärme auf. Der Genius des Herrn Ouine, siehst du, ist die Kälte. In dieser Kälte ruht die Seele aus.«
»Na, na! Die Seele ruht aus! Die Seele ruht aus! Wie bringt es denn Ihre ausruhende Seele fertig, zu hassen? Der Haß zappelt, meine ich, der Haß zappelt und sogar heftig!«
Eine Bewegung ihrer Schultern drückt aus, daß er ihr leid tut.
»Wenn du ein Mann wärst und nicht ein spintisierender Lausbub, dann wüßtest du, daß er nicht zappelt. Ein klares, eisiges Wasser: das ist der Haß. Ich wenigstens stelle ihn mir so vor, Herzchen. Aber du, du siehst ihn gewiß als eine tollwütige Bestie – nicht wahr, zum Teufel? nicht wahr, Steeny?!«
»Wir wollen nicht um Worte herumreden. Hassen und Lieben ist in Ihrer Sprache wohl ein und dasselbe?«

»Wie? Was sagst du da? Wer versteht denn sich selbst? Wer zum Beispiel liebt denn das Böse? Und dennoch, wer unter uns, wenn das in seiner Macht stünde, würde wagen, das Böse aus der Welt zu vertreiben?«
Sie stützt das Kinn auf seine Hand, und Philipp blickt nun in ihre wundervollen Augen, darin das Licht wiederum farblos wird, verblaßt, verlöscht.
»Auch ich habe mir gewünscht zu gefallen, früher einmal. Was hat das für einen Wert: gefallen? Was liegt daran, an der Lust der andern Lust zu finden? Was liegt daran, sich etwas zu verschaffen, wofür man schon im voraus bezahlt hat? Aber das, eben das, was keiner gern hergibt, was man mit Bedauern abgibt, klagend und weinend, das, das allein...«
Ihre Worte lösen sich in einer Art von Murmeln auf, das sie zwischen Philipps Knien erstickt. Durch den Stoff hindurch spürt er ihren langsamen, einem ruhenden Tier gleichenden Atemzug. Schläft sie? Er schiebt sich in den Schatten zurück und atmet kaum, verhält sich ebenso unbeweglich, wie wenn er am Rande des Waldes von Fenouille den Waldtauben auflauert.
»Sich verehren lassen, was man so nennt – mein Gott! Holte ich nicht aus einem einzigen Mann mehr heraus, als andere aus zehn, vielleicht aus hundert Liebhabern? Glaube mir, mein Engel, in einem einzigen Mann ist Stoff genug, um damit ein ganzes Leben zu nähren. Und welches andere Leben darf stolz darauf sein, das eines andern bis zum Ende, bis auf den Grund, bis zur Neige verbraucht zu haben?«
Mit einemmal wirft sie auf Steeny einen mit Mißtrauen geladenen Blick, der sich fast gleich aufhellt, in ein Lächeln übergeht.
»Habe ich es eigentlich nötig, dich so einfache Dinge zu lehren, mein Herz? Du weißt sie schon. Du bist einer von den unsern. Es genügt, dich anzuschaun, dir in die Augen zu schaun, deine Hände zu berühren, dir zuzuhören. Und der da, der weiß das. Dem entgeht nichts.«
Sie bricht in Lachen aus.
»Du willst wissen, ob wir ihn lieben? Nun gut, wir lieben und wir hassen ihn zugleich. Ich hasse ihn, wie ich gelernt habe, das zu hassen, was sie einst meine Schönheit nannten. Ich hasse ihn wie meinen eigenen Leib, und das ist die Wahrheit.

Schau, ich kleide ihn in alte lächerliche Lumpen, ich vernachlässige ihn völlig; ich habe meine Freude dran, ihn zu demütigen. Aber er dient mir nur um so eifriger. Was ist ein Gelüst wert, das nicht den Ekel überwunden, die Natur vergewaltigt hat und unter Gewissensbissen und Scham seiner selbst sicher bleibt?«
Sie senkt den Kopf, enthüllt unter dem schattenerfüllten Haar ein Profil von unfaßbarer Reinheit. Jeder Zug ihres Gesichtes hat sich entspannt, ruht, und der kindliche Mund scheint sich einem Trunk geheimnisvollen Wassers zu erschließen.
»Hör«, sagt sie nach einem Schweigen, »wir müssen unsern Freund retten.«
»Ihn retten? Was heißt das: ihn retten?«
»Er ist ein unvorsichtiger Mensch, verstehst du, voll von Kühnheit.«
»Kühnheit? Der? Herr Ouine?«
»Schweig«, antwortet sie streng. »Glaubst du, daß nur euere motorisierten und umeinanderkreiselnden Tröpfe kühn sein können? Unser Freund tut, was ihm gefällt, nichts hält ihn auf, und er tut es stets zu der Stunde, die er gewählt hat. Wir könnten eher Gott am Donnern verhindern.«
Sie lacht wieder.
»Glaubst du mir, daß er mir mißtraut? Er ist auch voll von Mißtrauen. Wie er seinen langen, schweren Schritt verstellen kann! Nachts höre ich seinen Atem durch die Mauern hindurch. Er gleicht keinem andern Atem, er verrät auch die kleinste Regung seiner Seele, er entwaffnet alle seine Listen. Ich weiß, wohin er geht und woher er kommt. Ich weiß es. Aber niemand außer uns soll es wissen!« schreit sie erbleichend. »Zuerst mußt du mir schwören, Steeny. Du mußt schwören. Du mußt das unbedingt. Glaubst du an Gott?«
»Je nachdem. Vielleicht ja. Aber wozu muß ich an Gott glauben? Ein Wort ist ein Wort. Ich lüge übrigens nie.«
Er steht so heftig auf, daß Ginette, um nicht auszugleiten, ihre beiden Hände auf den Boden stützen muß. Er steht aufrecht da. Sein Kopf ist leer. Was noch in ihm war an Spott und Frechheit, ist in einem Augenblick verflogen, und er ist dabei, seinen Vorrat an blindem Trotz, der doch in verzweifelten Fällen stets seine letzte Zuflucht war, völlig zu verbrauchen. Gewiß, er fürchtet nichts von Wollwade; was er fürchtet, das

liegt in ihm selbst, ist kaum bemerkbar, gleicht der Wirkung einer geheimnisvollen Bremsvorrichtung in seinem Innern. Vielleicht noch einige Sekunden, und die empfindliche Maschinerie wird aufhören zu laufen, wird nur noch ein einziger Block sein, eine schwere Masse, wie ein Stein durch ihr eigenes Gewicht mitgerissen. Seit langem hat ihn die Erfahrung vor dem gewarnt, was Miß liebenswürdigerweise seine Laune nennt, dieses Rohe in ihm, dem die Vernunft nichts anderes entgegenstellt als vergebliche Listen, lächerliche Ausflüchte – und deren Schwung nichts auf der Welt bremsen kann.
»Ich schwöre alles, was Sie wollen«, sagt er. »Halten Sie mich für einen Spitzel?«
Ginette steht auf, stützt sich auf seine Schulter. In diesem Augenblick findet er sie häßlich, fast abscheulich. Und eben darum zögert er nun nicht mehr. In solchen Augenblicken verschließt er sich jeden Ausweg, wütet gegen sich selbst mit einer furchtbaren Hellsichtigkeit. Und sein Leben wird damit vergehn, daß er bis zum Überdruß von herrlichen Verrücktheiten träumen wird, bis zur Erschöpfung, um sich, am Ende seiner Kräfte und nur um das Geschick herauszufordern, in ein jeder Größe entbehrendes Wagnis zu stürzen, dessen Sinnlosigkeit ihn berauscht.
»Unser Freund ist heute nacht wieder einmal ausgegangen«, sagte sie.
Dann legt sie einen Finger auf seinen Mund. »So schwöre mir, daß du keinem Menschen etwas davon sagst! Nie!«

Wie immer aß der alte de Vandomne seine Suppe schweigend, aber die Tochter wagte nicht einmal, sein Glas zu füllen. Sie saß in der Ofenecke, im Schatten, und tat so, als bessere sie ihr Sonntagsmieder aus: mit gesenktem Kopf, mit ihrem tükkisch-tierischen Ausdruck und den wunderlich verzogenen Lippen, jener bittern Falte, die Eugens erster Kuß in ihren Mund gespürt hatte. Ach, wenn sie doch an jenem Abend gestorben wäre!

Sie hört, wie der Teller an den Krug mit Apfelmost stößt, und das Herz in ihrer Brust schlägt hoch, aber sie bewegt nicht einmal die Lider. Ihr Blick gleitet zwischen den Brauen hervor; ihre elenden Knie zittern unter dem Rock. Seit einer Woche, seit dem ersten Besuch des Bürgermeisters und Eugens erster geheimnisvoller Reise nach Montreuil, kann sie nicht mehr essen, schüttet Tag und Nacht volle Näpfe schwarzen Kaffees in sich hinein, wobei sie, wie es hierzulande Brauch ist, ein Stück Zucker zwischen die Zähne nimmt. Dann wird ihr Kopf so leicht wie eine Seifenblase. Die einfachsten Verrichtungen, sonst von ihr durchaus unwillkürlich ausgeführt, langweilen sie, ihre Gedanken sind immer flinker als ihre Glieder, verlassen sie mitten in einer unvollendeten Bewegung, und sie steht da mit ganz rotem Gesicht. Ja, die einfachsten Verrichtungen sind ihr zuwider, doch sie ist auf das Schlimmste gefaßt, denn darauf kommt es nun an: dem Schlimmsten die Stirn zu bieten. Die Art von Schraubstock um ihre Brust herum – keine Macht der Welt wird ihn wieder aufschließen. Ihre Liebe ist verloren, daran ist nichts zu ändern, aber sie wird sie sich teuer bezahlen lassen.

Der Alte hat sich ohne viele Umstände in die Ofenecke gesetzt. Er stöhnt. Wenn er doch einfach auf sie zugekommen wäre! Aber früher oder später wird er kommen, dessen ist sie gewiß, sie erwartet ihn. Was macht das schon aus! Es wird ihr nicht an der Kraft fehlen, ihn anzuhören, er wird nichts aus ihr herausbringen. Und wenn das Unmögliche doch geschehn, wenn sie schwach werden sollte, um so schlimmer, dann wird sie tun, was sie noch vor keinem Menschen getan hat: weinen. Alles ist besser als reden. Sie wird weinen, sie wird schluchzen, und wenn sie vor Scham vergehn müßte. – Gott gebe, daß sie derart ihr unvorsichtiges Geständnis verwischen könnte!

Verfluchte Nacht! Auch diesmal hatte sie gewacht bis zum Morgengrauen, ohne sich zu langweilen, mühelos, denn schon seit geraumer Zeit kann sie nicht mehr schlafen. Dann, beim ersten Tageslicht, ward sie vom Schlaf ergriffen. Sie ist traurig aufgewacht, als der Regen gegen die Fenster trommelte, und mit jener unbegreiflichen Beklemmung unter der Zunge, die dem Speichel einen faden und süßlichen Geschmack gibt. Kaum hatte sie die Augen aufgetan, sah sie unten im Treppenhaus die immer noch volle Kaffeekanne stehn, und jenseits des Hofes, von gewaltigem Regen gepeitscht und mit feuchtem Dunst erfüllt, stand das Scheunentor offen. Dort schläft er manchmal ein oder zwei Stunden in seinen Mantel gehüllt. Da hat sie sich dann flink in ihre Verrichtungen gestürzt, voll Mut, mit hochgeschürztem Rock, und große Kübel frischen Wassers über die Fliesen geschüttet, als wolle sie ihr Mißgeschick, ihre Vorahnungen, das Unheil selbst beschämen... Gegen Mittag hört es auf zu regnen, und eine blasse Sonne steht hoch am Himmel. Sie verlöscht rasch. Im Lauf des Abends steigerte sich der Regensturm, da nähte sie hinter dem Ofen. Erst als es völlig Nacht geworden war, kehrte er heim. Hinter der Tür, die ihn versteckte, hatte er leise gepfiffen. Es macht ihm Spaß, wenn sie sich zu ihm schleicht, insgeheim, wie einst. Und dann hat er ihr im Stroh ein kunstvolles Nest gemacht, über dem Stall, in einem Winkel des Heubodens, wo nie einer hinkommt. »Solange der Alte mich verachtet«, sagt er, »will ich nie mehr unter seinem Dach mit dir schlafen; es ist schon schlimm genug, daß ich sein Brot esse!« Dann hat sie ihn schluchzend umarmt. Und seine schöne Schulter, so glatt und glänzend wie die einer Frau, bewegt sich wieder unter ihren gierigen Lippen, so, wie sie es glühend liebt, wie es sie ganz närrisch macht: mit dem Schlängeln einer Schlange. Und oft, ach! allzuoft, bewahrt diese köstliche Haut, die nach Büschen, Sumpf und welken Blättern riecht, noch einen andern Geruch, nie den gleichen: den vom Lieblingsparfum der Dirnen, die er in Montreuil oder in Etaples trifft und die ihm die Taschen mit blonden

Zigaretten vollstopfen und mit bunten, lackglatten, flitterbestäubten Postkarten. Auf diese Dirnen ist sie nicht eifersüchtiger als auf die hübschen, blutgemästeten, in ihrem Ledersack schlafenden Frettchen. Aber an jenem Abend, an jenem verfluchten Abend, da hat er sie sanft aus der Tür gedrängt, sanft, aber doch mit einem harten Gesicht. Seine blonden Lockenhaare, vom Regen triefend, waren voll Erde, und sein Mund – vor allem sein geliebter Mund hatte sie so geschmerzt, dieser von Müdigkeit entstellte, furchtbar zitternde Mund!... »Die Floupe ist angeschwollen«, sagte er. »Dieser Hundsfott von einem Fluß! Die Strömung hat die Hälfte meiner Fallen fortgerissen und schleppt sie nun, weiß Gott, wohin. Vier Stunden lang bin ich darin herumgewatet, bis zum Bauch im Wasser. Dann war mir der Waldhüter des Grafen bis zur Morgendämmerung auf den Fersen, den ganzen Wald von Arbellot entlang. Auf der Flucht ließ ich ihm irgendwo meine Mütze, eine neue Mütze. Verfluchte Schweinerei!« Er muß am Ende seiner Kräfte sein, daß er mir das alles erzählt! hat sie gedacht. So hat sie denn auch, als am Morgen danach der komische Kerl mit dem kleinen Spitzbart kam, den ihr Vater zuerst so übel aufnahm, fest geglaubt, das arme Ding, er sei einer von Eugens Spießgesellen, einer jener Wiederverkäufer, die ihm seine Beute in bar bezahlen, und hat ihm ganz offen auf alle seine Fragen Antwort gegeben, lediglich darum bemüht, den Alten nichts hören zu lassen... Das war alles. Arsène hat ihr übrigens keinerlei Vorwurf gemacht. Er hat nur gelacht. »Hast mit einem Burschen von der Polizei gesprochen, dumme Gans«, mehr hat er nicht gesagt.

Mein Gott, wie einsam sie ist, allein mit ihrer wilden Liebe, wilder als jedes wilde Waldtier, mit dieser Begier, die von der Angst nicht besänftigt, sondern ins Ungemessene gesteigert wird! Selbst in dieser Stunde tödlichen Abwartens, während sie darum ringt, sich nicht gleich an die Brust des alten schweigenden Mannes zu werfen, ihren Kopf an seiner Schulter zu bergen – denn das Sanftmütige der Kindheit steigt als erstes aus den Abgründen jeder Todesnähe herauf –, selbst in dieser Stunde, wo die Hoffnung sich selber aufgibt, kommen und gehn unter ihren geschlossenen Lidern Erinnerungsbilder, die sie vor Scham und Lust erröten lassen... Wie, soll wirklich erst der Tod das Feuer in ihrem Leibe löschen? O dieser liebe, dieser lustige Kamerad, dieser große, freche Bub mit seinen überraschenden Gewissensbissen, mit seinen unerwarteten Zartheiten, die sie immer wieder verzaubern wie ein Kind, überwältigen und weich machen! Gott gebe, daß sie mit ihm sterben kann!

Von der Gefahr, die ihm droht, hat sie übrigens keine klare Vorstellung. Was vermögen Polizisten und Gendarmen gegen einen Mann wie ihn? Als wollte einer mit List einen Hasen fangen, außerhalb seines Nests, oder ein Salzkorn unter den Schwanz eines Eisvogels legen! Seit ihrer Jugend hat sie das Mädchengeschwätz verachtet, aber erst von Eugen hat sie ein gewisses männliches, wildstolzes Schweigen gelernt, das sie mit Mitleid für alle anderen erfüllt. Und nun, Tag wie Nacht, nichts als dies Schweigen, in dem sie ruht, in das sie sich hineinkauert wie ein sanftes geduldiges Tier – nur dies Schweigen! Wo er nicht ist, da ist alles Schalheit und feiges Gehaben. Ohne Zweifel, diese Rechtsmenschen werden ihr Ziel nie erreichen! Nicht einmal der Oberförster des Grafen von Mirandol, der eines Tages vor dem Richter von Montreuil seine Anklage hat zurücknehmen müssen. Nein, vor all diesen Schwätzern braucht man sich nicht zu fürchten. Nur vor dem Vater.

Sie beugt ihr Gesicht noch tiefer über ihre Arbeit, ihre Augen brennen, aber wie eisig kalt ist es in ihrer Brust! Bei jeder heftigen Bewegung des Alten geht ihr das heute abend durch und durch, von einer Achselhöhle zur andern, wie ein dünner Strom kalten Wassers, der zu vereisen beginnt, und dies Zusammenschrecken ist so schmerzhaft, daß sie dann und wann ihre Hand unter ihr Mieder schiebt und sich darüber wundert, wenn sie eine laue, glatte, lebendige Haut berührt. Seit zwei Jahren hat der Vater nur selten mit ihr gesprochen, freilich ohne jedes Anzeichen von Zorn, wie er mit fremden Menschen spricht. Aber jetzt zittert seine Stimme manchmal ein wenig, hat etwas Gerührtes. Wenn sie ihren Kopf wendet, geschieht es ihr, daß sie seinem Blick begegnet, mit etwas wie Mitleid darin. Mein Gott! die Verachtung wäre leichter zu ertragen. Kein Zweifel, die Entscheidung ist gefallen, das Urteil gefällt, gefällt über ihr Schicksal, das Schicksal ihrer armen Liebe, denn auf alles andere, nicht wahr? kommt es ja gar

nicht mehr an! Darüber hinaus ist nichts, gar nichts. Die Uhr schlägt zwölf. »Gib mir meine Mütze, Mädel«, sagt er. Die Stimme hat sie jäh aufgeschreckt, wie aus einem tiefen traumlosen Schlaf. Sie steht auf. Der Boden schwankt unter ihren Füßen, während sie die Hände mit unbestimmten, fast zufälligen Bewegungen in den dunkeln Korridor ausstreckt und die Mütze vom Haken nimmt. Als sie wieder ins Zimmer tritt, trifft sie das Lampenlicht mitten ins Gesicht, und die Anstrengung, die sie machen muß, um nicht mit den Wimpern zu zucken, um zu lächeln, ist eine von jenen, die die Wurzel unsers Lebens unheilbar verletzen und die man nicht zweimal leisten kann. Eine Minute! Wenn sie es doch nur noch eine Minute aushielte, in diesem wilden, von Blitzbündeln durchzuckten Schwindelgefühl, nur eine kleine Minute! Dann will sie gern auf die Fliesen niederfallen und liegen bleiben. Ach, wie süß wäre der Tod!
Der Alte ist, ohne sich umzuschauen, auf die Weiden gegangen, wo das Vieh steht: die langen flämischen Kühe mit den traurigen Augen, die manchmal freudig muhend den Hafer aus seiner hohlen Hand fressen. Keine von ihnen hat den Kopf auch nur ein wenig erhoben, jede ist in ihre Träume verstrickt. Aber ihre stille Gegenwart ist gerade das, was er braucht; und auch er schaut sie nicht an. Er lauscht ihrem ruhigen Atmen, und rings um ihre großen liegenden Leiber ist die Erde lau und lind und riecht ein ganz klein wenig nach Milch.
Verfluchter kleiner, grüner Kerl! Die Erinnerung an ihn ist fast verblaßt, weil er sie meidet. Aber mitten im Unglück taucht er nun wieder auf, lebendiger als je; er glaubt ihn lachend und singend und sein Glas leerend vor sich zu sehn, und jene Worte, die er in der unvergeßlichen Nacht gesprochen hat, vor einem ganzen Jahrhundert, und die die Herzen höher schlagen ließen, tauchen auf aus Schweigen und Finsternis. Ja, wirklich! über hundert Jahre hinweg, meint er den spöttischen, frechen Blick zu sehn, wie er ihn anschaut. Da schüttelt er seine gewaltigen Schultern gleich einem von Bremsen gestochenen Pferd. »Ich hätte ihn am Nacken gepackt«, denkt er, »so schlau, wie der war… aber gegen die Toten richtet keiner etwas aus.«
Die Toten: auch an die denkt er nimmer, aber wenn uns das

Geschick am Kragen hat, kommen sie von allen Seiten herbei, dicht wie ein Krähenschwarm. Ob sich die Toten von der Not und Pein der Lebenden nähren? Gewiß, die Toten, die er gekannt, die er geliebt hat, fürchtet er nicht. Solange er selbst lebt, werden sie nie völlig gestorben sein. Aber da sind noch die andern. Und es entspricht gewiß nicht seinem Wesen, sich einer Abrechnung zu entziehn. Doch wer wird sich je rühmen können, mit diesen sagenhaften Geschöpfen, deren Namen man nicht einmal kennt, zur gegenseitigen Befriedigung abgerechnet zu haben? Im übrigen verlangen sie ja gar nichts, oder zumindest nichts, was ein anständiger Mensch nicht zu geben vermag. Man kann sie hundert- und wieder hundertmal verjagen, sie kommen doch wieder wie Ratten, schlimmer als Ratten. Der Großvater de Vandomne, zum Beispiel, was war das für ein toller Kerl! Immer voll von Bier, bis zum Überlaufen, bis an den Rand seiner wollenen Mütze hinauf, aber allen armen Teufeln gefällig. Unvergleichlich, wie er die Burschen seiner Batterie mit einem Liedchen aufheiterte! Und wie lustig er in seinem hohen Alter noch mit den Mädchen war! Wenn er mit fünfundsiebzig Jahren oder noch mehr im Hurenhaus zu Etaples plötzlich seinen riesigen Körper aufreckte, die Riesenhände flach auf den Tisch legte und seinen grauen, trunkenheitsfeuchten Blick von einem zum andern schweifen ließ, da wagte kein Bursche sein Glas zu erheben, ehe der Alte sich nicht mit einem ungeheuerlichen Lachen auf seine Bank hatte niederfallen lassen. Trotzdem haben seine Kinder niemals ein rohes Wort oder einen Fluch von ihm gehört und am Morgen nach solchen Saufereien hatte er, während er seine Suppe löffelte, eine Art zu lächeln, die ihnen das Blut in den Adern erstarren ließ. An solchen Tagen hätten sie sich von ihm töten lassen, Kreuzdonnerwetter! Die Krankheit hatte ihn gepackt, als er aufrecht hinter seinen Pferden herging, mitten im Wintersturm, am Rande der dampfenden Furchen. Man lud ihn auf den Wagen, auf einen Armvoll Stroh und von da auf sein Bett, mit seinen großen dreckigen Stiefeln aufs schöne neue Federbett, und dann öffnete er die Augen, einmal, zweimal, ruhige, ein wenig erstaunte Augen. Bis zum Abendbrot sprach er kein Wort mehr, nichts: man hörte nur seinen schweren Atem. Und dann kamen seine Gefährten in Gruppen, kamen über die Weiden; Gestalten, die seine alte Frau noch nie gesehn hatte, nahmen den Hut nicht vom Kopf, streiften sich die Schuhe nicht ab, kamen mit der Pfeife im Munde und klopften sie in der Herdasche aus. »Hallo, Thierry!« sagten sie. »Was ist denn los, Thierry?« Da öffnete er die Augen mit einem lustigen Lächeln, das ihm von den Wimpern niederstieg, und sagte mit der gleichen Stimme, mit der er sonst dem Vieh Befehle gab: »Genug davon, hinaus mit euch allen!« Der letzte, der ging, war Mauerville, ein Regimentskamerad von den zwölften Kürassieren. Der Alte winkte ihm zu bleiben. Dann begann er wieder schwer, doch gelassen zu atmen. Der andere stand aufrecht neben ihm, in seinem Samtanzug, mit ganz rotem Gesicht. »Ich nehme es ihnen nicht übel«, sagte der Alte, »aber alles hat seine Zeit, das Späßemachen wie das Sterben. Stimmt es? Was aber mich betrifft, mich, der ich von Vandomne heiße, so handelt es sich darum, meine Kinder nicht vor den Kopf zu stoßen.« Dann flüsterte er ihm noch etwas ins Ohr. Plötzlich rannte Mauerville an die Schwelle, rief die Burschen zusammen. Sie kamen hereingestolpert, die Mütze in der Hand, nicht gerade erhobenen Haupts. »Vandomne – er soll reden!« Da vernahm man die Stimme des Alten, und sie war so ruhig wie sein Blick, vielleicht noch ruhiger: »Du könntest Herr von Vandomne sagen, meinst du nicht, Ludwig?« »Herr von Vandomne – es geht ihm wieder besser, dem alten Burschen, und er mag keinem etwas schuldig bleiben. Wenn man etwa anderer Meinung wäre, rede man nur offen.« Dann haben sie mehr oder weniger gemurrt, ziemlich unzufrieden, und der junge Mirouette hat gleich widersprechen wollen: »Oho, nichts als schöne Redensarten...« Da vernahm man wieder die immer ruhiger werdende Stimme: »Mach, daß du fortkommst, Mirouette. Ludwig, sorg dafür, daß er fortkommt. Meint er vielleicht, weil er mit mir getrunken hat, daß er mir in die Suppe spucken darf?« Darauf gingen sie alle hinaus. Und bis zum Abendbrot hat der Alte nichts mehr gesagt. Jedesmal, wenn seine Frau die Nase zur Tür hereinsteckte, gab er ihr zu verstehn, daß sie wieder gehn möge, daß es ihm gut ginge; es war, als hätte er Angst, auch nur für eine Sekunde den schweren Atem anzuhalten, der nicht sterben wollte. Dann hat er ein wenig geschlummert, die Haut auf seinen Wangen wurde grau, und seine

Söhne kamen und setzten sich neben das Kopfende seines Bettes in den Schatten. Aber der Sterbende spähte verstohlen nach ihnen, aus halbgeöffneten Lidern. Und gerade da begann er ganz sanft zu röcheln, auf eine so natürliche Art und Weise, daß man hätte denken können, er werde nun kräftig husten, um seine Stimme zu klären, wie einst, bevor er ein Lied anstimmte. »Ihr von Vandomne«, sagte er zu den Burschen, »hört gut zu. Vielleicht habe ich zuviel gezecht. Was macht das schon aus! Fangt nicht an, euern Vater zu richten. Und wenn ich eben mit den Freunden ein wenig grob gewesen bin, so nicht deshalb, weil ich sie mißachte, durchaus nicht. Aber wo ich jetzt halte, muß jeder seine Stellung wahren. Ich will meinem Vater nicht Unrecht tun, noch den Vätern meines Vaters. Am Ende scheint es doch zu stimmen, daß wir einmal Herren gewesen sind, wir, vor langer Zeit.« Dann hat er seine Frau auf den alten Mund geküßt, treuherzig, und ist schweigend gestorben, geraume Zeit danach, ganz allein, vor der zur Küche weit geöffneten Tür, wo das Feuer knistert und seine rosige Zunge oben auf der Decke tanzen läßt.

Verteufelte Gespenster! Der Alte liegt seit bald vierzig Jahren unter der Erde, und nun ist es an ihm, an Martial, der Alte zu sein... Jetzt schlagen sie ihre Kreise um ihn, die verteufelten Unglücksraben! Er mag sie hassen, so viel er will – hat er denn je an diese Geschichten von Grafen und Freiherrn geglaubt? –, heute geht er ihnen doch geradewegs entgegen und, was es auch kosten mag, heute nacht muß er ihnen wieder begegnen! Jetzt, da er sein Unglück kennt, hat er nur eine Sorge: ihm angemessen zu begegnen. Es soll ein für allemal hereintreten ins Haus, dies Unglück! Es mag wühlen, es mag aushöhlen, es soll bis auf den Grund seines Daseins vorstoßen, bis auf den tiefsten Grund! Was es auch immer sei, es wäre viel besser als dies unbestimmte Gefühl, womit ihn seine Scham erfüllt, als diese furchtbare Seelenerschlaffung. Was gäbe er nicht darum, wenn er noch einmal, wie im ersten Augenblick, bei den ersten vertraulichen Worten des Bürgermeisters, jenen schmerzenden Stich zwischen den Schultern fühlen könnte, den der Schreck auslöst. Denn selbst das Bild seines Schwiegersohnes, des Mörders, das ihm stets gegenwärtig ist, reizt

ihn zu keiner Empörung, zu keiner Verachtung: vielleicht fühlt er für dies Bild sogar eine dunkle, nicht bekennbare Zuneigung, wie für einen Mitschuldigen. Und dennoch muß die Geschichte ihren Gang gehn; sie wird ihn gehn. Dem Burschen bleibt nichts anderes übrig, als sich selbst zu vernichten; das steht fest. Und es muß genügen, wenn er ihm das in der richtigen Weise, wenn er ihm die rechten Worte sagt. Wird er sie finden, wenn die Stunde gekommen ist? Denn alle Sätze, die er sich in Einfalt so oft wieder vorgesprochen hat, scheinen ihren geheimen, ihren tödlichen Sinn verloren zu haben, ihre Kraft, und er ist nun dabei, sie gegen seinen eigenen Willen durch zehn oder zwanzig andere zu ersetzen, die immer unwirksamer werden und so verwickelt, so dunkel, daß sie ihm im Mund wie zu Asche zerfallen. Denn das ist nicht, wie er geglaubt hat, eine Tat, die man mit auflodernden Herzen tun kann, sondern nur mit Mühe und Ekel, wie sich ein Henkersknecht mit roten Händen an sein letztes Opfer heranmacht.
Dann ist er noch weiter vorgedrungen, bis zur Straße von Desures, quer über die Weiden. Eine Weile hat er mißtrauischen Blickes am Horizont die leuchtende, allmählich von der Nacht verdeckte Linie verfolgt. Weiter oben taucht sie wieder auf, insgeheim, verräterisch, von allen Seiten bedrängt, von Gipfel zu Gipfel vor schwindelerregenden Schattenballungen hergejagt; sie flieht unaufhaltsam weiter, weicht seitlich aus, unermüdlich… Und dort unten liegt irgendwo, zwischen seine Linden und Kastanienbäume geflüchtet, das Dorf mit seinen armseligen Ziegelhäuschen, seinen Zufallsbauten aus Lehm, so trostlos im Dezemberregen. Und hinter jeder seiner niedrigen, sorgfältig verschlossenen Türen wohnt einer der Männer, die er verachtet: diese spanischen Mischlinge, die schwarz wie Fliegen sind und ihren Kaffee aus allen Poren schwitzen. Wenn er es wagte, dann ginge er hin und setzte sich mitten in der Nacht auf den einsamen Platz neben dem Brunnen. Aber in dem Augenblick, da er über die Hecke klettern will, fehlt ihm der Mut. Wozu auch? Dort unten lebt kein Feind, den er herausfordern könnte, nichts wie Zeitungsleser, Kannegießer, Prahler und Schwätzer, eitler als Dirnen, grausam, wie es Kinder sind. Und es bleibt ihm ja noch Zeit genug, um ihnen Trotz zu bieten! Denn das Land,

in dem er so gern gestorben wäre, wird er nun niemals wiedersehn, er wird nicht vom Platz weichen, seiner Schande nicht den Rücken kehren. Was auch immer geschehen möge, diese Menschen werden nicht damit prahlen können, er habe vor ihnen den Blick gesenkt, und eines Tages werden sie ihn, willig oder unwillig, doch begraben und ihre Hüte vor ihm abnehmen müssen. Und er wird sogar Geld für einen schönen Grabstein hinterlassen, einen schönen großen Granitblock aus den Ardennen, und sein Name wird mit lauter großen Buchstaben darauf geschrieben stehn, immerhin ein Name mit einem »von« davor, ein Herrenname.

Seine Füße stoßen an den Stumpf eines Apfelbaumes, er fällt auf die Knie, steht wieder auf, lotet die Finsternis aus. Noch kriecht eine zweideutige Helle um das Dorf herum, eine Art von rostrotem Dunst, den der Morgen immer wieder auflöst und der sich allabendlich von neuem bildet, dort unten, hinter den Wäldern von Saint-Venant und von Lamare, unter dem Winterregen und über den ausgebleichten Sümpfen. Dann verlöscht diese Helle, versiegt. Und jetzt beginnt die Stunde der Nacht, die kein Mensch vollkommen kennt, die keiner je ganz sein eigen genannt hat, die alle Sinne in Schach hält, wenn immer dichter werdende Dunkelheiten die Weite der Himmel ausfüllen und die gesättigte Erde eine noch schwärzere Farbe auszuschwitzen scheint. Der Wind ist irgendwo hingeflüchtet, man weiß nicht, wohin, irrt nun fern in unermeßlichen Wüsten, in den Einsamkeiten höchster Höhen, wo jeder Widerhall seiner wilden Ritte, einer nach dem andern, im Unendlichen verhallt ist. Ein Lüftchen, ein Hauch, ein Murmeln, ein Schwarm unsichtbarer Dinge gleitet wenige Meter über dem Boden dahin, als schwimme er auf der undurchsichtigen Dichtigkeit der Nacht. Und der Alte – lauschend vernimmt er, wie die höchsten Wipfel der Pappeln ganz leise pfeifen.

Er ist noch lange weitergewandert, mit großem, schwerem Schritt, dann und wann mit einer linkischen Bewegung seiner ausholenden Arme. Wie er friert! Seine Hände tasten den Nebel ab, der sich soeben gebildet hat und nun bis zur Morgendämmerung immer dichter werden wird, und jeder Atemzug füllt seine Brust mit feinem, rauchig riechendem Qualm. Auf den von ihm beherrschten Hängen ist der ungeheuere Rücken des Waldes von Merlimont unbestimmt zu erkennen, mit seinem Schwarz, das anders ist als das des Himmels, eine Nacht in der Nacht. Irgendwo dort unten muß sich sein Schwiegersohn herumtreiben, wie ein Tier im Schatten, mit seinem federnden Schritt, an das schräge Schreiten der Füchse erinnernd, nicht weniger beweglich und unermüdlich als sie, und mit seinem Ausdruck tückischer Gleichgültigkeit nicht weniger schlau als die Tiere, die er verfolgt. Und wenn er nicht gerade...

Langsam steigt er den Hang zu seinem Haus hinauf, vorsichtig, damit die Kiesel im Hof nicht unter seinen beschlagenen Schuhen knarren. Schweigen. Der unsichtbare Widerschein des Weihers wirft einen blassen Flecken auf das Fensterglas, der Eimer steht auf der Schwelle in einem Winkel, und der Besen ist da, womit seine Tochter jeden Abend nach dem Nachtessen die Fliesen in der Diele kehrt. Er lauscht noch einmal, dann öffnet er die Tür. Die laue Luft überfällt ihn alsogleich mit einer so vertrauten, so sanften Zärtlichkeit, daß er meint, sie sei so etwas wie sein eigener Körper, eine zweite Haut. Die Kohlen auf dem Herd liegen noch rötlich unter der Asche, und plötzlich begegnen die Hände des Alten überrascht nicht etwa dem Holz des Eßtischs, sondern einem frischen Tischtuch, einem von den ganz neuen aus Damast, noch stärkegesteift. Aber für ihn hat Helene den geblümten Teller gewiß nicht hergestellt, noch den Krug mit Apfelwein und unter dem zinnernen Deckel das Stück geräucherten Specks in der Farbe alten Porzellans. Und er wird gewiß nicht heimkommen, Helenes schöner Schlingel mit den blassen, immer stillen Augen; gewiß wird die Arme morgen alles an demselben Platz wieder finden, im bleichen Dämmerlicht... Morgen.

Er ist zum Kamin getreten, hat die Glut mit seinen erdigen Schuhen ausgetreten, ist hungrig und durstig wieder davongegangen. Und kaum hat er die Zauntür hinter sich, da hat ihn sein Alter wieder so heftig gepackt wie ein Nordwind, so wie es ist, wenn er plötzlich am Rande des Ackers von Presles ganz verschwitzt hinter seinem Pferd haltmacht; das Alter hat sich seiner bemächtigt, er weiß nicht, was das ist: er dreht sich auf den Hacken um, tritt zurück, läßt die Muskeln seiner mächtigen Schultern rollen, als stünde er einem Feind gegenüber, erhebt die Fäuste bis zur Höhe der Stirn, dieselben Fäuste, die einst so viele junge Stiere in die Knie gezwungen haben. Dann läßt er sich auf den klebrigen Boden niedersinken und heftet den Blick auf jenen Zipfel eines Schattens, den außer ihm keiner sehn kann: auf das Haus, sein warmes Haus.

»Hast du dich endlich genug gescheuert, Arsène? Hat es einen Sinn, für einen Mann in deiner Stellung, sich die Haut zu striegeln wie einem Esel? Und noch dazu mitten in unserm Hof!«
Der dampfende Oberkörper des Bürgermeisters von Fenouille erschien für einen Augenblick auf der Schwelle des schattenerfüllten Holzschobers. Mit beiden Händen wand er einmal, zweimal sorgfältig das nasse Handtuch aus und hing es über dem untern Tor-Teil zum Trocknen auf. Dann tauchte er wieder im Schatten unter. Große Pfützen schimmern auf dem festgewalzten Boden, auf den er vorsichtig, einen hinter den andern, seine knorzigen Füße setzt.
»Und dein Schreiber wartet seit heute früh auf die Unterschriften! Und die Post ist noch nicht einmal aufgemacht! Denk daran, daß der Doktor...«
Die klagende Stimme schien aus der Mauer hervorzudringen: »Der Doktor? Wird er mich wieder mit seiner Hygiene plagen, dieser Doktor?«
Er zeigte sich nun auf der Schwelle, angetan mit einer lila gestreiften Unterhose.
»Du könntest dich wenigstens im Heuschober fertig anziehn. Scheußlich! Wie ein Wilder! Und noch dazu rot wie eine Tomate!«
»Was sagst du da, Malvine? Ein Mensch ist ein Mensch. Seit zweitausend Jahren hindert die Scham die Menschen daran, ihre Unterhosen auszuziehn. Die Religion schlägt das Land in Finsternis, erstickt es sozusagen. Denn die Haut atmet, Beste, das weiß jeder, das ist erzbekannt!«
»Geh wenigstens durch die Küche. Du wirst mein Linoleum mit deiner Dreckserde schmutzig machen. Ich habe deinen Schlafrock an den Ofen gehängt. Trink deinen Kaffee schön heiß, du Kindskopf!«
Aber er schob seine Frau sanft vor sich her und schloß die Tür. »Einen Augenblick, Malvine«, sagte er. »Ich muß mit dir reden, meine Gute.«
»Fängst du wieder an?!« rief sie entmutigt. »Hör mal, Arsène, seit zwei Monaten wiederkäust du mir da schmutzige

Geschichten und ersparst mir nicht eine. Was soll ich denn nur anfangen mit diesen Geschichten? Soll ich etwa mich selbst damit belasten? Oder was sonst?«
»Nur ein Bekenntnis«, sagte der große schwere Mann verlegen. »Nichts als ein Bekenntnis. Das erleichtert mich. Das befreit mich.«
»Aber ich schwöre dir doch, daß ich dir verzeihe, du Kindskopf! Man tut nicht immer, was man will. Es gibt Augenblicke voll von Gelüsten... Und dann müßte ich auch noch ganz sicher wissen, daß du deine Dummheiten auch wirklich gemacht hast.«
»Beim Haupt meiner verewigten Mutter...«, begann der arme Kerl.
»Na ja, du hast immer eine zu lebhafte Phantasie gehabt, Arsène. Deine Phantasie hat dich ins Unglück gestürzt. So denk ich es mir, und du wirst das nicht aus meinem Kopf herauskriegen. Aber ob es nun wahr ist oder nicht: ich verzeihe dir. Wir wollen nicht mehr davon reden.«
»Wir wollen nicht mehr davon reden! Lieber Gott! Guter Gott! Wenn mir doch das Davonreden gut tut! Ihr Frauen, mit Verlaub zu sagen, ihr lebt in all dem, ohne daran zu denken, nicht anders als das liebe Vieh. Aber ich war dazu geschaffen, etwas anderes zu werden, als ich nun bin, verstehst du, ich weiß nicht, was. Vielleicht eine Forelle im Mühlwasser, etwas Frisches, Reines. Und selbst das Wasser... schau, für mich gibt es nicht einmal reines Wasser. Natürlich sieht es sauber aus, aber nähere du nur deine Nasenspitze der Oberfläche...«
»Du bist verrückt«, jammerte die Bürgermeisterin, »völlig verrückt! Du lebst nur noch für deine Nase, ärger als ein Hund, du Unglücksmensch! Zieh dich an, Arsène, du wirst dich erkälten.« Der Kochtopf summt, der Fußboden schimmert, ein Haufen aufeinandergestellter Teller erzittert, weil auf der Straße ein Lastwagen vorüberfährt, alles ist dort, wo es immer ist. Man hört nur noch die unterdrückten Seufzer des Bürgermeisters von Fenouille, der sich abplagt, seine Schuhnestel zu knüpfen.
»Malvine«, sagt er, indem er seiner Stimme mit einem leisen Gehüstel ein wenig Sicherheit gibt, »erinnerst du dich an Célestine, die Tochter des alten Dumouchet?«

»Sei still!«
»Die dann in Boulogne auf die Straße gegangen ist und sich mit der Phosphorsalbe, dem Rattengift, umgebracht hat? Erinnerst du dich an die?«
»Laß mich in Ruh«, bettelte die Bürgermeisterin. »Noch ein Wort, und ich gehe.«
Sie steht unbeweglich hinter ihm und betrachtet den scharlachroten Nacken ihres seltsamen Gefährten mit einem vieldeutigen Blick, in dem schließlich eine Art von mütterlichem Mitleid die Oberhand gewinnt.
»Wenn du Wert auf deine Geschichten legst, warum erzählst du sie nicht deinem Kopfkissen, ist das nicht ein und dasselbe? Jeden Abend, seit Wochen, kaust du mir bis gegen Mitternacht, bis gegen ein Uhr Geschichten vor. Glaubst du, daß ich zuhöre? Ich schlafe, mein armer Kerl, ich ruhe mich aus. Wenn du schweigst, das weckt mich dann für einen Augenblick, gerade so lang, wie ich zum Ja- oder Neinsagen brauche. Im übrigen, glaub es mir, und unter uns gesagt: euere Dummheiten sind nicht gerade abwechslungsreich...«
Sie versucht wie aus Anstand zu lachen, aber das Gesicht, das er ihr zuwendet, gibt wirklich keinen rechten Anlaß dazu.
»Ma... Malvine«, stottert der Unglückliche.
Nun stottert auch sie und verliert den Kopf. Von den unbegreiflichen Erzählungen des Bürgermeisters ist ihr nur das Lächerliche im Gedächtnis geblieben; insgeheim nennt sie sie Albernheiten, Kindereien. Vielleicht ist ihr an einigen Tagen so etwas wie der Gedanke an Wahnsinn durch den Kopf gegangen, aber dem Wort Wahnsinn wie dem Wort Religion widerstrebt ihr Gewissen heftig, es erfüllt sie mit Scham und Staunen wie eine grobe Beleidigung. Das Wort Krankheit dagegen ruft das deutliche und einfache Bild einer naturgewollten Prüfung hervor, mit der die Zeit stets fertig wird, auf die eine Art oder die andere, durch Tod, Heilung, Vergessen. Welches Kranksein, welches körperliche Leiden endet nicht damit, daß es sich der langsamen und eintönigen Wiederkehr der täglichen Freuden fügt: der Arbeit, den Mahlzeiten, dem Zubettgehn und jenen schönen Sonntagen, den klingenden, mit ihrem Geräusch von kreischenden Pumpen und ausgeschütteten Wassereimern, ihrem Geruch von Bohnerwachs und frischer Wäsche, lauter Freuden der Kinderzeit, die wun-

derbarerweise alle Wochen wiederauftauchen, bis zu jenem letzten Sonntag, der zugleich leuchtend und schwarz ist, wenn der als Leichenwagen verkleidete Pferdekarren zum Friedhof mit seinen Buchs- und Lebensbäumen fährt und der große ländliche Lärm des Totenmahls zu hören ist? Wie das Leben doch einfach sein kann! Sieht es nicht so einfach aus, daß das Auge es von einem Ende bis zum andern überschauen kann wie einen Hausgarten? Was kann nur dieser große schwere Mann darin finden, dieser alte Gefährte, welchen Feind, welchen Feind nur, welches Hindernis?

»Komm, Arsène!«

Der Bürgermeister hat seine Hände auf seine nackten Knie gelegt und senkt das Haupt. Er scheint zu weinen.

»Schweig«, sagt er sanft. »Es ist nicht deine Schuld, aber du kannst es nicht verstehn. Manchmal sage ich mir: nur ein Kind könnte mich verstehn, ein kleines Kind. Höre, Malvine...«

Er steht auf und nähert sich ihr. Sein erbärmlicher Blick flakkert immer noch, und die schweren Hände, die er auf eine Stuhllehne stützt, zittern.

»Hör, Malvine, man weiß nicht, was das bedeutet: dummes Zeug treiben. Zuerst hast du deine Freude daran, spielst damit, gut! Aber eines Tages spielt das dumme Zeug mit dir. Und aus einer Katze, die du warst, ist plötzlich eine Maus geworden. Machst du dir das klar?«

Sie zuckt mit den Achseln, ohne Zorn.

»Während du da redest, wird dein Kaffee kalt, mein armer Mann.«

»Hör, Alte. Man ist jung, man kommt so auf allerhand Gedanken, das Blut will es, und keiner kann was dagegen tun. Aber da hast du noch das Recht zu wählen. Du greifst danach wie nach deiner Pfeife. Wenn die Pfeife ausgeraucht ist, spuckst du aus und Schluß! Aber eines Tages hilft es dir nicht mehr, daß du die Pfeife in die Schublade tust, zum Teufel! Der Tabak ist nicht mehr in deiner Pfeife, er steckt in deiner Nase, in deiner Gurgel, in deinem Bauch, er dringt Tag und Nacht durch deine Haut, und du sitzt auf dem Leim wie eine Fliege...«

»Und dann? Laß hören, Arsène... Gedanken, das tut doch keinem weh.«

Er legt linkisch eine Hand auf Malvines Arm, und obwohl er sich mit der andern an seinen Stuhl klammert, fühlt die Bürgermeisterin doch, wie der ganze schwere Leib erzittert. »Solche Gedanken, schau, das ist furchtbar! Nimm an, du seist drekkig, dann wäschst du dich, und es ist nichts mehr zu sehn. Aber gegen den Gedanken, dreckig zu sein, den Gedanken, verstehst du, gegen den gibt es nichts.«
Wahrscheinlich hätte die arme Frau auch nicht ein einziges Wort von dieser ungewöhnlichen Rede wiederholen können, sie bemühte sich nur, irgend etwas davon zu erfassen aus Rücksicht auf den unglücklichen Mann, in dem sie einst, ohne es sich jemals einzugestehn, ihren Meister zu finden geglaubt hatte.
Für einen Augenblick schien sich übrigens sein Blick zu erhellen, zu festigen. Dann verfiel er wieder.
»Du folgst mir nicht«, begann er abermals mit furchtbarer Bekümmertheit. »Reib du und reibe und reib immer wieder, ganz nackt unter der Pumpe, da wundere ich mich nicht, wenn ich wie ein Narr erscheine. Arg genug! Was soll ich nur sagen? Geh hin und erkläre einem Blinden, was Licht ist! Ein Nadelstich, und du sprängest auf, aber schlechte Gerüche, das ist für euereinen chinesisch. Der Geruchssinn ist beim heutigen Menschen verstümmelt, nichts ist gewisser; und du kannst auch den Doktor danach fragen. Ihr riecht nicht mehr von den Gerüchen, als ihr von den Toten erschaut, und wenn du überall die Toten herumwimmeln sähest – nicht einmal dein Brot würdest du dann anrühren. Im übrigen stinkt alle Welt: Männer, Frauen, Tiere, die Erde, das Wasser, die Luft, die wir atmen, einfach alles. Das ganze Leben stinkt. Manchmal im Sommer, wenn der Tag nie zu Ende geht, weich wird, sich wie ein Teig ausziehen läßt, könnte man meinen, daß auch die Zeit stinkt. Und was dagegen tun? Du wirst mir antworten, daß man waschen, spülen und kratzen kann. Fehlgeschossen! Es ist etwas Tückisches dabei, in meinem Fall, das stimmt schon. Der Geruch, den ich meine, ist kein wirklicher Geruch, das kommt von viel weiter her, aus viel größerer Tiefe, aus der Erinnerung, aus der Seele, was weiß man davon? Das Wasser richtet da nichts aus, da braucht es schon was anderes.«
Er legt seinen dicken Schnurrbart gegen die Wange der erstarrten Bürgermeisterin.
»In meinem Alter müßte man seine Erinnerung reinigen kön-

nen, genau so wie du deinen Brunnen reinigst. Den Schlamm an die Sonne tun und trocknen. Keine Geheimnisse mehr! Meine Geheimnisse, ich will nichts mehr wissen von meinen Geheimnissen, meine Beste! Und merk dir, daß ich an dem Punkt, an dem ich angelangt bin, auf ihre Bürgermeisterei pfeife. Stell dir vor, ich käme auf den Gedanken und ginge eines Tages auf den Marktplatz und sagte zu ihnen: es gibt keinen Herrn Bürgermeister mehr, keinen Beamten der Gemeinde, nur einen Menschen, einen ganz einfachen, wahren, ehrlichen Menschen, einen ganz neuen Menschen, der euch sein Elend erzählen wird.«

Sie schluchzte nun, stoßweise, den Kopf in seinen Händen, voller Scham.

»Weine nicht, meine Liebe«, sagte er, »wir wollen aufhören. Wenn du mich in diesen Nächten angehört hättest, statt zu schnarchen, so wäre ich jetzt weniger betrübt, fühlte mich weniger allein, verstehst du? Ich könnte leben...«

»Aber wenn ich dir doch verzeihe«, wimmerte sie. »Hör doch, Arsène, ich brauche das doch nicht zu wissen – eine Frau von achtundfünfzig Jahren, mach dir das klar!«

»Tu, was du willst«, antwortete er wütend. »Ich gehe, ich geh zu den Leuten, und wenn mich der Teufel holt!«

»Du wirst nicht gehn«, schrie sie verzweifelt. »Nein, du wirst nicht gehn, und wenn ich dich an ein Bein meines Bettes anbinden müßte, du großer Narr! Du Kindskopf! Bin ich etwa für deine Eseleien verantwortlich? Willst du, daß man von hier bis Boulogne mit Fingern auf uns zeigt? Und wenn du dich deiner Albernheiten schämst, wenn sie dich unglücklich machen, warum fängst du immer wieder damit an, du Tropf?«

Mit gesenktem Kopf schlürft er seinen heißen Kaffee. Sie hört, wie seine Zähne am Tassenrand knirschen.

»Ist es nicht schrecklich«, setzte sie, nun weicher geworden, fort, »ist es nicht schrecklich zu sehn, daß ein Kerl wie du, ein Bürgermeister, wegen so einer kleinen, dummen Geschichte den Kopf verliert, wegen dieses dreckigen Rotzjungen von einem Knecht? Nun?! Was habe ich denn da gesagt?«

Die Tasse fällt Arsène aus den Händen, zerschellt auf dem Fußboden.

»Du hättest mich warnen sollen«, sagt er erbleichend. »Man

darf mir von diesem Fall nicht reden, ohne mich zu warnen. Sonst kann ich nicht verhindern, daß ich zusammenschrecke. Es kommt von den Nerven.«

Er versucht zu lachen, aber nun schaut sie ihm mit ihren kleinen, runden, schwarzen Augen fest ins Gesicht.

»Arsène, du verheimlichst mir etwas.«

»Ich?«

Schon wird sein Gesicht purpurrot, seine Hände zittern abscheulich. Seit langem hat er das glückliche Regelmaß des Lebens verloren, sein ruhiges Hingleiten. Das seine ist nur noch Verschlafenheit, von plötzlichem Aufwachen, von nicht unterdrückbaren Schreckensanfällen durchschnitten; ihnen folgt ein kurzer Augenblick der Entspannung, der Ergebung, der ihm, wie er sagt, die Beine absägt, ihn willen- und gedankenlos macht, bis zu einem erquickenden Auslöschen hin. Wie sie es versteht, gerade in dieser Minute, in der rechten Minute, ihn mit einem Blick zu beherrschen, diesem Blick, der so spitzig blinkt wie Anthrazit, mit diesem Vogelblick!

»Das geht seinem Ende entgegen«, seufzt er. »Was soll ich dir noch darüber sagen?... Eine erledigte Sache, genau das... Wahrscheinlich wird man Vandomnes Schwiegersohn verhaften, Mittwoch oder Donnerstag. Es fehlt nicht an Verdächtigem. Er hat sich in der Verbrechensnacht in den Wäldern herumgetrieben. Man hat seine Spuren gefunden. Und weißt du, der Bursche hat sich vor allem dadurch ins Unrecht gesetzt, daß er zuerst leugnete und angab, er habe im Heuschober geschlafen. Doch der Sohn des alten Maloine hat gesehn, wie er gegen vier Uhr in der Früh auf dem Grundstück der Boubauds einen Stecken zurechtschnitt... drei Meilen von hier, ist dir das klar?«

Seine großen Backen beginnen blaß zu werden, und Malvine möchte darauf schwören, daß sich die Mundwinkel langsam in einer schmerzlichen Grimasse gegen die Schläfen hinaufziehn.

»Nun ja«, sagt sie schlicht, »der alte Vandomne wird sich nie davon erholen.«

Ach, sie versteht ihn nicht. »Sie kann ihn nicht verstehn...« Und Miß macht mit ihrer hellen Hand eine Bewegung, als ob sie Rauch, als ob sie einen Schatten oder ein Nichts verscheuchen wolle.
Sie wendet den Rücken dem Fenster zu und erscheint ihm kleiner, als sie ihm je erschienen ist, mit dieser man weiß nicht recht wie beschaffenen Ungerührtheit und Eitelkeit, die sie so gefährlich außerhalb des Lebens halten, außerhalb seiner Gefahren und Forderungen, in jener Art von zauberischer Einsamkeit, wie sie den Puppen eignet. Sie tut so, als schlüge sie nachlässig ihr Halstuch über ihrer Brust zusammen, aber Philipp weiß sehr wohl, daß diese Bewegung eine Verteidigungsgeste ist, daß ihr flinkes Gehirnlein jeden Nerv, jede Faser des kleinen Körpers gewarnt hat, weiß sehr wohl, daß sie schon völlig wach und wachsam geworden ist.
»Entsetzlich, wie sehr Sie einem Tier gleichen, auch Sie«, bemerkt er einfach. »Übrigens sehn alle Frauen Tieren ähnlich. Wie kann man das nur nicht eher merken?«
»Danke schön! Natürlich wilden Tieren?«
»Wilden, gewiß.«
»So haben junge Männer immer gedacht, seit Beginn der Welt.«
Entmutigt zuckt sie mit den Achseln. Gott weiß, wieviel Mühe sie sich mit Philipp gegeben hat! Und nun ist er dennoch, oder stimmt das nicht?, ein Mann wie die andern: gierig, frech, launisch, zynisch und zärtlich, ein Tier letzten Endes auch Philipp, und natürlich keineswegs ein wildes, durchaus nicht! eher ein Haustier, ja: ein Hund, dieser Steeny, ein großer Hund. Gerade das, mein Lieber, ist nun einmal ein Mann. Sie beobachtet seine blassen, aufmerksamen Augen. Nein, diesmal wird sie es nicht erleben, daß er, wie schon so oft, plötzlich seine Fäuste ballt und sich mit seinem trunkenen, tränengeschwollenen kleinen Gesicht auf seine gelassene unverwundbare Feindin wirft.
»Es wäre besser, du bätest deine Mutter um Verzeihung«, fährt sie fort. »Sie ist so nachsichtig, deine Mama, so sanft, verstehst du, Steeny... Und so unglücklich, so allein...«

»Gar nicht allein, Daisy...«
Sie tut so, als hätte sie nicht gehört. Zu spät! Noch nie hat er es gewagt, sie mit diesem viktorianischen Vornamen zu nennen, und sie sieht seinen Blick, der frech und wild ihren Händen folgt, den Händen, die sie mit gewollter Nachlässigkeit unter dem Halstuch kreuzt und die sie in ihrer Wut zittern fühlt.
»Was kann ein Bub wie du von der Einsamkeit wissen?« fährt sie fort und heftet den Blick auf die Decke.
»Hier bin *ich* allein, Miß. Sie wissen das genau.«
O Stärke! O Sanftmut! Eben ist es ihm gelungen, Herr über den ersten Aufruhr in ihrer Seele zu werden, und plötzlich bewegt sich nichts mehr in diesem kleinen unbezwinglichen Körper, dem er sich sonst stets unterworfen hat. Dies Rauschen wie von Meereswellen oder vom Meer, das er, jedesmal, wenn sein noch gar ungeschickter und linkischer Wille ausbricht, in den Ohren emporschwellen fühlt, schweigt nun, und er meint, das werde nun für immer so sein. Seine ganze Seele ruht.
»Woran denken Sie?« fragt er kühn.
Da sie ihm nicht mehr entrinnen wird, kann er ihr ruhig die Stirn bieten, bei Gott! Und darum will er gleich, auf der Stelle fordern, was sie fest entschlossen ist, nicht zu gewähren, was man ihr nie entreißen wird – aus diesem Hause wird man sie nicht herauszerren können!
»Ich denke, daß Sie sehr glücklich sein werden, wenn ich einmal aus dem Hause bin.«
Welcher Friede, welch seltsamer Friede! Wie gewöhnlich drängeln die Worte unordentlich heran, aber er beherrscht nun von hoher Warte aus deren gezähmte Herde. Er wird nur das sagen, was er sagen will, zur rechten Stunde, sorgfältig Abstand wahrend und seine Schläge berechnend, wie ein Schleuderer, wenn er seine Schleuder kreisen läßt... Wie ich mich bemeistern kann! denkt er mit einfältiger Schwülstigkeit des Gefühls. Aber er ist über diese einfache Selbstbeherrschung schon weit hinaus. Nur die Grundleidenschaft, der Urtrieb verfügt über diesen augenblicklichen, genauen, teuflischen Sinn für ein gewisses Maß im Genießen, in der Stillung des Hasses. In Wirklichkeit haben ihn die Anstrengungen der letzten Wochen zermürbt, er ist trunken, völlig trunken von bezwungenem Leid, von Sicherheit, von Stolz.

Langsam richtet sie die halbgeschlossenen Augen auf ihn. Ihr winziges Gesicht mit den schrägen Zügen erscheint so sehr auf den Mund zugezogen, daß ihr kleiner fast dreieckiger Kopf dem einer Schlange recht ähnlich sieht. Steeny stellt sich vor, daß sie nun pfeifen wird.

»Ich habe verstanden, Philipp«, sagt sie.

Es ist deutlich zu sehn, daß sie ihre Kräfte sammelt, wenn sie auch so tut, als entspanne sie sich nur, denn sie läßt die Arme herabsinken, öffnet groß ihre wunderbaren Augen, ihre Engelsaugen. »Ich werde sie nicht verlassen, deine...« [sie zögert, vielleicht für eine Sekunde, gerade lang genug, um Philipps Blick in ihren eigenen einzuschließen] »deine Michelle«, fügt sie dann so natürlich und einfach hinzu, daß er nicht weiß, was er antworten soll, und nur mit den Achseln zuckt.

Nein, sie wird ihn nicht demütigen! Sie hat dem ersten Schlag erfolgreich widerstanden, sie ist ihm bereits ausgewichen. Die versteckte Angst, die sie stets vor dem Knaben fühlte, hat sich nun unwiederbringlich verflüchtigt. Was da vor ihr steht, ist ein Mann, und kein Mann der Welt hat jemals etwas anderes von ihr erlangen können als jene Art von ruhiger Aufmerksamkeit, die man einem unruhigen Tier widmet. Sie seufzt und fährt im gleichen Ton fort:

»Man hat dir furchtbare Dinge gesagt, Steeny, oder du hast sie geträumt. Aber ob man sie dir nun gesagt hat oder nicht, es ist doch so, daß du sie zuerst geträumt hast. Um so schlimmer für dich, junger Mann.«

Sie hat die ersten Worte eines nach dem andern in diese Stille tropfen lassen, aber die letzten schüttet sie alle auf einmal aus, mit unerhörter Herausforderung.

»Ich habe Sie immer gehaßt«, murmelt er, übrigens recht dumm und mit gedämpfter Stimme.

Ihr leuchtendes Lächeln hüllt ihn plötzlich wie mit einem goldenen Schein ein.

»Ich habe dich auch nicht sehr geliebt«, antwortet sie träumerisch. »Und vielleicht habe ich mich sogar vor dir gefürchtet. Sehr viel Hochmut, sehr viel Lasterhaftigkeit, beides durch die Langeweile vervielfacht. Welche Frau fühlte sich nicht unbeschützt, einem solchen kleinen Mann gegenüber?«

Sie schüttelt lieblich den Kopf, aber er erhascht im Flug einen

kurzen verängstigten Blick, der ihn prüfen, der ihn ausloten möchte. Die ungewohnte Zurückhaltung Steenys beunruhigt sie. Hat sie sich getäuscht? Hat sie zu früh geredet?
»Seit wann bist du der Freund dieser abscheulichen Frau, mein kleiner Philipp?«
»Ich?« antwortet er selbstbewußt... »Wollwades? Nun, mein Gott, seit vielen Monaten, etwa seit...«
»Sie ist es... Ja...«
Nicht ihm trauen! Ihr Arm, schon zu einer Geste erhoben, die Abscheu ausdrücken sollte, sinkt nieder. Sie deutet nur ein geekeltes Lächeln an.
»Und was weiter?« fragt Philipp herausfordernd.
Noch ein Blick, noch ein Lächeln. Ihr ganzes hübsches Gesicht scheint nur von der Wut durchknetet, ist voll großer Schattentiefen. Es gleicht eher dem eines jungen Mannes, den man gedemütigt hat, eines Bruders, den Steeny haben könnte.
»Ich nehme an, daß du lügst«, sagt sie. »Aber was tut das schon? In dir allein liegt schon genügend Tücke, weiß Gott, mein Lieber!«
Philipp zuckt wieder mit den Schultern als ein Zeichen, daß er ihr zustimmt. Denn er hat seine Herausforderung ganz zufällig hingeworfen, und er freut sich nun ganz unbeschwert und wild an dem Leid, das er ihr, fast ohne es zu wissen, zufügen will, so wie eine junge Katze plötzlich vom Wollknäuel zur lebenden Beute übergeht, vom Spiel zum Mord.
Sie schweigen beide. Sie haben sich wirklich nichts mehr zu sagen vor dem entscheidenden, dem unwiederbringlichen und unheilbaren Wort. Und sie ist gewiß darauf vorbereitet, es als erste zu sagen. Früher oder später mußte dieser Augenblick kommen, in dem es um die einzige Glücksmöglichkeit in ihrem elenden Dasein geht. Vierzehn Jahre lang hat sie diesen Nebenbuhler an ihrer Seite heranwachsen sehn, von Tag zu Tag wurde er ungefährlicher, so wenigstens meinte sie, im gleichen Maße, wie sich in ihm die Wunde vertiefte, die sie mit so viel Kunst offen hielt. Wenn er verstehn wird, werde ich gerettet sein. Was hat sie denn im Grunde von einem offenen Aufruhr zu fürchten, der keine andern Folgen haben wird als die, das gekränkte Kind endgültig aus der kleinen Welt auszuscheiden, darin sie langsam ihr eigenes Glück auf-

gebaut hat? Was sie ihm jetzt zu entreißen versucht, hat ja für ihn nur noch geringen Wert, während sie sich anschickt, ein Gut zu verteidigen, das ihr täglich teuerer wird und das man durchaus nicht teilen kann, das sie entweder völlig verlieren oder völlig retten muß. Ein einziger unvorsichtiger oder schwacher Augenblick, und sie wäre aus diesem so sichern, ach so sichern Obdach hinausgedrängt unter die furchtbare Menge der Männer! Sie fürchtet keinen einzelnen unter ihnen, aber sie erschrickt vor ihrer Unzahl, ihrer Macht, ihrem groben Miteinander-im-Bunde-Sein. Fette Gesichter, zynische Blicke und das, was sie mehr als alles andere haßt, mit einem blutigen Haß: das abgenützte und tükkische Lächeln der Lüsternheit mit der demütig scheinenden Grimasse. Mit geschlossenen Augen geht sie dann gleich ein gutes Stück auf dem scheußlichen Weg ihrer zuerst in Stirling, dann in Swansea verlebten Kindheit zurück. Der Vater, ein armer Apotheker aus Lancaster, ist sehr jung gestorben. Die Mutter wurde Wäscherin, lebte zwischen Gebirgen von Wäsche, mit nackten Armen, Tag und Nacht bügelnd, im feuchten Dunst von Stärke und Hanf. Dann der erste, durch den Türritz erspähte Liebhaber, ein zweiter, noch einer, dann die verdächtigen Burschen, die »guten Freunde«, die feisten Beschützer, die ihr die Taschen mit klebrigem Zukkerzeug vollstopften, dann das lange, qualvolle Sterben der Mutter, das sie, bis zum letzten Tage auf den Beinen, vor dem glühenden Bügelofen durchgehalten hat. Dann als Waise vom Onkel Jehol aufgenommen: ein ehemaliger Soldat der Königin, der, wie er sagt, ein Bein bei den wilden Afghanen gelassen hat [in Wirklichkeit hat man es ihm in irgendeinem Lazarett amputiert, weil es von Syphilis zerfressen war]. Die ersten verzaubernden, wunderbaren Wochen in dem kleinen Landhaus aus Klinkern, bis zum Abend!... O diese erstickenden, klebrigen Nächte, alle vom Geruch des alten Mannes erfüllt! Dann die Flucht nach London, der methodistische Pfarrer, der ihr so schlecht zu essen gibt, sie wie ein kleines Mädchen anzieht, mit kurzen Röckchen, nackten Knien und Söckchen, aber sie in eine der besten Londoner Schulen schickt. Und dann der Sturz, der Abgrund, schwarze Erscheinungen von Städten, Häfen, bunten Kais. Endlich der Gnadenhafen, das süße Haus von

Fenouille, sein frischer Rasen und seine Geheimnisse... Eines Abends hat sie alles ihrer Herrin erzählt, weinend.

»Philipp! Steeny!«
Er hat die Hände nach vorn geworfen, ins Ungefähre, oder vielmehr, er richtet sich auf, vergißt sich, und schon hat er gefühlt, wie ihr blonder Nacken sich neigt. Die nachgiebige Erschlaffung in ihren Hüften zieht ihn zugleich an und stößt ihn ab wie die blitzhafte Unstetheit ihres Blicks. Keine Furcht liegt darin, kein Zorn, kaum ein rasches Aufleuchten der Überraschung, und jäh, wie ein gehetztes Tier, wendet sie ihre ganze Aufmerksamkeit seiner aufflammenden Leidenschaft zu. Was will dieser Rasende von ihr? Was tun?... Geschickt entzieht sie ihm ihren linken Schenkel, beugt dem Fall vor, indem sie sich mit dem einen Arm auf den Boden stützt und rollt mit ihm auf den Teppich.
»Philipp! Genug doch, Philipp!«
Seine Stimme pfeift zwischen seinen geschlossenen Zähnen. Sie spielt ein furchtbares Spiel, wagt alles dabei. Wenn schon! Der Leib, den Steeny umklammert, ist so nachgiebig, so wehrlos wie der eines kleinen Kindes, doch das Gesicht bleibt angespannt und undurchdringlich. Für einen Augenblick streift Steenys Mund die laue Beugung des Halses an der Stelle, wo ihr die goldenen Haare hervorquellen.
Mit teuflischer Behendigkeit steht er auf. Nie hat er sich ruhiger gefühlt, nie, meint er, hat er sich und seine Nerven so in der Gewalt gehabt, seines Hasses wie einer Wunderwaffe sicher. Eine Bewegung, nicht vorberechnet und fast unbewußt, hat ihm seine getäuschte und erniedrigte Feindin völlig ausgeliefert. Ein Lachen aber, das in ihm aufsteigt, drückt keine gekühlte Rache aus, und im übrigen läßt er es auch bald auf seinen Lippen ersterben. Sogar sein Blick wendet sich von der Besiegten ab, geht unverschämt über sie hinweg.
Für einen Augenblick späht Miß zwischen ihren langen Wimpern hervor, schaut ihn an. Sie verschmäht es aufzustehn, klopft die Falten ihres Rockes glatt, streicht mit einer nachlässigen Bewegung der Finger über die Blumen des Teppichs, aber Philipp sieht verstohlen und verzaubert, daß auf ihrem gebeugten Nacken der Schweiß perlt.

»Ich mag Sie nicht, ich verabscheue Sie«, erklärte er mit ruhiger Stimme.
Sie hebt den Kopf, immer noch gesenkten Blicks.
»Du bist ein listiger Bursche«, bemerkt sie, »eine rechte Dirne. Meinetwegen! Du wirst das bald vergessen haben und andere Dinge auch. Die Männer vergessen alles. Wir aber, wir vergessen nichts.«
»Um so besser«, antwortet er. »Aber Sie können jetzt aufstehn. Sie haben genug am Boden gelegen. Wir wollen nicht mehr davon reden.«
»Nein«, sagt sie fest. »Bei Gott nicht! So kann ich dich besser sehn. Wenn man ein Gesichtchen wie deins von unten sieht, kann es nicht lügen. Auch dich wird es noch erwischen, Philipp.«
»Mag sein.«
»Mein Gott! Mit einer Frau läßt man sich niemals in Streit ein, weißt du das nicht? Aber weil du da stehst, aufrecht und auf deinen beiden Beinen wie ein Hahn, hältst du dich für unverwundbar.«
Sie legt ihre beiden Hände flach auf den Boden, beugt den Oberkörper ein wenig nach vorn, biegt eines ihrer langen Beine! Es ist eine kindliche Stellung, aber zugleich so schmiegsam und gewagt, daß Philipp ihre unter der leichten seidenen Bluse erschaudernden Schultern nicht ohne peinliche Erregung betrachten kann. Er tritt kaum merkbar zurück, als wolle er einem plötzlichen Überfall ausweichen.
»Ich hätte dich manches gelehrt«, sagt sie. »Um so schlimmer für dich. Vor allem das: eine Frau, die die Herrschsucht eines Mannes erlitten hat und von ihr befreit worden ist, wird ihre Ketten nur aus der Hand eines neuen Liebhabers nehmen. Du aber ziehst vor, den Prahlhans zu spielen, zu beißen oder auszuschlagen wie ein Fohlen. Und eines Tags, vielleicht heute abend schon, wirst du über den Hürdenzaun springen, und damit wird alles gesagt sein.«
»Und wenn ich nun nicht spränge?«
Seine Stimme zittert ein wenig am Ende des Satzes – ein wenig mehr als nötig. Miß seufzt.
»Es wäre vernünftig gehandelt«, sagt sie gleichgültig. »Wollen wir wetten, daß du springen wirst? Ja, mein Junge, du wirst springen, und doch ... soll ich davon sprechen?«

Plötzlich verdunkeln sich ihre schönen blassen Augen, und sie wirft einen verstohlenen, veilchenfarbenen Blick auf Philipp.
»Du wirst darüber springen, auch wenn du keine Lust mehr dazu hast. Denk daran. Nie hast du eine Dummheit anders gemacht als auf diese Weise, aus Trotz, und schon gewiß, nichts anderes mehr davon zu haben als Langeweile. Seltsam übrigens, daß wir ebenso müde geworden sind, auf diese Dummheiten zu warten, wie du, sie zu träumen, und daß wir alle, der eine wie der andere, sie mit der gleichen Langeweile entgegennehmen.«
Sie hat den Kopf abgewendet, scheint zu den hohen Fenstern zu reden, an denen alle Schatten des Gartens immer wieder feierlich vorüberziehn.
»Du wirst über den Zaun springen. Über den Zaun springen, das bedeutet nichts. Füllen wie du laufen gleich auf den ersten Anhieb bis nach Indien hin! Fortgehn bedeutet nichts. Nur das Heimkehren zählt.«
Die Hände erheben sich und legen sich wieder fest an die Stelle, wo sie waren.
»Das wird dir nicht gelingen«, sagt sie. »Nur das bekommt man recht zurück, was man für immer aufgegeben und verlassen hat. Aber ihr, ihr französischen Burschen, scheint immer mit einer Fingerspitze festzuhalten, was euere Hand fahrengelassen hat. Wer zum Beispiel kann wissen, Philipp, was du von deiner Mutter willst oder nicht willst? Sie ist eine unglückliche und sanfte Frau. Trotzdem würde sie keinen Herrn ertragen. Es wäre leicht, sie zu zerbrechen, aber man könnte sie nicht beugen, ohne sie zu töten. Was sollte ihr eine finstere Liebe, die alles haben will und nichts verlangt? In deinem Alter weiß ein junger englischer Herr von diesen Dingen kaum mehr als ein junger Hund, seine Vorstellungswelt ist so rosig und frisch wie eine Scheibe Rostbraten. Euere aber nimmt sich schon ein ganzes Männerleben voraus. Sie wird euch nur noch dazu dienen, euere Geliebten und euere Frauen zu unterdrücken, denn ihr seid Haustyrannen, mein Junge, eine Art von daheimhockenden Eroberern, ihr Franzosen. Die ganze Welt soll zwischen euerm Tisch und euerm Bett Platz haben – die ganze Welt mit all ihren Gewagtheiten. An einem unschuldigen Wesen müßt ihr euch für all die Er-

oberungen rächen, die ihr nicht gemacht, für all die Gefahren, in die ihr euch nicht gewagt, für all die Abschiede, die ihr nicht genommen habt. Aber deine Mutter wünscht sich nichts anderes als Stille, Ruhe, Vergessen. Bildest du dir ein, sie möchte mit einem Sohn die Erfahrung wiederholen, die für immer ihr Leben versehrt hat? Warum nur hat sie dich nicht früher fortgegeben, als es noch Zeit war! Dies Haus taugt nicht für dich, Philipp – weder dies Haus, noch seine Bewohner...«

Sie senkt die Stimme und murmelt vor sich hin, als spreche sie zu sich selbst.

»Keiner seiner Bewohner, die lebenden nicht und nicht die toten.«

Dann schweigt sie. Sie hat gesagt, was sie sagen wollte, die Arme über den gebeugten Knien gekreuzt und den Kopf so weit herabgebeugt, daß ihr Blick der Schattenlinie folgen kann, die von ihrem Hals zu ihren Hüften zieht. Sie scheint sich in sich selbst zu sammeln, und Philipp denkt wieder an die zur Kugel zusammengerollten Frettchen, die mit gebrochnen Knochen die Beute festhalten und über ihr zugrunde gehn. Langes Schweigen.

Keine Gewalt der Welt würde jetzt ein Wort aus ihr herausbringen, bevor er gesprochen hat, gesprochen oder gestöhnt, zugeschlagen sogar – was tut das schon! Wenn er fragt, wird sie antworten, um jeden Preis. Aber ein Wort zuviel kann alles zerstören, ein gedemütigtes Kind in Michelles Arme zurücktreiben und vielleicht für immer. Unter den dunkeln Grundkräften, mit denen ihre abgründige Weisheit umzugehn versteht, ist der Stolz der Jugend die heikelste, heikler als das Schamgefühl einer Frau, heikel und unberechenbar. Kaum wagt sie in dieser entscheidenden Minute nach dem hohen Fenster auszuspähn, darin sich zwischen den blauen Schatten ein blasses und zartes Gesicht spiegelt.

»Sie lügen«, sagt er sanft. »Er ist nicht tot.«

Ehe seine Hand ihre Schulter berührt, hat sie schon das Gewicht vorgefühlt und schließt die Augen.

»Abgereist, nicht wahr? Sie brauchen sich nicht zu schämen. Davongelaufen, was?!«

»Ja«, antwortet sie. »Aber nicht so, wie du es dir denkst...«

»Es gibt nicht zweierlei Arten davonzulaufen«, antwortet er.
»Und wohin?«
»Frag doch…«, beginnt sie. »Hör, Philipp, wir wissen, daß Anthelme geredet hat. Sonst hättest du kein Wort aus mir herausbekommen. Aber nun mußt du deine Mutter schonen. Welche Frau in ihrer Lage hätte nicht das gleiche getan. Denn du wirst wissen –«
»Was?«
»Was soll ich dir sagen? Nein, gestorben ist er nicht. Aber ach, Philipp, er ist toter als die Toten.«
Langsam richtet sie sich auf, kniend, und ihre blassen, undurchdringlichen Augen wandern zwischen der Tür und Steeny hin und her.
»Geh nicht gleich hin! Beruhige dich!«
Beim ersten Schritt des Knaben steht sie schon aufrecht auf der Schwelle, tritt ihm entgegen. Der Schatten betont ihr hartes Profil vom Kiefer und von den Wangen bis zu der hübschen, an den Schläfen sehr schmalen Stirn. Die drohende Faltung ihres Mundes: wie bei einem Londoner Straßenjungen, wenn er im Dezember halb verhungert zwischen Gebirgen von Apfelsinen auf Themsequais herumsteht. »Keine Geschichten!« sagt er mit einer rauhen Stimme, die ihn außerordentlich erstaunt, und sogleich fühlt er den rasenden Blutstoß zum Hals hochwallen. Die Augäpfel liegen ihm schwer in den Höhlen, wie Bleikugeln.
»Glaubst du, du kannst mir Furcht einjagen? You sniveling, street urchin, sissy! You crazy loon, son of an idiot!«
Ihm war, als rüttle er heftig am Türknauf, und es gelang ihm nicht einmal, seine erstarrten Finger darum herumzubekommen. Die Lähmung kroch seinen Arm hinauf bis zur Schulter, und um alles Gold der Welt hätte er nicht fertiggebracht, den Kopf zu bewegen.
»Du bösartige kleine Bestie! Mein Gott, er erwürgt mich!« Aber dieser Schrei schien tief aus der Mauer hervorzukommen, erweckte keinen Widerhall, und das furchtbare Schweigen erschien ihm dadurch nur noch bedrückender; einige Sekunden lang grenzte es an eine übernatürliche Undurchdringlichkeit.

»Liebste, dear heart, mach die Augen auf, ich bitte dich! open your eyes, my darling!«
Das blonde Köpfchen rollte sanft zwischen Michelles Knien, und Philipp betrachtete es mit tiefer Aufmerksamkeit. War es wirklich das zerbrechliche, leuchtende Ding da, diese zerbrechliche Schale voll von wandelbarem, selbst in seinen Träumen immer wandelbarem Licht, die er mit seinen Armen gegen die Mauer gepreßt hat? Seine linke Hand krampft sich noch um den Türknauf, die andere hält er an die Brust gedrückt, voll Scham, wie ein Mordwerkzeug. Daß diese Hand da gegen seinen Willen gehandelt hat, ohne sein Wissen, von Wut hingerissen, durchaus möglich! aber das Widerwärtige war nun, daß diese schwarze Stelle in seinem Innern weiter beharrte, daß das wiedergekehrte Licht sie einkreiste, ohne sie auszutilgen... Er erinnerte sich an nichts. Diese geschlossenen Augen, deren Lider Michelle linkisch zu erschließen versuchte, bewahrten das Geheimnis dessen, was sie gesehn hatten: das einer noch geheimnisvollen Handlung, die er mit Hilfe des Verstandes wohl ohne Mühe nachvollziehen konnte, die ihm aber nicht weniger fremd erschien, als wenn sie ein anderer begangen hätte. Ein Teil seines Lebens und wenn er noch so klein wäre! – denn darauf kommt es nicht an –, war ihm für immer entflohen, ein Teil seiner selbst war, während er weiterlebte, zu Tode getroffen worden, ausgemerzt. Durch welche geheimnisvolle Verletzung hindurch, durch welche offene Bresche der Seele war dieser Lebensteil ins Nichts hinausgeglitten? Es schien, als hätten sich damit alle Sicherheit, alle Gewißheit verflüchtigt, und daß aus dem Gewissen, wie aus einer geborstenen Zisterne, nichts anderes mehr aufstieg als schlammiges, angstbeschwertes Wasser. Eine Art von stillem Schrecken, eine Furcht, die fade und ekelerregend war, filterte Tropfen um Tropfen aus dieser schwärenden Wunde.

»Es ist gar nichts, meine Liebe! The boy was a bit rough, that was all, pardon him, dear love!«
Gerade in diesem Augenblick kreuzte Mamas Blick den seinen, und er sah sie plötzlich aufgerichtet vor der Wand stehn, die kleinen Hände mit einer kindlichen Geste des Bettelns krampfhaft gegen das Kinn gepreßt.

»Philipp! Philipp!«
Schon kam Miß auf ihn zu, schwankend, und beobachtete die Szene mit ihren blassen Blicken. Eine widerspenstige, ein wenig dunklere Haarsträhne hing ihr über die Schulter.
»Seien Sie kein Kind, Liebe!« sagte sie mit ruhiger Stimme. »Schließlich ist es doch nur Steeny. Es tut mir so leid... so sorry!«
»Geh, Philipp! Genug! Er soll gehn, er soll fortgehn! Ich kann nicht mehr. Sehn Sie ihn doch an, er ist es! ganz und gar er! Philipp!«
Aber es lag nicht in seiner Macht, und es hätte in keines Menschen Macht gelegen, keines Menschen auf der weiten Welt, einen andern Ausdruck anzunehmen, anders auszuschauen. Er glaubte, jeder seiner Züge sei in einen Stoff hineingekerbt, der so hart wie Stein war, und diese unbewegliche Maske war das Ebenbild eines andern.
Miß schluchzte nun, den Kopf in den Händen. Von ihrem Gesicht sah er nur die Stirn, die zarten Ohren, die dem edel gebildeten Kinn so nahe waren, die kaum bemerkbare schattige Vertiefung, in die er seine Lippen hatte legen wollen. Ein Mitleid, das ihm neu war, mit etwas Verachtung vermengt oder eher noch von Verachtung umschleiert, eine Art von unbeschreiblicher, unerklärlicher sinnlicher Sättigung ließ ihm das Herz schwellen, und er suchte vergebens vergessene, doch im tiefsten noch immer lebendige Worte, suchte sie im Geheimsten seiner Erinnerungen – welcher denn? – einst ausgesprochene Worte – aber wo? und wann? – vielleicht in einer andern Zeit, in einer andern Welt? – Worte aus einer Erinnerung ohne Zeit und ohne Namen.
»Erklären Sie es ihm, Liebste, sagen Sie ihm alles.«

Sie waren wieder allein, Angesicht zu Angesicht, und als er es wagte, seine Hand auf die ihre zu legen, begriff er, daß der böse Zauber gebrochen, daß die Maske gefallen war. »So weit ist es nun«, sagte sie. »Und nun kannst du ihren Tod herbeiführen, wenn du willst, sie ist dir ausgeliefert. Glaub mir«, setzte sie nach einem Schweigen fort, »es ist leichter, sie zu töten, als sie zu beugen. Ja, Philipp, ihr armes Leben gehört dem, der es nehmen will, aber mit Vernunft hat noch keiner das Schreckgespenst eines Kindes bezwungen. Soll ich dir

noch mehr sagen? Es wird dir nicht besser gelingen, als deinem – jenem – nun, du weißt, wen ich meine. Ihre Sanftmut besiegt alles.«
Sie umhüllte ihn zum letzten Male mit ihrem seltsamen Blick.
»Ich frage mich, was Ihre Augen für eine Farbe haben«, bemerkte Philipp nachdenklich, »oder ob sie überhaupt eine haben. Sie sind wie Dunst.«
Er machte eine Bewegung, als wollte er diesen Dunst mit der Hand zerstreuen, beiseite drängen. Sein Blick war sehr viel leuchtender als sonst, aber doch müde und traurig.
»Ich bitte Sie um Verzeihung«, sagte er dann, »habe ich – habe ich wirklich zugeschlagen, wirklich?... und gewürgt?...«
Er drängte sie vorsichtig vor sich her, ohne daß sie den geringsten Widerstand geleistet hätte.
»Wirklich, nicht wahr? Und den Hinterkopf gegen die Mauer gestoßen? Ja? Einmal? Zweimal? Noch öfter?... Kommen Sie!« – er lächelte – »entschuldigen Sie, aber ich möchte so gern, daß Sie sich genau an dieselbe Stelle stellen – ganz genau! Stimmt es? Stimmt es so? Diese Hand auf dem Türknauf? Was?! Sie werden mir doch nicht einreden, daß ich mit der andern fähig gewesen wäre...? Doch?! Dann Schwamm darüber! Ich werde es nie begreifen!«
Er zuckte mit den Schultern.
»Hat man eine Vorstellung von so etwas? Was für eine Eselei! Wie viele Stunden meines Lebens sind mir schon durch die Lappen gegangen, hui!... Stunden, Monate, vielleicht Jahre?... Wenn ich die Nächte mitzähle, dann sind es gewiß Jahre. Und dann, in ein paar unglücklichen Sekunden... Toll! Der Apparat hat funktioniert, das Objektiv ist in Ordnung, das Licht gut, und dennoch ist nur ein schwarzer Fleck auf der Platte – alles ist schwarz. Halten Sie das für möglich, Miß?«
»Ich kenne euch«, antwortete sie mit zusammengebissenen Zähnen, »ihr verdammte Männerrasse, erbarmungsloser als die Hölle! Schau dich in dem Spiegel: du siehst aus wie eine Katze, die ihre Nase in den Rahmtopf gesteckt hat. Mein Gott, ich fürchte, daß nichts euch jemals sättigen wird, weder Milch noch Blut. Du wirst deinen Durst niemals löschen, nie, mein Lieber.«
»Was kommt Ihnen da in den Sinn?« fragte Philipp erstaunt.

»Ich bin nicht einmal fähig, einer Fliege etwas zuleide zu tun. Und was die Enthüllungen betrifft, die Sie mir so gern machen möchten, entschuldigen Sie, davon weiß ich nicht weniger als Sie, und es hat gar keinen Sinn, darauf zurückzukommen. Ich hatte diesen Dummkopf von Anthelme falsch verstanden, das ist alles. Nur ein Wort noch: hat man meinen Vater jemals für tot gehalten, ja oder nein?«

»Fünf Jahre lang – ja. Dann hat ihn die Verwaltung euerer Güter durch einen reinen Zufall wiederaufgetrieben, irgendwo in Schlesien, glaub ich, in einem ganz kleinen Dorf – nein, ich weiß nicht genau, wo. Erst war er in einem Lazarett in Bremen gepflegt worden, dann in einem Erholungsheim in Luckau. Die Heimschaffungskommission hatte ihm gerade seine Papiere zugestellt – da ist er geflohn.«

»Recht so«, sagte Philipp.

Eine seltsame Hütte, dieser vom Frost zerborstene Würfel! Das Strohdach ist eingesunken, und die letzten Regenstürme haben einen gewaltigen Haufen Schlamm vor die wacklige Tür geschichtet. Aber im Innern sind alle Löcher sorgfältig mit Lehm verstopft und die Wände geweißt worden, und vom niedrigsten Deckenbalken hängt das fettglänzende Gewehr herab, dazu eine lederne Scheide mit dem Jagdmesser darin, die Jagdtasche und ein anderer blutbefleckter Sack zur Aufbewahrung der Beute.

Plötzlich ist Eugen aufgesprungen. Sein Rock und sein Hemd liegen noch auf dem Stroh, damit sie ganz trocknen; sein nackter Oberleib leuchtet aus der Dunkelheit hervor. »Ich muß mit dir reden, Eugen«, sagt der Alte.

Der andere schaut ihn verwundert an, mit der gleichen Grimasse, die ihm seinerzeit so viele Klapse vom Schulmeister eingetragen hat, einer Grimasse, die weniger Frechheit und Spott als jene geheime, tiefe Scheu verrät, die ihn unter den Menschen vereinzelt und aus ihm einen ebenso schlauen wie wilden Hasen- und Mädchenjäger macht. Doch auch der Alte schaut ihn ohne Verachtung an. Nie hat dieser widerspenstige Mensch diesen zu klaren, zu blauen, zu reinen Blick lange ertragen, diesen Blick, der in ihm etwas Ähnliches wie Kinderängste auslöst. Diesmal freilich sucht er darin vergebens den gewohnten Ausdruck erbarmungsloser Gleichgültigkeit, und in der Überraschung darüber vergißt er, die Augen zu senken.

»Junge –«, wiederholt der Alte nachdenklich und mit leiserer Stimme.

Ist es der Wind auf dem Strohdach, ein vom Himmel gefallener Schrei, der Schritt eines unbekannten Tieres im Gras? Mit einer Bewegung, die ihm geläufig ist, neigt der Wilderer den Kopf ein wenig vor, um besser hören zu können. Nein! die Angst ist es, die ihm an die Gurgel gesprungen war.

»Was gibt es denn, Vater?« fragt er.

Die Vorahnung der Gefahr ist jetzt in jeder seiner Muskelfasern. Aber welcher Gefahr?

»Sie wissen alles«, sagt der Alte. »Der Haftbefehl muß vom

Richter unterzeichnet worden sein, gestern abend. Du wirst heute nacht oder morgen verhaftet werden.«
»Gut«, sagte er, »wollen sehn.« »Nein«, antwortet der Alte sanft, »nein, Eugen. Wir wollen nicht sehn.«
Ein Zweig streichelt mit einem seidigen Geräusch über das Strohdach zu ihren Häuptern. Der Sonnenfleck, der von Balken zu Balken hüpft, steht plötzlich genau in der Mitte der Tür still wie ein großes rundes Auge.
»Junge«, fährt der Alte fort, »Helene hat getan, was sie wollte, gegen meinen Willen. Reden wir nicht davon. Aber ich halte dich für einen Mann.«
»Ich mich auch«, sagt der andere.
Sein wilder Blick drückt keinerlei bestimmte Angst aus, aber indem er sich völlig der noch unbestimmten Gefahr preisgibt, bekommt sein Ausdruck etwas ungewöhnlich Edles, das fast wie Unschuld aussieht.
»Ich habe getan, was ich tun konnte, Junge. Ohne den Bürgermeister wäre der Haftbefehl längst heraus, sie haben Beweise und werden nicht von dir lassen. Alles hat ein Ende, mein Junge. Wir alle haben ein Ende, heute oder morgen, was tut es? Und jetzt... und jetzt...«
Verfluchter Satz! Da steckt er ihm tief im Hals, ganz wirkungslos. Er zweifelt ja durchaus nicht an der Schuld dieses hergelaufenen Kerls, aber der Gedanke an das Verbrechen verschwimmt, verflüchtigt sich, geht unter im Schweigen – in diesem wundertätigen Waldesschweigen – in dieser Wüste aus toten Blättern und stehendem Wasser, worin der da nun mit ihm ist, ein Tier unter Tieren und frei wie ein Tier. Vergebens versucht er, seine hohe Gestalt aufzurichten, die Hüften schmerzen ihn, auch die Schenkel und Arme sind schwer. Die ganze Kühle der vergangenen Nacht rinnt noch durch seine Adern, und er möchte sich übergeben.
Eugen nimmt mit einer Hand seinen Rock vom Haken an der Mauer.
»Entschuldigt«, sagt er, »er mußte trocken werden.«
Die letzten Worte seines Schwiegervaters haben seine Ohren getroffen, als läge so etwas wie eine dunkle Mitschuld in ihnen. Gewiß, seit geraumer Zeit berührt ihn die Verachtung des Alten nicht heftiger als der Hunger, der Durst, der Wind, der Gußregen, all diese geheimnisvollen Schicksalsdinge, an

denen sich die Geduld der Männer übt und die nur Frauen und Kinder aufregen. »Der Alte hat seine eigenen Ideen«, denkt er ganz einfach. Aber heute scheint dieser Alte zum ersten Male mit ihm wie mit seinesgleichen zu reden, und plötzlich wird ihm klar, daß er sich nichts auf der Welt heftiger gewünscht hat.

»Was wollt Ihr?« fragt er endlich. »Ihr könnt ganz frei reden. Nichts zu befürchten!«

Mein Gott, Vandomne weiß es nicht mehr! Der Wille ist noch ungebrochen, aber seine Gedanken drehn sich immer rascher im Kreis, wie fette Fliegen. Was er sagen wollte, hätte auf den ersten Anhieb gesagt werden müssen, und nun ist es zu spät. Der vorbereitete Satz, der seinem Stolz so herb schmeichelte, hat deutlich kein Gewicht mehr, keine Gestalt, keine Wärme, ist ausgehöhlt und leer geworden. Und ausgehöhlt und leer, wie sie sind, seine Ahnen, die geschichts- und fast namenlosen, die Gefährten der letzten Nacht, an die bald nur noch er allein glauben wird. Was haben diese Gespenster mit dem wilden Burschen zu tun, der ihm in diesem Augenblick zynisch und furchtlos in die Augen schaut? Wie jung, wie stark der ist! Wie er ihn um diese Jugend und diese Kraft beneidet, beneidet bis ins Innerste seiner alten Knochen!

»Du wirst nach deiner Art handeln, Junge«, sagte er.

Der ehemalige Holzfäller wendet ihm den Kopf zu, um besser zu hören. Die Worte sind für ihn nie etwas anderes als gefährlich-ungreifbare Zeichen gewesen, kaum zu erklärende, noch verräterischer als Ziffern. Aus Klugheit gebraucht er überhaupt nur ganz wenig davon, aber im Gegensatz dazu ist er wunderbar hellhörig für den Tonfall, die Gesten, für all die tausend Abschattungen des Ausdrucks, die der aufmerksame Blick der Tiere mit dem gleichen unfehlbaren Geschick zu erfassen weiß. Und im übrigen hat ihn diesmal, wie stets, der Urtrieb deutlicher gewarnt als jedes Wort: daß sein Schwiegervater zu dieser Stunde in seiner Hütte steht, das ist gleichbedeutend mit einem Todesurteil.

»Es ist nicht schwer, ins reine zu kommen«, sagte er. »Ihr seid von Natur schweigsam, ich auch. Aber die Vergangenheit ist, was sie ist. Wenn ich euch alle ins Unglück gebracht

habe, werd ich's wohl gutmachen müssen. Ich bin kein Mann, der Euch Euer gutes Recht schmälern will, könnt Euch drauf verlassen!«
Seine Hand sucht in der Höhe der Stirn über dem Ohr eine imaginäre Mütze, dann läßt er sie linkisch fallen. Dieser verfluchte Rock ist noch immer feucht und läßt seine Hüften eisig werden.
»Es stimmt schon, daß ich den Kleinen getroffen habe, mitten in der neuen Schonung. Das beweist, daß er den Weg nach Fenouille verfehlt hatte, weil er abkürzen wollte, über Mauchaisme. Wir sind zusammen den Abkürzungsweg gegangen, über Mauchaisme. Wir sind zusammen bis zum Sumpf gegangen, dort konnte man unmöglich über seine eigene Nasenspitze hinausschaun, der Regen trommelte uns ins Gesicht, und ich habe meine Mütze verloren. Mag sein, daß sie unsere Spuren gefunden haben. Ich kenne den Ort: das Wasser läuft darüber wie über ein Wachstuch, ganz gleichmäßig. Solche Böden bewahren die Spur eines Ebers von einem Jahr zum andern, könnt Euch drauf verlassen!«
Er schließt seine Hosenschnalle, wobei er seine Schultern rollt. Es ist die gleiche pöbelhafte Geste, womit er auf der Schwelle einer Kneipe irgendeinen Nebenbuhler herausfordert. Seine braunen Wangen sind kaum ein wenig blässer geworden. Sein allzu zierlicher Mund steht genau in derselben unverständlichen und ärgerlichen Art offen, mit der er einst dem Pfarrer, dem Lehrer, dem Meister getrotzt hat, all diesen Mächten, die mit Worten und guten Gründen die Herrschaft ausüben. Die Leute meinen, er lebe in Aufruhr gegen diese Mächte, während er sich doch damit begnügt, sie zu fliehn, genau wie die Tiere ihn selbst fliehn, ohne Haß und fast ohne Furcht, ebenso selbstverständlich, wie ihnen das Trinken und Fressen ist, die Tiere, die er Tag und Nacht verfolgt.
»Das Schlimme ist, daß wir uns widersprochen haben, das Mädel und ich«, bemerkt er mit einer nachdenklichen Grimasse. »Aber ich bereue nichts. Schuldig oder nicht schuldig, vor Gericht muß einer immer lügen. Und wenn man seinem Sack nur irgendeine Wahrheit entschlüpfen läßt, und wenn sie nicht größer als ein Reiskorn wäre, rinnt der Rest nach, und es ist um einen geschehn.«

Sein Blick sucht nun mit stiller Kühnheit den Blick des Alten.
»Wortgefechte sind nicht meine Stärke«, sagt er schlicht. Als wären sie miteinander im Einverständnis, wenden sie beide die Blicke ab und heften sie durch die schmale Türöffnung hindurch auf den Wald, der in der lauen Luft des Morgens langsam still wird und erstarrt. Ein feiner, duftender, nach Moschus riechender Regen hängt im Laub und unter dem Blätterdach des riesigen Hochwaldes, und der Wind schaukelt zwischen Himmel und Erde einen regenbogenfarbenen Dunst.
»Es gibt Fälle, wo man klipp und klar reden sollte«, bemerkt der ehemalige Holzfäller, seine gewohnte Ausdrucksweise übertreibend, »aber vielleicht lohnt es sich bei mir nicht, oder doch?«
»Ich habe nicht abgelehnt, dich anzuhören, Junge«, sagt der Alte.
»Mag sein. Ich bin kein Rechtsanwalt«, antwortet der schöne Schlingel mit seltsamer Würde. »Und dann, was finget ihr auch an, ihr alle, mit meinen Erklärungen? Was ich brauche, wäre eher ein Alibi, ich kenne die Tücken von denen. Wo soll ich's aber hernehmen, so ein Alibi, was meint Ihr?«
»Eugen«, begann der Alte...
»Gut, recht so, ich habe verstanden. De Vandomne, es gibt Dinge in Euch, die ich nicht billige, aber Euch selbst hab ich immer geachtet, mein Wort darauf! Und wenn man der Sache auf den Grund geht, muß ich zugeben, daß Ihr von mir nichts als Plage gehabt habt. Ihr seid sicher nicht scharf darauf, mich in Boulogne zwischen zwei Gendarmen sitzen zu sehn, und mein Bild in den Zeitungen und all das. Darüber sind wir einig. Aber jetzt muß ich Euch doch eins fragen: wollt Ihr wissen, ja oder nein, ob ich ihn umgebracht habe?«
»Das geht vor allem die Gerichte an«, sagte der Alte mit dumpfer Stimme.
»Nun gut, Ihr werdet nichts davon wissen!« antwortet der andere im gleichen Ton und mit einem furchtbaren Lächeln. »Um die Gerechtigkeit, nicht wahr, macht Ihr Euch im Grunde nicht viel mehr Sorgen als ich. Es genügt Euch, wenn die Sache so, wie Ihr wünscht, in Ordnung kommt. Mir auch. Unter uns beiden, von Mann zu Mann: mir paßt es durchaus.

Ich habe noch niemals eine Herausforderung zurückgewiesen.«

Der Alte bewegt den Mund, um zu antworten, dann wendet er ihm schweigend den Rücken zu. Auf der Schwelle zögert er noch einmal und geht langsam ab, so langsam, wie er es vermag, mit gesenktem Kopf, lauschend. Die geöffnete Tür läßt einen derart blendenden Strom von Licht in die Hütte fallen, daß er den Kopf hebt, seine breiten Schultern reckt, als wolle er sich wappnen, um der großen, aus den Tiefen des Himmels heranrollenden Lichtwoge die Stirn zu bieten.

Der Lahme scheint ihn zu erwarten. Er steht aufrecht am Zaun, hält sich mit seinen beiden kleinen Händen am Gatter fest, und eine seiner Krücken liegt neben ihm. Der Alte versucht für einen Augenblick zu lächeln, wendet dann die Augen ab und errötet. Immer wenn sie der Zufall einander so plötzlich gegenüberstellt, fühlt er, wie sich ihm das Herz in der gleichen wunderlichen, unfaßbaren Art und Weise zusammenkrampft. Denn es ist schon so, daß er sich seiner Gesundheit schämt, seiner Stärke, seines kraftvollen Alters, wenn er vor diesem jungen heikeln Leben steht, das sich nicht mehr schützen kann, hintreibend gleichsam auf der Oberfläche eines unbegreiflich Unsichtbaren, in eine zauberhafte Unbeständigkeit hinein. Und auch vor dieser fürchtet er sich.

Seine Tochter tritt einen Augenblick an die schmale Dachluke des Stalles, dann verschwindet sie wieder.

»Laß sie«, sagt der Alte scheu, »laß deine Krücken. Ich werde dich dort unten in die Sonne tragen.«

Er setzt ihn an die schon laue Böschung. Aber der Kleine läßt sich auf die Hüfte gleiten, streckt sich sanft hin und kreuzt die Hände unter seinem Nacken. Der Ausschnitt seines Hemdes entblößt seine armselige Brust.

»Kleiner«, sagt er, »ich werde nicht mehr von ihrem Brot essen.«

Er hat seine Mütze abgenommen, streicht sich mit einer zitternden Hand über Stirn und Wangen, speit geekelt auf den Boden. Der Lahme schaut ihm wie immer schweigend zu. Er fragt niemals.

»Der verfluchte Köter!« sagt der Alte.

Auch er, wie der andere, verfügt nur über eine sehr geringe Zahl von Wörtern, aber auch die schien seine Bedürfnisse immer weit zu übersteigen. Und auch jetzt vermögen weder die große Einsamkeit, in die er sich nach und nach und Tag um Tag vergraben hat, noch erst recht seine Unkenntnis die Tiefe dieser Wörter zu ermessen. Ist es wirklich so schwierig, einem andern seine Not mitzuteilen, und wäre es nur für eine Sekunde, gerade so lange, wie einer braucht, um wieder zu

Atem zu kommen? Ein Wort, vielleicht eine Bewegung, sollten doch genügen! Welche Bewegung? Er hebt in Einfalt seine beiden gewaltigen Fäuste empor und läßt sie sogleich wieder fallen.
Der Knabe betrachtet ihn immer noch. Da entfernt er sich einige Schritte, indem er die Hände auf den Rücken legt, nähert sich dann wieder mit gesenktem Kopf. All sein Zorn ist verraucht, sogar sein Haß schweigt. Nur die Scham, nichts anderes als die Scham hört er in seinem Innersten wie ein nagendes Tier. »Ach nein, Gott ist nicht gerecht!«
»Höre, Kleiner«, sagt er.
Der andere dreht sich nicht einmal um und schließt die Augen.
»Höre, mein Bub«, setzt er mit zitternder Stimme fort, »und denke gut nach, ehe du antwortest, mein kleiner Kerl.« Er ist bis über die Ohren rot geworden. Doch er ist es gar nicht gewesen, der die Frage gestellt hat, sie hat sich selbst gestellt, sie ist ganz von selbst herausgekommen: niedergefallen wie eine reife Frucht:
»Was hältst du von dem kleinen grünen Mann und den Leuten in den Ardennen und den Geschichten von all den großen Herrn?«
Diesmal wendet der Kleine den Kopf, und sein Blick fällt jäh in den des Alten hinein, wie glühendes Eisen in Wasser. »Es gibt keinen kleinen grünen Mann und keine Leute aus den Ardennen und auch keine Geschichten von großen Herrn, nichts davon...«
»Was?« sagt der Alte.
Es ist durchaus nicht so, daß ihn diese Antwort sonderlich überrascht hätte, denn er war nicht weit davon entfernt, sie zu erwarten, aber sie kommt zu früh. Zwei Tage ist es nun her, daß er mit seinem Schwiegersohn gesprochen hat und daß die Polizei den Verbrecher vergebens sucht. Aber eine Frau hat ihn gestern gesehn, in der Gegend von Plantier, und man nimmt an, daß er in einer Schenke, bei einem Spießgesellen, etwas zu essen gekauft hat. Aber es steht noch ärger. Der Alte hat einen Zettel in der Tasche, in dem der Wilderer Helene für Dienstagabend auf die Straße nach Royé, in die Nähe von Roudre bestellt. Dienstagabend, also heute. Zwar hat er das Stück Papier ganz hinten im Stall gefunden, unter dem Stroh,

und es kann auch schon mehrere Wochen alt sein, denn die Feuchtigkeit hat die Tinte schon verdünnt. Um so schlimmer! Heute abend wird er sich noch früher als sonst zu Bett legen, und wenn er gegen Mitternacht die Tür knarren hören sollte, wird er seine Nase nicht zum Fenster hinausstrecken, wird seiner Tochter nicht nachspähen, nein. Da er selbst es nicht gewagt hat zu tun, was zu tun war, sind die Würfel nun gefallen. Gott wird Richter sein.
Die Blicke des Knaben richten sich noch immer auf den Alten: er scheint in seinen Blicken zu lesen.
»Hast du ihn gesehen?« fragt der Lahme endlich. »Hast du mit ihm gesprochen?«
Er hat gerade noch die Kraft, bejahend zu nicken. Was würde er darum geben, wenn er die rechten Worte finden könnte!
»Mir hat der Mut gefehlt, Junge«, sagt er endlich nach einem entsetzlichen Schweigen.
Die Augen des Lahmen brennen noch immer, aber das kleine Gesicht scheint jede Farbe zu verlieren. Nein, es entfärbt sich nicht, es verlöscht wirklich wie ein altes, verschlissenes, trüb gewordenes Bild.
»Nichts mehr«, sagt er, »niemals mehr.«
Auch seine Augen verdunkeln sich nun, und mit seiner gewöhnlichen, mit seiner Kinderstimme fügt er hinzu:
»Heb mich, bitte, ein wenig höher, Großvater. Ich liege zu flach, ich ersticke.«
Die kleinen, immer heftigen Hände, die nicht einmal der Schlaf beruhigt, klammern sich für eine Sekunde an den Arm des Großvaters. Es kommt dem Alten vor, als zögen sie ihn mit übermenschlichen Kräften zur Erde hinab, und der so leichte Körper ist ihm eine furchtbare Last. Aber was seine Widerstandskraft völlig zerbricht, ist ein Winseln, das aus den violetten, fest an seine Wangen gehefteten Lippen dringt, ein Winseln, das sein Ohr zuerst kaum vernimmt, dann aber, als es mit einem Male ein wenig deutlicher wird, doch zu erlauschen glaubt: nicht eigentlich einen Klageton, sondern eine Art von feierlichem Seufzen, ein feierliches Abschiednehmen. Da aber birst im Herzen des alten Mannes all die furchtbare, in so vielen Stunden angehäufte Mühe, und etwa eine Minute lang, eine lange Minute lang versucht

er linkisch seine eigene Klage mit jenem Anruf zu verschmelzen, der aus so großer Ferne kommt, aus einer andern Welt.
Zart bettet er den Lahmen ein wenig flacher, in eine schattige Vertiefung. Hat er das eben Gehörte geträumt? Die dunkle Doppelflamme, die wiederum aus seinen Augen bricht, fleht keinen Menschen um Mitleid an. Auch er wird kein Mitleid erflehen. Was auch von jetzt an geschehn mag, es wird vollkommen genügen, wenn er sich aufrecht hält wie ehedem; wie er sich am Fußende des Grabes gehalten hat, als der Sarg seiner Frau an knarrenden Stricken in die Erde hinabsank. All die braven Leute, die bei jedem Begräbnis weinen, tuschelten untereinander mit feuchten Blicken: »Sapperlot! Was für eine Haltung!« Aber er hatte gar keine Haltung, noch litt er. Er ertrug einfach sein Leid auf die ihm eigene Weise in einem wunderbaren Schweigen. Und damals wie heute hatte das Geraune in seinem Gehirn aufgehört. Von Kopf zu Fuß war er nichts anderes mehr als Schweigen, Trotz und dunkle Geduld. All die Unheilsvorstellungen, die vielen, vielfältigen, die ihn für einen Augenblick betört hatten, waren zu einer einzigen Grundvorstellung zusammengeschmolzen: der eines Hindernisses, einer starren Masse, gegen die er die Stirn stützte. Aber dort unten, auf dem Friedhof von Fenouille, unter den Blicken der Leute hatte er sich noch etwas anderes gewünscht, er wußte nicht was – und das stieg nun aus seinen tiefsten Tiefen empor, mühelos, aus dem Tiefsten seines Lebens, vielleicht aus einem Jenseits des Lebens. Jetzt, da sein Elend, seine Entblößtheit nicht mehr ärger werden konnten, war der vergeblich und fast unbewußt so viele Jahre genährte stolze Traum – eng verflochten mit dem Ablauf seiner armseligen, eintönigen Arbeit, seiner Trauer, den täglichen Demütigungen –, war dieser Traum mit einemmal verflogen, ausgelöscht, so daß er ihn nicht mehr erkannte und sich seiner schämte. Eine neue, wunderbare Jugend schwellt ihm die Brust, schluchzt in ihm auf, bricht plötzlich aus seinen Augen wie ein kleines Rinnsal lauen Blutes. Seit seiner Kindheit hat er nicht mehr geweint, und die Gewißheit, daß er zum letzten Male weint, daß er nie mehr weinen wird, daß dieser Augenblick der Gnade einmalig ist und vollkommen, erfüllt ihn zugleich mit Bitterkeit und unsagbarer Erquickung. Jede Mü-

digkeit scheint aus seinen Gliedern zu verströmen, leis in den Boden hinein, darin er mit seinen schweren Schuhen steckt. Eine Weile lang genießt er die Liebkosung des Luftzugs auf seiner Stirn, schaut sehr fest vor sich hin, ohne zu denken. Wozu auch denken? Das Übel kommt aus dem immer tätigen Hirn, diesem ungeheuerlichen Tier, weich und ungestalt, das in seinem Gehäuse liegt wie ein Wurm und unermüdlich pumpt. Ja, wozu auch denken? Eine Nacht voller Streitgespräche mit sich selbst, voll überflüssigen Wiedergekäus hat genügt, um aus ihm einen andern Menschen zu machen, so schwach wie ein Weib. Warum hat er ihn nicht totgeschlagen, ihn, der vielleicht morgen schon seinen Namen entehren wird? Jetzt ist es zu spät. Was tut es! Nichts wird ihn mehr von seiner Pflicht abbringen können. Und seine Pflicht ist: auszuhalten, nur das. Aushalten, stillhalten, unbeweglich bleiben mitten zwischen allem, was sich bewegt, wie ein Baum, wie eine Mauer, tapfer sein.

Er trocknet sich mit dem Handrücken seine alten Wangen. Der Lahme hat die Augen geschlossen. Er scheint zu schlafen. Doch im Halbschlaf, in den er versunken ist, hat sein feines Gesichtchen jenen seltsamen Ausdruck, den der Alte immer dann wieder gefunden hat, wenn der Blick des Knaben nicht mehr aufstrahlt: die tückische Härte, die mit ihrem unfaßbaren Lächeln die mongolischen Backenknochen noch stärker hervorspringen läßt.

»Fühlst du dich da wohl?« fragt er endlich mit zögernder Stimme.

»Nein, Großvater, bring mich zurück.«

Er hat ihn in die Arme genommen und ins Haus getragen. Seine Tochter sah sie schon von weitem kommen. Sie lehnte an der Mauer und hielt sich die Hand über die Augen. Dann hat sie ihnen wie alle Tage den Kaffee aufgetragen, sich in eine Ecke neben den Ofen gesetzt und ihre Tasse zwischen die Knie geklemmt.

»Mein Schritt sieht nach Zudringlichkeit aus, ich gestehe es«, sagte Ouine, »aber vielleicht ist er nicht ganz überflüssig...«
Der Pfarrer von Fenouille widerspricht mit einem Schulterzucken; dann wirft er einen bestürzten Blick auf das Fenster mit den geschlossenen Läden. Das Rot seiner Stirn, seiner Ohren, seiner Wangen, kaum sichtbar in diesem Dämmerlicht, steigert den etwas einfältigen Ausdruck seines Gesichts, unter Betonung der kindlichen Rundungen. Und noch kindlicher wirkt die tiefe Stimme, seine zu langsame, abgehackte Redeweise, die sich auf die Endsilben stürzt und sie abwürgt.
»Ein Neuling in dieser Gemeinde, ich kann Ihnen nur dankbar sein... Ein so schweres Amt... Unser verehrter Vorgänger...« »Ihr verehrter Vorgänger...«, antwortet Ouine ruhig, »und verzeihen Sie, wenn ich mit einer unverschämten Offenheit rede – im übrigen ist sie meinen Gewohnheiten und meinem Wesen weniger fremd, als man denkt –, Ihr verehrter Vorgänger war ein Einfaltspinsel.«
Er zieht sein lächerliches, stärkesteifes Taschentuch hervor, vergräbt einen Augenblick sein Gesicht darin und legt es dann in seinen Hut.
»Unsere Beziehungen waren herzlich und vertraut. Ich glaube, daß er mich für einen Schriftsteller oder etwas Ähnliches hielt.«
»Aber auch ich, Herr Ouine, bis jetzt glaubte ich...«
Ouines Lächeln wird so mitleidvoll, so sanft, daß der junge Priester seine Wangen abermals aufflammen fühlt.
»Unser Freund«, fährt der ehemalige Sprachlehrer fort, »gehört zu jener Art von unschuldigen Menschen, von denen uns reichlich alle Leiden kommen. Die Unschuld, Hochwürden... die Unschuld...«
Er hat die Luft mit einem so heftigen Geräusch eingesogen, als wenn er erstickte.
»Die Un... Unschuld, Hochwürden, ist die eigentliche Krankheit reifen Alters. Zumindest erreicht sie erst bei reifen Menschen ihre volle und vollkommene Bösartigkeit.«

»Und unsere Kinder, Herr Professor, unsere lieben Kleinen?...«
»Na! na!« sagt Ouine heftig. Dann schweigt er.
Auch die Wangen röteten sich nun, und die fette Halsfalte über seinem steifen Kragen ging von einem grellen Rot in eine Art von Schwarzblau über. Sein ganzes Gesicht schien vor Zorn anzuschwellen, während seine Lippen, die ihren Ausdruck rascher veränderten als die immer noch friedlichen Blicke, ein ungeduldiges Pfeifen von sich gaben. So standen sie sich eine Minute lang von Angesicht zu Angesicht gegenüber, ohne ein Wort zu reden.
»Gestatten Sie«, fuhr Ouine endlich fort – und seine Augen hatten sich mit Tränen gefüllt –, »auch ich war jung, auch ich habe an die Kindheit geglaubt. Ich habe nur allzu schwer unter ihr gelitten.«
Er rieb mit der Handfläche am Aufschlag seines Rockes und schien ganz in der Suche nach einem unsichtbaren Flecken aufzugehn.
»Gewiß begegnen wir dann und wann unschuldigen Kindern«, sagte er, »und die werden auch bis zu ihrem Ende unschuldig bleiben. Die Unschuld widersteht allem, sie ist dauerhafter als das Leben. Leider habe ich, ich, der ich hier mit Ihnen rede, einige dieser unglücklichen Menschen gekannt...«
»Meinen Sie nicht...«, begann der arme Priester, aber der Einwand, den er machen wollte, erschien ihm mit einemmal so vergeblich und leer, daß er nicht wagte, zu Ende zu reden.
»Die Gesellschaft verteidigt sich gegen solche Ungeheuer«, erklärte der Professor unbeirrt weiter, »sie stößt sie langsam aus ihren Kreisen aus, vereinsamt sie. Betrachten Sie doch das Schicksal dieser alten einfältigen Jungfern: ihre eigenen Familien verschließen sich ihnen, Hochwürden...«
Schon schwoll seine Stimme an, doch hielt er sie noch zurück.
»Ich maße mir nicht an, den Begriff der Unschuld zu bestimmen, Hochwürden, sie ist etwas ganz anders als das, was wir uns unter ihr vorstellen, als die Vorstellung, die das Wort Unschuld in uns erweckt. Ich weiß nur, was mich die Erfahrung gelehrt hat, daß die Unschuld immer der Mittelpunkt, der Kern einer Art von Gärung ist. Die Erde gärt rings um den Unschuldigen, mein Herr, das ist Tatsache!«

Er schwieg, weil ihm der Atem ausgegangen war, indem er seinen schweren Kopf vorneigte und die Hände flach auf die Knie legte. Ein holzgeschnitzter Kuckuck wiederholte mehrmals seinen albernen Ruf. Er lächelte freudig und deutlich erleichtert.

»Herr Professor«, begann nicht ohne einige Würde der Pfarrer von Fenouille, »es ist wahr, daß wir von den Menschen und ihrem Unglück noch sehr viel lernen können.«

»Ich habe nicht zu Ihnen geredet«, sagte Ouine fast zärtlich, »nein, Hochwürden.«

Seine schweren Züge bekamen mit einmal einen Ausdruck tiefen, fast verwandtschaftlichen Mitleids, wenn auch sein Mund nicht aufhörte zu lächeln.

»Das Unglück der Menschen...«, sagte er, »ihr Unglück... Ich habe auch daran geglaubt. Aber leider, mein Herr, kann das Mitleid nicht anders auf das Unglück einwirken als ein Chirurg auf einen Eiterherd. Bei der ersten leichten Verletzung...«

Vorsichtig nahm er des Pfarrers Hand in die seine.

»Bei der ersten Verletzung dieser mitleidigen Hand wird Ihnen, fürchte ich, all dieser Schmutz bis zum Herzen vordringen. Ja, ja! das Mitgefühl, die Teilnahme, das Mitleid, συμπαθειν, mit-leiden, – mit-faulen, sollte man lieber sagen. Im übrigen werden Sie nicht der letzte sein.«

»Von welcher Verletzung reden Sie?« fragte der Pfarrer von Fenouille. »Denn die Enttäuschung...«

»Nein, um Enttäuschung handelt es sich nicht«, wendete Ouine mit verträumter Stimme ein. »Was macht es Ihnen aus, wenn Sie enttäuscht werden? Aber Sie werden nicht enttäuscht, sondern getäuscht werden: aufgelöst, verschlungen! Mein Gott, wenn ich denke, daß Ihre Lehrer sich so viel Mühe gegeben haben, damit Sie lernen, vor der Lust auf der Hut zu sein, und haben Sie doch ohne Waffen gelassen gegen... gegen... was für ein ungeheuerlicher Widersinn!«

»Ich fürchte nur die Sünde«, stotterte der arme Pfarrer. »Und verzeihn Sie, wenn ich das nicht in eine weltliche Sprache zu übersetzen vermag.«

»Genau das! genau das wollte ich sagen«, bemerkte Ouine. Er zog sein Taschentuch so unauffällig wie möglich aus dem

Futter seines Hutes hervor und trocknete sich Stirn und Augen.
»Wenn es kein menschliches Unglück gibt, Hochwürden, gibt es die Langeweile. Nie hat einer an der Langeweile des Menschen teilgehabt und dabei seine Seele wahren können. Die Langeweile des Menschen wird mit allem fertig, sie könnte die Erde zerweichen.«
Er bewegt seine dicken Finger, als wolle er ein imaginäres Stück Lehm kneten.
»Aber ich komme vom Weg ab«, sagt er nach seinem Schweigen. »Mein Gang zu Ihnen hatte ein anderes Ziel als diesen Schwatz. Die Zurückgezogenheit, in der ich lebe, mein Gesundheitszustand, sogar meine Stimmungen lassen mir geringe Möglichkeiten, Ihnen nützlich zu sein. Ich will es dennoch versuchen. Und zuerst will ich mit wenigen Worten mich bemühen, einigen, wie ich gern bekennen will, sehr verwickelten Gefühlen Ausdruck zu verleihn. Ihre Einsamkeit zieht mich an.«
»Ich bin tatsächlich völlig allein«, sagt der Pfarrer von Fenouille.
»Vielleicht noch einsamer, als Sie denken«, fährt Ouine mit einem schmerzlichen Ausdruck des Mundes fort. »Wie haben es Ihre Oberen nur vermocht, Sie ohne Gewissensbisse, so, als einfache kirchliche Verwaltungsmaßnahme aus Ihrem Seminar herauszureißen und Sie mitten in diesen Sumpf hier zu werfen?! Und dabei gibt es doch noch ruhige, verschlafene Sümpfe. Aber der Schlamm *dieses* Sumpfes scheint mir seit einiger Zeit verteufelt aufgewühlt. Man meint ihn brodeln und pfeifen zu hören. Und ich bitte Sie zu beachten, bester Freund: das ist nur ein armseliges Gleichnis. Wir werden eines Tages die noch geheimnisvollen Gesetze kennen, nach denen diese Art von Gärung vor sich geht, sich steigert oder nachläßt. Im übrigen gibt es in unserm Fall keine möglichen Zweifel, wenigstens nicht über die unmittelbare Ursache.«
»Ich rede vom Tod des Hirtenjungen«, fügte er nach einem langen Schweigen hinzu.
»Herr Professor«, antwortet der junge Priester, »unsere Zeitungen laden eine große Schuld dadurch auf sich, daß sie die Geister so sehr verwirren.«

Ouine zuckte mit den Schultern.
»Jetzt liegt in jedem Hause eine Leiche«, sagte er sanft. »Hochwürden, ich gestehe Ihnen, daß mich in meiner Jugend diese Geschichte ungeheuerlich beschäftigt und angezogen hätte. Vielleicht hätte mich die übertriebene Neugierde, der ich allzu häufig meine Ruhe geopfert habe, sogar dazu veranlaßt, irgendeine Unklugheit zu begehn. Leider ist eine solche sinn- und zwecklose Neugierde gewiß nichts anderes als geistige Unordnung. Die Ihre geht auf übernatürliche Beweggründe zurück. Erlauben Sie aber einem alten Manne immerhin...«
»Oh!« glaubte der Pfarrer von Fenouille aus Höflichkeit einwerfen zu müssen.
»Erlauben Sie mir, Sie zu warnen, und zwar nicht vor dem oder jenem, sondern vor allen.«
»Mein Herr... lieber Herr... Herr Professor, ich erweise gern Ihren Fähigkeiten und Ihrer Begabung die schuldige Ehre. Immerhin... wie fehl am Ort diese meine Worte auch im Mund eines Priesters sein mögen...«
Seine arme, vom Frost aufgesprungene Hand mit ihren schwarzen Flecken – er hatte die Angewohnheit, Hautrisse mit Tinte auszufüllen – machte eine Bewegung, als wolle er diese gefährlichen Worte auslöschen, ehe sie gesprochen waren.
»Die Liebe, die ich für meine... ja, für meine Kinder empfinde, meine lieben Pfarrkinder, erträgt es nicht, Herr Professor, daß ich mich vor meiner ganzen Pfarrgemeinde warnen lasse.«
»Gewiß nicht!« sagte Ouine. »Aber wir haben uns nicht recht verstanden. Meine Vorlieben, meine Gewohnheiten – um nicht auf tiefere, vertraulichere Gefühle anzuspielen – machen unter diesen Umständen aus mir Ihren natürlichen Verbündeten. Einen bescheidenen Mitarbeiter. Kurz und gut, hier nimmt niemand an Seelen irgendwelchen Anteil außer Ihnen und mir.«
»Ich bitte Sie um Verzeihung«, murmelte der Pfarrer von Fenouille, »ich habe wie ein Blödsinniger geredet.«
»Anteil an Seelen«, wiederholt Ouine verträumt. »Es wäre meinem Charakter und meinem Stande vielleicht besser angemessen, wenn ich sagte: am wahren Sein der Wesen, an ihren

sich wandelnden Geheimnissen. Aber das Unbestimmte in solchen Umschreibungen widersteht mir.«

Er trocknete seine Stirn, dann vergrub er, von einem nervösen Husten geschüttelt, sein Gesicht eine Zeitlang in seinem Taschentuch. Als es wieder auftauchte, bemerkte der Pfarrer von Fenouille, wie überaus heftig sich die Gesichtszüge verändert hatten.

»Gewiß«, sagte Ouine, »die Entsittlichung von Fenouille ging sehr tief. Irgendein banales Verbrechen – aber ob es überhaupt ein Verbrechen ist? kein Mensch weiß es! – hat genügt, um dieser Entsittlichung etwas völlig Unerträgliches zu geben. Meine Tage, Hochwürden, sind gezählt. Es wäre mir peinlich, unter solchen Umständen zu sterben, mitten in einem Kriminalroman, noch dazu einem mittelmäßigen und von minderwertiger Erfindung. Ich bin gewiß kein Moralist. Das Böse ist nun einmal das Böse. Ich ziehe sogar vor, daß etwas da ist, womit man allzu zarte Herzen ein wenig anstochert, ich fürchte den Geruch des Bösen nicht. Aber man hat aus diesem bescheidenen Dorf einen Ramschladen, einen Jahrmarkt gemacht, wo alles wild durcheinander zur Schau gestellt wird, Gutes wie Schlechtes, in einer abscheulichen Unordnung. Und das, Herr Pfarrer, kann ich einfach nicht ertragen.«

»Ich muß alles ertragen«, sagte der Pfarrer von Fenouille mit sanfter Stimme. »Ich werde das und alles übrige ertragen, allein oder nicht allein.«

»Wollen wir nicht lieber gemeinsam Widerstand leisten?« schlug Ouine vor. »Bedienen Sie sich meiner. Ich wohne seit Jahren hier, darum kenne ich dies Nest. Es hat seine Geheimnisse. Weder die Neugier noch die Liebe werden je mit dem Geheimnis der Lumpen fertigwerden. Aber dem, der schweigen kann, liefert es sich ganz von selbst aus. Greifen Sie nicht zu früh ein. Vielleicht haben Sie schon allzu viele vertrauliche Mitteilungen erhalten. Ich meine jene Art von Mitteilungen, hi! hi! die das Gesetz anonyme nennt. Briefe, denen ... denen ich vielleicht eine gewisse persönliche Teilnahme entgegenbringen darf ...«

Der Pfarrer von Fenouille griff plötzlich mit heftiger Bewegung nach der Innentasche seiner Soutane, dann legte er die Hand linkisch auf den Tisch. Ouine lächelte.

»Geben Sie ihn mir«, sagte er betrübt. »Oder, besser gesagt, geben Sie sie mir, denn ich nehme an, daß Sie mehr als einen solchen Brief erhalten haben.«
»Herr Ouine«, sagte der Priester, »vielleicht hätte ich sie nicht lesen sollen. Aber Gott ist mein Zeuge, daß ich... Im übrigen hätte ich sie keinem zu lesen gegeben, nicht einmal meinen Vorgesetzten.«
Ouine machte eine Geste höflicher Gleichgültigkeit.
»Leider, Herr Ouine, habe ich noch viele andere erhalten, in der Tat«, stotterte der Pfarrer von Fenouille. »Soll ich sie verbrennen? Soll ich es nicht tun? Sie sind für mich, als wenn ein Feind im Hause lebte, Herr Ouine, nur in der Kirche kann ich noch frei atmen und nicht einmal... Ist es möglich, daß ein in den Wäldern verborgener Weiler, so weit von den Städten entfernt...? Was habe ich den Leuten denn angetan? Und oft geschieht es mir, daß ich mich fragen muß, ob... ob diese abscheulichen Dinge... nicht alle von der gleichen Hand stammen. Doch diese Vermutung scheint mir abwegig. Einen armen Priester wie mich so in die Verzweiflung zu treiben, sein Leben zu beschmutzen! wer ließe sich träumen, daß sich das lohnt?... Nehmen Sie mir nicht übel, Herr Ouine, wenn ich Ihnen die Frage stelle: geschieht der Schritt, den Sie da unternehmen, in freundschaftlicher Absicht?...«
»Ich bin nicht Ihr Freund«, erwiderte der Professor mit ernster Stimme. »Und wenn Sie mir auch auf der Stelle Ihr Vertrauen entziehn sollten, ich werde Ihnen nichts von meinen Nöten verbergen: ich habe an Ihnen gezweifelt, Herr Pfarrer.«
Der Pfarrer von Fenouille öffnete seine Soutane und zog mit zitternder Hand das Briefbündel aus der Tasche.
»Geben Sie mir, bitte, einen Umschlag«, sagte Ouine.
Er schrieb darauf: »An den Herrn Untersuchungsrichter.« Dann legte er es mit einer Art von freudigem Grunzen auf den Tisch zurück.
»Gott ist mein Zeuge«, begann der arme Priester mit einem lächerlichen Nachdruck auf den Worten.
Aber er kam nicht weiter. Sein unbedeutendes Gesicht, das so wenig dazu geschaffen war, die Furcht auszudrücken, veränderte sich, war plötzlich ein ganz anderes, entstelltes, schien sich unter der Einwirkung der Verzweiflung zu winden und

hätte komisch ausgesehn, wenn da nicht auch das herzzerreißende Flehen des Blicks gewesen wäre und jene Art von wildweher Unschuld wie in Kinderaugen oder auch in denen sanfter Tiere, wenn sie verfolgt sind und im Begriff, sich zu ergeben.

»Nehmen Sie sie!« sagte er. »Mein Herr, nehmen Sie sie, alle!« [Und im gleichen Augenblick warf er drei Bündel auf den Tisch, die drolligerweise mit einem himmelblauen Konditoreibindfaden verschnürt waren.]

»Herr Professor, ein Priester soll niemals klagen, ich weiß das wohl, und das Mitleid mit dem andern achten Sie für nichts. Aber jetzt habe ich noch mehr Angst vor der Einsamkeit als vor dem Mitleid. Die Einsamkeit hat mich verbraucht, lange bevor ich alt genug war, um sie ertragen zu können. Mein Vater war ein Grubenarbeiter aus der Gegend von Lens, er ist tief unten in seiner Grube gestorben, zwei Monate vor meiner Geburt. Meine Mutter hat ihn nicht lange überlebt. Eine Tante ist es gewesen, die mich dann aufgezogen hat. Sie war Schenkwirtin in Noirentfontes. Ach, lieber Herr, noch heute erschrecke ich tief, wenn ich einem Betrunkenen ins Gesicht schaue! Und ich bin ja kein unbeschriebenes Blatt, ich kenne das Böse. In dem Alter, in dem die Kinder nur voll Spiele, voll Lachen und Singen sind, empfand ich bereits, daß es keine Eintracht mit dem Bösen geben kann, daß Gerechtigkeit und Ungerechtigkeit zwei getrennte Welten sind. Die einzige wahre Freude, die Gott mir geschenkt hat, ich habe sie erfahren, als ich den Hof des Vorseminars betrat, an einem Oktobertag – ich glaubte vor Freude zu vergehn. Ich hatte eine Familie gefunden, verstehn Sie, mein Herr? ein Vaterland! Aber ach, mein liebster Schulkamerad ist jetzt Anwaltsgehilfe in Marseille, ein anderer Gendarm, ein dritter Kutscher. Und nun bin ich wieder nicht weniger einsam als einst, noch einsamer... Sie werden mir sagen: da sind die Vorgesetzten, die Mitbrüder... Ach, Herr Ouine, kein Mensch ist so verschieden von einem Priester wie ein anderer Priester. Unsere Einsamkeit ist vollkommen. Wenn ich von diesen Dingen geredet habe, hat man mich bedauert, hat gelächelt. ›Jeder für sich‹, nicht wahr? ›jedem das Seine!‹ Und dann ist da noch, sehn Sie, dieser erstaunliche, undurchdringliche, unbeugsame Optimismus unserer Vorgesetzten, der alten Priester: ›Man muß sein Teil auf sich nehmen‹, das wiederholen sie immer wieder. Ohne Zweifel. Gewiß, Herr Ouine, auch ich nehme meinen Anteil an der grausamen Dummheit der Menschen auf mich. Ich empöre mich nicht gegen das Böse. Auch Gott hat sich nicht dagegen empört, Herr Ouine, er verantwortet es. Ich fluche nicht einmal dem Teufel...«

Mit beiden Armen machte er die herzzerreißende Geste eines Unglücklichen, der nach einer Sturzflut von Wörtern bemerkt, daß ihm nichts anderes gelungen ist, als sein eigenes Leid auszumessen, doch ohne die Hoffnung, jemals einen andern Menschen am heimlichen, unaussprechlichen Wesen dieses Leids teilnehmen zu lassen. Herr Ouine steckte die verschnürten Bündel in die Tasche. »Ich habe die Ehre, mich von Ihnen zu verabschieden«, sagte er.

»Gehn Sie noch nicht«, bettelte der Pfarrer von Fenouille, außer sich. »Sie stehn vor einem überarbeiteten Menschen, ja, das ist es: überarbeitet. Mein Gott, im Grunde haben die alle nur einen Wunsch, nur einen einzigen Wunsch, der mit dem Alter, den Gebrechen, den Krankheiten wächst – und sie geben ihm vergeblich andere Namen, Namen, die ihr Selbstbewußtsein schonen sollen: sie wollen von ihren Sünden befreit werden, nicht mehr und nicht weniger...«

Während er redete, steigerte Ouine seine höflichen Abschiedsgesten, verbeugte sich immer wieder, ging rückwärts auf die Tür zu. Bei den letzten Worten des Priesters blieb er plötzlich stehn.

»Das ärgste Unglück der Menschen«, sagte er, »ist dies, daß ihnen sogar das Böse langweilig wird.«

Er bürstete seinen Hut mit dem Handrücken ab, verbeugte sich tief und ging.

Fast vor der Schwelle des Pfarrhauses macht die Straße eine jähe Wendung und taucht im Tal der Luette unter. Sie fällt dort so steil ab, daß man, wenn der Wind von der Ebene her weht, im ersten wie im letzten Hause des Dorfs die Bremsen der jeden Mittwoch bei Tagesanbruch nach Fruges fahrenden Karren kreischen und winseln hört. Und unmittelbar hinter Ouine fällt wie vom Himmel diese schrille Klage. Durch den leichten heimtückischen Dunst hindurch, der jede Perspektive verfälscht, durch den kalten Nebel hindurch, den seine sich zersetzende Lunge qualvoll einatmet, ist es, als hörte man den

Schrei eines jener armen Wintervögel, die, von der riesigen Schraube der polaren Stürme gepackt, richtungslos tausend Fuß über den Hügeln herumgeworfen werden. »Kreuzdonnerwetter!« schimpft der Sprachlehrer vor sich hin.
Soeben hat er die kleine Brücke erreicht, sein Taschentuch auf der steinernen Stufe ausgebreitet und sich gesetzt, die Hände auf den Knien. Zu seinen Füßen fließt das Wasser, farblos wie die Stunde. In den kleinen, grasverhangenen Einbuchtungen breitet sich die fette Seife der Wäscherinnen wie ein zartes, graues, bei jeder Bewegung des Wassers sich rosig färbendes Häutchen aus. Manchmal eilt eine dicke Seifenblase an den Halmen des Schilfs vorbei, dreht sich rasch um sich selbst, platzt mit einem unhörbaren Geräusch in dem eintönigen Gegirre der Wassermassen.
»Kreuzdonnerwetter!« wiederholt der Sprachlehrer.

Seit Jahren, eigentlich immer und gewiß seit den ersten Anfällen des Übels, das ihn verzehrt, fürchtet er den Morgen. Die Mittagsstunde wirft ihn nur nieder und auf sein Bett, bei geschlossenen Fensterläden; denn er schließt sie auch mitten im Dezember, weil seine Schwächezustände dem geheimnisvollen Rhythmus der Stunden gehorchen, nicht dem der Jahreszeiten. Aber die morgendlichen Beklemmungen setzen seine Schlaflosigkeit seltsam fort; sie sind wie deren unerträgliche Entfaltung. Diese herbe Frische, diese Klarheit, dies Murmeln unsichtbarer Quellen, dies Sich-Erneuern aller Dinge vereinsamt und vereinzelt ihn schmerzlicher als die Stille, die Dunkelheit, darin seine Nerven eine Art von Ruhe, von grabhafter Gewißheit finden. Denn der Morgen scheint ihn voll Verachtung vom Leben auszuschließen, ihn zu den Toten zu werfen. Er haßt ihn. Gleichgültig legt er die Briefbündel neben sich. Von dem Aufschwung zur Neugier, der ihn, fast gegen seinen Willen, zu dem jungen, ihm unbekannten Priester getrieben hatte, war so gut wie nichts mehr übrig. Neugier? Gelüst oder Wagnis? Er hätte nicht zu sagen vermocht, was es war. Er wußte nur, daß dort oben, hinter den Linden und den Eibenbäumen seine letzte Möglichkeit gelegen hatte. Die war nun verloren. Der Zauberkreis, immer enger jeden Tag, war nicht mehr zu durchbrechen.
Gewiß war er weder zerstört, nicht einmal verringert, dieser

Glaube an sich selbst, der ihm bis an sein Lebensende jeden Erfolg ersetzen sollte, jede Hoffnung, jede Freude – der war diamantenhart. Das Herannahen des Todes ließ ihn sogar noch heller leuchten, noch hartnäckiger werden. So gleichgültig Ouine gegen sein zukünftiges Schicksal auch war – angenommen, die Toten lernen es jemals kennen –, dieser Glaube war ohne Zweifel unter all den Gütern, um die sich die elenden Menschen bemühen, am ehesten imstande, anzudauern und zu überleben. Der Gedanke, er sollte im Sterben irgend etwas bereuen, auch nur eine einzige jener Stunden verleugnen, von denen jede ein neuer bedeutsamer Schritt auf dem Weg zur Befreiung, zur vollkommenen Freiheit war, dieser Gedanke war ihm noch nicht gekommen. Und es war immer weniger damit zu rechnen, daß er ihm jemals kommen würde. Wenn er versuchte, sogar jenseits der Erinnerung, bis hinein in die wirre Anhäufung der Jugendeindrücke, jenes erste unruhige, wimmelnde Stück des Lebens zu erreichen, das als letztes in die Starre des Todes eingeht und ohne Zweifel jedem menschlichen Todeskampf seine unvergleichbare Eigenart verleiht, ihn jedesmal zu einem eigenen, ja einzigen Drama gestaltet – dann erinnert er sich, daß er von jeher nur einen einzigen Zwang verabscheut hatte, jenen, der in ihm selbst seinen Ursprung hatte: das Wissen um Gut und Böse, dies Wesen in seinem Wesen – diesen Wurm.

Der Dunst steigt langsam an den Weidehängen hoch, bis das leise Erzittern der Luft ihn auf die halbe Höhe der Hügel zurückdrängt. Das Dorf bleibt völlig sichtbar unter der Haube des schiefergedeckten Glockenturms mit seinen wie Tiere zusammengeduckten Häusern. Auf diese Entfernung kann sie das kurzsichtige Auge Ouines nicht mehr voneinander unterscheiden, und sie sind nur noch eine einzige einförmige Masse, über die seine Blicke geekelt hinstreichen. Denn heute wie einst, wie mit zwanzig Jahren erfüllt ihn – wie es ausdrükken? – jede Stadt und jedes Dorf, selbst das schlichteste Haus, aus dem Rauch aufsteigt, mit furchtbarer Verwirrung und zieht ihm das Herz zusammen. Denn nie hat ihm menschliche Gegenwart Sicherheit oder das Gefühl von Freundschaft gegeben, sondern jedes Zusammensein von Menschen erfüllt ihn mit Unruhe und Neugierde, mit einem unfaßbaren Unbehagen, dessen Geheimnis er keinem Menschen anvertrauen kann. Wie oft ist er am Abend, wenn er von seinen langen Spaziergängen heimkam, durch den Schlamm der Hohlwege gewatet, nur um die dann menschenleere Hauptstraße zu vermeiden, mit den großen Lichtringen der Laternen, weil der Blick in die Wohnzimmer taucht und die Familien in ihren Nestern überrascht: einen Alten, der in die Asche spuckt, die noch immer bewegliche Großmutter, ein Bündel mit einem abscheulichen Wickelkind, das in einem Handtuch an einem strohgeflochtenen Stuhl hängt, die feuerroten Backen der Tochter und manchmal auch einen kleinen Buben, wie er vor sich hin träumt, den Federhalter im Mund, und seine Engelsaugen... Wie hat er sich immer schwach und einsam gefühlt in Gegenwart dieser tierischen Wesen, kaum unterscheidbar eins vom andern, Blick und Atem miteinander tauschend, von der Geburt bis zum Tode immer unter der gleichen schmutzigen Zimmerdecke, zwischen dem Tisch, an dem sie essen, und dem Bett, das ihren letzten Schweiß aufsaugen wird! Weder der Wille, noch die Klugheit und keine Gewalt, ja nicht einmal die Neugier, dies gewaltige Werkzeug der Zersetzung, die bis zum Haß gesteigerte Neugier, vermochten es, den Widerstand, die sumpfige Nachgiebigkeit dieses menschlichen Bodensatzes zu überwinden. Er stellt sie sich vor, er sieht sie fast, mit seinen eigenen Augen glaubt er sie zu sehn und wie aus einer andern Welt, von einem andern Stern her, diese tödlichen Lachen, diese Schlammteiche. Und jeder, der versucht, sich daran zu vergreifen – es muß ein wunderbarer, wahrhaft frei geborener Mensch sein –, dessen Füße verschwinden jäh darin, auf der Stelle geht er unter, strampelnd und mit verzerrtem Gesicht, eingesogen von diesem Menschenlaich, dem lebenden wie dem toten. Und dennoch, einstmals...

Seine weichen Hände mit den steifen Fingern tasten schmerzvoll seine Brust ab. Der Biß der eisigen Luft, nicht einmal der reizt seine Bronchien, und der Lungenkrampf, der auf jedes Einatmen folgt, setzt sich in einer leichten Beklemmung fort, die ihm kaum noch peinlich ist. Seit er sich erinnern kann, sind für ihn Leiden und Denken ein und dasselbe. Immer hat er, damit sein Hirn arbeiten kann, irgendeine Verletzung seines Leibes zu Hilfe gerufen, eine gewollte oder nicht gewollte. Mit zwölf Jahren, als er unter seinen Stapeln von roten, violetten und grünen Heften einen Spinoza verbarg – er hatte ihn aus dem Lehrerzimmer gestohlen –, schien ihm kein Gedicht diesen trockenen Seiten zu gleichen, die er Wort für Wort, mit einer wilden Geduld las und die er nur durch eine so ungeheuerliche Anstrengung miteinander in Verbindung zu bringen vermochte, daß er am Ende oft, völlig zusammengeknickt, das Gesicht auf die hölzerne Platte des Pults preßte und sich ihm der Magen so verkrampfte, daß er meinte, nun müsse er sterben. Und dabei war es gewiß nicht die Wahrheit, die er auf dem Grunde dieser abstrakten, für ihn fast durchwegs unverständlichen Formeln zu finden hoffte, denn ihn dürstete gar nicht nach Wahrheit, wie immer sie auch sein mochte. Dem Geschichtslehrer, der ihn eines Tages dabei überrascht und sich über den ungewohnten, dem Amsterdamer Juden gewidmeten Eifer wundert, weiß er keine Antwort zu geben, schaut ihn nur verloren aus seinen lächerlichen, stahlgefaßten Brillengläsern an und umklammert sein armes, von der Anstrengung verhärtetes Gesichtchen mit Fingern, deren Nägel abgeknabbert und ganz blutig sind. Der andere – ein großer schalkhafter Bauer aus dem Tal der Auge, nach Pfeife und Schnaps riechend – streichelt sanft seine Wange, gibt ihm einen Wink, ihm zu folgen, schiebt ihn aus dem Klassenzimmer ins dunkle Treppenhaus hinaus, darin es kühl ist wie in einem Keller, und bis in sein Zimmer, wo er ihn väterlich auf die Knie nimmt... Kein anderes Licht fällt ins Zimmer als der fahle Widerschein der Tag und Nacht im Schulhof brennenden Gaslaterne. Die Bücher liegen in Menge herum, stapeln sich an der Mauer, und hinter einem Vorhang aus rotem Baumwollstoff sieht man das ungemachte Bett, den Tisch aus Tannenholz und die Waschschüssel voll grauen Schmutzwassers. »Schon gut, mein kleiner Philosoph! schon gut, mein kleiner Philosoph...«, wiederholt der dicke Normanne mit eintöniger Stimme. Und da hat er, der kleine Ouine, zum ersten Male und gewiß zum letzten Male in seinem Leben versucht, sich verständlich zu machen, zu erklären, während die Worte aus einem völlig vergessenen, plötzlich wiedergefundenen Winkel seiner Seele hervorzusprudeln scheinen wie aus einer unversiegbaren Quelle. Sein Mund hat kaum Zeit, sie auszusprechen, da drängen sich schon andere aus seinem Hals hervor, die er nicht zurückhalten kann, zerbersten in seinem mißtönenden Schluchzen. Gott, wie süß diese Tränen sind! Ja, wie süß, wie befreiend ist diese warme Scham! Sie rinnen noch reichlicher, noch leichter als die Worte, er läßt sie über die Wangen rinnen, sie überfluten seinen Mund mit ihrer lauen Salzigkeit. Die stählerne Brille gleitet ab, fällt zerscherbt zu seinen Füßen auf dem Steinboden. Er sieht nichts mehr als einen Schein, der zuerst ganz unbestimmt ist und aus dem dann langsam, wie aus einem blassen Nebel, das Gesicht des Geschichtslehrers hervortritt, und im gleichen Augenblick spürt er das Stechen des rötlichen Barts und über sich, über seinem eigenen Blick, am Rand seiner Brauen einen andern, unbekannten, leeren und starren Blick wie den eines Toten...

Sie hat ihn gar nicht gehört, das arme Ding... Ist sie überhaupt noch fähig, zu sehn oder zu hören? Und dennoch, lange ehe das wassergetränkte Laub unter ihren Schritten so abscheulich geschlürft hat wie ein Schweinerüssel, lange bevor die schlanke, hohe Gestalt –o, so jung: die Vogelnesträuber mit den maulbeerverschmierten Lippen fallen ihr dabei ein, ihre einstigen Sonntagsgespielen und die herrlichen Sonntage damals –, bevor seine Gestalt auf dem Weg oben aufgetaucht ist, schlug ihr das Herz schon wunderbar frei und leicht in der Brust und füllte sich mit einer unsinnigen, blendenden Hoffnung. »Hör«, sagte sie, »ich dachte, daß ich mich verlaufen hätte. Ich steh da schon so lange im Dunkeln.« Wie immer blieb sie aus Klugheit in einiger Entfernung von ihm und lächelte nicht einmal mit den Augen. Aber zu ihrer großen Überraschung drückte er sie plötzlich sehr heftig an die Brust, schweigend.

»Komm zu mir«, sagt er mit einer Stimme, die sie wiedererkennt, aber die sie nur einmal gehört hat: an ihrem Hochzeitsabend.

»Die Nacht ist nicht gerade angenehm«, antwortet sie, »und ich habe meine zerrissenen Schuh anbehalten. Wie stellst du dir eigentlich vor, daß ich so bis zur Hütte laufen soll? Es ist nach zehn, und die Stute hat noch nicht einmal ihren Hafer bekommen.«

»Ich werde dich tragen, wenn du müde bist«, erwidert er.

Ohne ein Wort zu sagen, ging sie nun hinter ihm her. Und von dem Augenblick an hörte sie auf, irgend etwas voraussehn oder denken zu wollen. Was für eine Dummheit: denken zu wollen – denn leider denkt man für sich allein! –, da doch das erste Wort des Geliebten ein vollkommeneres Vergessen gibt als der Schlaf, sich so köstlich in die Adern gießt und das Blut darin in Wein verwandelt!

Die Nacht ist wirklich schwarz. Zu welcher Hütte gehn sie denn? Die in der Senke von Elan ist die nächste, aber er hat die am Relais lieber, ein altes Wachthaus aus der Zeit der Barone, aus dem er sich ein bequemes, den Förstern unbekanntes Nest zurecht gemacht hat. Der Weg, auf dem sie gehn, muß zur Straße von Roye führen, und der Waldrand ist oft so nahe, daß der Wind aus der Ebene ihr ins Gesicht schlägt, während über ihren Häuptern langsam und schwer eine dichte, gesättigte Luft aufsteigt. Sie kommen zu den verborgenen Böschungen der Rouvre; die sind mit Buchen bepflanzt und wirken unter den gewaltigen Laubbögen fast nackt. Dann wiederum versinken ihre Füße im glitschigen Walddünger des gefallenen Laubs, der bei jedem Schritt aufzischend ein rostfarbenes Wasser ausspeit. Ihr sind die Beine bis zum Bauche hinauf eiskalt, ihr armseliges wollenes Schultertuch bleibt an der kantigen Borke der Stämme hängen. Bei Gott, sie wird nicht genug Kräfte haben, um diesen Weg vor der Morgendämmerung zurückzugehn! Aber ihr Herz ist schon ruhig und erwartet etwas zu Wunderbares, um etwas anderes zu fühlen als feierliche Erwartung. Was sein muß, wird sein. Und das, was sein muß, hat nichts mit dem Vergangenen zu tun: die Nacht wird gewiß einem neuen, einem strahlenden Tag den Weg bereiten.
»Wohin gehn wir?« fragt sie.
»Zum Relais«, antwortet er. »Ist dir kalt?«
»Ein wenig«, antwortet sie ängstlich. Denn sie hat gesehn, wie er seinen Samtrock aufgeknöpft hat, und der Gedanke, den jungen brüderlichen Leib auf ihrem Hals, auf ihren Schultern zu fühlen, verzaubert sie schon. Mein Gott, hat er sich jemals so rücksichtsvoll und zart erwiesen? Und flüchtig küßt sie den taugetränkten Stoff seines Anzugs.
»Da sind wir, Kleine.«

Sie treten durch eine ganz neue, mit starken Angeln versehene Tür, die mit einem Hängeschloß versperrt ist. Und das Versteck ist auch nicht mehr zu erkennen, denn die Wände sind mit Matten behängt, die er selbst geflochten hat, und er hat sich ein Bett aus sauber gehobelten, dunkelgrün, waldgrün angestrichenen Brettern gebaut. Und quer darüber liegt seine schöne Flinte, der schwere stämmige Stutzen, und glänzt wie Tierfell. Plötzlich hat sie Lust, den Stutzen anzufassen, streichelt insgeheim mit ihrer kleinen Hand über den Kolben.
»Mut!« sagt er mit einer seltsamen Stimme, »er beißt nicht.«
Seine Augen haben keinen Ausdruck, weder einen wütigen, noch einen zärtlichen, zumindest keinen, den sie kennt, es sei denn eine Art von großer Aufmerksamkeit. Plötzlich packt er sie, biegt sie gegen seine Brust, und schon sucht sein gewalttätiger Mund den ihren, da stellt er sie, sanft und bestimmt, wieder auf die Füße.
»Vielleicht besser nicht«, bemerkt er nachdenklich.
Er ist bis über die Ohren rot geworden, und sie versucht ein Lächeln.
»Und? Hast du keine Lust?«
»Schwätz nicht«, sagt er, »schwätz nicht, bevor du was weißt – ich bin so scharf auf dich wie immer, Mädel, noch mehr. Kein Grund, beleidigt zu sein...«
Gleich darauf trat er zwei Schritte zurück und schüttelte fröstelnd die Schultern:
»Schade, daß man keine andere Art kennt, sich zu lieben«, fuhr er mit der gleichen, fast tonlosen Stimme fort. »Etwas Richtiges, weiß nicht, was. Etwas, was man nur einmal tun kann, nur einmal und nur mit einer Frau. Denn Mädels habe ich gehabt, so viel wie ich wollte, das kannst du mir glauben, aber du... du, wer weiß denn, was du bist, mit deinem hübschen Körperchen, das nicht mehr wiegt als ein Armvoll frischer Binsen, und doch tapfer wie ein Mann.«
Ohne die Augen aufzuheben, ist sie vor Freude rot geworden.
»Eugen«, sagt sie endlich, nach einem langen Schweigen, »du kannst mir heute alles sagen...«
Das ist gewiß der kühnste Satz, den sie jemals vorgebracht hat, denn er duldet nicht, daß man ihn ausfragt, und selbst in diesem Augenblick hat er einen zornigen Zug nicht unter-

drücken können: eine doppelte Falte im Winkel seiner listreichen Lippen, die freilich sogleich verschwindet.
»Der Alte ist gekommen.«
»Hierher?«
»Gewiß nicht zum Papst.«
»Nicht möglich«, sagt sie mit einer Stimme, die sie zu kräftigen versucht, »was hat er denn wollen?«
Aber er zuckt mit den Schultern und geht zur Tür. Es steht schlimm: sie hat ihre Hand auf seinen Ärmel gelegt.
»Die Polizei?«
»Laß mich in Frieden, glaub, was du magst.«
»Ach«, sagt sie, »ich glaube alles, ich bin daran gewöhnt.« Die Worte fehlen ihr, und der Gedanke, daß sie nicht mehr schweigen kann, daß sie zum erstenmal diese innere Stille brechen muß, in der sie ihre Liebe verborgen hat, läßt sie erbeben wie ein Blatt.
»Nimm dich doch zusammen!« flüstert er durch die Zähne. Die Rüge hat sie von neuem erröten lassen. Aber sie hat wirklich keine Zeit mehr, sich zu quälen, sie sammelt ihre Kräfte. Alle ihre Lebenskräfte kreisen nun wie ein Schwarm riesiger Vögel um ein paar allzu einfältige Worte.
»Wenn dich der Vater im Stich gelassen hat«, sagt sie, »dann werde ich... ich...«
Aber sie zittert noch, eine große Kälte leert ihr die Brust aus, und das Herz schlägt ihr mit heftigen dunkeln Schlägen gegen die Rippen.
Er hat sie mit dem gleichen aufmerksamen Blick angeschaut wie vorhin, und nun wendet sie ihm, ganz gezähmt, ihr armes, kälteüberschauertes Gesichtchen zu.
»Er hat mich nicht im Stich gelassen«, sagt er, »und auch ich werde ihn nicht im Stich lassen.«
Er atmet ruhig und tief, pumpt seine Brust voll Luft.
»Gib mir die Rumflasche, Kleine, sie steht hinter dir auf dem Brett. Man birst hier vor Kälte, innerlich, nicht wahr?« Aber sie scheint nicht zu hören, sitzt unbeweglich und mit halb geöffneten Augen da, die Hände an die Mauer gestützt.
»Woran denkst du?«
»Wenn du trinkst, will ich auch trinken«, sagt sie, »aber lieber nicht.«
Sie schaut mit einem betrübten Lächeln auf seine erdigen

Schuhe, seine nassen Strümpfe, schämt sich dabei ihrer Finger mit den abgestoßenen Nägeln und verbirgt sie in einer Falte ihres Rocks.

»Der Vater«, beginnt sie, »hat also sicher nicht... hat nicht...«

»Was nicht?«

»Nichts. Ich bin närrisch.«

»Was nicht? Zum Rätselraten, Mädel, haben wir jetzt keine Zeit.«

»Hat er nicht... mit den Polizeileuten geredet?«

»Nein. Aber es scheint, daß der Haftbefehl unterschrieben ist. Morgen kann ich verhaftet werden.«

»Das darf nicht sein.«

Sie hat das genau so gesagt wie der Alte, mit der gleichen Stimme, sehr leise und in seinem wilden, wehen Ton. Dann wendet sie langsam, vorsichtig, ohne den Kopf zu erheben, ihrem Geliebten einen schwer lastenden Blick zu.

»Könnte man nicht fortgehn... weit weg... irgendwohin? Auf die Meere, was meinst du? in andere Länder, wir zwei?«

»Dummheiten!« antwortet er hart.

»Ich sagte es, ohne daran zu glauben«, entschuldigt sie sich, »aber ich habe all diese Tage von einem sehr hohen Wald geträumt, nur Baumstämme, Stämme wie Säulen, ganz gerade, ganz schwarze, und hinter denen glaubte ich das Meer zu sehn: wie eine große blaue Scheune... wenigstens meinte ich, es sei das Meer, denn ich habe es ja nie gesehn.«

Die letzten Worte ersticken ihr in der Kehle, und da sie ein wenig in den Schatten zurückweicht, um das Nestel zuzubinden, das ihr als Strumpfband dient, begegnet sie seinem Blick und errötet bis über die Ohren.

»Ich war dabei, den Tieren die Streu umzubetten«, sagt sie, »und stell dir vor, ich bin gekommen, wie ich gerade war!«

Aber sie ist am Ende mit ihrem armen Lächeln, und große Tränen rollen ihr vom Wimpernrand.

»Hätte ich gewußt, daß ich nimmer heimgehe, dann hätte ich mir mein Kleid und meine Strümpfe angezogen.«

»Du gehst nimmer heim?«

»Nein. Gewiß nicht«, sagt sie schlicht. »Hältst du mich für so dumm?«

Mit einemmal sind ihre Augen trocken und brennen in ihrem schmalen Gesichtchen, das sie nun, von unbeugsamer, zarter, erbarmungsloser Willenskraft, der Tür zugewandt hat.
»Die werden schön hereinfallen«, sagt sie, »alle die...«
Sie wendet ihm den Rücken zu, und er kann sie nun bequem anschaun mit einem einfältigen Staunen und nicht ohne Furcht und eine Art von dunkelm Groll. Gewiß, das Bild des Todes ist nun schon sehr tief in sein Gehirn eingedrungen und von keiner Macht mehr daraus zu vertreiben, aber es nützt ihm nichts, daß er seinen Gürtel mit der gleichen frechen Hüftenbewegung enger zieht, mit der man ihn so oft dort unten, in den Kaffeehäusern von Meknès seine Nebenbuhler hat herausfordern sehn, denn vor ihm steht, leider! kein Feind, keine bekannte oder vertraute Kraft, an der er die seine hätte messen können, sondern ein sehr schlichtes und schreckliches Gefühl, dessen Namen er nicht kennt, eine nackte Mauer, glatt wie Glas, in die nicht einmal der Schrekken seine Nägel hineinschlagen könnte: ein Stolz, reiner und härter als Diamant.
Er sucht, sucht vergebens den Satz, den er sagen wollte, den er stets gefunden hat, wenn er sein Leben aufs Spiel setzte und es um sein Schicksal ging, aber seine Gedanken kreisen, wie Mäuse in der Falle, um sich selbst. Und sein Leben ist ja schon verspielt, sein Schicksal entschieden. Nichts mehr zu machen!
»Bah!« sagt er endlich wie zu sich selbst. »Schicksal.«
Sie zuckt mit den Schultern. Aus Gleichgültigkeit? Vielleicht hätte sie gewünscht, daß er ihr Opfer zurückwiese, sie flehentlich bitte zu leben, ihn zu überleben, bitte mit Worten, wie man sie in Büchern liest, und dennoch mißfällt ihr nicht, daß ihr die Liebe gerade in diesem feierlichen Augenblick noch einmal ihr wahres Gesicht zeigt, denn seit langem kennt sie sie, die Liebe, als eine gierige und harte Herrin: und als einer solchen hat sie ihr gedient, ohne sich selbst zu bemitleiden und mit einer Art von wilder Starrköpfigkeit. Der Tod macht ihr wirklich keinen Kummer! Er erscheint ihr als etwas Kindheitliches, als ein Märchen und so wenig wirklich, daß sie nicht einmal auf den Gedanken kommt, ihren Gefährten zu umarmen, den Gefährten, den sie da in einen stillen Blick einhüllt, an die Brust zu drücken. Sie ist sich kaum einer un-

bestimmten Furcht bewußt, einer geheimen Zärtlichkeitsregung für ihren eigenen Leib, während sie die Finger unter ihrem Mieder zerstreut und ganz leicht über ihre zarten Brüste gleiten läßt.
»Weißt du«, sagt sie, »wir werden nicht einen einzigen guten Monat miteinander gehabt haben, einen stillen Monat...« Sie nähert sich ihm, legt die Lippen leise, mit einem lustvollen Schaudern auf die Grube in seinem Kinn. Noch nie hat sie sich so weich, so schmiegsam gefühlt, ganz Zahm- und Zartheit. Sie meint gewichtlos auf dem Grund eines stillen Wassers zu schwimmen, wo kein Strudel sie mehr berühren kann. Selbst der Gedanke an ihr nahes Ende erreicht sie durch diese lichte Dichte hindurch nur gedämpft und entfärbt. Ach! nur rasch tun, was getan werden muß: aus diesem Frieden in den andern hinübergleiten...
Sie wendet sich scheu ein wenig ab und wagt noch nicht, ihre um seine Schultern geschlungenen Arme zu lösen. Was schaut er sie nur mit diesem wilden Blick jetzt so starr an? Es kommt nun die Stunde, in der alle gegen ihr bescheidenes Los gerichteten Haßgefühle kraftlos in sich selbst zusammensinken werden, und da sieht er drein, als wolle er ihnen mit gesenkter Stirn und angespannten Muskeln Trotz bieten. Wie viele Stunden haben sie doch für ihre Liebe verloren, als es für sie beide noch Zeit dazu war!... Und jetzt... Jetzt, wahrhaftig, versteht sie gar nichts mehr, aber was tut das! Sie will nichts als seinen lieben Willen, und sie ist bereit, ihm jedes Opfer zu bringen, auch den Trost eines letzten Grußes.
»Höre, Eugen«, sagt sie, »vielleicht... vielleicht ist es nun besser...«
Die Stimme einer Mutter kann nicht süßer sein und, indem sie aus einem Urgefühl heraus die geheiligte Haltung kinderwiegender Frauen findet, legt sie ihre Hände über der Brust zusammen.
Er weicht kaum merkbar zurück, dann hält er inne, seine Hände fallen an den Schenkeln herab, er zuckt zurück mit den Schultern, als hätte er einen Stoß mitten in die Brust empfangen, und bleibt einen Augenblick stehn, unbeweglich, ehe er sich mit dem Gesicht zu Boden wirft. Aber nur sein Leib ist in diesem tragischen Sich-Ergeben, Sich-Aufgeben verfallen. Die Höhlung der bleichen Wangen, der schmerzliche Zug um

die Lippen zeigen noch Halsstarrigkeit und List, und selbst im Fahrenlassen aller Hoffnung liegt jenseits jeglicher Voraussicht, jeder Furcht, ja sogar jedes Gedankens zwar nicht die Absage an den Tod, aber jene Liebe, die ein sterbendes Tier noch mit seinem letzten Aufschluchzen dem Leben zuwendet, die unbeugsame Liebe zum Leben. »Komisch«, sagt er, »du bist wie der Alte, ganz genau. Es sieht gar nicht danach aus, als wolltest du wissen, ob ich ihn umgebracht habe oder nicht, den kleinen Burschen.«

»Was habe ich davon, Liebster?«

Diesmal hat sie einen widerspenstigen Blick sicher eingefangen: er widersteht ihr nicht mehr. Sie sieht, wie die wilden Augen sich langsam aufhellen. Mein Gott! so ist er ihr damals erschienen, hinter der Hecke, mit struppigem Haar und nacktem Hals und dem süßen frechen Lächeln. Mit ihren schwachen Händen bedeckt sie es ihm zart, legt die Frische dieser Hände als sein erstes Leichentuch auf das geliebte Gesicht und wendet die Augen ab.

»Laß es unversehrt – laß dein Gesicht unversehrt, Liebster... Schwöre es mir.«

Zugleich öffnet sie sein Hemd, legt ihre Lippen auf sein Herz. Hat er verstanden? Kann sie mehr sagen? Nein, nicht wahr? Nun muß es rasch gehn. Rasch! Rasch! Ihre linke Hand schließt sich um seine Lider, die sie einen Augenblick lang unter ihren Fingern flattern fühlt. Mit der andern zieht sie hinter ihrem Rücken, vorsichtig tastend, den schweren Stutzen mit den kurzen Läufen an sich heran und an ihre Brust, läßt den Kolben gewandt zwischen die Bettwand und die Strohmatratze gleiten, legt den Doppelmund der Waffe auf ihren Busen, stemmt sich mit ihrem ganzen Gewicht darauf, sucht mit dem Daumen den Abzug... Was weiß sie, ob der Schuß gefallen ist oder nicht, aber die Hütte ist voll mit rotem, scharlachrotem Rauch, der sofort schwarz wird: eine schweigende Mauer aus Nacht.

Man hat beschlossen, den kleinen Toten an einem Donnerstag zu begraben, weil dann schulfrei ist. Schon vor der Morgendämmerung hat die alte Frau, die die Glocken zu läuten pflegt, das Gerüst für den Sarg und die großen Kerzenträger aufgestellt, auch die weißen Draperien entfaltet, die nach Eßzimmer, Weihrauch und noch irgendeinem andern süßlichen Geruch riechen. Ein wenig danach ist der Lehrer auf die Schwelle der Schule getreten: in schwarzer Hose, mit Lackschuhen und gepanzert mit einem neuen, so steifgestärkten Hemd, daß man darauf trommeln könnte. Um neun Uhr bilden sich vor den Türen der Schänken Gruppen, die Sonne geht auf, mit ihr eine Sonn- und Festtagsfröhlichkeit, und der erste, dunkle Glockenton erfüllt den ganzen Himmel wie mit einem einzigen Schlag.

Dieser Ton aber ist am Ohr des alten Vandomne, der aufrecht auf seiner Schwelle steht, zerschellt, und nun ist es das Rollen eines Donners, der sein armes, leeres, erzitterndes Haus einhüllt. Er aber hört es nur noch als ein Summen, wie einen Wespenschwarm, doch von klingenden Blitzen durchzuckt: hört plötzlich, irgendwo in der Tiefe des unendlichen Raumes, wie gerade über seinem Haupt eine kristallene Kugel mit einem so klaren, reinen Klang zerspringt, daß sie sich in Licht aufzulösen und als Lichtregen auf die grenzenlose sonnenbeglänzte Landschaft niederzurieseln scheint... Und manchmal, wenn der Wind sich wendet, der herzzerreißende, fast menschliche Schrei des Widerhalls.

Um so ärger! Der Kopf des Alten schwankt ein wenig auf den Schultern, aber er ist einen Schritt vorgetreten und hat jener Art von Hohngelächter, das aus dem feindlichen Dorf zu ihm heraufbrandet, tapfer Trotz geboten. Nichts wird ihn daran hindern, jetzt gleich dort unten an seinem Platz zu stehn, und vor keinem Menschen wird er die Augen niederschlagen. Die einzige Gefahr, in die ein Verzweifelter geraten kann, wenn er sich des Hasses und der Verachtung zu erwehren hat, ist die, daß er vor seinem eigenen Unglück Rührung empfindet. Er aber hat durchaus kein Mitleid mit sich selbst. Bis zum Tode sollen seine Augen trocken bleiben. Er hat nur einmal eine

Schwäche gehabt, wirklich nur eine leichte; und vielleicht war es auch nur ein von Schlaflosigkeit hervorgerufenes Schwindelgefühl, denn seit dem Tode der Tochter und des Schwiegersohns schläft er nicht mehr... Als er im blassen Widerschein der Morgendämmerung sein Sonntagshemd angezogen, sich die Nägel an den Knöpfen abgebrochen und die lächerliche kleine Krawatte geknüpft hat, die seinen riesigen Fingern immer wieder entschlüpft... Früher hat die Tochter... ach, was! Die Tochter und ihr Geliebter sind schon unter der Erde, dort unten, in einem Winkel des Friedhofs von Poperinghe: ein Zwillingsgrab ohne Namen und Kreuze, und er hat den kleinen Lahmen mitten in einer schweren Krise im Krankenhaus von Merenghien zurücklassen müssen. Nun kommt es darauf an, daß er seinen Platz und seinen Rang wieder einnimmt, beide bis zum Ende bewahrt, vor aller Augen seine Schande in sich hineinfrißt, ungerührt, Tag um Tag, ohne Hoffnung, jemals die scheußliche Fülle zu erschöpfen, und er wird in ihr verrecken wie ein Tier auf seiner Streu.
Er hat kein Mitleid mit sich selbst, nichts reut ihn. Der Stolz, den er so viele Jahre hindurch im geheimsten seiner Seele genährt hat, der so vollkommen seinem Leben, seinem Wesen, dem Wesen seines Lebens, einverleibt war, daß er ihn kaum beim rechten Namen hätte nennen können, dieser Stolz hat sich in ihm so völlig verbraucht, daß nicht einmal die Reue übrig geblieben ist. Weil er jetzt gewiß weiß, daß er vollkommen allein ist und hinabgestoßen in eine Art von Verdammnis, werden seine Nerven nun so heftig erschüttert, daß er linkisch versucht, für sich selbst und durch irgendein Bild dies fast unfaßbare Gefühl faßbar zu machen: und er vergleicht sich blitzschnell einem alten morschen, mit Holzmehl gefüllten Baum. Aber dann zuckt er die Achseln und geht kühn seinem Schicksal entgegen.
Der Pfad mündet in die Straße, die Straße ist leer. Sorgfältig streift er seine kotverklebten Schuhsohlen an der Böschung ab. Unter seinen aufgekrempelten Hosenbeinen kann man seine grauen Wollstrümpfe sehn, und der Wind klatscht mit den Zipfeln seines Gehrocks, der einen komischen, kleinen, altmodischen Kragen hat, gegen seine Schenkel. Alle Teufel! Die Fenster der Kneipe sind ganz schwarz von Männerrükken, und als er vorbeikommt, drehn sie sich alle auf einmal

um und blicken bleich durch den Pfeifenrauch, bleich wie Gesichter, die man im Traum sieht. Mut, mein Junge! Gegen seinen Willen schleifen die Sonntagsschuhe mit einem abscheulichen Knirschen über die Kiesel. Vergebens beugt er die Hüften und schwingt die Beine, es ist, als käme er nicht mehr weiter, er schleppt sich nur noch... Mut! Mut, Junge! Schneller, schneller... »Ah, schau, rasch! Schau doch!« Plötzlich stehn sie alle zusammen auf der Schwelle, drängen einander, um besser zu sehn. Aber das anbrausende große Gelächter bricht nicht aus, erlischt in einem breiten Murmeln. Denn zu ihrem Staunen läuft der Alte plötzlich, mit gekrümmtem Rücken und gesenktem Kopf, läuft so, als täte er es gegen seinen eigenen Willen, als wisse er gar nichts davon. Er läuft die Friedhofsallee hinauf und steht erst vor dem großen Eichentor still, auf das er sich nun mit beiden Händen stützt.
Die Kirche hat ihren sanften Geruch von Harz, Moos und welkem Laub verloren. Sie ist dunkel und warm wie ein Stall. Von der Apsis her gleitet das Licht der Altarkerzen über die Bodenfliesen des Schiffs, klettert die langen Steinpfeiler empor, die immer eine eisige, tote Feuchte ausschwitzen, wovon die Hände schmierig werden, und verflüchtigt sich dann völlig unterm Dachgewölbe. Der Chor ist voll von stehenden, unbeweglichen Männern, die sich aber dann und wann doch mit einem schnaubenden Geräusch alle auf einmal regen, wie die Tiere einer Herde. Allein, völlig allein steht unter diesen Schatten, durch die Doppelreihe der Kerzen gründlicher abgeschieden als durch einen Abgrund, der weißausgeschmückte Sarg.

Als es geschehn war, hätte niemand sagen können, durch welches Wunder es geschehn war. Nein, denn wer hätte auch annehmen können, dies kleine schmutzige Dorf habe eine Seele, und doch hatte es eine, eine Art von Tierseele: träg, träumerisch, immer von einer gegenstandslosen Neugier geplagt, voll kaum unterschiedener Bilder, deren fast unmerkliches Abrollen sich plötzlich beschleunigt, überstürzt und das Gehirn zermartert. Es war schon so, daß sie sich alle mit der gleichen Bewegung um den kleinen Leichnam geschart haben, wie eine von Wölfen eingekesselte Herde... Wenn er doch alles unter die Erde mit hinunterzöge, was seit einer Woche Tag und Nacht unter ihnen herumwühlt! Aber mit der Geduld und der List der Toten ist so leicht nicht fertig zu werden.

Mit der Langeweile fing es an. Die Langeweile heizte die Bäuche ein. Das begann mit der Langweile. Die Langweile kam über sie, brach über sie herein mit dem Offertorium, stürzte aus dem hohen, finsteren Gewölbe herab. Sie mochten sich noch so hinterhältig gegeneinanderdrängen, von Bank zu Bank mitwisserische Blicke tauschen oder ihre rauhen fanfarenhaften Hustenstöße, die Langweile schien ihnen die Augen, die Ohren zu schließen. »Ich habe mich so sehr gelangweilt, Herr Richter«, sollte Noël Chevrette später aussagen, »daß alles rings um mich, ach, lieber Gott, schwarz schien.« Im übrigen hätte keiner von ihnen die ungewöhnlich lange Dauer einer Zeremonie voraussehn können, die der Bürgermeister von Fenouille höchst feierlich gewollt hatte und die auf eine recht unerklärliche Art und Weise über die übliche Zeit hinaus verlängert wurde. Als der Herr Pfarrer unter den überraschten Blicken des Küsters Faublas seine schwarze Kasel ablegte und scheinbar auf die Kanzel zuging [in Wirklichkeit trat er nur bis zur Kommunionsbank vor], da stieg aus den Tiefen der Kirche ein dumpfes Grollen auf, das weniger ein Murren der Ungeduld war, als vielmehr dem gepreßten Stöhnen eines schwer Träumenden glich. »Wenn einer von uns in diesem Augenblick hinausgegangen wäre«, so sollte die gleiche Noël noch aussagen, »wir wären ihm alle gefolgt. Aber, begreifen Sie, es war zu früh am Morgen, niemand hatte noch getrunken, wir waren platt...« Und als der Richter bemerkte, daß das Verbrechen dadurch noch unerklärlicher würde und vor den Augen des Gesetzes völlig unentschuldbar, fügte sie hinzu: »Es waren die bösen Worte des Pfarrers, die uns die Bäuche einheizten.« Der Branntwein vom Tag zuvor ist tückischer, flammt nicht so lebhaft auf, ist hinterhältiger und wirkt nachhaltiger... Und der Schmied Guy Trioulet, einer der Mörder, meint: »Der kleine Tote hing uns zum Hals heraus, wir konnten nicht mehr. Soviel Angebereien, soviel Lügen und diese verfluchten anonymen Briefe, mit denen man nur fertig wurde, wenn man sie heimlich verbrannte... Kurz und gut, seit Tagen watete das Dorf in seinem Verbrechen. Jeder für sich, jeder auf seine eigene Rechnung, das wäre von Fall zu Fall in Ordnung gekommen. Aber das Unglück hat gewollt, daß wir alle, alle zusammen, alle auf einmal in die Messe gegangen sind. Als wäre uns allen zusammen ein Dunst in den Kopf gestiegen. Tatsächlich, mein Herr, wie der Pfarrer gesprochen hat, ist plötzlich die Luft ausgegangen, auf Ehrenwort! Die Luft war warm und fettig geworden wie in unserm Backhaus, wenn ich mein Schwein schlachte.«

Aber leider hätte in diesem Augenblick kein Mensch den armen Priester zurückhalten können. So scheu er auch sonst war, der Lärm, der ihm aus dieser Menge entgegenschlug, erfüllte ihn nicht so sehr mit Furcht als mit irgendeiner krankhaften Neugier; und kaum hatte er gewagt, einen offenen Blick auf diese Hunderte von Gesichtern zu werfen, die von einer Erwartung, nicht geringer als die seine, völlig verwandelt wurden, da sprangen die Worte, die sich langsam, ohne sein Wissen, im Lauf der letzten zwei Wochen in ihm geformt hatten, aus dem Geheimsten seines Innern hervor wie ein Degen aus der Scheide.

Er wird sich später ihrer nicht mehr erinnern. Vielleicht waren sie für seine eigenen Ohren nichts als ein unverständliches Geräusch, eine Antwort auf jenes andere Geräusch, das ihm entgegenschwoll und dem man, koste es, was es wolle, entgegenwirken mußte. Jedenfalls blieb er für immer unfähig, irgendeines dieser Worte, die den Brand entzündet hatten, genau zu wiederholen. Und vielleicht auch hatten sie alle zusammen wirklich bloß ungeschickte und kunstlose Sätze gebildet, trotzdem war jeder Satz ein unwiderstehlicher Anruf, ein Schrei, all diesen Gesichtern entgegengeschleudert, die da im Halbdunkeln sichtbar wurden, diese nackten Gesichter, eines so dicht bei dem andern, daß sie wie ein einziger nackter Leib aussahn: ekelerregende, um den Sarg sich windende Nacktheit des verfluchten Dorfes. »Was wollt ihr«, sagte der arme Mensch mit seiner traurigen Stimme, »was wollt ihr heute morgen hier in der Kirche? Was wollt ihr von euerm Priester? Gebete für diesen Toten? Aber ohne euch vermag ich nichts. Ich vermag nichts ohne meine Gemeinde, und ich habe keine Gemeinde. Es gibt keine Gemeinde mehr, meine Brüder... ein Dorf und ein Pfarrer, das ist keine Gemeinde.

Gewiß, ich möchte euch dienen, ich liebe euch, ich liebe euch, so wie ihr seid, ich liebe euer Elend; manchmal kommt es mir vor, als ob ich eure Sünden liebe, eure Sünden, die ich so gut kenne, eure armen freudlosen Sünden. Und es ist wirklich so, daß ich mit allen meinen Kräften um euch leide und für euch bete. Viele, hier und anderswo, werden vielleicht sagen, das sei genug, und daß ich bitten und leiden soll, solange ihr mir eure Seelen vorenthaltet. Das ist es, was mich einst meine Lehrer im Seminar gelehrt haben. Mein Gott, vielleicht denke ich wie sie. Aber dieser Gedanke reicht nicht mehr bis in mein Innerstes, damit ist es aus. Was bin ich denn noch unter euch? Ein Herz, das außerhalb des Leibes schlägt, habt ihr so etwas schon gesehn, ihr? Nun wohl, meine Freunde, dies Herz bin ich. Ein Herz, wie ihr wißt, ist wie eine Pumpe, die das Blut ansaugt. Ich schlage, solange ich schlagen kann, aber das Blut kommt nicht mehr, das Herz saugt nichts ein und stößt nichts aus als Wind.«

Einem Betrunkenen gleich wiegte er seinen mageren Kopf von rechts nach links. Lärm grollte von den hintern Bänken auf, schwoll langsam an, bis er von neuem die Stirn erhoben hatte. Alles schwieg.

»Gewiß habt ihr solche Worte von einem Pfarrer nicht erwartet. Wirklich, sie sind hart und wiegen schwer. Eben darum aber kann ich sie nicht mehr zurückhalten. Mögen sie niederfallen auf eure Häupter, meine Freunde, und wenn ich etwas Böses getan habe, dann möge Gott mich mit euch zusammen strafen! Bös oder gut, andere werden darüber urteilen... denen ich... denen ich ohne Zögern gehorchen will, aber nicht ehe... ehe ich...«

Er senkte den Kopf, und sogleich schwoll das dumpfe Geräusch an, die von Erwartung erstarrten Gesichter machten alle die gleiche krampfhafte Bewegung; und abermals schien es ihm, als winde sich da ein großer, völlig nackter, völlig lebendiger Leib vor seinen Augen, bleifarbene Flanken.

»Herr Pfarrer«, sagte ihm eine Stimme ins Ohr, »lieber Freund... verlieren Sie nicht Ihre Ruhe.«

Ouine hat seinen Stuhl langsam nach vorn geschoben. Nun steht er neben ihm im Schatten des Pfeilers, und sein Blick ist voll Mitleid. Aber schon hebt wieder die traurige Stimme an, gerade laut genug, daß die ersten Reihen glauben, sie allein hörten sie, doch reicht sie bis ans Ende des Schiffes. »Ich habe mich sehr vor euch gefürchtet, meine Freunde, ich muß es bekennen. Ja, es ist so, bevor ich euch kannte, hatte ich Angst vor euch. Man muß es wissen, muß es verstehn... Seht ihr, die Buben, die in die Schulen gehn, bereiten sich auf eine bestimmte Lebenslaufbahn, auf einen Beruf vor, haben einen ganz genau vorbestimmten und geregelten Plan, erst einen Weg, den sie gehn, und dann einen Stand, eine Familie, berechtigte Wünsche, Ehrgeiz, kurz und gut, sie leben in der Welt – ich möchte freilich nicht, daß mein Vergleich euch kränkt –, sie leben in der Welt wie der Wurm im Apfel. Wir Priester aber, meine Freunde, wir haben keinen Ort, und wir gehören keinem zu. Wir haben unsere Familien, unsere Heime, unsere Dörfer verlassen, und wenn wir mit unsern Heften, unsern Büchern, unserm Griechisch und Latein fertig sind, dann schickt man uns unter euch mit der einzigen Weisung, irgendwie damit fertig zu werden, wie man so sagt, nach bestem Wissen und Gewissen zu handeln. Und leider steht es so, daß man uns gar keine andere Weisung geben könnte. Denkt einmal gut nach, meine Freunde. Wenn ihr getan habt, was getan werden muß, gepflügt, gesät, geeggt, eure Tiere besorgt, dann legt ihr euch ruhig schlafen, euer Arbeitstag ist beendet. Auch wir haben unsere tägliche Aufgabe, aber wenn sie beendet ist, dann bleibt uns noch das Wichtigste zu tun: eure Seelen zu gewinnen! Man ist jung, fühlt sich voll Eifer, voll gutem Willen und Kraft... ja, und warum gebrauche ich eigentlich nicht das richtige Wort, ein Wort, das für euch keinen Sinn mehr hat: man fühlt Liebe. Ja, meine Freunde, eine Liebe, von der ihr, wie ich leider fürchten muß, sogar die Vorstellung verloren habt, eine Liebe, die Tag und Nacht wacht, die schmerzt. Und an dieser Liebe ist, wie es nicht anders sein kann, ein Teil Gottes und ein Teil des Menschen... des einsamen Menschen, des immer einsamen Mannes, der unter euch kommt und geht. Denn ihr könnt mir von euern Freuden und von euern Schmerzen sprechen und von dem, woran sich leider eure Freuden und eure Schmerzen messen: von euerm Geld, diesem Geld, das nun einmal das harte, erbarmungslose Gesetz euers Lebens ist. Aber ich, wovon soll ich euch reden? Ja, ja, ich weiß natürlich genau, daß das nicht die Dinge sind, die man hier, an dieser Stelle gemeinhin sagt. Aber darum hört mir nur um so aufmerksamer zu: ihr werdet diese Dinge nicht zweimal hören. Nie habe ich euch in so großer Zahl versammelt gesehn, und ohne Zweifel werde ich euch nie mehr so sehn: meine ganze arme Gemeinde vor mir versammelt, von Angesicht zu Angesicht... Hört, wahrhaftig, als ich mich umwandte, um euch die Hilfe und die Kraft des Herrn zu wünschen, das Dominus vobiscum aussprach, ist mir der Gedanke gekommen – nein! so einfach kann ich es nicht sagen –, da ist wie ein Blitz der Gedanke in mich eingedrungen, daß es unsere Gemeinde gar nicht mehr gibt, daß gar keine Gemeinde mehr da ist. O natürlich, der Name der Gemeinde ist immer noch in die Verzeichnisse der erzbischöflichen Kanzlei eingetragen, und dennoch gibt es keine Gemeinde mehr, es ist aus damit, und ihr seid frei. Ihr seid frei, meine Freunde; ihr seid hundertmal freier als die Wilden oder die Heiden, vollkommen frei, frei wie die Tiere. Und gewiß nicht erst seit gestern, das kommt von weit her, denn es dauert lange, bis eine Gemeinde umgebracht ist! Diese hat bis zum Ende durchgehalten. Aber jetzt ist sie tot. Ihr werdet mir antworten: ob sie nun tot ist oder nicht, euer Korn wird darum nicht weniger reifen, und eure Mostäpfel werden darum nicht von den Bäumen fallen. Stimmt. Denn die Bedrohung kommt nicht von diesen unschuldigen Dingen. Was euch bedroht, ist in euch, in eurer Brust, meine Freunde, steckt in eurer Haut. Mein Gott, wie soll ich es euch sagen, damit ihr es versteht?! Daß es unter euch Sünder gibt, sehr große Sünder, das hat keine besonderen Folgen, denn jede Gemeinde hat ihre Sünder. So lange aber die Gemeinde zusammenhält, bilden die Sünder und die andern einen einzigen Leib, den das Mitleid, ja vielleicht die Gnade Gottes durchrinnt wie der Saft einen Baum. Denn ihr könnt sagen, was ihr wollt, meine Freunde, der Mensch ist nicht geschaffen, damit er allein lebe oder gepaart wie die Tiger und die Schlangen. Leider aber gibt es auch nicht den kleinsten menschlichen Zusammenschluß ohne sehr viel Schmutz. Und was soll man von den Städten sagen? Erst wenn die Nacht gekommen ist, erwacht die Stadt, atmet durch alle Poren den Schmutz des beendeten Tages ein, pumpt ihn in ihre Gräben, ihre Gossen hinein, bis er nichts anderes mehr ist als ein einziger Schlamm, der dann in endlosen unterirdischen Flüssen langsam ins Meer rollt.«

Mein Gott, was sagte er da! Was wagte er zu sagen, zehn Schritt vom Tabernakel! vor dieser geheimnisvollen, von Blicken starrenden Menge, vor diesen zahllosen Blicken, diesen großen, offenen, gierigen Augen, die schwarzen, unbeweglichen, auf ihre Beute lauernden Insekten gleichen... Und dennoch fühlt er weder Scham, noch Furcht, nur den Wunsch zu weinen.
Ouines Schuhe knirschen seit einigen Minuten in kurzen, regelmäßigen Abständen auf den Bodenfliesen. Bedauerlicherweise kann der Priester von seinem Platz aus nichts von den Zügen des ehemaligen Sprachlehrers sehn, aber er hört seinen angsterfüllten Atem, der dann und wann von einem unbegreiflichen Schluchzen unterbrochen wird. In beträchtlicher Entfernung von ihm, fast am Fuß der Kanzel, tritt die verrenkte Gestalt des Bürgermeisters von Fenouille grob aus dem Schatten hervor, denn aus einem Fenster der Apsis fällt das Licht voll auf ihn und bedeckt sein breites Gesicht mit immer tänzelnden, blauen oder grauvioletten Kreisen. Einen Augenblick glaubt er, ihn lachen zu sehn, aber sogleich belehrt ihn der schmerzliche Zug um den Mund des Mannes eines andern.
Und nun scheint dem Pfarrer von Fenouille, jedes Geräusch sei verstummt, und alle Worte, die er nun sagen würde, müßten eins nach dem andern, vergeblich und dunkel, in diese gähnende Stille hinabsinken. Sein demütiger Blick wird blaß vor Ekel, während sich, ohne daß er es weiß, seine Arme feierlich-langsam erheben wie die eines erschöpften Schwimmers, der sich nicht mehr wehrt, der auf der Stelle untergeht. Er war zu einfältigen Gemütes und zu wenig ein Dichter, als daß er die Gewalt und die Gefährlichkeit der Gleichnisse hätte ermessen können; darum aber bemächtigte sich das Gleichnis, das er eben gebraucht hatte, seiner mit unwiderstehlicher Gewalt, er sah sie vor sich, ja fast berührte er diese Berge von Kot, diese Seen von Schmutz und Schlamm.
»Leider, meine Freunde, wird auch das übernatürliche Leben, das Leben der Seelen, der armen Seelen nicht gelebt ohne sehr viel Kehricht... Da ist das Laster, da ist die Sünde. Wenn Gott unsern Sinnen die unsichtbare Welt erschlösse, wer von uns stürbe nicht auf der Stelle – ja, ich sage: stürbe – beim Anblick, schon bloß beim Anblick der abscheulichen, der schändlichen Wucherung des Bösen?«
Diesmal, zweifellos, hatte der Bürgermeister von Fenouille

gelacht, und mit vorgebeugten Schultern, beide Hände flach auf die Schenkel gelegt, lachte er immer noch das gleiche Lachen – ein Lachen, das weniger einem Lachen glich, als dem Krampf einer gierigen Erwartung, einem ungeheueren Anspruch dieses ganzen entflammten Gesichts. Dicke Tränen rannen ihm eine nach der andern über die Wangen.

»Es gelingt uns kaum, allen zusammen und mit gemeinsamen Kräften, meine Freunde, dieses Übels Herr zu werden. Gott hat das erlaubt. Darum hat er seine Kirche gegründet. Und die Gemeinde ist eine kleine Kirche in der großen. Es gibt keine Gemeinde ohne die große Kirche. Aber wenn die letzte Gemeinde umgekommen wäre, um einmal das Unmögliche anzunehmen, dann gäbe es keine Kirche mehr, weder eine große, noch eine kleine, nichts mehr – Satan hätte sein Volk heimgesucht.«

Seine Stimme hielt bei diesen letzten Worten mit einem Seufzer inne, wie die eines Schülers, der mit dem Hersagen seiner Aufgabe endlich fertig ist. Den Kopf nach rechts geneigt und den Körper schon vorgeneigt zur Flucht, schien ihn nichts anderes mehr zurückzuhalten, angesichts seiner grollenden Hörer, als seine beiden mageren Hände, mit denen er sich an die Kommunionbank klammerte. All die vielen Nagelschuhe knirschten plötzlich auf den Fliesen.

»Es gibt noch viele Gemeinden in der Welt. Aber diese hier ist tot. Ob sie wohl schon lange gestorben ist? Ich wollte nicht daran glauben. Solange ich da sein werde, sagte ich mir… Aber leider macht ein Mann allein keine Gemeinde aus. Ihr seht mich kommen und gehn und denkt dabei: wir sind schließlich und endlich nicht weniger wert als die von Noyelles und die von Arcy und Saint Vaast, wir können uns ebensogut einen Pfarrer leisten wie die andern. Und ihr wartetet geduldig darauf, daß ihr auf eure Kosten kämet und dachtet: er ist billig, er ist immer da und wartet, vielleicht wird er eines Tages noch nützlich sein. Aber als das Verbrechen entdeckt worden ist, da seid ihr nicht zu mir gekommen. Ein Verbrechen, das geht nur die Richter und die Zeitungsleute an, nicht wahr? Ein winziges Stück Hefe genügt, damit der Teig aufgeht. Das Übel war schon in euch, aber nun ist es plötzlich aus dem Boden, aus allen Mauern hervorgebrochen. Und zuerst, nicht wahr, meine Freunde, hat euch das nicht einmal mißfallen. Ihr fühltet euch wohl und warm dabei. Das Dorf glich einem Bienenkorb im April. Bei dem Gedanken, daß der Schuldige notwendig unter euch sein müsse, einer von euch, vielleicht euer Nachbar, was?! da juckte euch das Blut in den Adern. Und jeden Abend, wenn ich unser kleines Tal entlang die Fenster leuchten sah, dann dachte ich an das Mißtrauen, den Haß, den Neid, die Furcht, die da an der Arbeit waren, so daß die Polizei am Morgen nur noch vorbeizukommen brauchte, um ihren Honig einzuernten. Und dann... dann...«

Der alte von Vandomne saß zwei Schritte von ihm entfernt, hatte die Schöße seines Gehrocks sorgsam über seine Knie gebreitet und starrte ihn mit seinen ernsten Augen an. Die schmutzigen Schuhe hatten auf den Fliesen zwei große dunkle Flecken gebildet.

»Und dann«, stotterte der Pfarrer von Fenouille hervor »noch ein Schlag... ein doppelter Schlag... ein doppelter Tod...«

Er hätte gern so schnell wie möglich Schluß gemacht mit diesen Worten, aber er hörte im Gegenteil, wie sie sich klar und unerbittlich von der Stille absonderten. Und durch einen nicht weniger seltsamen Zwang gelang es ihm nicht, seinen Blick von dem des Alten loszulösen.

»Der Tod sollte bald unter euch zu einem doppelten Streich ausholen...«

Schweigen. Vandomne hatte sich langsam und würdevoll erhoben, streckte eins nach dem andern seine langen Beine aus, wie er es früher jeden Abend am Eßtisch tat, wenn er den letzten Bissen heruntergeschluckt und sein Taschenmesser zusammengeknickt hatte. Er sah aus wie ein Mann, der ohne jede Selbsttäuschung eine unerläßliche, unaufschiebbare Pflicht erfüllt: nicht in der Hoffnung, über die Ungerechtigkeit zu siegen, sondern einfach, um seinem Unglück gerecht zu werden.

»Der Bursche war unschuldig«, sagte er mit dumpfer Stimme, indem er aber jedes einzelne Wort betonte.

Dann schob er den Stuhl hinter sich zurück und ging ebenso

langsam, wie er sich erhoben hatte, in das dämmernde Schiff der Kirche hinein.

»Und jetzt«, setzte der Pfarrer von Fenouille fort, »wärmt euch das Böse nicht mehr.« [Es schien, als hätten die vorher vernommenen Worte den Zauber gebrochen, der seine Zunge an den Gaumen klebte.] »Ihr fühlt euch alle ganz starr, ganz kalt. Man redet immer vom Feuer der Hölle, aber niemand hat es gesehn. Meine Freunde, die Hölle ist Kälte! Gestern noch waren die Nächte nicht lang genug, um eure Bosheit zu erschöpfen, und ihr erhobt euch alle Morgen noch mit dem Gift in der Brust. Und da hat sich sogar der Teufel selbst von euch zurückgezogen. Ach, wie einsam sind wir doch im Bösen, meine Brüder! Die armen Menschen träumen von Jahrhundert zu Jahrhundert davon, diese Einsamkeit zu durchbrechen. Vergebliche Müh! Dem Teufel, der so vieles vermag, wird es nie gelingen, seine Kirche zu gründen: eine Kirche, die die Verdienste der Hölle zu einem Gemeingut macht, eine Kirche, die die Sünde zum Gemeingut macht. Von jetzt bis zum Ende aller Tage wird der Sünder allein sündigen müssen, immer allein – wir werden so allein sündigen, wie man allein stirbt. Der Teufel nämlich, seht ihr, ist ein Freund, der nie bis zum Ende aushält... Da ist euch um eure Gemeinde, euer Pfarrer eingefallen. Ihr hattet euch untereinander verdächtigt, verleumdet, angezeigt, gehaßt, aber nun seid ihr zusammengerückt, weil ihr gemeinsam gegen die Kälte kämpfen, weil ihr euch aneinander und gegenseitig erwärmen müßt. Was soll ich euch nun darüber sagen? Es ist zu spät. Ihr werdet genauso von hier fortgehn, wie ihr gekommen seid. Ich aber bin nichts ohne euch – ich – ohne meine Gemeinde. Und wenn ich heute diesen unglücklichen kleinen Toten aussegne, was nützt euch das schon? Er war das unschuldige Werkzeug eurer Abgründigkeit, er ist euer aller Sünde, ich werde eurer Sünde nicht den Segen geben.«

Seine Stimme wurde langsam schwächer und mit ihr das dumpfe Geräusch, das sie begleitete. Endlich verstummte sie. Das war alles. Niemand hätte nunmehr dem Pfarrer von Fenouille ein weiteres Wort entlocken können; und alles, was er gesagt hatte, war nun schon weit entfernt, war nicht mehr in ihm, während sein bis dahin völlig gesammelter Blick mit einemmal seinem Willen zu entgleiten schien und gleich einem gehetzten Tier von einem Ende der Kirche zum andern sprang. Einen Augenblick lang glaubte er, er könne diesen Blick an das große schwarze Holzkreuz heften, das von einem der Kreuzgewölbe herabhing, aber dann entglitt er ihm wieder und durchflog in jeder Richtung das Kirchenschiff. Die Gesichter aber, die sich ihm durch den leichten Dunst hindurch zuwandten, schwammen über den erhitzten Leibern und bildeten immer noch einen einzigen nackten Leib, der sich zwar nicht bewegte, aber doch kaum merkbar erzitterte, mit einer leichten Wellenbewegung, vergleichbar dem Erschaudern, das nach dem letzten Todeskrampf über die Haut sterbender Menschen hingeht. Er blieb mit offenem Mund, herabhängenden Armen, auf die Schulter geneigtem Kopf und so blöde vor dieser Menge stehn, daß sich die Schulkinder, die dicht gedrängt zur Rechten des Chors standen, gegenseitig anstießen und lachten. Hatte er die Geistesgegenwart, bevor er die Stufen zum Altar hinaufstieg, einige segnende Worte zu sprechen, oder kehrte er der Gemeinde plötzlich sehr heftig den Rücken zu, wie später eine Anzahl von Zeugen behaupteten? Das ist ziemlich unwichtig, denn was nachher geschah, ließ alles andere in Vergessenheit geraten.

Die Absolution des Toten vollzog sich ohne Zwischenfall, obwohl die Stimme des Priesters hin und wieder vom Gesumme einzelner Gespräche übertönt wurde. Die ersten, den Würdenträgern von Fenouille vorbehaltenen Bänke hatten sich langsam geleert, füllten sich aber sogleich mit der Menge, die sich aus dem Mittelschiff und aus den Seitenkapellen heranschob. Einige Mädchen, die von den Burschen listig von Stuhl zu Stuhl gedrängt worden waren, reihten sich mit halb unterdrücktem Gekicher dicht auf den Treppen der Kanzel, indem sie ihre Röcke zwischen die Schenkel klemmten. Der Schullehrer sammelte seine Herde und führte sie geschickt die Mauern entlang bis zur Seitentür der Kirche, durch die man den Friedhof betrat, und stellte sie dann nicht weit von dem geöffneten Grabe in Reih und Glied auf.

»Ich wollte Ihnen gerade diesen Rat geben«, sagte Ouine hinter dem Lehrer, »oder ich hätte Ihnen doch...« Dabei trocknete er mit raschen kurzen Bewegungen seine schweißtriefende Stirn... »Oder ich hätte Ihnen doch – entschuldigen Sie dies Einmischen eines alten Kollegen – den Rat gegeben, diesen Versuch nicht weiterzutreiben...«
»Das ist kein Versuch«, antwortete der andere trocken. »Ich habe den Befehlen meiner Vorgesetzten gehorcht.«
»Erlauben Sie«, erwiderte Ouine, dessen Wangen purpurrot anliefen, »ich habe einige Erfahrung mit den Verantwortungen, die uns unser Beruf auferlegt. Hier, wie in der Schule, ist Ihr Vorrecht das eines Schiffskapitäns: der erste nach Gott zu sein. Nun ist es aber möglich, daß wir in wenigen Augenblicken bedauerliche Auftritte erleben, mein Herr, die zugleich komisch und tragisch sein können. Die Mischung von Tragischem und Komischem aber bringt das Bizarre hervor, und auf das Bizarre gibt es nur eine Antwort: die Ironie – ein Gefühl, das Kindern bedauerlicherweise unbekannt ist.«
»Die schmerzliche Pflicht, die uns hier zusammenführt...«, begann der Lehrer.
»Einen Augenblick!« unterbrach Ouine mit seltsamer Lebhaftigkeit. »Ich bedaure ebenso wie Sie die unsinnigen Worte, die wir soeben gehört haben. Aber wir wollen doch wenigstens bekennen, daß diese Worte so gut wie keine Aussicht hatten, ihren Zweck zu erfüllen. Denn die Bevölkerung dieses erbärmlichen Dorfes zeigt uns ein seltsames Beispiel von völliger sittlicher Unempfindlichkeit, die sie gegen jedwede Art von Gift wehrlos macht. Sie würde jetzt aus allem und jedem Gift machen, wie es die Zuckerkranken aus dem Zucker ziehn... Ja, mein Herr, es gibt Zustände, in denen die menschlichsten Gefühle, wie etwa das Mitleid, giftig werden. Den Unreinen, verehrter Herr, ist alles unrein.« Er wiegte sich leise von einem Fuß auf den andern, als versuche er, unter den erstaunten Blikken des Lehrers einen Schmerz einzuschläfern.
»Ich glaube annehmen zu dürfen, daß Sie einen Skandal voraussehn, daß Sie irgendeine ärgerniserregende Kundgebung fürchten, wohingegen unsere Bevölkerung doch das erbauliche Schauspiel einer... einer echten, heiligen Gemeinschaft geben möchte. Und in diesem Falle... gestatten Sie... von welcher Art von Skandal reden Sie eigentlich?«

»Ich habe die Kindheit stets geehrt«, sagte Ouine, indem er sein lächerliches Schaukeln beschleunigte, wodurch im Gegensatz dazu die Starre seiner beiden Augen noch seltsamer wirkte, »die Jugend geliebt und geehrt. Sie ist das Salz der Erde. Wenn es taub würde, wäre die Welt bald nur noch Fäulnis und Zersetzung«, wiederholte er mit lauter und starker Stimme.

Dann blieb er lange unbeweglich stehn, indem er seine eine Hand ganz geöffnet neben sein Gesicht hielt: und diese Hand war von der gleichen Flüssigkeit geschwellt, die unversieglich von seinen Wimpern herabtropfte. Dann drehte er sich um und ging, ohne ein Wort zu sagen, mit langen Schritten zwischen den Gräbern davon.

Die letzten Worte des Priesters waren in einem Tumult untergegangen, denn das Haupttor der Kirche hatte beide Flügel geöffnet, und die Kiesel unter den Friedhofsbäumen knirschten an allen Ecken und Enden unter den Nagelschuhen. Die benachbarte Kneipe, die sich im Lauf einer Sekunde geleert hatte, ergoß eine dunkle Flut von Gehröcken und Filzhüten über den Gottesacker, und der Lärm schwoll unter den Fragen, die die neu Hinzugekommenen stellten, noch weiter an. Wenn sich der Pfarrer von Fenouille nur um einige Minuten verspätet hätte, dann hätte sich ohne Zweifel die Erregung von selbst wieder gelegt, aber unglücklicherweise erschien er fast unmittelbar hinter seinem Chorbuben, und indem sich die Menge hinter ihm zusammendrängte, schien sie ihn nicht sosehr zum Grabe hinzudrängen, als vielmehr geradezu hinzutragen. Am Rande des Grabes aber stürzte er, indem er mit beiden Füßen auf dem frischgefrorenen Boden ausrutschte. Ein verhaltenes Lachen, das dem Klappern von fünfhundert verhungerten Kinnbacken glich, endete in jener Art von dunkelm und langsam verhallendem Grollen, in dem eine noch zögernde und verschüchterte Menge das Wissen um ihre eigene Stärke findet. Das Chorhemd des Pfarrers von Fenouillestarrte vor Schmutz.

»Platz für den Herrn Bürgermeister!« rief jemand. »Platz für den Herrn Bürgermeister im Namen der Gemeinde.« Eine heftige Bewegung des Aufmerkens ging durch die Menge, aber als erster erschien der Kreisschulinspektor. In seiner seidenbehandschuhten Rechten hielt er ein mit so winziger Schrift bedecktes Stück Papier, daß er darauf verzichten mußte, diese Schrift zu entziffern, und mit fast unverständlicher Stimme begann.

»Meine Damen und Herren! Der junge Verstorbene, von dem ich mich hier – den ich hier voll Ehrfurcht grüße, war ein einfaches Kind des Volkes, dessen Dasein unbeachtet, gewissermaßen im Dunkeln verlaufen wäre... in der Dunkelheit der dunkeln täglichen Verrichtungen... so dun... so bescheiden sein allzu früh unterbrochenes Dasein auch war, die väterliche Fürsorge der Republik hatte es schon unter ihren

Fittichen... Die Republik, stets voll sorgender Fürsorge, hatte in ihm einen der ihren erkannt, und wenn ihn die Notwendigkeiten seiner dun... seiner bescheidenen Verrichtungen nicht allzuoft vom Schulhaus ferngehalten hätten – dies Haus, meine Herren, gehört Ihnen allen –, dann hätte auch ihm die Republik wie jedem andern Bürger die unermeßliche Wohltat des Wissens zugeteilt. Erlauben Sie mir also, daß ich mich ehrerbietig verneige, ehrfurchtsvoll mich beuge, daß ich...«

Was er auch tun mochte, die immer gleichen Worte, als wären sie irgendeiner finsteren Verwandtschaft gehorsam, sträubten sich dagegen, sich voneinander zu trennen, und schienen an seiner Zunge nur gemeinsam zu kleben. Endlich spie er wütend und mit einem wirren Gestotter alle auf einmal aus.

Im übrigen widmeten die Zuhörer diesem kleinen, kahlen Mann nur sehr wenig Aufmerksamkeit, der so vielen andern kleinen, kahlen, meist bärtigen Männern ähnlich war, die bei solchen Anlässen im Namen des Staates reden. Sie sahen nichts anderes als ihren gedemütigten Priester.

Priesterhaß ist eines der tiefsten menschlichen Gefühle, auch eines der unbekanntesten. Kein Zweifel, daß es so alt ist wie das Menschengeschlecht selbst. Aber unser Zeitalter hat es auf eine fast wunderbare Höhe der Verfeinerung und der Vortrefflichkeit erhoben, weil die Erniedrigung oder Beseitigung der andern Mächte aus dem Priester, so eng er auch anscheinend mit dem gesellschaftlichen Leben verbunden ist, ein Wesen gemacht hat, das abseits steht und sich viel weniger einordnen läßt, als jeder jener zauberischen Greise, die die alte Welt wie heilige Tiere in den Tiefen ihrer Tempel verschloß, wo sie nur im Vertrautsein mit den Göttern lebten. Der Priester steht aber um so weiter abseits und läßt sich um so weniger einordnen, als er selbst seine Vereinzelung nicht erkennt und sich fast immer groben Täuschungen hingibt, dem Spott und Hohn der einen, der liebedienerischen Unterwürfigkeit der andern. Doch je mehr dieser Widerspruch, der übrigens mehr politischen als religiösen Ursachen entspringt und von dem sich das Selbstbewußtsein der Geistlichen nun schon allzu lange nährt, langsam in eine Art von feindlicher Gleichgültigkeit übergeht, wirft sie das wachsende Gefühl ihrer Einsamkeit entwaffnet mitten in die Kämpfe der Gesellschaft und deren Stände hinein, die mit

Bibel- und Väterstellen meistern zu können sie sich in ihrer Unschuld rühmen. Aber was nützt es! Die Stunde wird kommen, da auf den Trümmern dessen, was noch von den alten christlichen Ordnungen zurückblieb, eine neue Ordnung entstehn wird, die wahre Weltordnung: die Ordnung des Fürsten der Welt, des Fürsten, dessen Reich nur von dieser Welt ist. Und dann wird unter dem harten Gesetz der Notwendigkeit, das stärker ist als alle Täuschung, der Stolz der Männer der Kirche, dieser Stolz, der sich so lange durch einfache Übereinkunft erhalten, sogar den Glauben überlebt hat, alles verlieren, wovon er sich bis dahin nährte. Und der Schritt der Bettler wird wieder die Erde erzittern machen.

Gewiß, sie sahen ihn fast täglich, wie er, umgürtet mit einem Zipfel seines armseligen Priestergewandes, seine Hecken beschnitt, seinen Garten umgrub, und man hatte ihn sogar eines Nachts im vergangenen Winter neben seinem zerbrochenen Fahrrad und ganz klebrig von Regen und Blut am Hang des Hügels von Sauves aufgelesen. Aber noch nie waren sie ihm so nahe gekommen, als dann, wenn er seine geheimnisvolle Macht ausübte, die einzige, die ihnen noch eine Art von abergläubischer Angst einflößte: seine geheimnisvolle Macht über die Toten. Wenn er an ihren Türen vorüberging, mit einem gewissen demütig hastenden Schritt, der die Nachbarinnen zu dem Ausspruch veranlaßte: »Schaut, der Pfarrer trägt das Sterbesakrament zu dem oder jenem...«, dann wandten manche Männer den Kopf ab und stopften schweigend die Pfeife... Und nun stand er da in dem harten fahlen Licht, in einem Gemisch von unbestimmtem Weihrauchduft und fadem Lehmgeruch, den Mantel mit Kot bekleckert, während der Chorbub schnüffelte und sein Kreuz völlig schief hielt.

Die Verdächtigungen, die Nachträgereien, der seit Wochen angesammelte Haß, sogar der Abscheu vor dem begangenen Verbrechen: all das schienen die Worte dieses harmlosen Priesters zu einem einzigen Gefühl verschmolzen zu haben, das zugleich zu heftig und zu zart war, als daß ihre Seelen es zu ertragen vermocht hätten und von dem sie nichts anderes mehr befreien konnte als ein Lachen. Denn dies Lachen war es, das Lachen der Gemeinde – und was für ein Lachen! – der wiedergefundenen, der abgefallenen und doch einmütigen Gemeinde, das ihre Augen und Zähne aufleuchten ließ, das

wer weiß welchen rauhen Stoßseufzer aus ihren Kehlen hervorlockte, während sie sich drängelten, sich gegenseitig mit den Ellbogen, den Schenkeln, den Blicken suchten, aber erfüllt von einer Art von unheilvoller Herzlichkeit.
»Das Wort dem Herrn Bürgermeister«, ließ sich wieder die Stimme vernehmen.
Der Schulinspektor, damit beschäftigt, seine Schuhe vor dem nassen Lehm zu schützen, war aus gekränkter Eitelkeit noch ganz rot und glänzend, stimmte aber mit einer krankhaften Kopfbewegung der Aufforderung zu und verließ den Platz in der Mitte des Kreises, den man rings um das Grab frei gehalten hatte und der sich sogleich erweiterte. Man bemerkte, daß der immer noch schweigende Priester nicht einmal den Kopf erhoben hatte. Einige meinten, er habe geweint.
»Meine Herren, meine lieben Mitbürger«, begann der erste Beamte von Fenouille.
Seine Rede, ein einziger Satz von etwa zwanzig Zeilen Länge, den er im Einverständnis mit dem Arzt aufgesetzt und den Malvine sorgfältig mit lauter großen Anfangsbuchstaben auf ein Blatt weißes Papier hingezeichnet hatte, dieser Satz, den auswendig zu lernen er oft vergebens bemüht gewesen war, brach plötzlich wie ein blendendes Feuerwerk aus seinem Gedächtnis hervor. Die Worte, die bis dahin völlig verstreut waren oder doch nur wie durch ein Wunder zusammenzuhalten schienen, versammelten sich nun in einem herrlichen Gleichgewicht wie kleine, unveränderliche und unbewegliche Sternbilder um ihn. »Meine Herren, meine lieben Mitbürger« – er zog das Schweigen in die Länge, um so lange wie möglich diese tiefe, ihm unbekannte, weit über seine Absichten hinausreichende Gewißheit zu genießen –, »meine Herren, meine lieben Mitbürger« – es schien ihm, daß alle die auf ihn gerichteten Blicke die gleiche glückselige Überraschung ausdrückten, eine fast übernatürliche Erleichterung und Linderung, eine Art von Seligkeit. Die wunderbaren Worte leuchteten immer weiter irgendwo in seinem Innern, wenn auch mit sanfterem Licht... Wie sich alle diese Gesichter erhellen, wie sie jetzt widerscheinen von brüderlicher Zuneigung! Er wird reden, wann immer er reden will, er wird reden, ohne es zu wissen, mit einer ungebundenen, luftigen Leichtigkeit, er wird reden, wie man fliegt... Mein Gott, ist die Stunde der

Befreiung wirklich gekommen? Werden sie und er, werden sie alle zusammen das Vergessen, das glückselige Vergessen ihrer früheren Fehler, die glückselige Vergebung der Sünden kennenlernen? »Meine Herren, meine lieben Mitbürger.« Ja, ja, ohne Zweifel, es ist nur ein ganz einfacher Satz, aber schon antworten ihm ihre Blicke und verraten freudig ihre Mitschuld, sprechen ihn selbst durch ihre Mitfreude frei. Himmel! sein beschämendes Geheimnis ist nicht mehr da. Es wird sich in einer der nächsten Sekunden plötzlich ergießen wie ein Strahl schlammigen Wassers, und das Köstliche wird geschehn: seine alte Seele wird sich durch seinen Mund hindurch völlig entleeren. Die Erwartung des Heils, die Gewißheit, daß er es erwartet, läßt seine Knie erzittern, seine Knochen erbeben, während die Worte rinnen, unstillbar rinnen und das Schweigen ringsum mit sich erfüllen. Und siehe da! nun sprechen auch die andern alle zu ihm, rufen ihm Worte zu, die er nicht versteht. Es genügt auszuhalten, zu opfern, mit vollen Händen seine Freude, seine wiedergefundene Unschuld zu verschenken. »Nichts soll uns mehr trennen, meine Freunde, und nie mehr wollen wir lügen! Die Lüge bricht an allen Ecken und Enden zusammen...« Vom Himmel fällt, nein! aus den Tiefen der Erde steigt wer weiß welch erfrischender reiner Hauch und löst das alte Gift auf. In dem erschreckend angewachsenen Tumult erklärt er, daß es nun zu Ende sei mit diesem faden und stinkenden Zeug, das an der Seele wie an der Haut klebt, zu Ende mit diesem Schmutz. Er stampft mit den Füßen, kneift sich in die Nase, zieht daran, sieht plötzlich mit Staunen seine tränenüberströmte Hand und fällt endlich unter dem wilden Lachen und Schreien seiner Zuhörer auf die Knie.

Der Lehrer hat sich bis zum Friedhofgatter durchgearbeitet, aber jedesmal, wenn er versucht, die Schwelle des Gottesackers zu überschreiten, wird er mitsamt seiner kleinen, blassen Herde von einer neuen Menschenmenge zurückgedrängt. Das ganze Dorf ist nun beisammen, und der Lärm, den es macht, läßt sich nur dem Fauchen des Wassers vergleichen, wenn es aus einer plötzlich geöffneten Schleuse hervorbricht. »Ich befehle Ihnen, auf der Stelle die Bestattung vorzunehmen, Duponchel... Auf der Stelle!« schreit der Gemeindeschreiber Merville.

»Sagen Sie ihnen, daß sie zurücktreten, Herr Vidauval, sie werden mich noch in das Grab hineinstürzen, zum Teufel! Wollt ihr mir wohl mein Werkzeug zurückgeben, ihr Lumpengesindel?!«
»Meine Herren, meine Herren...«

Plötzlich schien der wirre, dumpfe Lärm in eine große Anzahl verschiedener Töne und Rufe auseinanderzubrechen... Und alle Köpfe wandten sich der von den zurückflutenden Gaffern leergelassenen Allee zu, aber nicht alle auf einmal, sondern so, wie es die Ähren eines fast reifen Kornfeldes tun, wenn der Wind plötzlich die Richtung wechselt und das Feld von einem Ende bis zum andern gegen den Strich bürstet.
»Wollwade! Wollwade!«
Hinter der Hecke hatte sich die große Stute, die von der Menge gegen die Böschung zurückgestoßen worden war, in ihrer ganzen Länge aufgerichtet und versuchte, sich in dieser Stellung auf dem grasigen Hange zu halten. Die Deichseln waren krachend zersplittert, und bei jedem Ausschlagen des Tiers pfiffen die Zügel wie die Riemen einer Schleuder um seine Flanken. Der eine Zügel traf einen Sohn des Müllers, verletzte ihm die Wange und warf ihn zu Boden. »Wollwade! Wollwade!«
Als sie vom Wagen sprang, hatte sie sich das Fußgelenk verrenkt, und da sich nun ihre Füße in die Falten ihres langen Rocks verwickelten, kam sie mit einem linkisch tänzelnden Schritt daher, aber keineswegs lächerlich...
»Wollwade! Wollwade!«
Sie ging auf das äußerste Ende des Friedhofs, auf das Grab zu. Der Schweiß rann ihr, mit künstlichem Wangenrot gemischt, über das Kinn, doch ihre Stirn, die mit einer dicken Schicht Reispuder bedeckt war, stand so blaß im brennenden Tageslicht wie die eines Pierrot... Bei jedem Schritt, den sie vorwärts tat, erloschen die Stimmen eine nach der andern, und als sie schließlich an der Einfassung des Grabes stand, war von einem Ende des Gottesackers zum andern und bis zur Straße hin das Schweigen so vollkommen, daß alle deutlich das seidige Rauschen ihres Rocks auf dem Erdhaufen und das unterdrückte Schluchzen des Geistlichen vernehmen konnten.

Keine Hand hatte sich wider sie erhoben, aber insgeheim und tückisch drängten sie alle auf das Grab zu. Was erwarteten sie? Keiner von ihnen hätte es sagen können. Dies verkommene Geschöpf, das sie bloß zum Schein so oft die Hohlwege entlang verfolgt hatten, um plötzlich mit einem fetten Lachen stehn zu bleiben, das unbegreifliche Wesen, dessen Niedergang sie von Jahr zu Jahr verfolgt hatten, und dem doch niemand eine Beleidigung ins Gesicht zu sagen gewagt hatte, war und blieb für sie bisher die Schloßherrin von Néréis, der es mit der Schlauheit und Umsicht einer alten Wölfin noch immer gelungen war, ihre Spuren zu verwischen. Und es war da gewiß nicht einer von den jungen Jahrmarkthelden, der sich nicht rühmte, sie an dem oder jenem Saufabend irgendwo auf den Rücken gelegt zu haben: in einem Graben, gegen eine Böschung, auf dem Heu eines Schobers, und der nicht stolz die Zigaretten herumgezeigt hätte, mit denen sie ihm die Taschen vollgestopft hatte, aber andere Beweise genossenen Glücks konnte keiner von ihnen beibringen. Sogar die Schlauesten hatten seit langem die Hoffnung aufgegeben, sie irgendwo zu erwischen, nachdem sie einmal bei Mondlicht endlos auf dem Anstand gestanden und sich dabei eine Erkältung geholt hatten. »Sie merkt es bestimmt«, sagten sie, heftig darüber verärgert, daß sie auf die schlauen Vorschläge des zum Lockvogel bestimmten Burschen mit einem nüchternen »guten Abend« antwortete. Vielleicht haßten sie sie und wohl ohne es zu wissen. Vielleicht erkannten sie in ihr, ihnen unbewußt, das geheimnisvolle Abbild ihrer eigenen Verworfenheit. Von ihren Angehörigen verleugnet, arm, erniedrigt, jedermann verdächtig, schien sie das Opfer, das die eine Klasse der andern zum Fraße vorwirft, ein Pfand, auf dessen Einlösung man von vornherein verzichtet. Aber noch warteten sie auf den Fehltritt, der sie ihnen wirklich ausgeliefert hätte, den lächerlichen Zwischenfall, der Hohngelächter hervorruft und alles rechtfertigt, und in dessen Erwartung schnüffelten sie an ihr herum, ohne sie zu beißen. Die Welt von heute ist voll von Geiseln solcher Art.

In dieser Minute schien sie völlig frei und war es doch nicht. Wer die außerordentliche Begebenheit von oben herab hätte beobachten können, dem hätte die untergründige Bewegung der Menge von diesem Augenblick an das tief Erschreckende

jener äußersten Sorgfalt verraten, womit sich ein hungriges Tier an sein Opfer heranschleicht. »Wir waren nur neugierig, was sie tun würde«, sagte später Clodiot, der Aufschneider. »Wir warteten eigentlich nur auf einen Spaß.« Im übrigen hatten die Gespräche wieder überall begonnen, und wenn auch die Blicke auf die Schloßherrin gerichtet blieben, so unterhielt man sich doch nur über die unerklärliche Rede des Bürgermeisters. »Er ist verrückt«, wiederholte einer dem andern mit funkelnden Augen, »zum Einsperren närrisch! Verfluchter Kerl von Arsène! Verfluchter Hanswurst!« In diesem Augenblick erhob sich eine Stimme, die zunächst keiner erkannte und die von allen Ecken des Friedhofs zugleich zu kommen schien, so daß die Bewegung der Menge plötzlich davon unterbrochen wurde und sich tiefe Strudel in der Menschenmasse bildeten wie im Wasser eines Mühlbachs. Und diese Stimme befahl dreimal in einem immer lauteren Ton: »Auseinandergehn!« Ihr antwortete ein wütendes Murren.
Sie kam vom Gemeindeschreiber Merville, der es wegen seiner kleinen Gestalt für aussichtslos hielt, sich verständlich zu machen, und also auf einen Grabstein hinaufgeklettert war, wo er sich mit der einen Hand an das Grabkreuz klammerte und mit dem freien Arm heftig herumfuchtelte. Die Einzelgespräche verschmolzen zu einem einzigen Geräusch, das jäh anschwoll, als Wollwade neben den kleinen Mann zu stehn kam, der ihr übrigens den Rücken zudrehte. War ihr die Gefahr bewußt? Wollte sie ihr auf ihre Weise begegnen, indem sie das Falsche in ihrem Ton, in ihrer Haltung bis zum Lächerlichen und Widersinnigen hin übertrieb, was übrigens ein gewöhnliches, allen Nervenärzten bekanntes Anzeichen für gewisse sehr häufige Formen von Nervenzusammenbrüchen ist? Eine in der Menge sich öffnende Bresche gab den Blick auf Wollwade frei. Sie stand aufrecht neben dem Sarg, ihre langen Hände lagen flach auf dem Deckel, den Kopf hatte sie zurückgeworfen. Eine Haarsträhne vergitterte ihre Wange.
»Ich werde dich rächen«, sagte sie mit einer kreischenden, unerträglichen Stimme.
Ein Vorwärtsdrängen der Menge hätte sie fast in das Grab gestoßen, und ihr erster Schreckensschrei wurde von wildem

Hohngelächter wie von einem Schlagzeug übertönt. »Wachleute, weist sie hinaus«, befahl der Schreiber. »Weist sie um Himmelswillen hinaus. Sie wird die Leute rasend machen.«
»Rache!« schrie die Schloßherrin von Néréis und kreuzte die Arme über der Brust. Ein ungeheuerliches, zuerst wie ein Donner hinrollendes Lachen antwortete ihr, und als sie ihre Hände von neuem auf den Sargdeckel legen wollte, versetzte ihr Mégars, der Totengräber, einen kleinen, harten Schlag mit seiner Schaufel. Das Blut brach hervor, wahrscheinlich ohne daß sie es merkte, und so erschien über den Köpfen der Menge, nachdem sie die Haarsträhne mit den Fingerspitzen von ihrer Backe entfernt hatte, ihr bleiches Gesicht mit Rot beschmiert wie das eines Clowns. Das Gelächter steigerte sich, dann hörte es jäh auf, und zum erstenmal vernahm man das Gekreisch der hinter dem Friedhofsgatter zusammengedrängten Frauen. Ein Lehmpatzen, der irgendwoher herangeflogen kam, zerschellte auf ihrer Brust und hinterließ auf ihrem Kleid einen Dreckstern.
Alle glaubten, sie unter dem Anprall wanken zu sehn, aber sie hatte sich nur ihres Gleichgewichtes versichert und schien sich nun mit halb geschlossenen Augen und indem sie ihren langen Oberkörper ein klein wenig vorneigte, der Wut der Menge auszuliefern; indessen suchte sie, von einer Art von wilder Vorahnung gewarnt, in der dichten Menschenmauer eine Bresche, in die sie sich hätte hineinstürzen können. Derselbe Trieb, der ihr diese biegsame Unbeweglichkeit auferlegte, verlieh ihrem Gesicht einen außerordentlichen Ausdruck von heimtückischem Verzichtleisten, den man ebensogut für Gleichgültigkeit oder Trauer hätte halten können. »Es sah aus, als ob sie im Stehn schliefe, wie eine richtige Traumwandlerin. Für einen Augenblick glaubten wir, daß sie weinen werde.« Aber alle, die nahe bei ihr gestanden hatten, bemerkten, »daß sie mit ihrem Mund ein seltsames Geräusch machte, wie eine Kranke bei Schüttelfrost«, und der Belgier Simonot, der sich etwas näher an sie herangedrängt hatte, war erstaunt darüber, daß es ihm nicht gelungen war, »sie auch nur um einen Zoll zu bewegen, genau so wenig wie eine Statue. Ihre Schenkel waren so hart wie Erz«, sagte er, »als ob sie nur aus Sehnen bestünde.«
Das »seltsame Geräusch« glich nach dem Zeugnis derer, die es

gehört hatten, einer Art von Seufzer, einem einzigen erzitternden, sehr tiefen Ton, einer sicherlich mehr tierischen als menschlichen Klage. Die meisten erinnerten sich des Geräusches übrigens erst sehr viel später, denn an Ort und Stelle kam keinem der Gedanke, es entstamme diesen fest geschlossenen Lippen mit dem immer noch befehlerischen Zug. »Um aus dem Friedhof herauszukommen«, sagten sie, »hätte sie nur ruhig davongehen sollen, wir wünschten ihr nichts Böses. Oder wenigstens zu uns reden sollen. Ihre Zunge saß doch sonst recht locker.« Sie meinten auch, daß sie gesehn hätten, wie sie lange unter der Menge nach irgendeinem Menschen Ausschau gehalten habe, und Frau Maigret behauptete sogar, »daß sie bis zum letzten Augenblick auf eine Hilfe gewartet hat, die dann ausgeblieben ist.« Natürlich geschah es in dem Augenblick, wo man es nicht mehr erwartete. Als sich Simonot ihr von neuem näherte, indem er auf den Erdhügel neben dem Grab stieg, und sich das Gesicht des Belgiers genau auf der gleichen Höhe mit dem ihren befand, schlug sie tief und heftig ihre Krallen in dieses Gesicht hinein, entspannte sich dann wie ein Bogen, erhob die Arme und warf sich, während ringsherum furchtbares Schweigen herrschte, nach vorn, tauchte unter. Der Schrei, den sie so lange zurückgehalten hatte, brach aus ihrer Kehle, zerplatzte über den Köpfen der Leute. Fast in der gleichen Sekunde erreichte sie die Friedhofsmauer und schwang sich mit einer geradezu wunderbaren Geschicklichkeit, indem sie ihren Körper gegen das Gatter drückte, von Stange zu Stange auf das Haupttor zu. Halb verrückt vor Wut, zeigte Simonot, der an der Stirne leicht verwundet war, allen sein blutiges Gesicht. Eine Frau schrie: »Sie hat ihm die Augen ausgekratzt, die wüste Vettel!«

Wahrscheinlich entschied dies Wort Wollwades Schicksal: die Menge antwortete mit einem seltsamen Murmeln darauf, zögerte noch für einige Sekunden und schien sich mit der gleichen Bewegung um sich selbst zu drehn, mit der die Katzen bei ihren grausamen Spielen die Beute scheinbar entkommen lassen.

Alle, die sich am Zaun gedrängt hatten, schworen, sie hätten sie nicht aufhalten können. »Sie ist uns zwischen den Beinen durchgeschlüpft«, sagten sie. Aber plötzlich wurde sie allen sichtbar: einsam inmitten der menschenleeren Straße, und

ehe irgendwer einen Schritt hätte tun können, hatten sie schon einem außerordentlichen Schaustück beigewohnt.
Die große Stute, ihr Beißzeug mit einem leichten Freudengewieher schüttelnd, lief mit herabhängenden Zügeln im kurzen Trab herbei. Niemand hat je erfahren, woher das wunderliche Tier gekommen war: wahrscheinlich hatte es seine Herrin hinter der Böschung des Friedhofs in Sicherheit gebracht, in jenen sehr engen, auswegslosen Sackweg, der sich etwas weiter unten in der als Morastlände bekannten Allmendwiese verläuft. Der leere Wagen kreischte und tanzte bei jeder holperigen Stelle hinter der Stute her. Wollwade sprang mit einem einzigen Satz hinein und ließ, da sie die Straße zur Rechten schon versperrt sah, ein Rad in den nicht sehr tiefen Graben hineingleiten, drehte sich einen ganz kurzen Augenblick um diesen festen Punkt und holte dann, ohne die an der Rückenlehne des Sitzes angebundenen Zügel überhaupt zu berühren, mit einem einfachen Zungenschnalzen einen gewaltigen Sprung von fast fünfzehn Fuß aus ihrem Tier heraus.
»Vorsicht! Paßt auf!« schrie irgendwer mit erstickter Stimme. Aber die Warnung kam zu spät, ging unter in einem jener schrecklichen Schreie, die denen der Katzen gleichen und die wahre Stimme der Masse sind. Während sich die Stute auf ihre Schenkel duckte, um zu springen, hatte sie ihr rechtes Vorderbein vorgeworfen. Das Hufeisen traf den kleinen Denisane leicht gegen die Brust, er drehte sich zweimal um sich selbst und blieb dann unbeweglich mit der Nase im Staub liegen. Nun hörte man nichts mehr als das Knarren dicker Schuhsohlen, die die Böschung hinunterpurzelten.
Der erste, der sich der Zügel bemächtigte, war ein Knecht namens Roblard, aber er leugnete später, daß er das Tier auf die Nüstern geschlagen habe. Im übrigen wurde er so gewalttätig beiseite geschleudert, daß er sich die Schulter verrenkte und an dem, was nun geschah, keinerlei Anteil mehr nehmen konnte. Man behauptete, der Wagen sei über zwanzig Meter weit geschleppt worden, zumindest fand die Polizei am Tag danach seine tief in den Boden gegrabene Spur. Aber es ist wahrscheinlich, daß das Gewicht der Angreifenden, die sich an den freigebliebenen Wagentritt klammerten, genügt hatte, um das Fahrzeug wieder auf die Räder zu stellen. Zweimal

hörten sie über ihren Köpfen die Peitsche knallen, ließen ihre Beute fahren und sahn zu ihrem Staunen die schwarze Gestalt der Schloßherrin, die der furchtbare Stoß nicht von ihrem Sitz geworfen hatte. »Wir glaubten, nun sei sie uns entwischt«, sagten sie, »aber wir sind ihr doch nachgelaufen, um das Weitere zu sehn.« Von dem Augenblick an wußten sie gewiß, daß der Wagen nicht weit fahren würde. »Wegen der gebrochenen Achse hüpfte er hin und her wie ein Frosch.« Bei einer Drehung sprang ein Rad ab und rollte im Zickzack die Straße hinunter.

Sie sahn, wie Wollwade aus den Trümmern heraussprang, die Böschung hinaufklomm; und sie erschien ihnen zum letztenmal gegen den grauen Himmel, während der Wind die schwarzseidenen Lumpen ihrer Kleider, die ihr in langen Streifen bis über die Knie fielen, ein wenig emporhob. Einige rühmten sich später, sie hätten sie weinen sehn, wenn auch mit einem steinernen Gesicht. Als sie dann alle zusammen stolpernd den Abhang erreichten, erhob sie wortlos die Arme. Die nun entblößte linke Seite ihres Körpers war weiß wie Schnee. »Wir wollten sie verhaften, zur Polizei bringen, zum Bürgermeister, aber die Frauen, die den kleinen Denisane für tot hielten, hatten die größte Wut.« Der erste, der die Hand gegen sie erhob, war wahrscheinlich der Sohn Riquets, genannt Pipo, ein Bursche von zwanzig Jahren. Wenigstens behaupteten das einige. »Er hat sie an der Gurgel gepackt, man hat seine Hand, wegen des Fingers, der ihm fehlt, genau erkannt.« Und die rasende Menge auf der andern Seite der Straße, die sich gegen die Friedhofsecke drängte, vernahm in jenem Augenblick sehr deutlich die Stimme der Schloßherrin von Néréis. Sie schrie zweimal: »Philipp!« Man stellte fest, daß Pipo Riquet mit seinem richtigen Namen Philipp hieß, ohne doch behaupten zu können, daß der letzte Hilfeschrei jener außerordentlichen Frau gerade ihm gegolten habe.

»Glauben Sie mir, Herr Pfarrer«, sagte die Bürgermeisterin, »ich kann es nicht mehr durchstehn. Gestern hat er mir in der Küche eine Kachel zerschlagen und unter dem Vorwand, sie auszubessern, die Wasserleitung durchgeschnitten. Der arme Mann! Wozu ihn Tag und Nacht hüten? Sein Kopf tut nicht mehr mit.«

»Ich werde noch einmal mit ihm reden«, antwortete der Pfarrer mit milder Stimme. »Mit mir ist er übrigens vollkommen ruhig und nachgiebig.«

»Nachgiebig? Sie wollen wohl sagen: toll?! Gewiß nicht toll auf die Art, die man sonst so nennt! Er knirscht nicht mit den Zähnen, hat keinen Schaum vor dem Mund, klettert nicht an den Wänden hoch – nein. Denn, sehn Sie, die Menschen stellen sich vor... Aber das kommt davon, weil sie von den Tieren nichts verstehn. Ein Tier, das tollwütig wird – zuerst gibt es nichts Zärtlicheres und Friedlicheres, es schaut einen mit ganz menschlichen Blicken an. Bis eines Tags... Ich kann Ihnen sagen, daß ich manchmal, nachts, wenn es mir gelungen ist, ein wenig einzudämmern, und wenn ich dann aufwache und ihn immer am gleichen Ort sehe, in seinem Schattenwinkel, mit seinem armen Hinterteil auf den Steinfliesen, daß ich dann immer wieder Mitleid mit ihm habe, daß ich weich werde und ihm vernünftig zurede...«

»Und dann?«

»Dann antwortet er mir manchmal gar nicht und seufzt oder zittert auch. Und manchmal... o Gott!«

»Beruhigen Sie sich, Frau Bürgermeister. Was hat es für einen Wert, immer davon zu reden. Sie quälen sich ganz unnötig.«

Die Unglückliche wendet ihm das flammenrote Gesicht zu. »Herr Pfarrer«, erwidert sie mit einer komischen Würde, die dennoch nichts Lächerliches hat, »ich bin nicht mehr jung, ich kenne das Leben. Wenn ich so frei sein darf: ich nehme an, daß Ihre Mutter mir ähnlich war, nicht zu gut, nicht zu bös, wie? eine Frau ist immer ein wenig das, was der Mann aus ihr gemacht hat, und der Mann... ja, der ist nicht so einfach zu beschreiben. Nehmen wir an, daß er immer ein wenig ein

Kind bleibt, stimmt es, Herr Pfarrer? Lieb und schmeichlerisch zu Zeiten, aber voll von Lastern – wenn das eine anekelt, muß sie eben unverheiratet bleiben. Er kann es nicht lassen, daß er...«

Ihr graues und plattes, von einem lächerlichen Stirnband umrahmtes Gesicht drückte nichts anderes aus als grenzenloses Staunen, aber der Pfarrer von Fenouille konnte seine Blicke nicht von ihren schweren, aufgesprungenen Händen abwenden, die sie krampfhaft über den Tisch hinbewegte.

»Frau Bürgermeister«, sagte er, »man darf dem Bösen keinen Raum geben. Man muß es nach besten Kräften bekämpfen und im übrigen lernen, geduldig zu leiden.«

Sie schaute ihn an, und es war deutlich zu erkennen, daß sie sich mühte, in diesen unverständlichen Worten einen Sinn zu finden. Dann zuckte sie mit den Achseln und verbarg, indem sie plötzlich ihre Haltung verlor, ihr Gesicht in den Händen.

»Auch heute nacht hat er stundenlang geredet. Er erzählt sein Leben, ganz gesetzt, Wahres und Unwahres miteinander vermischt, so gut miteinander vermischt, daß ich immer wieder darauf hereinfalle, denn es ist wie ein Traum. Vergessen Sie nicht, daß er lügt. Er hat übrigens immer sehr viel gelogen. Aber er ist so schlau, so gewandt darin geworden, daß ich ihn jetzt immer zu spät ertappe, wenn die Dinge schon zu sehr durcheinander geknäult sind und mein armer Kopf sich ganz darin verheddert hat. Und da fängt er dann an, mit Namen und Daten herumzugaukeln, all das mit einer leisen, ruhigen Stimme, daß man meinen könnte, er rede mit dem Richter; und dann fange ich an, wie Espenlaub zu zittern. Ja, in diesen Augenblicken, Hochwürden, Sie werden es nicht glauben! gehöre ich ihm mit Leib und Seele, will alles, was er will, würde mit ihm aufs Schafott steigen. Und dennoch, weiß Gott, daß in meinem Alter von dem, was Sie sich denken können – verzeihn Sie! –, nicht mehr die Rede sein kann, ich denke einfach nicht mehr daran. Du bist eine brave Frau, sagt er dann, du mußt meine Schande mit mir teilen. Und das Albernste, Herr Pfarrer, ist das: ich glaube es ihm! Welcher Jammer! Eine Ehefrau, die sich nichts vorzuwerfen hat, nicht so viel... obwohl unter uns... Arsène nie das gewesen ist, was man so nennt... ach was, ich mache mich verständlich.«

»Frau Bürgermeister«, sagte der Priester errötend, »Sie dürfen von nun an in dem Herrn Bürgermeister nichts anderes als einen Kranken sehn, einen echten Kranken, nicht mehr und nicht weniger.«

»Dann denken Sie also wie der Doktor?« antwortete sie mit einem Seufzer. »Sie glauben auch, daß die Anstalt von Montreuil der rechte Ort für Arsène wäre?«

»Verzeihn Sie«, antwortete der Pfarrer von Fenouille voll Milde, »ich habe nur von Ihrer Aufgabe geredet und nicht von der meinen. Und leider werde ich wohl keine Zeit mehr haben. Mein Amt ist seit den jüngsten Vorfällen schwierig geworden, ich gestehe es, und meine Oberen...« Er legte seine Hände abwechselnd in- und auseinander.

»Ach, ich maße mir ja nicht an, ihn zu heilen, ich hätte nur gewünscht, daß er verstünde...«

»Was verstünde?«

»Das Mitleid«, antwortete er mit so rasch wachsender Verlegenheit, daß er mit sich selbst Mitleid bekam.

»Mitleid?« fragte sie. »Welches Mitleid?«

Ihre Blicke schweiften zwischen dem Pfarrer und der Tür hin und her, ohne daß ihr gelang, sie irgendwo ruhn zu lassen.

»Sie reden auch ein wenig wie er«, sagte sie endlich. »Mitleid? Hat es schon je einen Menschen gegeben, der so närrisch war, daß er mit sich selbst kein Mitleid mehr hatte? Aber Sie wissen darüber bestimmt mehr als ich.«

Sie streckte ihre Arme über den Tisch mit einer Kopfbewegung, die sie einst für unwiderstehlich gehalten hatte und die die letzte, auf ihrem Kinn hängengebliebene Träne noch abenteuerlicher erscheinen ließ.

»Ich bin nie sehr fromm gewesen«, begann sie in einem vertraulichen Ton, »dennoch habe ich gehört... sogar der Herr Doktor hat in verzweifelten Fällen...«

»Wir sind keine Zauberer«, stotterte der arme Priester mit einem erbarmungswürdigen Lächeln, »und der Herr Doktor von Fenouille weiß das sehr wohl.«

»Wer redet hier vom Herrn Doktor von Fenouille?« unterbrach sie eine muntere Stimme.

Der wackere Arzt war leise durch die Küche gekommen und versperrte nun die Schwelle, wobei er seinem bleich gewordenen Gegenüber die breite offene Hand zum Gruß entbot.

»Beruhigen Sie sich, Herr Pfarrer«, sagte er und drehte sich auf seinen Hacken herum. »Schönen guten Tag, Frau Bürgermeister. Ich hoffe, daß ich nicht ungelegen komme.«
Er ging rückwärts auf den Kamin zu, lehnte sich daran und breitete die beiden Schöße seines Gehrocks sorgfältig auf den Marmorsims. Dann erst ließ er seinen Zwicker mit einer gewohnten Bewegung, die ihm stets unübertrefflich elegant erschienen war, nämlich mit Hilfe eines Stübers, den er ihm mit dem goldberingten Finger versetzte, von der Nase herabspringen.
»Ein Kranker wie der unsere«, begann er mit seiner immer leicht näselnden Stimme, »gehört ohne Zweifel dem Priester nicht weniger als dem Arzt. Aber zunächst, Herr Pfarrer, habe ich Ihnen gegenüber eine Pflicht zu erfüllen. Für mich, den schlichten Landarzt, bleibt die Unabhängigkeit des Herzens und des Geistes stets das Gesetz, das einzige und höchste Gesetz. Und da sich die Gelegenheit dazu bietet, ist es mir ein Bedürfnis, Sie in diesem schwierigen Augenblick meiner aufrichtigen Teilnahme und Zuneigung zu versichern. Ihre Haltung während der jüngsten Ereignisse ist sehr streng beurteilt worden, wie ich höre, sogar von Ihren Vorgesetzten. Ich aber stehe auf dem Standpunkt, daß Sie als Priester gesprochen und gehandelt haben; und das Berufsgewissen ist eine Eigenschaft, die heute so selten geworden ist, daß ich mich sehr tief vor ihr verneigen muß, wo immer ich sie antreffe... Man kann Ihnen nichts vorwerfen«, schloß er mit einem Ton, der keinen Widerspruch duldete.
Seine Rechte blieb etwa in der Höhe der Stirn erhoben und hielt das Kettchen, an dem sein Zwicker hing, zwischen Zeige- und Mittelfinger, während er einen weniger wütenden als neugierigen Blick auf die Bürgermeisterin herabfließen ließ. Der Priester schien ihn nicht zu hören, rührte sich mit seinem langen, vorgebeugten Körper nicht von der Stelle und wandte ihm fast den Rücken zu. Malvine legte einen Finger auf ihre Lippen.
»Herr Doktor...«
Die Stimme des Pfarrers von Fenouille, die zuerst gezittert hatte, befestigte sich allmählich, aber eine Art von wilder, undurchdringlicher Traurigkeit machte aus ihr bis zum Schluß seiner Rede ein schlichtes Murmeln, durch das das Schweigen

kaum getrübt wurde: wie eine kleine, vom Wind bewegte Flamme alle Schattenflächen bewegt, ohne sie zu beeinträchtigen.

»Sehn Sie, Herr Doktor, ich sage oft: man muß wissen, man muß verstehn. Man darf uns nicht nach unserm Aussehn beurteilen. Unser Aussehn ist nichts. Mein Gott, wer von uns hätte sich nicht ein anderes gewünscht? Aber wir haben keine Wahl. Im Seminar haben wir darüber gelacht. Wir waren die ersten, die über unsere armseligen wehenden Röcke spotteten, über unsere wollenen Strümpfe und schweren Schuhe, von unserm lächerlichen Gang gar nicht zu reden, und wir versuchten gerade in den alles hineinzulegen, was uns noch von unbewußter Eitelkeit, von Jugend geblieben war. Ach, und dann sagten wir uns, ein Monat Freiheit müsse alles in Ordnung bringen. Freiheit! Als wir glaubten, wir hätten die Freiheit gewonnen, da lag sie schon weit, weit hinter uns. Leider hat unser Kerker keine Mauern. Wir gehören allen und sollen doch keinem hörig sein. Es gibt nichts, was uns zu Siegergestalten emporhebt! Und dennoch, wissen Sie, gegen welche Versuchung wir kämpfen müssen, sobald wir uns selbst überlassen sind, in den ersten Zeiten unseres heiligen Amtes? Suchen Sie nicht lange, Herr Doktor: es ist der Hochmut. Unser eigener, unser besonderer Hochmut. Denn alles, was Sie, die andern Hochmut nennen, verdient allenfalls die Namen Selbstgenügsamkeit, Eitelkeit, Ruhmsucht. Wir sind allein. Der Hochmut wie der Geiz sind Sünden der Einsamen. Er hat sich ohne unser Wissen in uns eingeschlichen, im Lauf der armseligen, arbeitsamen Jahre, die uns kurz erschienen, weil eine Disziplin, von deren unvergleichlicher Klugheit wir nicht einmal eine Ahnung hatten [und wie hätten wir sie auch beurteilen sollen? vielleicht haben auch unsere Lehrer diese Disziplin geübt, ohne sehr viel mehr davon zu wissen als wir selbst?], weil diese Disziplin für uns jede Stunde, jede Minute einteilte. Man wollte Apostel aus uns machen, Leute, deren Reich nicht von dieser Welt ist! Und wir hingen an dieser Welt, wir hingen an ihr mit geheimen Banden. Und es ist wirklich keine Kleinigkeit, den Geiz aus den Herzen kleiner Bauersleute herauszujäten! Und danach ist vielleicht unsere Spannkraft gebrochen. Oft glaubt man, wir seien für immer gedemütigt, während es uns doch so unsagbar schwer fällt,

der Gleichgültigkeit nicht mit Verachtung zu begegnen. Unsere Erfahrung mit den Menschen und ihrem Unglück ist schon so kindlich und so tief! Aber wir können euch das nicht beweisen, denn wir sprechen ja nicht die gleiche Sprache. Und leider haben wir euch gerichtet. Während ihr über unsere Einfalt lachtet, haben wir euch genau abgewogen!«
Die Bürgermeisterin hatte ihren Blick auf eine Ecke des Tisches geheftet, und ihr Ausdruck zeigte jenes bekümmerte Wohlwollen, jene Langeweile, mit der die Hausfrauen das Geschwätz der Kinder und die Streitgespräche der Männer erdulden. Der schöne Herr Doktor, den das plötzliche Schweigen des Priesters überrascht hatte, antwortete irgend etwas, allerdings mit einer vor Wut zitternden Stimme.
»Was wollen Sie von mir?« setzte der Pfarrer von Fenouille fort, »ich werde diese Pfarre bald verlassen. In einigen Tagen werden Sie aus dem Zug von Boulogne einen andern jungen Priester aussteigen sehn, der genau so einfältig ist, wie ich es war, und der diesen Hügel heraufsteigen wird, wie auch ich ihn heraufgestiegen bin, mit seinem armseligen kleinen Gepäck in der Hand. Dann werden Ihnen vielleicht die Worte, die ich gesagt habe, und die, die ich noch sagen will, nicht überflüssig erscheinen. Wenn diese Worte Sie doch vor dem Irrtum warnen könnten, den Sie sich da anschicken zu begehn. Ach, es wird nichts leichter für Sie sein, als den, der nach mir kommen wird, zu entmachten. Er wird kommen und das Ohr noch voll guter Ratschläge haben, zu Mäßigung, zu Klugheit... Schon von weitem hör ich seine Oberen sagen: ›Vor allem kein Übereifer! Ihr Vorgänger hinterläßt Ihnen eine schwere Erbschaft, ein neuer Skandal müßte alles zunichte machen.‹ Ich rechne damit, daß sich Gott in dieser Gemeinde noch viel tiefer wird ducken müssen als je. Sehn Sie...«
Der Arzt von Fenouille hielt seinen Zwicker zwischen Daumen und Zeigefinger in einiger Entfernung von seinen Augen, als ob er ein Fabeltier beobachte.
»Sie führen Reden, die im Munde eines Priesters recht überraschend klingen«, sagte er, »und ich bezweifle, daß Ihre Vorgesetzten...«
»Ich erwarte nichts mehr von meinen Vorgesetzten«, erwiderte der Pfarrer von Fenouille mit einem seltsamen Lächeln.

»Ich erwarte von keinem Menschen mehr etwas, zumindest nicht in dieser Welt. Ja, dies kleine Dorf ist mit mir fertig geworden, und es wird noch mit vielen andern fertig werden. Auch mit Ihnen, Herr Doktor...«

»Ich gebe zu, daß...«

»Dies Dorf und viele Dörfer, die ihm gleichen«, fing der Pfarrer von Fenouille mit der gleichen Ruhe wieder an, »wenn diese einst christlichen Dörfer erst einmal in Flammen aufgehn, ja, in Flammen! dann werden Sie allerhand wilde Tiere daraus heraustreten sehn, deren Namen der Mensch seit langem vergessen hat, angenommen, sie hätten je solche gehabt.«

»Was? Was für Tiere? Wir kennen wirklich schon genug Tiere, sorgfältig benannt und in Klassen eingeteilt!«

»Oh, auch darüber habe ich nachgedacht«, fuhr der Priester fort, ohne seine Stimme zu erheben. »Und ich habe auch immer gedacht, daß der Augenblick kommen muß, wo das Übernatürliche seinen Weg außerhalb des Bereiches finden wird, der ihm eigen ist. Darf ich Sie um ein wenig Aufmerksamkeit bitten?«

»Gern«, sagte höflich der schöne Herr Doktor. »Im übrigen sind mir diese Anschauungen neu.«

»Ich fürchte allerdings, daß sie vielen Leuten neu sein werden. Um aber die Äußerung wieder aufzunehmen, die Sie eben derartig überrascht hat, so kann man nicht leugnen, daß sich Gott seit geraumer Zeit hat ducken müssen, sehr klein machen müssen... woraus man schließen muß, daß er sich morgen wie heute klein machen wird, noch kleiner, immer kleiner. Immerhin zwingt uns nichts dazu, das zu glauben.«

Das gleiche seltsame Lächeln, auf das der Arzt von Fenouille mit einer beunruhigten Grimasse antwortete, trat wieder auf seine Lippen.

»Selbst die Wissenschaft erkennt bestimmte religiöse Bedürfnisse des Menschen an...«

»Gestatten Sie, als ehemaliger Assistent von Professor Bouvillon kann ich sagen, daß die zeitgenössische Seelenheilkunde eine ungewöhnliche Bedeutung...«

»Darauf kommt es nicht an«, unterbrach ihn der Priester mit seiner eintönigen Stimme. »Ich wollte nur auseinandersetzen, daß es dem Armen heute an Worten fehlt, um zu benennen, was er nicht mehr hat, und wenn ihm diese Worte fehlen, so seid ihr es, die ihr sie ihm gestohlen habt!«

»Mein Herr, Sie reden wie ein Demagoge! Sie könnten ein gefährlicher Mann sein.«

»Tatsächlich«, antwortete kühl der Pfarrer von Fenouille. Er tat einen Schritt vorwärts, und mit einer Bewegung, die niemand von einem Menschen wie ihm hätte erwarten können, legte er beide Hände auf die Schultern seines Gegenübers und bohrte seine Blicke in dessen Augen.

»Ihr habt den Namen Gottes aus den Herzen der Armen gelöscht.«

»Das Bild ist hübsch«, bemerkte der Doktor, während die Bürgermeisterin hinter ihm ein Gähnen unterdrückte, »aber es ist nur ein Bild und nichts anderes. Vielleicht hätte es in den längst vergangenen Zeiten der Schule von Combe irgend etwas bedeutet.«

»Ich fürchte, daß diese Rechnung nicht stimmt«, sagte der Pfarrer mit einem harten Blick. »Jener alberne Kampf wäre für uns noch das Bessere gewesen. Er lenkte einen alten und manchmal gerechtfertigten Groll auf die Priester ab. Er erhielt den Gedanken an das Göttliche lebendig; er war, ohne daß wir das wußten, ein Anruf, den die Ungerechtigkeit, die Scheinheiligkeit, die Mittelmäßigkeit der Besten an Gott richtete. Die Lästerung, Herr Doktor, bindet die Seele in gefährlicher Weise, aber sie bindet sie. Sogar die Erfahrung beweist, daß die Empörung des Menschen eine geheimnisvolle Tat bleibt, deren ganzes Geheimnis vielleicht nicht einmal der Teufel kennt. Aber das Verschweigen... Ja, mein Herr, die Stunde kommt [oder vielleicht ist sie schon gekommen?], in der die Sehnsucht, die man im tiefsten Grunde des Gewissens vermauert zu haben glaubt und die dort sogar ihren Namen verloren hat, ihr Grab sprengen wird! Und wenn ihr jeder andere Ausweg verschlossen ist, dann wird sie diesen Ausweg im Fleisch und im Blut finden, ja, mein Herr, und Sie werden sie unter den unerhörtesten, unerwartetsten Gestalten erscheinen sehn, ich wage zu sagen: unter abscheulichen Gestalten. Sie wird den Verstand vergiften, aus natürlichen Trieben unnatürliche machen, und, wer weiß warum, sollte unser Körper, unser elender Körper nicht noch ein andermal das Lösegeld des... des andern zahlen? ein neues Lösegeld?«

»Das ist Wahnsinn«, bemerkte der Arzt von Fenouille, »reiner Wahnsinn. Die drei Kardinaltugenden würden sich also, indem sie aus der sichtbaren in die unsichtbare Welt übergehn, in bösartige Krebsgeschwüre verwandeln? Meinen Sie das? Und darf man fragen, mein Herr, was man wohl höheren Orts über diese außerordentlichen geistigen Aus- und Abschweifungen dächte?«

»Ich fürchte, daß Sie bald noch erstaunlichere Dinge beobachten werden«, sagte der Pfarrer von Fenouille, immer noch ganz ruhig. »Gewiß, wir bleiben gehalten, das, was man die Gesellschaftsordnung nennt, in jeder Weise zu schonen«, fuhr er in einem vertraulichen Tone fort, »aber ich frage Sie: was können wir noch zu ihren Gunsten tun? Wir sind keine Polizisten, und unsere Rolle besteht lediglich darin, das Elend zu rechtfertigen, solange es gerechtfertigt werden kann. Wir fürchten uns vor keinem, und wir haben für jedes ein Heilmittel, ausgenommen für eines: das Ihre. Ich meine das, das Sie erfunden haben. Ja, mein Herr, gewiß sind Sie völlig frei, eine Ordnung aufzurichten, aus der Gott ausgeschlossen ist, aber dadurch haben Sie den Bund gebrochen. Ohne Zweifel wird der alte Bund nicht an einem Tag zerstört werden, die Kirche legt Wert auf die Gesellschaft, selbst auf die gefallene, und sie ist mit zu vielen Banden an sie gebunden! Und dennoch wird die Stunde kommen, wenn in dieser auf die Verzweiflung, die Hoffnungslosigkeit hingeordneten Welt das Wort Hoffnung, wenn es einer predigt, einer glühenden Kohle gleichen wird, die man in ein Pulverfaß wirft. Und dann...«

»Es würde in der Tat eine kleine Anzahl Fanatiker genügen...«

Das Gesicht des Pfarrers von Fenouille entfärbte sich plötzlich, und bevor er antworten konnte, mußte er mehrmals den Speichel hinunterschlucken. In dem weiten Ausschnitt seines Priesterkragens beobachtete die Bürgermeisterin neugierig seinen magern und blassen Hals, der wie ein Hühnerhals pulste.

»Wir haben die Elenden lange genug in euern Händen gelassen«, sagte er. Dann erhellte sich sein Blick langsam und wanderte, als käme er aus Träumen, von dem einen zum andern Zeugen dieses seltsamen Auftritts.

»Wir werden dieses Gespräch wieder aufnehmen«, meinte der Arzt, und nachdem seine weiße Hand einen eleganten Bogen durch die Luft beschrieben hatte, legte sie sich nun ihrerseits sanft auf die Schulter des Pfarrers von Fenouille. »Es ist etwas an den jüngsten Ereignissen, das stärkere Köpfe als die unsern durcheinanderbringen könnte, und auch wenn ich Sie damit überraschen sollte, so macht es mir doch keine Mühe einzugestehn, daß die so plötzlich in diesem Dorf entfesselten Leidenschaften von ganz besonderer Art sind: der Ausdruck von Massenwahn.«

»Auf Wiedersehn«, sagte der Priester mit seiner gewohnten Stimme.

Er wandte sich noch einmal dem Arzt zu und ging rückwärts hinaus. Dabei vergaß er die Tür zu schließen, worauf sie die Bürgermeisterin achselzuckend mit dem Fuß zustieß. »Verteufeltes Original!«

»Die Menschen werden alle verrückt«, sagte sie mit einem tiefen Seufzer. »Muß wohl, wie man sagt, irgendwas in der Luft liegen, ein Gift, was weiß ich? Sehn Sie, Herr Doktor, zu meiner Zeit – ich rede natürlich von meiner Jugend – hatten die alten Männer nicht die Hälfte der Laster von heute. Für mich kommt das Übel davon. Die Welt ist drauf und dran, wegen der Alten zu verfaulen.«

»Aber! aber...«

»Ich weiß, was ich sage«, fuhr die Bürgermeisterin mit scharlachrotem Gesicht fort. »Meiner Meinung nach ist es der Tod, der sie plagt, sie möchten nie aufhören. Ihre Einbildungskraft muß arbeiten, und dann werden sie so tölpelhaft wie mit zwanzig, nur daß die Erfahrung dazu kommt. Verstehn Sie mich? Wenn ich an meinen Großvater Artaud denke oder an den Bruder meiner Mutter, einen Gentil, von den Gentil de Mannerville: was für kräftige Männer! die mit achtzig Jahren und mehr mit einem Waschkorb voll Äpfel auf jeder Schulter über unsern Hof gingen. Die sahen nichts außer ihrer Arbeit, die Arbeit war ihr Gott. Sie lachten nicht viel, außer dann und wann an einem Zechtage. Aber sie waren beruhigt. Und der Tod, glauben Sie mir, war das Ausruhn; und diese warme Erde, die sie so oft durchgraben und durchpflügt hatten, die sie mit den Händen streichelten und an der sie rochen – nein, die Erde, vor der fürchteten sie sich nicht! Und was soll man auch von der Erde fürchten! Und wozu überhaupt an den Tod denken? Das ist kein natürlicher Gedanke, das ist ein schlechter Gedanke, und wo käme man hin, wenn man solchen Gedanken nachhinge? Der Gedanke an den Tod ist wie ein Toter: beide rührt man nicht an. Aber diese geschwätzigen alten Leute von heutzutage haben den Mund voll davon. Und je trauriger sie sind, um so lasterhafter sind sie. Und bedenken Sie, Herr Doktor, gerade die Traurigkeit...«

»Wir reden von Beklemmungen«, sagte der Arzt von Fenouille.

»Und ich rede von Traurigkeit«, antwortete die Bürgermeisterin halsstarrig. »Auch früher hatte ein guter Arbeiter seinen Ärger, gewiß, seine schlechten Tage. Aber das dauerte nie lange. Die Mel... Mel...«

»Die Melancholie.«

»Ja, die Melancholie, das war was für die reichen Leute. Es gibt viele Arten, nervös zu sein, nicht wahr? Die Reichen haben die ihre. Sie suchen und finden ihren Verdruß da und dort, im Theater, in der Musik, Gott weiß wo! Aber unsere Einfaltspinsel sind gezwungen, ihren Verdruß in sich selbst zu finden, sie zernagen und verzehren sich. Mein Ehrenwort, man schämt sich, sie nur anzuschaun mit ihren schmutzigen, heimtückischen Gesichtern und ihren glitzernden Augen. Ich muß sie einfach mit Tieren vergleichen, stummen Tieren. Ganz und gar das! Sie sind traurig wie Tiere.« Sie ließ das Kinn gähnend auf ihre Brust herabfallen.

»Ist Wollwade tot?« fragte sie nach langem Schweigen.

»Seit gestern abend.«

»Ich habe Arsène nichts davon gesagt. Er weiß es nicht.«

Der Arzt von Fenouille machte eine Bewegung, die Gleichgültigkeit ausdrückte.

»Ich versichere Ihnen, daß wir nichts für ihn tun können, als ihn von hier fortzubringen, fort aus diesem Dorf, aus diesem Haus, in die Einsamkeit. Aber Sie wollen das nicht verstehn. Hat er eine gute Nacht verbracht?«

»Eine bessere, ziemlich ruhige. Heute früh ist er sogar zu seinen Bienen gegangen. Und doch...«

Ohne zu antworten, wandte ihr der schöne Herr Doktor den Rücken zu und verschwand. Mit gesenktem Kopf und über dem Bauch verschränkten Händen vernahm sie einen Augen-

blick, wie er über die dünne Zimmerdecke ging, dann war alles still. Vergebens lauschte sie auf das Zuschlagen einer Tür, auf eine Stimme. Sie wollte selbst in das obere Stockwerk hinaufgehn, als der Arzt zurückkam. »Der Vogel ist fortgeflogen«, sagte er. »Verfluchte Geschichte!«
»Fortgeflogen? Aber seine Kleider sind eingeschlossen, seine Schuhe, alles! Er ist im Schlafanzug, mit nackten Füßen! Furchtbar!«
Vergebens durchforschten sie Scheuer und Speicher. Als sie den Stall betraten, zeigte die Frau mit dem Finger auf ein leeres Bord.
»Für gewöhnlich stellt er dort seine Galoschen hin. Wetten, daß er sie angezogen hat?... Der Bürgermeister von Fenouille im Schlafanzug und in Galoschen, wenn das nicht ein Unglück ist!...«

Auf der Höhe des Hügels verlangsamte der Pfarrer von Fenouille seinen Gang, aber er blieb erst stehn, nachdem er das Gartengitter durchschritten hatte und sich unter der lächerlichen kleinen Laube sah, die der Eifer seines Vorgängers im Geschmack der Priesterseminare mit Kletterrosen geschmückt hatte; sie sahn wie Papierblumen aus.
Der Schweiß rann ihm von Stirn und Wangen, und als er seine Hände flach auf die Tür legte, wunderte er sich, wie laut sein Herz klopfte. »Bin ich denn so gelaufen?« fragte er sich. Hinter ihm floh die einsame Straße dem Tal zu, und er überprüfte sie vergebens, als hätte sie ihm ihr Geheimnis ausliefern können. Die Bäume überschütteten sie mit großen Schatten. Er tat einen Schritt auf das Klinkernhaus zu, das in seiner Nacktheit so traurig zwischen den zwerghaften Bäumen, den schütteren Eiben und den Himbeerbüschen lag. Ein halb geöffneter Fensterladen gab den Blick auf die graue Tapete des immer, sogar mitten im Sommer feuchten Wohnzimmers frei. Ein strenger Salpetergeruch vermischte sich mit der überhitzten, bienendurchsummten Sommerluft. Plötzlich drehte er sich um, wählte die winzige, sandige Allee, die zum Pfarrgarten hinunterführte, erreichte die Hecke, kletterte darüber und wandte sich dann über die Weiden hinweg der Kirche zu.
Er hoffte dort zu dieser Stunde die Ruhe zu finden, den Schatten, die Art von Sicherheit, durch die er im Lauf der letzten Wochen so oft und fast gegen seine Absicht sich dem Gebet geöffnet hatte. Das Gebet? Mit einemmal kam ihm der Gedanke: seit wann habe ich nicht mehr gebetet, wirklich gebetet, gebetet wie einst? Er wußte keine Antwort. Gewiß, er hatte keine seiner täglichen Andachtsübungen versäumt, und sie waren ihm sogar süß erschienen, ganz und gar süß, von einer verräterischen Süße, die allmählich das wilde Gefühl, einsam zu sein, einsam mitten im Schweigen, der Starrheit, dem Furchtbaren dieses toten Dorfes, bis zu einem Schwindelgefühl emporgesteigert hatte.
Verdienten diese Übungen überhaupt Gebete genannt zu werden? Hatten sie nicht vielmehr die letzten Bande zerris-

sen, die ihn noch mit seiner harten Arbeit, mit seiner Gemeinde verbanden? Niemals war er früher in die Versuchung geraten, sich selbst zu bedauern, beim Gedanken an sich selbst weich zu werden. Und nun meinte er, in diesem ungewohnten Sich-Selber-Bemitleiden den Keim des innern Aufruhrs zu erkennen, der Tag um Tag sein Herz vergiftete. Er warf einen Blick, einen finsteren Blick auf seine Kirche. Die Furcht – oder zumindest ein unerklärbares Mißtrauen – schien ihn rückwärts zu ziehen. Furcht wovor? vor welcher Gefahr? Mit kurzen Schritten, vorsichtig, näherte er sich der Tür, öffnete sie. Das riesige Kirchenschiff mit seinen blanken Bänken, seinen großen, vertretenen, vielfach zersprungenen Fliesen, aus denen eine Grabesluft aufstieg, den nackten hohen Mauern mit ihrem Kalkpanzer und ihren mit Schwalbennestern behangenen Profilen, all das schien ihm wüst und leer... Bald also wird ein anderer als er...? Es sei drum! Er ist hier nie etwas anderes gewesen als ein Gast, und nun stieß ihn die alte Kirche von sich, wie das Dorf ihn von sich stieß, dessen Dächer er da unten sah, denn Kirche und Dorf sind untrennbar. So lange wie diese alte Burg hier mit ihrem Turm in den Himmel ragt, so lange sie ihren Glockenruf in den Raum hinausschallen läßt, so lange wird sie mit der Gemeinde, mit den Leuten von da drüben gemeinsame Sache machen. Sie können sie ruhig entweihen oder niederreißen, sie gehört ihnen bis zum Ende, bis zu ihrem letzten Sein wird sie sie niemals verleugnen. Und selbst wenn sie ins Gras niederstürzen sollte, wird sie jenen Verrätern, jenen Wortbrüchigen noch ihr ausgeweidetes Innere, ihre schönen Mauern schenken, denn die Kinder jener Leute werden in ihren Ruinen spielen. Und auch ohne Dach wird sie die alte Mutter, die heilige Kirche, gegen Regen und Sonne schützen! Kein Zweifel, sie hatte auch ihn voll Milde empfangen, doch wie einen Gast, der wieder gehn wird. Aber was auch geschehn möge, sie wird ihn nicht gegen jene beschützen, jene, ihre Kinder. Und sobald er Fenouille verlassen hat, wird sie ihn nicht mehr kennen.

Er läßt die Hand sinken, die Tür schließt sich mit einem leisen Knarren von selbst. Nein, heute abend wird er an seinem Lieblingsplatz, im dunkelsten Winkel des Chors, keine Zuflucht finden!

Und während er Schritt um Schritt den steinigen Weg hinauf-

geht, wirft er noch einmal verstohlen einen eifersüchtigen Blick hinter sich. Mein Gott, wie lang dieser Abend werden wird! Wie gewöhnlich wird er nun sein seltsames Abendbrot richten müssen: den Napf mit heißem Wasser, in das er ein Stück Speck und bunt durcheinander einige Gemüse wirft, wie er sie im Keller zusammengelesen hat. Denn er hat nie ein Dienstmädchen gehabt. Elisa, die Glöcknerin, kommt wöchentlich einmal, um sauberzumachen und zu waschen. Ach was, es wird heute abend auch ohne Suppe gehn! Diese große Armut, in der er geboren und aufgewachsen und die ihm so zur Gewohnheit geworden ist, daß er nichts anderes mehr erhofft hat, empfindet er nun plötzlich mit einer Art von finster-stolzer Freude als eine echte Demütigung. Wenn in ihm der Mut zusammenbricht, gibt es nur noch ein Bild, das ihm den Frieden zurückgibt und seine Nerven entspannt: das Bild eines Bettlers auf der Straße, eines richtigen Bettlers, mit dem Bettelsack auf dem Rücken und von Hunden verfolgt.
Die Küche war in demselben Zustand, in dem er sie vor vier Stunden verlassen hatte, und dennoch klopfte ihm das Herz in der Brust. Es war nichts anderes da als ein halb mit Wasser gefülltes Glas, aber er konnte sich nicht erinnern, es an jene Stelle gestellt zu haben. Er blickte sich rings im Zimmer um. Die geschlossenen Läden ließen ein trübes, graues, langsam schwächer werdendes Licht herein.
Für eine lange Minute blieb er aufrecht und unbeweglich stehn. Eine Art von unerklärlicher Furcht hatte sich seiner bemächtigt. Das Gartentor blieb Tag und Nacht offen. Nichts war wahrscheinlicher, als daß der Kirchendiener ins Pfarrhaus gekommen war oder der Gärtner Denis, der ihm etwas Samen verkauft hatte und diese Woche seine Rechnung vorlegen sollte. Er zuckte mit den Achseln, ging hinaus und stand plötzlich am Fuß der schmalen, schon ganz von Schatten überfluteten Treppe.
Wie lange blieb er dort stehn? Er hatte beide Hände auf das Geländer gelegt und die Knie ein wenig gebeugt: die Stellung war so unbequem, daß er, um sich aufzurichten, eine schmerzende Anstrengung machen mußte, die ihm einen kleinen Schrei entlockte. Der Schlaf hatte ihn wie ein Kind im Stehn überrascht. Als er die Augen öffnete, schien es ihm, als ob es schon völlig Nacht sei, aber das Tageslicht,

das durch die Türspalten filterte, zeigte ihm, daß er sich getäuscht hatte. Er ging wieder auf das Wohnzimmer zu. Dann hielt er inne.

»Mein Herr...«
Der Bürgermeister schaute ihn mit einem Gesicht an, das einen ruhigen, fast glücklichen Eindruck machte, denn die Aufgedunsenheit seiner Züge bewahrte noch den seltsam einfältigen Ausdruck des Mannes. Der Pfarrer von Fenouille ließ sich davon täuschen.
»Was tun Sie denn da?« begann er mit einem Lächeln. »Man wird Sie überall suchen.«
Der ehemalige Brauer versuchte aufzustehn, aber er versank dabei nur noch tiefer in der Mauerecke, worin er mit den bis zum Kinn hochgezogenen Knien hockte. Er warf einen Blick auf seinen zerknitterten Schlafanzug und seine Galoschen, dann sagte er überraschend ruhig:
»Sie haben meine Kleider weggeschlossen. Was für ein Blödsinn! Und sie tun nichts als reden, reden... Morgen werden die Männer von der Anstalt kommen und mich mitnehmen. Was tut es? Ich bin nicht verrückter als die, Herr Pfarrer. Aber die Gnädige hat Absichten mit mir – das ist es...«
Er wiederholte seinen Satz zweimal, denn er schien zufrieden damit.
»Sie hat Absichten mit mir...«
»Was wollen Sie von mir?«
Der Bürgermeister von Fenouille hörte anscheinend nicht hin. Er fuhr fort, sich mit beiden Händen seinen rosigen Schädel zu streicheln, aber sein Blick, den er dann und wann insgeheim der Tür zuwandte, war zwar noch schreckverdunkelt, aber doch seltsam aufmerkend und durchdringend.
»Geben Sie zu«, sagte er, »daß ich den Leuten mit meiner Nase etwas zu gaffen gegeben habe? Dummes Zeug! Und natürlich habe ich neulich auf dem Friedhof unrecht gehabt. Was soll es auch nützen? Man muß halt bleiben, was man ist. Sein Schicksal tragen. Und was das betrifft, habe ich...« Er zwinkerte mit den Augen und lächelte hämisch.
»Meine Gnädige« – er hatte die Bürgermeisterin immer so genannt in den Zeiten, da seine Brauerei blühte, in den Er-

folgsstunden seines Lebens –, »die Gnädige ist nicht sonderlich dafür, mich einzusperren, wegen des Skandals. Ich kenne sie, ich kenne ihre Natur. Je heftiger der Doktor auf sie einredet, um so hartnäckiger wird sie. Sie ist mißtrauisch wie eine Maus. Das kann monatelang so weitergehn. Aber wenn Sie...«

Er unterbrach sich jäh, und sein auf die Schulter gebeugtes hanswurstiges Gesicht bekam einen unerwarteten, einen so sanften Ausdruck, daß es dem Pfarrer von Fenouille blitzschnell durch den Kopf zuckte: ob uns dieser dicke Kerl mit seinen verwickelten Phantasien nicht einfach getäuscht hat? »Sie kennen meine Meinung«, sagte er, »und ich habe sie Ihrer Frau nicht verschwiegen, auch dem Arzt nicht. Aber es stimmt auch, daß ein Aufenthalt von einigen Monaten... die Ruhe, die Abgeschlossenheit... Leider taugen die menschlichen Heilmittel nicht mehr, als sie nun einmal taugen.« Die Augen des Bürgermeisters ließen ihn nicht los, und er meinte sowohl Spott wie Mitleid darin zu lesen.

»Warum schaun Sie meine Hände an? Sie finden, daß sie ganz zerkratzt sind. Stimmt! Habe ich vielleicht nicht mehr das Recht, meine Hecke zu beschneiden? Nur behalte ich das für mich, sie sollen nur suchen, sollen sich selbst zurechtfinden! Ich wollte, Sie hätten den Doktor gehört... Er rieb seinen Zwicker darüber, schnüffelte dran herum, sozusagen. ›He, heh! seltsam! äußerst seltsam!‹ hat er gesagt. Es fehlte nicht viel, und er hätte mich beschuldigt, den kleinen Knecht ermordet zu haben. Was wollen Sie? Ich bin schuld daran. Was ich auf dem Friedhof gesagt habe, hat ihnen den Kopf verdreht. Schwachsinnig! Nur weil ich... Was! Kann ein Mensch nicht einmal, nur einmal, ein einziges Mal in seinem Leben sein Heil erhoffen?!«

Seine Stimme zerbrach, während sein Blick weiterlächelte, als öffne er sich auf eine andere Seele, auf einen tiefern und unbekannten Teil seiner eigenen Seele. Für einen Augenblick kämpfte der Priester mit dem aberwitzigen Gedanken, diesen unglücklichen Menschen zu lassen, wo er stand, und zu fliehn, aber dann traten ihm die Tränen in die Augen. Er begriff, daß es ihm gegeben war, das letzte Aufleuchten eines Verstandes zu schaun, den schon Finsternis bedeckte. Er dachte an das letzte erleuchtete Bullauge eines Schiffs, das im

Regen und mitten in einer schwarzen Nacht jäh untergeht.
»Welches Heil?« stotterte er endlich hervor.
»Das Heil?«
Der Wahnsinnige schien das Wort, das er soeben ausgesprochen hatte, schon vergessen zu haben und wiederholte es nun mehrere Male, während er mit den Augen zwinkerte.
»Ich verdächtige Sie keines Verbrechens«, versetzte der Pfarrer von Fenouille. »Und Sie haben unrecht, wenn Sie denken, daß der Doktor... Aber ach, werden Sie auch weiterhin Ihr eigener Feind bleiben? Es ist nicht erlaubt, sich selbst zu hassen. Und wenn Sie einen Mord begangen hätten, würden Sie dadurch, wenigstens in meinen Augen, nur noch größeres Mitleid, größere Teilnahme verdienen.«
»In der Anstalt«, antwortete der Unglückliche in einem vertraulichen Ton, »sehn Sie, da hätte ich es bequem. Ich habe das in diesen Tagen zum erstenmal gedacht. Ob ich mich ekle oder nicht, Hochwürden, zu machen ist da nichts, und erklären kann man es auch nicht...«
»Wenn Sie mir erlauben, offen mit Ihnen zu reden...«
»...Nein, erklären kann man nichts. Der Ekel, es weiß ja doch kein Mensch, was das ist. Glauben Sie mir: es ist *im* Menschen. Das kann still in uns schlafen wie ein Samenkorn in der Erde. Die Leute sagen doch nur ganz verqueres Zeug darüber. Was mich betrifft, ich glaube, daß es dem Tod ähnlich ist – dasselbe sogar! Man kann sich den Tod nicht vorstellen. Was aber ein Toter davon denkt, ein richtiger Toter, denn ich rede nicht von einem Sterbenden, ein Toter in seinem Sarg, wenn auf der Welt droben jeder wieder seinen Alltag lebt und ißt und trinkt und schläft wie zuvor, was ein Toter unter der Erde, ein zersetzter, ein recht verfaulter davon denkt...«
»Schaun Sie, Herr Arsène, wir alle haben Augenblicke gekannt...«
»Augenblicke... Augenblicke... Die Sache, von der ich Ihnen da rede, ist kein Augenblick.«
Er schien sich sehr anzustrengen, um das widerspenstige Wort aus sich selbst herauszuholen, und ließ dabei die Arme niedersinken.
»Es ist das Leben«, schloß er entmutigt. »Es muß das Leben

sein. Aber Sie wissen darüber auch nicht mehr als die andern, nicht wahr? Niemand weiß etwas. Und glauben Sie mir, ich rede nicht schlecht von den Priestern. Sie haben Geheimnisse, ihre sehr eigenen und sehr alten Geheimnisse, die von weit, weit herkommen, noch aus den Zeiten der Pharaonen. Denken Sie an die Mumien. Das waren ihre Heiligen, die Heiligen von damals. Es stimmt schon, daß Priester für viele Menschen sehr nützlich sind. Aber was soll ich sagen? Ich bin nicht abergläubisch, der Aberglauben liegt nicht in meiner Natur.«

»Herr Arsène«, sagte der arme gequälte Priester, »ich war stets der Meinung, daß Ihre innere Unruhe nur... nur seltsam schien... ausgefallen... nur oberflächlichen Menschen seltsam schien, die nicht fähig sind, das mitzuerleben oder zu... nun, zu feige, um sie in sich selbst zu suchen. Denn ich glaube, daß sie in uns allen sind, diese Beunruhigungen.«

»Mag sein«, murmelte der Bürgermeister von Fenouille mit umdüsterter Stimme. »Ich glaube aber«, versetzte er mit einer Art stechender Schwermut, »daß ich gar nicht wie die andern bin. Das ist mir mehr im Wege gewesen, als irgendein Schicksalsschlag es hätte sein können. Aber jetzt ist mir dieser Gedanke nicht einmal unangenehm. Immerhin! Ein Bürgermeister im Schlafanzug und in Galoschen bei einem Pfarrer, und die beiden reden miteinander wie jetzt wir zwei, hat man so etwas schon einmal gesehn?«

»Wirklich, es lag nur an Ihrem guten Willen, richtig angezogen zu mir zu kommen. Ich rede so, weil das meine Pflicht ist, Herr Arsène. Und wenn es Ihnen ernstlich um die Wahrheit geht...«

Er schwieg, tief erschreckt von dem Wimmern, das seine letzten Worte dem Unglücklichen entlockt hatten, der nun ganz langsam zurückwich und sich in die Mauerecke verkroch, als sähe er, er allein, ein furchtbares Gespenst.

»Die Wahrheit? Ob ich sie will? Und wenn ich sie nicht gewollt hätte, wozu hätte ich dann am Begräbnistage geredet, ja? Diese Nichtsnutze, diese herzlosen! Statt mir zu helfen, haben sie sich einen Dreck um mich gekümmert! Ich werde ihnen alles erzählen, so sagte ich zu mir – alles, genau wie ich bin –, meinen Freunden, meinen Brüdern. Für einen

genblick glaubte ich mich befreit. Noch eine kleine Anstrengung, dachte ich. Und gerade da habe ich die Augen aufgemacht und habe sie alle gesehn, wie sie das Maul bis hinter die Ohren aufrissen und sich vor Lachen die Bäuche hielten.«
»Die Leute haben es nicht in böser Absicht getan, Herr Arsène, sie haben Sie nicht verstanden. Was ist da zu machen?!«
»Nicht verstanden? Ach was! Ich selbst verstand mich sehr gut. Ich hörte jedes Wort, ich sprach, wie noch keiner je gesprochen hat, ich hätte Steine rühren können... Und im übrigen, Herr Pfarrer, Sie! Antworten Sie mit Ja oder Nein. Unter uns, von Mensch zu Mensch!«
»Ich werde Sie nicht anlügen«, antwortete der Pfarrer von Fenouille. »Freilich stand ich an keinem günstigen Platz, um...«
Er schwieg. Der Bürgermeister hatte sich mit Anstrengung erhoben und bemühte sich, seinen Schlafanzug über seiner nackten Brust zuzuknöpfen. Seine großen zitternden Finger kämpften mit den Knopflöchern.
»Auf Wiedersehn, Herr Vikar«, sagte er würdevoll.
»Wenn ich Ihre Worte richtig gehört hätte«, begann der Priester, »dann hätte ich sie auch verstanden. Aber welche Wunder haben Sie denn von diesen Menschen erwartet, die den niedrigsten Leidenschaften ausgeliefert sind und die ihre Hände wenige Minuten später mit Blut befleckt haben?«
»Das Blut?« schrie der Bürgermeister, indem er sich mit überraschender Lebhaftigkeit um sich selbst drehte, »das Blut! Ich habe mir vom Herrn Doktor sagen lassen, daß die Alten im Blute etwas sahen... etwas... Sie schlachteten einen Stier und dann...«
»Alte Geschichten! Weder das Blut allein, noch das Wasser allein können einem Menschen die Herzensreinheit wiedergeben, wenn er sie einmal verloren hat.«
»Mag sein«, sagte der andere in schleppend leisem Ton.
»Und wer von uns hat nie die Herzensreinheit verloren? Wer darf sich unbefleckt glauben? Aber die Gnade Gottes macht aus dem Verhärtetsten ein kleines Kind.«
»Ein kleines Kind?« wiederholte der ehemalige Brauer im gleichen Ton.

»Wenn sich in Ihrer Vergangenheit... von diesen... von diesen Sünden solche vorfinden, die unser Gewissen belasten... und die unverzeihlich scheinen, so kann ich – ja, Sie sollen es wissen –, kann ich... habe ich die Macht... die Macht ist mir verliehn, sie zu vergeben.«

»Vergeben...«, wiederholte der Unglückliche, und sogleich bekam er für einen ganz kurzen Augenblick noch einmal jenen Ausdruck schlauen Mißtrauens, womit er einst die Hopfen- und Malzverkäufer empfangen hatte. »Nehmen wir an, daß ich Ihnen meine Geheimnisse verrate, gut. Dann werden wir sie zu zweit wissen. Und dann? Man müßte die erst einmal da herausholen«, fuhr er fort, indem er sich auf die Stirne schlug. »Da! Ein Mann ist ein Mann. Können Sie den niederreißen wie eine Scheuer voll alter Ratten und von Grund auf neu bauen? Gewiß nicht. Warum reden Sie dann von Vergebung? So wie ich bin, werde ich bleiben.« Und er streichelte mit tief geekelten, zitternden Händen seinen Leib, seine Hüften.

»Die Vergebung, das wäre die Wiedergeburt«, sagte er endlich mit seiner seltsamen Stimme und wandte sich der Türe zu.

»Ich schwöre Ihnen«, begann der Priester. Der Versuch, bis zum Herzen dieses Wahnsinnigen vorzudringen, schien ihm geradezu widersinnig, und dennoch konnte er nicht schweigen. »Einen Augenblick!« rief er aus. »Was hätten Sie denn von mir gewollt?«

»Ich hatte meinen Plan darüber«, antwortete der Bürgermeister von Fenouille geheimnisvoll. »Auf die eine oder andere Art wird es damit enden, daß man mich mit den Narren zusammen einsperrt, das ist sicher. Ich habe nicht viel dagegen einzuwenden, es paßt mir ganz gut. Aber...« [und er schielte unruhig nach dem Fenster] »Sie müssen das entscheidende Wort hören. Es ist da etwas in meinem Innersten, eine verteufelte Bewegung, die mich zwingt, aus mir selbst herauszutreten. Verstehn Sie das? Nicht so zu sein, wie ich von Natur bin. Manchmal bilde ich mir ein, ich bin nicht mehr ich selbst, und daß ich wirklich aus meiner Haut fahre, und manchmal auch nicht. Und manchmal, ja, zweifle ich auch, und das ist am härtesten... Dann spiele ich ganz allein den Hanswurst, nur für mich allein. Nichts zu machen! Und dann überkommt mich das Gelüste, mit irgendeinem großen Schlag Schluß zu machen. Geh doch von dir aus zu den Narren, alter Junge, sage ich mir dann. Bei den Narren spielt, unbeachtet und unbekannt, jeder selber seinen Hanswurst, ich bring dich durcheinander, und du hast es bequem... Ein Narr ist meiner Meinung nach einer, der sein Haus verläßt, die Tür zuschließt und den Schlüssel in den Brunnen wirft: platsch! nicht wahr?«

»Man verläßt seine Seele nicht so leicht wie sein Haus, Herr Arsène.«

»Redensarten! Nehmen wir an, es handle sich um einen, der sich verflucht hat, der sich selbst verleugnet... der auf sich speit, was dann?«

»Das wäre eine Sünde, Herr Arsène, die Sünde der Sünden, ein Selbstmord.«

»Mag sein«, erwiderte der Bürgermeister von Fenouille, »was wollen Sie? Ich bin von Natur nicht tapfer. Ich kann mich an den Gedanken, mich selbst zu zerstören, nicht gewöhnen. Ansonsten!«

»Sich zerstören! Sie müßten erst einmal das Recht dazu haben. Sie müßten erst einmal die Macht dazu haben! Denn Gott ist mein Zeuge, daß Sie mit Ihrer Selbstzerstörung gar nichts zerstören würden. Es gibt keinen Haß, der in dieser oder in der andern Welt gestillt werden könnte, und der Haß, den man gegen sich selbst hegt, ist wahrscheinlich der, für den es keine Vergebung gibt!«

»Ich will mir nicht vergeben«, sagte der ehemalige Brauer mit seiner schleppenden Stimme. »Nur keine Vergebung!«

»Aber Gott vergibt Ihnen. Und ich, der ich mit Ihnen rede, Herr Arsène – bitte, verschließen Sie Ihre Ohren nicht von vorneherein dem, was ich jetzt sagen werde –, ich, der ich hier mit Ihnen rede, kann das in seinem Namen tun.«

»Ich habe nichts gegen Gott«, sagte der Bürgermeister von Fenouille nach einem langen Schweigen. »Und auch nichts gegen Sie. Früher bin ich nie in die Christenlehre gegangen, und das verstand sich von selbst, denn mein Vater liebte die Priester nicht. Hüte dich vor der Hölle! rief mir der Pfarrer zu, wenn er mir auf der Straße begegnete. Mir, dem Teufelskerl, der ein Faß Bier ebenso leicht rollen ließ wie ein Lausbub seinen Reifen! Die Hölle, verstehn Sie, darüber mußte ich am ehesten lachen. Heute finde ich den Gedanken gar nicht so dumm. Das Feuer wird mit allem fertig. Es gibt keinen Dreck und keinen Gestank, die dem Feuer widerstehn. Man kennt kein Wasser, das so rein wäre, wie das Feuer rein ist; das Feuer, nicht wahr, fände noch im reinsten Wasser was zu fressen. In Boulogne habe ich Burschen gesehn, die dabei waren, einen alten Frachtdampfer abzuwracken: Stahlblech, das man immer wieder angestrichen hatte, und darauf Krusten so dick wie meine Hand – ein Misthaufen! Kommt da einer mit seiner Stichflamme, und dies Drecksblech fängt an zu zischen und zu speien wie ein Drache, und ehe man noch recht hinsah, hätte man es für eine Sonne halten können, es schiffte geradezu Sonnenstrahlen, dies Stahlblech! Damals hätte ich begreifen sollen, daß das Wasser keine Macht über mein Elend hatte, daß nichts über das Feuer ging. Das Feuer, sagte ich mir, das Feuer ist Gott.« Er erhob die Hände zur Decke, und da der leichte Ärmel des Schlafanzugs bis zur Schulter hinabglitt, entblößte er seinen fetten, glatten Arm.

»Sie können in diesem Anzug nicht hinausgehn«, rief der Pfarrer von Fenouille. »Ich werde Ihnen meinen Regenmantel leihn. Und wenn Sie über die Wiesen gehn, werden Sie niemand treffen.«

Der Wahnsinnige ließ es mit sich geschehn. Aber sein Gesicht hatte den tückischen Ausdruck eines widerspenstigen Kindes angenommen. Dies fast schelmische Lächeln in dem gequälten Antlitz erschien dem Priester als ein schlimmes Vorzeichen.

»Erlauben Sie mir, daß ich Sie begleite«, sagte er. »Oder vielleicht wäre es noch besser, daß ich Ihnen andere... passendere Kleider hole?«

»Bei mir daheim?« fragte der Wahnsinnige beunruhigt. »Ich widersetze mich dem nicht. Aber man hat meine Kleider versteckt. Wir müßten erst wissen, ob man sie Ihnen geben wird. Die Gnädige ist störrischer als eine Eselin.«

Er setzte sich wieder in eine Ecke neben dem Ofen. Für einen Augenblick wußte der arme Priester nicht, was er tun sollte, dann schloß er die Tür hinter sich, drehte leise den Schlüssel im Schloß um und floh.

Das Haus des Bürgermeisters schien verlassen. Nach einiger Zeit erschien endlich der Arzt auf der Schwelle.

»Entschuldigen Sie, daß ich zu spät kam«, sagte er. »Die Befürchtungen, die ich vor kurzem ausgesprochen habe, sind leider durch einen sehr betrüblichen Zwischenfall bestätigt worden. Unser Kranker ist davongelaufen.«

»Er ist im Pfarrhaus.«

Zum größten Erstaunen des Pfarrers verlor der Arzt nichts von seiner Grabeswürde: »Allein?«

»Um sicherer zu gehn, habe ich es für richtig gehalten, die Tür hinter mir abzusperren.«

»Ist er ruhig?«

»Sehr ruhig. Und wenn Sie mir erlauben wollen, eine Meinung auszusprechen: mein Gespräch mit ihm [um die Wahrheit zu sagen: ein sehr seltsames Gespräch!] hat mir den Eindruck hinterlassen, daß er ... daß unser unglücklicher Kranker weniger ...«

»Weniger verrückt ist, als er scheinen möchte«, beendete der Arzt den Satz in einem sarkastischen Ton. »Eine prachtvolle Entdeckung! Der erste beste meiner Kollegen würde Ihnen sagen können, daß ein Wahnsinniger fast nie aufrichtig ist, daß das Wahnsinnsbild, das er da hegt« [er schlug sich auf die Stirn], »ihn nicht wirklich überzeugt, daß es nur eine Art von Verzauberung auf ihn ausübt. Aber genug mit den dummen Witzen. Wir hätten schon seit Wochen ernste Maßnahmen ergreifen müssen! Es ist ein Skandal, einen manischen Menschen an der Spitze einer Gemeinde zu belassen, auch wenn sein Amt ein Ehrenamt ist, einen Menschen, der plötzlich für alle eine Gefahr werden kann. O gewiß, Ihre Nachsicht mit ihm überrascht mich nicht! Wahrscheinlich hat der arme Teufel ein paar glückliche, erregende, malerische Formeln gefunden, die in Ihnen – gestatten Sie mir den Ausdruck – etwas wie einen Reflex, einen Reflex von Berufs wegen ausgelöst haben. Zum Glück überlassen uns die Priester von heutzutage gern die Einsicht in gewisse seelische Zustände, die früher wohl oder übel als Entrückungen und Verzückungen gegolten hätten. Es gibt da Symptome wie die sogenannten Fälle von Besessenheit, die heute nur noch uns beschäftigen ... Im zwölften Jahrhundert, glaube ich, hätte man unsern Bürgermeister von Fenouille für das Opfer irgendwelcher lüsterner Geister erklärt, ganz außerordentlich stinkender Geister, wenn man von seiner Geruchsbesessenheit ausgegangen wäre, kurz und gut: richtige Geruchshalluzinationen. Lassen Sie uns vor allem ernst miteinander reden« [dabei legte er seinen Mund an das Ohr des Pfarrers], »ich habe soeben in seinen Schubladen eine Urkunde gefunden, die äußerst interessant ist: eine Art von Beichte. Und das ist wichtig, denn zur selben Zeit, da sich dieser Mann seinen ekelerregenden Zwangsvorstellungen hingibt, wird er ganz deutlich auch vom Gespenst seiner verlorenen Unschuld gehetzt. Diese Urkunde könnte in der Tat gewisse Befürchtungen rechtfertigen... Kurz und gut, ein Selbstmord scheint mir nicht mehr völlig ausgeschlossen.« »Mein Gott! Und meinen Sie in diesem Fall nicht, ich sollte... Er ist allein.«

»Ruhe, werter Freund. Kaltes Blut. Ich habe gesagt: eine gewisse Befürchtung. Das Wort ›Bedenken‹ hätte es genauer bezeichnet. Das Lesen dieser Urkunde hat mich nachdenklich gemacht: das ist alles. Denn unter sehr viel verlogenem und läppischem Zeug, glaube ich da eine Tatsache gefunden zu haben – wahrscheinlich, fast gewiß eine Zwangsvorstellung! –, die mir aber doch der Kern dieser seltsamen geistigen Krebsgeschwulst zu sein scheint oder, wenn Sie wollen, jenes Körnchen, um das herum, wie wir wissen, die Perlmuschel ihre Perle baut. Ja, ja, diese Perle sieht freilich sehr nach einer schwarzen Perle aus! Im übrigen kann ich Ihnen dies merkwürdige Stück Literatur auf der Stelle mitteilen. Ich gebe sogar zu, daß es mir angenehm wäre...«

»Herr Doktor«, antwortete kühl der Pfarrer von Fenouille, »ich danke Ihnen für Ihr Vertrauen, aber so wenig Hoffnung mir auch bleibt, eines Tages von diesem Unglücklichen ins Vertrauen gezogen zu werden, so peinlich wäre es mir, wenn mir ein anderer vor ihm ein Geheimnis entdeckt hätte, das ihm selbst so überaus bedeutsam erscheint.«

»Ich wundere mich«, erwiderte der Doktor gleichmütig, »daß Sie dergleichen Überlegungen an der Erfüllung Ihrer Pflicht hindern können. Die Gesundung des Erkrankten ist für mich das einzige Gesetz, ich kenne kein anderes.«

Daß sein Gegner plötzlich errötete, erschien ihm ohne Zweifel als eine angemessene Genugtuung, denn er begann in einem heitern Ton seine Rede, wobei er ein mit Stearin beflecktes Bündel von Papieren aus der Tasche zog.

»Wie weiland Jean Jacques Rousseau scheint dieser famose Kerl seine ›Bekenntnisse‹ bei Kerzenlicht geschrieben zu haben. Ein seltsamer Stil! Aber noch seltsamer sind die Randzeichnungen, mit denen er sie gespickt hat und deren einförmig unanständigen Charakter Sie gewiß nicht billigen können, denn in dem gleichen Augenblick, in dem unser Mann sich seinen ekelerregenden Obszönitäten hingibt, verfolgt ihn deutlich das Gespenst seiner verlorenen Unschuld.«

»Ich bitte Sie«, murmelte der Pfarrer von Fenouille. »Diese Art von menschlichem Elend verdient nichts als Mitleid. Meine Erfahrungen sind zweifellos von anderer Art als die Ihren, aber so jung ich bin: die Kehrseite gewisser Menschen, deren Leben für untadelhaft zu halten die Welt vorgibt, habe ich zu oft gesehn, als daß ich nicht...«

»Wenn ich Sie recht verstehe, sind Sie der Meinung, daß gewisse Mängel, Mängel im religiösen Gefühl, sich umsetzen könnten, umsetzen in krankhafte Erscheinungen, die bis – sagen wir: bis zu einer grundlegenden Verwandlung der menschlichen Natur führen? Haben Sie bedacht, daß eine solche Lehre, eine so ausgefallene Anschauung etwas rechtfertigen könnte – oder sagen wir: eine Rechtfertigung gewisser Revolten gegen die Gesellschaftsordnung vorbereiten könnte? Ach was! Menschen sind Menschen. Vielleicht stehn Sie in der Ausübung Ihres Berufes häufiger als ich vor echten menschlichen Nöten. Die seelischen Nöte, mit denen ich zu tun habe, sind nichts als körperliche Leiden, doch in eine andere, edlere Sprache übersetzt. Geben Sie lieber zu, daß Ihr Gespräch mit unserm Kranken Sie selbst in einem Zustand überrascht hat – in einer Art von nervösem Zusammenbruch, der nur allzu entschuldbar ist. Und glauben Sie mir, daß der arme Teufel nichts anderes ist als ein ganz gewöhnlicher Geschlechtsbesessener, und daß die ungewöhnliche Form seiner Besessenheit niemand andern interessieren kann als den Nervenarzt.«

»Das ist nicht entscheidend«, sagte der Priester. »Sie werden eines Tages den Beweis dafür erhalten, daß man dem Übernatürlichen nicht das Recht einräumt, das ihm zusteht. Ja«, so begann er wieder nach einem Schweigen und mit jener Stimme, die so völlig anders war als die, mit der er für gewöhnlich redete, so als gehörte sie einem andern Menschen an, »wenn es euch gelungen sein wird, nicht nur die Sprache, sondern sogar das Gefühl der Unschuld zum Versiegen zu bringen, ja die Fähigkeit, das Reine vom Unreinen zu unterscheiden, bleibt immer noch der Trieb. Und der Trieb wird stärker sein als alle eure Gesetze und eure Sitten. Und wenn selbst der Urtrieb zerstört sein wird, wird noch das Leid bleiben, ein Leid, dem keiner mehr einen Namen geben kann, ein Giftdorn im Herzen der Menschen. Nehmen wir an, jene Umwälzung, die alle Ingenieure und Biologen herbeiwünschen, sei tatsächlich abgeschlossen, die Hierarchie der Bedürfnisse zerstört, die Wollust erscheine bloß wie irgendein anderes Hungergelüste unseres Leibes und ihre Befriedigung werde lediglich durch eine strenge Hygiene geregelt – dann werdet ihr sehn! ja, dann werdet ihr sehn, wie von allen Seiten die Bürgermeister von Fenouille herbeiströmen und gegen sich selbst, gegen ihr eigenes Fleisch einen künftighin blinden Haß kehren, denn dessen Wurzeln werden eingesenkt bleiben in der dunkelsten Tiefe des Erbgedächtnisses. Und dann, wenn ihr euch einbilden werdet, diesen ursprünglichen Widerspruch aufgelöst, den inneren Frieden eurer unglücklichen Sklaven gesichert und unser Geschlecht mit dem versöhnt zu haben, was es heute quält und beschämt, dann wird, das sage ich euch voraus! eine selbstmörderische Wut ausbrechen, gegen die ihr nichts werdet ausrichten können. Mehr als vor der Zwangsvorstellung des Unreinen solltet ihr euch also vor der Sehnsucht nach Reinheit fürchten! Ihr gefallt euch darin, im dumpfen Aufruhr gegen die Lust nichts anderes zu sehn, als eine Frucht der Furcht, die die Religionen als schlaue Dienerinnen des Gesetzgebers und des Richters durch so viele Jahrhunderte hindurch in den Menschen genährt haben. Aber die Liebe zum Reinen, das ist das Geheimnis, Liebe bei den edelsten Naturen und bei den andern die Traurigkeit, die Reue, die unfaßbare, stechende Bitternis, die dem Wüstling teurer ist als die Wollust selbst. Raum noch für die Feiglinge, die, gehetzt von der Angst vor dem Leiden oder dem Tod, ihr Heil vom Arzt erflehn – aber ich sah wirklich andere Blicke sich zu mir erheben! Und übrigens ist die Zeit, euch zu überzeugen, vorüber, die nahe Zukunft wird es übernehmen, die Frage zu entscheiden. Wie die Welt jetzt läuft, werden wir bald wissen, ob der Mensch sich so vollkommen mit sich selbst versöhnen kann, daß er für immer alles das vergißt, was wir mit wahrem Namen das alte irdische Paradies, die verlorene Freude, das verlorene Reich der Freude nennen. Und wenn die Gottesfurcht nur eine Einbildung ist, und sei es eine vieltausendjährige...«

Er hielt inne, wie erschrocken über den Ton seiner eigenen Stimme, und errötete bis ins Weiße seiner Augäpfel. Sein Gesicht hatte plötzlich jenen schmerzlichen und ergebenen Ausdruck wiedergefunden, der es so einfältig scheinen ließ.

»Wir wollen uns nicht in die Irre reden«, sagte der Arzt, »es bleibt uns Zeit genug, dies erregende Streitgespräch wieder aufzunehmen. Für den Augenblick wird es das nützlichste sein, sich der Kleider unseres Kranken zu bemächtigen, zumindest der Kleider, die er gestern abend, bevor er zu Bett ging, ausgezogen hat. Ich glaube, daß sie seine Frau, weil sie fürchtete, heute früh überrascht zu werden, in die Haferkiste gestopft hat, wo wir sie sicherlich noch finden werden. Wenn Sie nichts dagegen haben, werde ich mir gestatten, Sie zum Pfarrhaus zu begleiten.«

Sie gingen nur langsam, einer an der Seite des andern den Weg zurück, auf dem kurz vorher der Pfarrer von Fenouille gekommen war. Fest entschlossen, seinen neuen Anzug nicht von den taunassen Hecken verderben zu lassen, schleppte der elegante Doktor seinen Gefährten von einem Zaungatter zum andern über die Weiden, die wie ein Geduldspiel ineinander verschränkt und verschachtelt waren, so daß die beiden Männer immer wieder anhalten und sich nach dem rechten Weg umschauen mußten. So verloren sie sehr viel Zeit. Die Tür des kleinen Pfarrgartens stand offen. Der Priester glaubte, sich daran erinnern zu können, daß er sie geschlossen hatte, und sein Herz krampfte sich zusammen. Während er unter dem kleinen Vordach den Schlüssel ins Schloß schob, zitterte ihm die Hand.

»Nur vorwärts!« sagte der Arzt von Fenouille. »Selbst wenn unser Mann das Hasenpanier ergriffen hätte, wäre das weiter nicht sehr arg, wir würden ihn bald wieder erwischt haben.«

Sie fanden das Wohnzimmer leer. Ein Krug voll Wasser stand auf dem Tisch, und daneben lag ein umgestürztes Glas, aus dem ein letzter Rest auf die Bodenfliesen herabtropfte. »Unverständlich«, sagte der Priester. »Die Riegel sind vorgeschoben, auch im obern Stock.«

Sie untersuchten vergebens jedes Fenster, kletterten bis unters Dach. Als sie ein letztes Mal den dunklen Vorplatz durchsuchten, lief der Pfarrer überstürzt in die Küche zurück. Eine Falltür öffnete dort den Eingang in einen Keller, der mit Flaschen vollgestopft war, dazu mit alten, unbrauchbaren Fässern, die der Kirchendiener in Stücke gehackt hatte und mit denen der frühere Vikar seinen Ofen zu füllen pflegte. Der Keller aber öffnete sich auf die Straße, die man über einige Stufen durch eine seit langem nicht mehr benützte Tür erreichte. Der arme Priester hatte sogar vergessen, daß es diese Tür überhaupt gab. »Er ist geflohn!« rief er mit verzweifelter Stimme. »Was habe ich angerichtet!« »Die Unbesonnenheit ist wieder gutzumachen«, sagte der Arzt unerschüttert. »Ich werde den Feldhüter vertraulich benachrichtigen. Es handelt sich darum, Skandal zu vermeiden.«

Auf die dicken, mit einer Staubschicht bedeckten Bretter, die die Kellerwand verkleideten, hatte der Bürgermeister mit großen, kindlichen Buchstaben geschrieben: Auf Wiedersehn.

»Schraub die Flamme ein wenig herunter«, sagte Ouine, »wir wollen das Licht der Dämmerstunde noch genießen.« Das Zimmer ist schon erfüllt mit dem unerträglichen Petroleumgeruch, und die kleine, hinter dem Glaszylinder geduckte Flamme flackert kaum noch, ist dem Erlöschen nah. Das eiserne Bett ist so schmal, daß Ouines schwere Hüften bei der geringsten Bewegung die Decken lüpfen und eine glatte, bleiche Wade, auf der sich eine Krampfader schlängelt, sichtbar wird. Doch seit einigen Augenblicken bemüht er sich, ruhig zu liegen und die Hände über dem Bauch zu kreuzen. Seine nach seiner Gewohnheit mit peinlichster Sorgfalt zusammengefalteten Kleider zieren die Lehne des einzigen bequemen Stuhls, unter dem er seine schwarzen Schuhe untergebracht hat und neben ihnen seine grauen wollenen Strümpfe, die er an Strumpfbändern, wie sie bei Priestern üblich sind, den ganzen Winter über trägt, dazu seinen Filzhut mit dem granatroten, im Schatten aufleuchtenden Futter.

»Ich habe mich immer vor der scharfen Morgenluft gefürchtet, ich wüßte nicht recht, wie ich mich gegen ihre Tücken wehren soll«, begann er nach einem langen Schweigen. »Selbst in diesen Monaten wird die Hitze am Tag nicht so leicht mit ihr fertig, sie ist voll von tausend Flüchten und Ausflüchten, sie schleicht sich tief in die Hohlwege ein, versteckt sich, wo die Wälder am dichtesten sind, und es geschieht mir, daß ich ihr plötzlich begegne, mitten am Mittag, wie eisigen Strömungen, die, sagt man, die Tiefen tropischer Meere durchströmen – und daß ich ihre Säure wahrnehme... aber wenn der Abend herabsinkt, jetzt in der Dämmerstunde, bricht die ermattete Erde einen lauen und fetten Dunst aus, eine Art von Schweiß, der eine ganze Nacht lang brauchen wird, um sich zu verziehn. Und was in der Luft von der Morgenbrise noch übrig geblieben ist, wird endlich eingefangen wie eine Fliege auf dem Leim.«

Philipp wagt nicht zu antworten. Die große schwarze Fichte steht immer noch an ihrem Platz, genau dem Fenster gegenüber, und die äußerste Spitze eines ihrer Zweige kratzt kaum

hörbar am Fensterglas. Aber die Sonne liegt mit all ihrem Gewicht auf der Landschaft, eine matte, in Nebeln versunkene Sonne, und Ouine scheint sie gar nicht zu bemerken.
»Bitte, mach das Fenster auf«, sagt er.
Steeny tut so, als ob er gehorche, dreht zweimal am Fenstergriff. Er weiß, daß sein Lehrer den Geruch des überhitzten Baumharzes noch mehr fürchtet als die scharfe Morgenluft, denn er reizt seine kranke Kehle und verursacht ihm entsetzliche Hustenanfälle. Im übrigen wendet Ouine nicht einmal den Kopf um. Sein geschwollenes Gesicht, worin die Falten sich glätten und das jetzt, da er dem Tode nah ist, fast jugendlich aussieht, ja unheimlich kindlich wirkt, drückt unsagbare Erleichterung aus.
Der Mund öffnet sich und schließt sich mehrmals, ganz langsam und mit dem Ausdruck eines Schleckermauls. Welch geheimnisvoller Abend, nur ihm bekannt, senkt sich da in seine Brust?
»Die Nacht kommt«, sagt er. »Du kannst die Lampe wieder anzünden.« [Sie stinkt übrigens abscheulich.] Philipp bläst sie aus.
»Li... Licht«, stottert der Kranke.
Seine Stimme, auch wenn er durch eine Krise hindurchgegangen ist, erzittert dunkel wie ein Violoncello mit lockern Saiten, und gewisse Silben spricht er überhaupt nicht aus, sie gurgeln ihm nur durch die Kehle und geben ein seltsames Echo an den Wänden seines Brustkastens, darin die zerstörten Lungen ihre Zersetzung vollenden. [Er kann noch zwölf Stunden oder sechs Monate leben, erklärt der Arzt von Montreuil. Ein wirklich kräftiger Mensch wäre seit langem tot und begraben, aber der da ist von einer weichen, feuchtigkeitsgetränkten Beschaffenheit. Es ist, als ob man mit einem Säbel auf ein Federbett schlüge.]
Philipp bleibt aufrecht in der Zimmerecke stehn. Er hat Hunger, er ist müde, er langweilt sich. Doch der Gedanke an Flucht kommt ihm nicht. Jeden Nachmittag, nach schnell hinuntergeschlungenem Mittagessen, eilt er hierher, vom raschen Gehn erhitzt und von der Sonne geblendet, doch schon auf der Schwelle hüllt ihn das seltsame Haus in Schatten und Schweigen wie ein kühles Leichentuch. Er hat nunmehr darauf verzichtet, verstehn zu wollen, welche Kraft,

welcher Zauber ihn hierher zwingen, welcher geheime Gott, geheimer als alle Götter, die einst mit ihm geredet haben, wenn er dem faden, weißen Haus entwich, das voll war von den Düften und den Schritten und dem Geflüster der zwei allzu zärtlichen Frauen und ihren unerträglichen Liebkosungen. Manchmal rief Miß überall im Park nach ihm, blieb lange fort und kam endlich mit roten Backen und Fichtennadeln im blonden Haar zurück. »Er ist fort. Wer weiß, wohin?« Und seine Mutter antwortete mit ihrer sanften Stimme: »Er wird mich umbringen. Oh, meine Liebe, er kann doch nicht fort sein!« Keine von ihnen hätte ihn im Innern des Taubenhauses gesucht, wo er ihnen so nahe war, daß sie sich bloß ein wenig hätten umzuschaun brauchen, um ihn zu entdecken: wie er sich da gegen das Gitterfenster lehnte und seine kleinen Hände unter dem Kinn kreuzte. Der wilde Geruch der Vögel hatte die Lehmmauern, die wurmstichigen Bodenbretter, die von Schnabelhieben zerfransten Raufen gänzlich durchdrungen. »Seit fünfzehn Jahren dient es zu nichts mehr«, sagte Miß dann und wann, »Sie sollten es niederreißen lassen.« Fünfzehn Jahre! Steeny dachte daran, in welcher Verzweiflung die Vögel Abschied genommen hatten. Stundenlang, tagelang, vielleicht monatelang mußten sie den alten, nun verschlossenen Turm mit ihren Flügeln, ihren Schreien, ihren Schatten umkreisen... Dann waren sie eines Tages fort, hin zu irgendeinem Fabelland.

»Sei so freundlich und rufe Frau Marchal«, sagte Ouine. »Ich möchte gern ein wenig Fleischbrühe haben.«

Der Ton seiner Stimme ist fester geworden: die Saiten des Violoncellos sind wieder gespannt. Es ist die Stunde, in der ihm die Einspritzung, die er alle Morgen bekommt, die Kräfte zurückgibt. Es geschieht sogar, daß sie seine Nerven gefährlich aufregt, denn dies sterbende Leben hat manches plötzliche Aufleuchten, es erglüht und verglüht. Und schon sieht Steeny die Krise näherkommen. Ouines Wangen nehmen wieder Farbe an, und seine geweiteten Pupillen blicken so angstvoll, daß eine verzaubernde Wirkung von ihnen ausgeht.

Frau Marchal ist ihres Standes Hebamme, aber seit langem schon ziehn die Leute von Fenouille ihr ein Fräulein vor, das

eine staatliche Hebammenprüfung bestanden hat und deren blütenweiße Kittel, deren saubere Haube und Gummihandschuhe auf die Kundschaft einen vorteilhaften Eindruck machen. Die großen bäurischen Hände, diese gewandten und erfahrenen Hände, sind seitdem arbeitslos. Zum Glück hat die alte Frau eine kleine Rente und ein hübsches Klinkerhaus neben der Polizei. Dort hockt sie mit ihren breiten, von einer blauen Schürze umbrandeten Hüften auf dem Schemelchen, auf dem sie einst so viele Neugeborene geputzt und gewaschen hat, labt sich an ihrem Kaffee mit Branntweinschuß, worauf sie sich großzügig mit Wacholderschnaps begießt, und wiederkäut ein Stück Zucker zwischen ihren alten Kiefern... Aus reiner Herzensgüte hat sie sich bereit erklärt, Ouine zu pflegen, denn sie gibt offen zu, daß ihr dieser Kranke Angst einjagt. Immerhin hat sich der Professor früher mehr als einmal bei ihr die russischen Kaninchen angesehn, die sie züchtet und auf die sie stolz ist. Ouine hat für diese Tiere tatsächlich etwas übrig.
Der Sterbende bedeutet ihr mit der Hand, daß er die dampfende Tasse selbst an den Mund führen will. Er trinkt mit kleinen Schlücken, langsam, ruhig, und bemüht sich, so gut er eben kann, durch ein vorsichtiges Hüsteln das gräßliche Geräusch des Hinunterschluckens zu übertönen. Sein eitergeschwollener Hals krampft sich zusammen, wenn die Flüssigkeit hindurchrinnt, und jedesmal, wenn der Krampf vorüber ist, gibt das Halszäpfchen genau das gleiche schnalzende Geräusch von sich, mit dem Wollwade die große Stute anzutreiben pflegte.
»Frau Marchal«, sagte er, »nehmen Sie den jungen Mann mit und geben Sie ihm ein Frühstück. Es wäre mir nicht unangenehm, ein wenig zu schlafen.«
Sein Blick filtert mühevoll durch die übermüdeten Lider, und Philipp sieht darin Staunen und Verwirrung. Offensichtlich hat Ouine erkannt, daß der geheimnisvolle Abend, der ihn mit seiner Frische übergoß, nichts als ein Traum war, ein Traum nach so vielen andern, nach Tausenden von Träumen, die immer zahlreicher, ja unzählbar aus der Tiefe seiner Erinnerung aufsteigen. Noch einige Tage, und dann wird nach der Vorstellung, die er sich vom zukünftigen Leben macht [denn sein Stolz hat die plumpe Lehre von der völligen Vernichtung

nie hingenommen], dieser Wirbel von umgetriebenen, sich drängenden Bildern plötzlich stillstehn, und die tausend Töne der Symphonie werden in einem einzigen Klang aufblühn. Aber hat er gesprochen, hat er sich verraten? Der Anblick der erloschenen Lampe und auch Steenys ahnungsloser Blick beruhigen ihn. Er schaut noch rasch und verstohlen nach dem Fenster, und dann spielt seine schwere Hand mit dem Sonnenstrahl, der durch eine Ritze des Ladens fällt und das Bett wie mit Flammenzungen übergittert.

Dies leere Haus erfüllt Frau Marchal mit Angst und Ekel. Sie verläßt die Küche nicht und hat ihr Bett in der Speisekammer aufgeschlagen. Bisher hat der Kranke keine Nachtwache dulden wollen. Er gibt vor, zur Not könne er sich gut der Klingel bedienen, deren Zug neben seinem Kopfkissen hängt und die, wenn er klingelt, im Treppenhaus so laut wie eine Schulglocke dröhnt. Manchmal, wenn die Hitze des Tages durch die Steine dringt und die alten Mauern sich lauwarm anfassen, geschieht es, daß sich die Hebamme nach einem letzten, kräftigen Schluck Wacholderschnaps bis in den ersten Stock hinaufwagt, dem einzigen Ort in diesem Haus, der, wie sie sagt, noch etwas Christliches hat, denn dort hatte Wollwade ihre letzten Möbel zusammengetragen. Wandschränke, so groß wie ganze Zimmer, bieten das Bild einer entsetzlichen, doch so althergebrachten Unordnung, daß sie das schlichte und immerhin hausfrauliche Gemüt der Frau Marchal mit Ehrfurcht erfüllen. Doch leider sind sie wie Siebe durchlöchert, und zwar haben das die Ratten und Mäuse geleistet; ihr Kot bedeckt das Parkett mit einem weichen Teppich, der säuerlich nach reifen Äpfeln riecht. Wie gewöhnlich setzt die Hebamme Philipp den frischen Butterballen vor – »frisch aus dem Keller« –, dazu graues Brot und einen mit Marmelade gefüllten Steintopf. Auf dem Bierkrug, der die Farbe von gebranntem Zucker hat, schwimmt eine Fliege.

»Herr Philipp«, sagte sie, »es macht Freude, Sie essen zu sehn.« »Meinen Sie?« antwortet Steeny mit vollem Mund. Wenn er nicht bei Ouine ist, findet er sogleich jenen anmaßenden Ton wieder, der daheim die beiden Freundinnen zur Verzweiflung bringt.

»Ich«, sagt sie, »verliere in diesem Haus die Lust daran, mich zu ernähren. Ohne Kaffee hielte ich nicht durch.«

Sie füllt ihre Tasse mit Wacholderschnaps, schiebt sich noch ein Stück Zucker zwischen die Kiefern und trinkt in kleinen Schlücken.

»Ich frage mich, was einen jungen Herrn in ein Haus wie dieses locken kann, ein so trauriges Haus«, beginnt sie nach einem langen Schweigen. »Der alte Herr hat Sie gern, gewiß, aber in Ihren Jahren macht man sich nicht viel aus der Liebe alter Leute. Und kann er, so krank, wie er jetzt ist, überhaupt vernünftig reden? Denn das Reden war früher seine Stärke. Er brauchte nur zu wollen, so verdrehte er den Leuten den Kopf, freilich ganz langsam und ohne daß es auffiel, mit seinem Prälatenlächeln und seinen fetten Händen, die er so zart zu handhaben versteht. Wenn er gewollt hätte! Aber in den letzten Jahren ist er hier nicht mehr herausgekommen, denn er hatte ja hier seinen Spaß.«

»Welchen Spaß?« »Na! Wollwade natürlich!«

Ehe die Hebamme den Mund hatte auftun können, um zu antworten, war in Philipp die Wut aufgestiegen. Es half ihm nichts, daß er diese Wut lächerlich fand, die Scham, die sie ihm einflößte, steigerte die Wut noch, statt sie zu beruhigen. Und plötzlich barst sie zu seiner größten Überraschung in ein nervöses, unstillbares Gelächter.

»Herr Ouine pfeift auf die Frauen«, schrie er, »auf jede Frau! Und um die Männer, Frau Marchal, kümmert er sich auch nicht sehr viel mehr. Aber Sie können ihn nicht beurteilen, Sie können ihn nicht einmal verstehn!«

»Na, na, kleiner Gockel! Auf jede Frau, sagen Sie? Sie können mir glauben, junger Mann, daß ich mich in Familienunterwäsche besser auskenne als Sie. Der Schlaueste ist nicht bewahrt davor, sich für eine Frau in Dummheiten einzulassen, und es muß nicht einmal eine schöne Frau sein, im Gegenteil.«

»Die Frauen...«, begann Philipp.

»Die Frauen... die Frauen... Anscheinend brennt Ihnen das Wort auf der Zunge. Warten Sie nur, bis Sie wissen...«

»Was denn wissen? Gerade wenn die Burschen den Frauen nachlaufen, wissen sie nicht, was Frauen sind. Dann sind sie närrisch, rasend. Ich dagegen...«

»Jawohl, ein junger Herr wie Sie, gehegt und gepflegt, ein Zuckerjunge...«

Aber Philipps Wut war schon verraucht. Jedesmal, wenn er jener seltsamen Verwirrung entrann, in die ihn die Stimme, der Blick Ouines stürzten, löste das in ihm ein dunkles Gefühl von Freiheit, von Befreiung aus und versetzte ihn in eine dumme Erregung, die er in sehr vielen Worten loszuwerden versuchte.

»Die jungen Leute von heute sind ganz anders als die von früher, Frau Marchal. Die Frauen interessieren uns gar nicht so sehr. Ja, ja, lachen Sie nur, ich denke nicht allein so, meine Kameraden denken ganz ähnlich.«

»Ihre Kameraden? Und wo sind sie denn, Ihre Kameraden? Bei solchen Reden müßten Sie eigentlich erröten, da Sie ja immer noch am Rock Ihrer Frau Mutter hängen und an dem Ihrer hübschen Erzieherin auch noch.«

»Was denken Sie von Miß, Frau Marchal?«

Er hat seine Lider plötzlich gesenkt, fast geschlossen.

»Nichts«, sagte die alte Frau ruhig. »Kenne ich sie denn überhaupt? Seit sie in Fenouille ist, hat sie kaum zehnmal mit mir geredet, und ich sehe sie doch jeden Abend. Sie geht an meiner Tür vorbei, einfach so! Aber wenn Sie wollen, daß ich offen mit Ihnen rede: Ihnen hätte ein Lehrer gut getan, Herr Philipp, ein richtiger Lehrer, ein Mann, mit einem Wort.«

»Herr Ouine ist mein Lehrer«, sagte Steeny. »Ich werde nie einen andern haben.«

»Schade, daß Sie ihn so früh verlieren müssen. Immerhin, ein Bursche wie Sie ist nicht dazu geschaffen, in Fenouille zu leben, und wenn Sie erst einmal die Welt gesehn haben... Lassen Sie es gut sein, mit zwanzig Jahren und meinem Diplom in der Tasche kam auch ich, die ich da mit Ihnen rede, mir recht schlau vor... Ich möchte über Ihre Freundschaft weiter nichts gesagt haben, aber das ändert doch nichts daran, daß Sie schon in Montreuil Männer finden können, die dem da weit überlegen sind. Herr Valéry zum Beispiel, der frühere Obersteuerinspektor. Ihr Lehrer und er waren früher Freunde...«

»Und jetzt?«

Die Hebamme warf wieder einen verstohlenen Blick nach der Tür.

»Er sagt...«

»Was sagt er denn?«

»Sie müssen mir versprechen, den Mund zu halten, ja? Er sagt, Herr Ouine sei der gefährlichste Mensch, den er jemals kennengelernt hat.«

»Warum gefährlich?«

»Na, das müssen Sie doch besser wissen als ich! Seit Wollwade tot ist, verlassen Sie sozusagen nicht mehr das Haus. Das ganze Dorf schwätzt darüber. Muß man da nicht annehmen, daß Sie Ihre eigene Ansicht darüber haben, auch Sie? Wahrscheinlich redet ihr von was anderm miteinander als von Regen und Sonnenschein.«

»Darin täuschen Sie sich sehr«, sagte Philipp feierlich. Sein Gesicht nahm einen Ausdruck komischer, doch keineswegs lächerlich wirkender Würde an. Auf seinen Wangen zeigten sich zwei Schattenmulden.

»Herr Ouine kann reden, wovon immer er reden mag: die einfachsten Dinge [und manchmal könnte man denken, er sei kindlich oder sogar dumm, und er tut es doch nicht absichtlich], ja, die einfachsten Dinge sind in seinem Mund nicht wieder zu erkennen. So sagt er zum Beispiel nie etwas Böses von einem Menschen, er ist sehr gut, sehr nachsichtig. Aber man sieht auf dem Grund seiner Augen irgend etwas, das einen die Lächerlichkeit der Leute verstehn lehrt. Und sowie dieses Lächerliche einmal behoben ist, gehn einen die Leute gar nichts mehr an, sie sind einfach leer. Auch das Leben ist leer. Ein großes leeres Haus; das betritt jeder zu seiner Zeit. Durch die Mauer hindurch hört man die Schritte derer, die kommen, und derer, die gehn. Doch sie begegnen einander nie. Ihre Schritte dröhnen in den Gängen, und wenn wir reden, glauben wir eine Antwort zu hören. Aber es ist nur der Widerhall unserer eigenen Worte, nicht mehr. Sieht man sich dann plötzlich irgendwem gegenüber, dann genügt es, ein wenig näher hinzuschaun, um sein eigenes Bild im Spiegel zu sehn, in einem jener verbrauchten, grün gewordenen, staubverschleierten Spiegel, wie es hier im Hause so manche gibt...«

Die Schattenmulden in seinen Wangen erweitern sich, und die alte Frau sieht zu ihrer größten Überraschung in den Augen des Knaben einen trüben Schein aufsteigen, ähnlich dem eines Herbstmorgens, einen Schein unfaßbarer Trauer. »Es ist betrüblich«, sagte sie endlich, »einen jungen Mann Ihres Alters,

der nur an Vergnügliches denken sollte, vom Leben so reden zu hören... es zu vergleichen hören... mit einem leeren Haus.«
Sie hatte ihre Tasse auf den Herd gestellt, und mit vorgeneigtem Rumpf, die riesige Brust auf ihre über den Knien gekreuzten Arme gestützt, beobachtete sie Philipp seltsam verzogenen Mundes, mit der unverschämten Aufmerksamkeit von Frauen ihrer Art.
»Sie sollten ihm doch mißtrauen. Mißtrauen Sie ihm, solange er lebt. Und er kann noch lange leben. Hat man je gesehn, daß ein Schwindsüchtiger sein Fett nicht verliert?«
»Mißtrauen?«
»Hier sind seltsame Dinge geschehn. Ja, hier, in diesem Haus. Ich habe Herrn Anthelme gekannt. Vor seiner Ehe mit Wollwade war er ein Mann wie auch andere Herren von damals, nicht gerade ein Schlaukopf, wenn Sie wollen, aber ruhig, haushälterisch, und vom Morgen bis zum Abend mit seinen Freunden und mit geschulterter Flinte auf den Feldern unterwegs. Gut. Eines Morgens war er abgereist. Sonntag komme ich wieder, hat er gesagt. Fehlgeschossen! Er kommt erst nach sechs Monaten heim und nicht allein... Oh, Wollwade, im Anfang, glauben Sie mir, zeigten ihr alle ein freundliches Gesicht, sogar die Damen. Sie hätten gelacht, wenn Sie gesehn hätten, wie die jungen Schloßherren sie umgockelten, das Monokel ins Auge geklemmt, mit ihren haselnußfarbenen Röcken, den enganliegenden Hosen, den verteufelt spitzen Stiefelchen. Herr Anthelme schien es gar nicht zu merken. Sie klopften ihm auf die Schultern. Teufelskerl, dieser Anthelme! Solche Ehen gibt es zu Tausenden, etwa nicht? Bis eines Tages...«
Sie bückte sich mit Müh, um ihre Tasse aufzunehmen.
»Eines Abends ist Herr Ouine, man weiß nicht woher, gekommen. Vater Anthelme hat ihm den Koffer getragen. Herr Ouine kam in seinem Gehrock, seinem steifen Hut, seinen dicken Schuhen und schwitzte riesige Tropfen. ›Ich habe noch niemals einen Menschen so schwitzen gesehn‹, sagte Anthelme, denn die Hitze hat er nie vertragen. Sie haben ihn in der Speisekammer empfangen und sahn dabei aus, als machten sie sich über ihn lustig. Aber sechs Wochen später war er Herr im Haus. Ich habe damals den Gärtner Florent

gekannt; er war schon beim seligen Vater des gnädigen Herrn in Dienst, seine Tochter kam hierher als Tagesaushilfe, ein hübsches Mädel. ›Man sieht ihn nicht‹, sagte mir Florent, ›man hört ihn nicht, auf seinen Samtpfoten schleicht er von einem Stockwerk ins andere, gestriegelt und fett wie ein richtiger Kater. Und Sachen sagt er! Man glaubt, einen Pfarrer zu hören. Aber wenn schon: ich kann mich mit seinem Gesicht nicht abfinden. Er riecht sogar seltsam, wie Wild. Und trotzdem ist er sehr gepflegt, fast zu sehr. Er beschäftigt sich auch viel mit Blumen, nur pflückt er sie nicht selbst, ich suche ihm die heraus, die zuerst blühn, er zerreibt sie zwischen seinen Händen, neigt sein großes, rundes Gesicht darüber und bleibt lange so stehn. Dabei verdreht er vor Vergnügen die Augen.‹ ›Schaun Sie, Vater Florent‹, sagte ich, ›das sind keine schlechten Sitten.‹ Ich höre ihn noch, wie er antwortete: ›Schlecht sind sie nicht, aber er bringt, ohne es zu wissen, eine schlechte Luft mit sich.‹ Schlechte Luft oder nicht, sechs Wochen später war der brave Mann eine Leiche.«

»Woran?« »Man nimmt an: an einer Grippe. An einem bösartigen Fieber schließlich. Sie mögen darüber lachen!«

»Ich lache nicht, Frau Marchal«, sagte Philipp [und er betrachtete, über den Rücken der alten Frau hinweg, ohne die Wimpern zu senken, den aufglühenden, ungeheuern Himmel]. »Er wäre vielleicht auch an etwas anderm gestorben ... Ich denke oft, daß man Herrn Ouine nicht widerstehn kann.«

»Widerstehn? Vater Florent war viel zu dumm, um irgendwem zu widerstehn. Am Ende der ersten Woche wäre er für Ihren Herrn Ouine durchs Feuer gegangen. Herr Ouine setzte sich neben ihn in den Gemüsegarten, während er umgrub. Er erklärte ihm den Himmel, die Sterne, die Weltordnung. Und die Leute sagen sogar, der Professor sei nach Florents Tod manchmal zu seinem Grab gegangen, auf den alten Friedhof, und habe dort zwei oder drei Stunden verbracht, seinen verteufelten Hut in der Hand, aufrecht stehend, mit einem Strauß Feldblumen, die er, so wie sie waren, wieder mitnahm, als dächte er gar nicht mehr daran. Sie sehn also, daß die zwei sich im Grunde ganz gut verstanden haben.«

»Richtig. Man kann sich nicht vorstellen, ein alter Trottel könne die gleiche Luft atmen wie Herr Ouine. Wenn Herr Ouine wenigstens fähig wäre, wütend zu werden oder nur,

sich über einen lustig zu machen! Er macht sich nie über jemand lustig. Er ist gut. Und schaun Sie, man erträgt nicht so leicht die Güte eines Mannes von seiner Art.«
Die Hebamme hörte aufmerksam zu.
»Meiner Treu«, sagte sie endlich, »ich muß Ihnen versichern, daß Sie sie auch nicht mehr ertragen. Ich finde, Sie sehn sehr schlecht aus, junger Herr! Ohne Ihrem Lehrer etwas Böses zu wünschen, denn er ist ja verloren, wäre es besser für Sie, wenn er abginge, das müssen Sie zugeben. Zum Glück sind Sie jünger als Herr Anthelme. Sonst...«
»Aber was! Herr Anthelme war alt, als er starb.«
»Alt? Mit sechsundvierzig Jahren?«
»Es wundert mich, daß er es solange ausgehalten hat. Miß behauptet, er habe nicht mehr Grütze im Kopf gehabt als seine Hunde und Frettchen. Doch wenn schon, Herr Ouine könnte Steine zum Denken bringen!«
»Herr Anthelme dachte nie. Er hatte alles satt. Ein Mann, der sich gehn ließ. Und fixe Ideen! Einmal bin ich ihm bei einer Kundin begegnet. Frau Dorsenne, seiner Nichte. Er sagte ihr, daß er bisher wie ein roher Klotz gelebt habe, daß er erst jetzt zu begreifen beginne. Was denn zu begreifen? Er sagte auch: ›Ich hätte ein großer Musiker werden sollen.‹ Dabei hatte er nie ein anderes Instrument gespielt als das Jagdhorn. Er hat sein Gut Bloqueville verkauft, um eine Orgel anzuschaffen, aber seine Gläubiger haben von der Sache Wind bekommen, und die Orgel ist schließlich nicht abgeliefert worden. Sie hat tagelang in ihrer Kiste auf dem Bahnhof von Ouchy herumgelegen.«
»Was wollen Sie nur, Frau Marchal? Ein Trottel sollte nicht davon träumen, Dichter oder Musiker zu werden. Herr Ouine sagt, daß man immer an einem Traum stirbt.«
Er brachte diese Worte mit einer lächerlichen Würde hervor, aber sein verkrampftes Gesicht, die seltsame Grimasse seines Mundes, der fliehende Ausdruck seines Blicks verursachten der alten Frau eine uneingestandene, an Angst streifende Verlegenheit.
»An einem Traum sterben? Was wollen Sie mir denn da vormachen, junger Herr? Das sind Worte, die Sie einfach nachsprechen, ohne sie zu verstehn?«
Philipp zuckte die Achseln.

»Wenn die Menschen nicht träumten«, antwortete er in dem gleichen lächerlich anmaßenden Ton, »würden sie, nehme ich an, bis ins hohe Alter leben, bis in ein viel höheres Alter – vielleicht für immer leben.«
»Und die Tiere, junger Herr? Die sterben doch auch!«
»Die Tiere träumen auf ihre Art. Wenn man in ihren Hirnen lesen könnte, würde man sicherlich sehn, daß auch sie etwas wünschen, was sie nicht besitzen, aber sie wissen auch nicht genau, was. Denn das ist das Träumen.«
»Träumt denn Herr Ouine nicht? Nein?«
»Doch«, sagte der Knabe. »Aber er hat sich lange Zeit dagegen gewehrt. Ich wünsche mir nichts, sagte er, nichts Gutes und nichts Böses. Jetzt behauptet er, daß er sich den Träumen öffnet wie ein altes, verrottetes Schiff dem Meerwasser.«
»Sie spinnen da keinen guten Faden«, versetzte die Hebamme nach einem langen Schweigen. »Im übrigen stehn Sie damit nicht allein da. Man möchte sagen, daß dieses verfluchte Dorf vom Schicksal geschlagen ist. Meiner Treu, seit man den Hirtenjungen umgebracht hat, ist es nicht mehr zu erkennen!«
Ihre grauen Augen beobachteten Philipp voll List, und sie redete mit einer dumpfen, kaum verständlichen, klanglosen Stimme weiter, als sagte sie Auswendiggelerntes her.
»Die Richter, die Gendarmen, die ganze Polizei nehmen an, daß der Schwiegersohn des Herrn von Vandomne die Tat begangen hat. Er hat sich umgebracht, also ist er schuldig, so schließen sie. Ein Wilderer, natürlich! Die Vandomne sind übrigens hochmütig, sie haben Feinde. Kurz, ich dachte: die Gerechtigkeit hat ihres Amtes gewaltet, und die Geister werden sich beruhigen. Im Gegenteil! Nie ist es im Dorf so drunter und drüber gegangen. Es gleicht einem riesigen, wild gewordenen Kreisel, das dreht sich und schnauft und wäre fähig, Mauern umzulegen. Ganz ruhige Leute, die nicht einmal eine Zeitung lasen, benehmen sich jetzt am tollsten. Die Herren Untersuchungsrichter, scheint es, bekommen alle Tage Säcke voll von Angebereien. Aber die Behörden haben den Kopf verloren. Ist das vielleicht vernünftig, zum Beispiel, daß man einen kleinen Knecht wie einen Notar begraben läßt, mit Blumen und Behördenvertretern und Reden? Und da man wußte, daß Wollwade zu allem fähig war, hätte man sie nicht überwachen sollen? Sehn Sie, als ich beobachtete, wie Ihr

Herr Ouine ganz vorsichtig und leise aus der Kirche schlüpfte, an den Mauern entlang, sagte ich mir: ›Die Sache wird bestimmt schiefgehn, der alte Fuchs hat Wind bekommen.‹ Ich selbst war außer mir, die Rede des Pfarrers hatte mich glatt umgeworfen, es waren nicht so sehr seine Worte, es war eher die Stimme, der Ton. Ich fühlte mich unwohl in meiner Haut, als steckten Hunderte von Nadeln drin. Die Leute haben ihm mit offenem Maul zugehört, ohne ihn zu unterbrechen, aber mit bösen Blicken. Daß sie ihn nicht verstanden, das hat sie wütend gemacht! Und dann noch dieser Schafskopf von Bürgermeister! Ist Ihnen nicht aufgefallen, daß seit langem jeder hier auf seine Art festgefahren ist? Er ist nur ein Mann, der zu viel gelebt hat, ein Wüstling. Er hat Angst vor dem Tod, vor der Hölle. Vor seiner Ehe soll er eine seiner Mägde ins Unglück gebracht haben, die hat sich dann im Stall erhängt. Von dem, was er da auf dem Friedhof vorgebracht hat, weiß freilich keiner was. Äußerungen eines Narren, weiter nichts. Anderswo hätte man einfach gelacht. Aber da, am Grabe – es fehlte nicht viel, und er wäre hineingeplumst – war es ein tolles Schauspiel und das noch vor Männern, die von früh an einen Wacholderschnaps nach dem andern hinter die Binde gegossen hatten! Da hat dann Wollwade...«
Die Stimme der Hebamme war sanfter geworden. Philipp, das Kinn in den Händen, starrte mit einem geradezu erschreckenden Ausdruck vor sich hin.
»Es ist ein Unglück, daß sie tot ist«, fuhr Frau Marchal fort. »Sie wollten sie gar nicht umbringen. Sie haben sich auf sie gestürzt wie die Elstern und die Raben auf ein Käuzchen, und das am hellichten Tag! Mit dem, was sich die Hiesigen alles einbilden, sollte man nie spielen! Ich will nichts gegen Wollwade sagen. Ich habe Lasterhaftere gesehn als sie, und jedermann lüpfte vor denen die Mütze. Unsere Burschen sind nicht bösartig, man muß nur auf ihre Gewohnheiten Rücksicht nehmen. Sie nahm keine darauf. Eine Schloßherrin, die auf den Straßen herumjagt, von vier oder fünf Uhr morgens an, hinter einer großen Teufelsstute, so hoch gebaut, daß man sich seit Menschengedenken nicht erinnern kann, eine ähnliche gesehn zu haben, eine Schloßherrin, die von den Damen der andern Schlösser verleugnet wird, das hat fürs erste schon

genügt, um ihnen an die Ehre zu gehn. Aber das Schlimmste, sehn Sie, junger Herr, ist dies, daß sie nichts dagegen hatte, sich lächerlich zu machen, und sie machte sich lächerlich. Eine Frau, die liederlich ist, darf das nicht. Die jungen Leute von heutzutage sind nicht mehr, was sie in meiner Jugend waren, das stimmt schon. Und doch täuscht der Schein oft. Sie mögen sich noch so schiefe Scheitel machen und Schuhe in allen Farben tragen und wie Stadtstutzer tanzen, eine sittenlose Frau, die sich mit ihnen die Zeit vertreiben will, muß sie wie Lausbuben behandeln. Sonst lachen sie einfach, und wenn sie lachen, dann sieht man ihre weißen Zähne, ihre Wolfszähne, und sie sind bereit zu beißen. Vergessen Sie nicht, daß die Großmütter dieser Lausejungen über das alles nicht lachten, sie haben das Schamgefühl noch im Blut. Eine schamlose Person, das verängstigt sie anfangs ein wenig, und wenn sie nichts mehr zu fürchten haben, dann sind sie so weit, mit ihr umzugehn wie mit einer verlaufenen Katze – nach ihr mit Steinen zu werfen! Und regnet es einmal Steine, dann ade! Im übrigen waren Wollwades Wunden nicht so gefährlich, wie man behauptet, aber sie war von Natur zu aufrührerisch, sie konnte sich nicht ans Krankenhaus gewöhnen, sie hat zwei- oder dreimal gebettelt, daß man sie hierher zurückbringen soll – zwei- oder dreimal und nicht öfter –, dann hat sie die Zähne zusammengebissen und den Mund nicht mehr aufgetan. Sie hat sich einfach sterben lassen. Die Ärzte kamen aus dem Staunen nicht heraus. Hätten sie das vorausgesehn, dann hätten sie sie heimkehren lassen, auch wenn das Haus hier für ungesund gilt. Unter uns, ich glaube, da übertreibt man ein wenig. Seit Jahren hatte sich Wollwade in den Kopf gesetzt, die Läden im Sommer wie im Winter geschlossen zu halten. Die Feuchte ist überall die Wände hochgekrochen.«

Aber Philipp hörte nicht mehr zu. Die Holzscheite brachen eines nach dem andern in der Asche zusammen. Von ihrer endlosen Rede erschöpft, schloß Frau Marchal die Augen und schüttelte langsam den Kopf. Und weil sie sie zu nahe an die Glut gestellt hatte, knallte ihre leere Schale auf einmal mit einem scharfen Ton entzwei.

»Wer hat den Burschen umgebracht?« fragte plötzlich der Knabe.

Philipp öffnet die Tür ein wenig und bleibt einen Augenblick auf der Schwelle stehn, vor Staunen starr. Herr Ouine ist aufgestanden! Herr Ouine ist nicht mehr im Bett! Er sitzt beinahe bequem auf dem Lehnstuhl, seine nackten Füße stecken in den Pantoffeln, der Halskragen steht weit offen und entblößt seinen mächtigen Hals, der blasser und glatter wirkt als je zuvor. Die Lippen sind ein wenig bläulich, und in regelmäßigen Abständen, mit einer mechanischen, seltsam sicheren Bewegung führt er über sie seinen dicken Daumen mit dem breiten, flachen Nagel, der die Farbe von altem Elfenbein hat.
Ohne dies zu unterbrechen, wendet er Philipp langsam ein Antlitz zu, das der Knabe zuerst nicht erkennt. Was! Eine Stunde hat genügt, um... Wunderliches Gesicht! Das Knochengerüst scheint zerstört, als umhülle die Haut nur noch eine Art von weichem Fett. Das schlapp gewordene Fleisch läßt den Schädel ungeheuer groß erscheinen. Die Wangen, die nicht mehr recht an den Backenknochen hängen, fallen über den Hals herab und bilden an den Kinnbacken zwei Taschen, durch die der untere Teil des Gesichtes so breit wird, daß der Hals, wenn man ihn genauer beschaut, unmäßig lang erscheint: es sieht aus, als ob er sich wie der Stengel einer ungeheuerlich-unheimlichen Blume unter seinem Gewicht niederböge. Die schweißverklebten Haare stehn in Büscheln empor.
»Er gleicht Louis-Philippe«, denkt Steeny.
Im gleichen Augenblick wendet er sich schon der Tür zu, um Frau Marchal herbeizurufen. Werden sie zu zweit die Kraft haben, den alten Mann wieder in sein Bett zu bringen? Die Hebamme steigt ohne Eile die Treppe herauf, stöhnt bei jeder Stufe, tritt schließlich ein und beurteilt die Lage mit einem raschen Blick. Durch eine kaum bemerkbare Bewegung ist Ouine ein wenig in seinen Lehnstuhl eingesunken, doch die Hand bleibt in der Schwebe, der Daumen hängt in der Höhe des Kinns. Dann legt er sie sanft auf seine Knie. »Sie müssen brav sein und sich wieder legen«, sagt die Pflegerin mit einer klanglosen Stimme. »Sie müssen vernünftig sein.«
Schweigen.

Sie hebt die Schultern, ermißt mit dem Blick die Entfernung vom Stuhl zum Bett, dann bleibt ihr Auge an Steeny haften.
»Was wollen Sie denn, daß ich tun soll? Sie könnten es gar nicht schaffen mit ihm, Ihre Arme zittern. Schließlich ist es doch nicht der Teufel! Man könnte versuchen, den Stuhl ans Bett zu rücken.«
Philipp stemmt sich gegen die Lehne, schiebt mit allen seinen Kräften. Sie hat Ouines leblose Beine in ihre verschränkten Arme genommen und geht langsam rückwärts. Auf diese Weise kommen sie nicht ohne Mühe einige Meter voran; Ouines Rumpf schwankt gefährlich, und um zu verhindern, daß er ausrutscht, stützt Steeny den Sterbenden mit seiner Schulter.
»Uff!« sagt die Hebamme. »Halt!«
Da sie zwischen das Bett und den Stuhl gezwängt worden ist, muß sie über die Knie des Kranken klettern, um die sich korkenzieherhaft die langen Hosen winden.
»Der Krämer wird kommen«, sagt sie, »heute ist sein Tag. Er wird mir zur Hand gehn, um den armen Herrn wieder ins Bett zu bringen. Derweilen wollen wir ihn mit Kopfkissen stützen. Verflucht! Ich hätte es lieber mit einer Frau in den Wehen zu tun. Kranke Männer, die sind ärger als Sägspänepuppen, und nichts mit ihnen anzufangen. Kommen Sie, junger Herr. Man könnte meinen, Sie schlafen im Stehn.«
Sie schaut mit leichter Tücke auf Steenys Hände, deren Zittern er vergebens zu verbergen sucht. Er legt sie schließlich hinter seinen Rücken. Die Augen der Hebamme kehren mit einem befriedigten Ausdruck zu dem Kranken zurück.
»Wenn es nicht anders geht«, sagt sie, »könnte er auch so sterben, nicht wahr, genauso ruhig wie zwischen den Bettlaken? So wie er da sitzt, junger Herr, hat man fast den Eindruck, als ob er einen verstünde, aber fürchten Sie nichts, kein Mensch ist je auferstanden.«
»Seien Sie doch still«, stottert Steeny und ist ganz bleich geworden.
»Wenn ich Ihnen nochmals sage, daß er weder sieht noch hört! Der ist nicht weniger und nicht mehr als ein richtiger Toter. Aber natürlich, ihr seid euch alle gleich! Mit den Lebenden quält man sich nicht weiter ab, aber wenn es bei irgendwem ans Sterben geht, dann liegt ihr ihm alle zu Füßen

wie vor dem lieben Gott. Die Frauen dagegen haben Sinn für so was, die verlieren selten den Kopf. Vergessen Sie nicht, Herr Steeny, daß ich viele Kunden habe sterben sehn, daß ich ihren letzten Seufzer gehört habe, um wie die Zeitung zu reden. Den letzten Seufzer hören, das will was bedeuten! Und wissen Sie, Kunden jeder Art! Reiche, Arme, Alte, Junge; und Böse und Gute. Jawohl, Herr Steeny, ich habe nichts Besonderes über deren Ende zu berichten.« Sie klopft zum letztenmal auf die Kopfkissen und schiebt den Tisch zwischen den Stuhl und die Mauer. Also an jeder Bewegung gehindert, könnte Ouine nun in Frieden Schluß machen.
»Ich finde Sie reichlich herzlos, Frau Marchal«, sagt Philipp, »als ob Sie ein Pferd oder eine Kuh vor sich hätten.«
»Eben darin täuschen Sie sich«, antwortete die Hebamme, keineswegs erzürnt. »Bei seiner Art, die Sie ja kennen, können Sie mir glauben: ich hätte schon mein Teil abbekommen, wenn er noch bei Besinnung wäre. Denn trotz seinem freundlichen, dicken Honigkuchengesicht hatte er eine scharfe Zunge. Aber nun ist er, wenn man so sagen darf, wieder so, wie er aus dem Bauch seiner Mutter kam. Was können Sie schon für ein neugeborenes Kindchen tun, mein armer junger Herr? Es sauber und warm halten und kein Dankeschön von ihm erwarten.«
Sie warf dem Kranken einen schwer faßbaren Blick zu, worin stolze Befriedigung eines heimlichen Grolls sich fast in Zärtlichkeit, in Liebkosung verwandelte.
»Der Doktor hat ganz richtig gesagt, daß er irgendwann, wenn man es am wenigsten erwartet, plötzlich schwach werden würde. Wenn ich daran denke, daß er vor einer knappen Stunde noch auf seinem Bett lag: ›Frau Marchal, nehmen Sie den jungen Mann mit... Es wäre mir nicht unangenehm, ein wenig zu schlafen.‹ Meiner Meinung nach hat ihn die Anstrengung des Aufstehns mit einem Schlage fertig gemacht. Wahrscheinlich hat er in den ersten Stock hinuntergehn wollen, in Wollwades früheres Zimmer. Unter uns gesagt, glaube ich, daß er das insgeheim schon vorige Nacht getan hat. Wahrscheinlich, um irgendwelche Papiere zu holen. Den Schlüssel zu einem der Wandschränke habe ich in seiner Hosentasche gefunden.«
Sie näherte sich, legte die Hand auf den Schenkel des Sterben-

den und sagte: »Schaun Sie, junger Herr, da ist er noch. Aber...«

»Lassen Sie mich in Ruhe«, stotterte Philipp. »Mich ekelt vor Ihnen, Frau Marchal.«

»Das hindert nicht, daß ich vielleicht mehr als einem Menschen einen Dienst erweise, wenn ich das Versteck angebe.«

»Wem?«

»Der Justiz, zum Teufel! Ein Mann wie der wußte allerhand über viele Sachen. Er würde sich nicht die Mühe machen, die Rechnungen seiner Lieferanten oder selbst die Briefe seiner guten Freundin so sorgsam zu verstecken. Aber Sie können ruhig sein, junger Herr, ich gehöre nicht zur Polizei, ich nicht – die sollen sich nur allein zurechtfinden!« Sie ging ruhig zur Tür, öffnete sie und drehte sich auf der Schwelle um. Der Knabe blieb in einer Ecke des Zimmers stehn, den Blick zu Boden gerichtet.

»Es ist ungehörig«, sagte sie, »daß Sie allein hierbleiben. Wozu nur? Gleich ist es sechs Uhr, der Krämer kann jede Minute kommen, ich glaube sogar, daß ich seinen Lieferwagen gehört habe, oben aus der Richtung von Gastebleds Haus. Schaun Sie nur hin, Ihr Freund leidet gar nicht. Und dann, was wollen Sie?, ich kann doch nichts tun. Mit meinen Krampfadern ist es nicht ausgeschlossen, daß ich ihn auf die Fliesen herunterrutschen ließe. Und dann? Ich sehe schon das Gesicht des Doktors, wenn er einen Kranken im Hemd auf dem Boden fände, was?! Im übrigen wäre es nicht das erstemal, daß ich einen im Lehnstuhl habe sterben sehn. In einem gewissen Sinn ist das für einen Kranken, der in den letzten Zügen liegt, eher zweckmäßig. Ich weiß, was ich sage. Wenn er ausgestreckt liegt, würden sich die Lungen sehr viel rascher verstopfen, man würde ihn schon röcheln hören. Und dann, junger Herr, wenn Sie dabei sind, glauben Sie mir, würde er sich zu sehr aufregen.«

»Sich aufregen? Ist er denn bei Besinnung?«

»Aber nein. In den letzten Zügen liegen ist wie schlafen, ganz was ähnliches. Wenn einer schläft, dann träumt er oder er träumt nicht; man weiß nicht, wovon das kommt – wahrscheinlich vom Magen. Aber das verhindert keineswegs, daß irgendein Nichts – eine Tür, die man schließt, oder ein Möbel, das knarrt – die Einbildungskraft anregt, ohne daß man davon weiß. Hören Sie nur! Voriges Jahr habe ich bei Herrn Guiraud, dem Altnotar, Nachtpflege gehabt. Ein schöner alter Mann von siebenundneunzig Jahren und noch kräftig. Was der am Schluß für Sachen gesagt hat, was für Sachen! Die kleine Krankenschwester wäre dabei fast verrückt geworden, von den Sachen, die er sagte! Schließlich fängt der Todeskampf an. Gut. Zwei Tage lang hat er still vor sich hin geröchelt, man hätte meinen können, er schnarche. Aber mitten in der dritten Nacht – Hölle und Teufel! Er schlägt so um sich, daß wir ihn zu dritt nicht halten konnten, denken Sie! ›Das ist der Teufel, der ihn packt, ganz bestimmt!‹ wiederholte die kleine Nonne und weinte immerzu. Und sie überschüttete ihn mit Weihwasser. Nun, wollen Sie wissen, wie ich ihn endlich beruhigt habe? Wollen Sie es wissen? Während ihm der Gärtner ein Tuch um die Schultern knüpfte [wie man es mit den Verrückten macht], ist mir der Gedanke gekommen, ihm eine Art von Wiegenlied vorzusingen, eins von uns daheim, denn Herr Guiraud war aus den Ardennen wie ich. Können Sie sich vorstellen, daß der Gärtner zuerst bös auf mich war! Er fand, daß man solche Sachen nicht vor einem fast Hundertjährigen singt, daß ich mich anscheinend auf Kosten des Sterbenden lustig machen wolle. Keine Rede davon! Was soll ich sagen? Mein Notar hat mich schließlich verstanden, nehme ich an. Er hat die Beine nimmer bewegt, hat sich ganz vernünftig und mit einer Art von Lächeln ausgestreckt. Mir war eigentlich nicht ganz wohl dabei. Geboren werden und sterben ist im Grund dasselbe. Kurz und gut, etwas, was man nicht verstehn kann! Schon gut! schon gut! ich lasse mir ganz gern sagen, daß ich hart sei, weil ich an die Kranken gewöhnt bin und weil mich ihre Grimassen nicht mehr ängstigen. Und doch, wenn ich Ihnen erzählen wollte... Kommen Sie nun mit hinunter, ja oder nein?«

»Nein«, sagte Philipp und versuchte, seiner Stimme Sicherheit zu geben.

»Dann machen Sie wenigstens das Fenster auf«, schloß die Alte. »Hier herinnen ist ein wunderlicher Geruch.«

Wunderlich, das ist schon wahr, aber nicht unangenehm, gewiß nicht. Es ist der Geruch der Obstgärten von Fenouille in der Zeit, wenn die Äpfel der vorjährigen Ernte auf den Brettern der Vorratskammer zu verschrumpfen anfangen. Und dieser Geruch verfolgt Philipp nun schon seit mehreren Tagen, sogar in der sonnenverzehrten Landschaft, unter den Riesenfichten des Parks. Er findet ihn allmorgendlich wieder, wenn er seine Jacke vom Haken nimmt, denn dieser Geruch dringt listig durch die heftigen Düfte des Kölner Wassers hindurch, das er jedesmal nach der Dusche reichlich gebraucht. Aber selbst wenn er sein Gesicht in die Falten des Stoffes taucht, riecht er nichts. Man könnte meinen, der Geruch schlafe in der Wolle und wache erst zu der ihm eigenen Stunde auf.

Dennoch öffnet Philipp das Fenster und betrachtet den Garten, der dem Lehrer einst lieb war, den nun wieder verwilderten Garten. Das verbrannte Gras der Alleen hat einen fahlen Ton angenommen, und der Hitzedunst, der aus der Erde aufsteigt, zeichnet sie mit einem kaum wahrnehmbaren Metallglanz. Der Knabe versucht, das erhoffte Geknatter des Lieferwagens zu erlauschen, verfolgt mit seinem Blick den kreisenden Flug eines Raubvogels, der wie eine Mücke in der endlosen, schwindelerregenden blauen Himmelskuppel tanzt. Was geht es ihn an? Der Atem des Herrn Ouine stört das Schweigen der kleinen Kammer nicht, er verleiht nur eine Art von Grabeswürde, fast etwas Frommes. Philipp hat das Gefühl, daß sein eigener Atem und dieses feine, zurückhaltende Röcheln im gleichen Takt gehn, ja zusammenklingen. Vielleicht auch ihre beiden Herzen?...

Wie von selbst legt sich ihm seine Hand auf die Brust, bleibt schaudernd dort liegen. Wie kann er wissen, daß vor dreißig Jahren ein kleines Mädchen in seinem blau-rosa Bett die gleiche Bewegung gemacht hat, während das Licht durch die Türspalten filterte, die kupferne Klinke und die Ecke eines Bilderrahmens aufleuchten ließ und das Parkett unter den Schritten der alten, von Nachtwachen erschöpften Mutter unheilverheißend knarrte?

»Madame Marchal«, sagte Herr Ouine, »ich wünsche, daß Sie mich allein lassen. Ich fühle mich besser.«
Frau Marchal ist so überrascht, daß sie wie angewurzelt stehn bleibt, aber sogleich leuchten ihre kleinen schwarzen Augen auf, bekommen plötzlich einen grausamen Glanz – grausame Hilfsbeflissenheit –, während sie den Kranken ziemlich lange schweigend betrachtet. »Wie eine Köchin«, denkt Steeny, »die ein Huhn befingert, ehe sie's schlachtet.«
Mit einem Seufzer nähert sie sich dem Bett, streicht mit ihren Händen nachlässig über das Leintuch. Herr Ouine verfolgt sie mit aufmerksamem Blick. Das Röcheln seiner falschen Agonie hat sich allmählich in einen tief sitzenden Husten verwandelt. Der klingt so natürlich, daß sich Steeny abermals fragt, ob der alte Meister, unfähig wie er ist zu gewöhnlichen Vorspiegeleien, sich nicht etwa für sich selbst, für sich allein, die Komödie des Todes vorgespielt hat.
»Recht so«, meint Frau Marchal. Mit schräg vorgeneigtem Oberkörper, in ihrer kranken Hüfte eingeknickt, scheint sie dem Sterbenden mit ihrem ganzen Körper eine letzte Grimasse, ein spöttisches Aufwiedersehn vormimen zu wollen.
»Die Brust wird freier. Bestimmt redet er noch. Er steckt voll von Wind wie ein Weinschlauch. Wozu wird Ihnen das nützen?« fragt sie mit sanfterer Stimme. »Steht nicht alles, was man sagt, schon in den Büchern? Werden Sie je aufhören, auf der Schulbank zu sitzen?«
»Ich... bin... Professor, Frau Marchal«, bemerkt Herr Ouine zwischen einem Hustenstoß und dem folgenden.
Er lüpfte sich mit schmerzlicher Mühe empor, hängt den Kopf über den Bettrand hinaus. Mit einer fast rituellen Geste hält ihm die Hebamme den Spucknapf hin.
»Professor... für... Sprachen«, fährt Herr Ouine fort und spürt dabei eine unbeschreibliche Erleichterung.
Es gelingt ihm wieder, richtig zu atmen.
»Für lebende Sprachen, Frau Marchal.«
»Das dachte ich mir schon«, murmelt die Alte so leise, daß der Kranke sie kaum hat hören können. Sie geht auf die Türe zu! »Lebende Sprachen! He! He! Lebende!...«

Sie dreht sich auf der Schwelle um, sagt schon im Schatten des Ganges:
»Lebende!«
Ihre Stimme ist schrill, aufs Höchste gereizt. Dann verschwindet sie.

»Mein Kind«, sagt Herr Ouine, »komm näher, gib mir die Hand.«
Er nimmt diese Hand zwischen seine geschwollenen, weichen, glitschigen Handballen.
»Lassen Sie meine Hand«, sagt Steeny grob. Doch auf der Stelle tut ihm diese Ungehörigkeit leid.
Aber Herr Ouine hat sich durchaus nicht darüber gekränkt.
»Sei so gütig und hilf mir dazu, daß ich meine Arme auf der Matratze ausruhen kann. Sie sind jetzt für mich zu schwer geworden. Sie waren es, glaube ich, immer, aber ich merkte das nur halb, denn die Natur ist klug und wohlwollend. Dem Kind, das ich war, das ich blieb, hat sie allmählich diese riesig gewordenen Glieder auferlegt, diesen unanständigen, kürbisähnlichen Bauch, diese haarige, blasse Haut voller Falten und Blasen. Wie hab ich nur all das so lange herumschleppen können?«
»Sie reden viel und sagen nichts, absichtlich«, unterbrach Steeny grausam.
»Ich habe in der Tat andere Sachen zu sagen«, antwortet Herr Ouine gesetzt. »Vergebens habe ich in dieser Nacht versucht, sie in Ordnung zu bringen, sie entwischen mir alle zusammen, ich bin unfähig, sie zurückzuhalten. Und das ist ohne Zweifel das erste Symptom des Zerfalls. Andere werden folgen. Wie lange wirst du deinen Ekel noch überwinden können?«
Steeny beißt die Zähne zusammen, um nicht antworten zu können. Er weiß nicht mehr, ob er Herrn Ouine zürnt, weil er stirbt oder weil er noch nicht gestorben ist.
»Sie machen mir keine Angst«, murmelt er endlich mit einem unfaßbaren, ach wie einfältigen Ausdruck des Bedauerns.
»Wahrscheinlich, weil ich rede«, bemerkt Herr Ouine demütig. »Wenn ich schweige, spüre ich selbst und auf meine eigene Person bezogen etwas von dem Gefühl, das du eben genannt hast. Übrigens habe ich mein ganzes einsames Leben

lang so geredet. Nicht etwa, daß ich im eigentlichen Sinn des Worts oft Selbstgespräche geführt hätte. Ich habe eher geredet, um zu vermeiden, daß ich mich hörte. Ich sagte irgend etwas Beliebiges zu mir, das war mir so natürlich geworden wie dem Wiederkäuer das Heraufschlucken der Speisepatzen. Vielleicht habe ich zwei Seelen, wie jene Tiere zwei Mägen haben? Oder zwei Gewissen. Welches von beiden wird zuerst auslöschen? Es wäre anziehend, das zu beobachten. Sag, was murmelst du da zwischen den Zähnen?«
»Nichts. Ich denke nur, daß es Ihnen besser geht. Ich werde Frau Marchal zurückrufen.«
»Hüte dich, das zu tun. Nichts eilt. Du hast mir viele Tage geopfert, mein Junge, schenk mir noch diese Nacht. Morgen geb ich dich dann den Deinen zurück. Und dann werde ich dir nicht mehr lästig fallen, zumindest zu meinen Lebzeiten nicht. Denn natürlich habe ich keinerlei Macht über das Bild, das du von mir bewahren wirst, ob es nun der Wirklichkeit entspricht oder nicht. Ich wünsche dir, daß dir dies neue Geschöpf ebenso wohlgesonnen sei wie das andere.«
»Ich fürchte mich nicht vor Gespenstern«, sagt Steeny mißlaunig.
»Ich hoffe, daß ich noch kein Gespenst bin«, antwortet Herr Ouine lächelnd. »Aber es fällt mir schwer, über diesen Punkt etwas Bestimmtes zu behaupten. Die guten Leute sagen gern von einem willfährigen Sterbenden, daß sich der Unglückliche nicht sterben gesehn hat. Diese Worte haben für mich einen verborgenen Sinn. Vielleicht bin ich schon nicht mehr fähig, mich sterben zu sehn; mich sterben zu sehn mit jenem inneren Blick, dem ich allzuviel Vergnügen abverlangt habe und der sich jetzt um sich selber dreht wie eine zierliche, kleine Maschine, weil das einzige näher kommt, was zu sehn sich lohnt, und das er doch nicht sehn wird. Wenn ich diese Sache doch durch deine Augen sehn könnte! Ich sage deine Augen, deine wahren Augen, meine nicht jenes innere Auge, das in deinem Alter, wenigstens hoffe ich das, noch den weißen Flecken der ersten Kindheit trägt. Deine Augen, deine wahren Augen, deine so neuen, so frischen Augen.«
Bei den letztgesprochenen Worten wird Herrn Ouines Stimme etwas schwach, aber das nachfolgende Schweigen bringt keinerlei Entspannung, ist vielmehr voll von Wörtern:

Steeny meint, er höre sie irgendwo im Schatten pfeifen und sich verschlingen wie einen Schlangenknoten.

»Wer hält dich denn bei mir?« fragt Herr Ouine plötzlich. »Ja, wer hält dich denn?«

»Halten? Warum: halten? Vielleicht wie der Frosch, wenn ihn der Blick der Schlange bannt? Hören Sie, Herr Ouine, ich tu, was mir gefällt, alles, was mir gefällt, und zu der Zeit, zu der's mir gefällt, verstehn Sie?«

»Ich habe mir nicht vorgenommen, dich zu bannen«, sagt Herr Ouine in einem kläglichen Ton, der dennoch keinen Widerspruch duldet. »Aber das Wort: Schlange bringt mir genau das von mir gesuchte Bild. Ich erschöpfe mich in Anstrengungen: nicht mich wiederzufinden, sondern um mich selbst wieder zusammenzuknüpfen. Ja, um mich wieder zusammenzufügen wie zwei Teile einer von einer Schaufel zerschnittenen Schlange. Ach, leider zu spät! Die Bruchstücke meines Lebens, meines Seins werden sich nicht mehr zusammenfinden.«

Das nun eintretende Schweigen ist diesmal ein echtes Schweigen. Steeny würde nicht wagen, es als erster zu brechen. Auch Herr Ouine stärkt sich daran. Sein Gesicht ist ruhig.

»Ich glaube, diese Krise ist überwunden«, erklärt er. »Ohne daß du das wußtest, haben wir sie gemeinsam überwunden. Wenn ich nicht einen neuen Schlaganfall fürchtete, stünde ich sogar recht gerne auf. War's übrigens ein Schlaganfall? Mir scheint, daß ich keinen Augenblick das Gehör oder das Gesicht verlor. Ich schob es absichtlich hinaus, wieder zu hören und wieder zu sehn. Ich fühlte mich wie vor einem Klavier, dessen Tasten man zum Vergnügen streichelt... Nein! Nein! Ruf nicht. Ich werde bestimmt nicht aufstehn, das lohnt sich nicht... Besser ist, daß du allein meine letzte Flasche Portwein anbrichst... Schieb den Tisch näher... Recht so! Wenn du das Glas an die Lippen bringst, werden deine so blassen Augen genau die Farbe von altem feuervergoldetem Silber annehmen, das die Vergoldung verliert. Runzle nicht die Brauen! Ich erinnere mich an jenen ersten Abend, an dem du...«

»Damals verstand ich mich noch nicht aufs Trinken«, sagt Steeny und wird dabei rot vor Verwirrung.

Zweimal leerte er sein Glas Schluck um Schluck. Herrn Ouines Blick bekam einen geheimnisvollen Ausdruck.

»Treib dieses Bravourstück nicht bis zum Ende«, sagte er sanft. »Das wäre nicht die Stunde, noch der Ort dafür. Und verzeih mir, wenn ich in einem so albernen Ton zu dir rede. Was auch deine Bosheit von meinem Professorentum denken mag, ich bin vor allem Lehrer, ich bin wirklich Lehrer, diese Sprache ist mir natürlich geworden. Warum lachst du?«
»Weil ich Ihnen das nicht glaube, Herr Ouine.«
»Wie du magst. Ich weiß, daß du mir dichterische Gaben zuschreibst. Spielt keine Rolle, mein liebes Kind. Nun sind Tage um Tage dahingegangen, an denen ich deine Großherzigkeit, deine Höflichkeit und vielleicht noch mehr – sagen wir das Wort nur ruhig – deine Neugierde mißbraucht habe. Der Augenblick ist gekommen, mich dir gegenüber loszukaufen. Ich schulde dir ein Geheimnis.«
Herr Ouine seufzt, schließt die Augen, streckt seine in schwarzes Tuch gehüllten Beine auf dem Bett aus. Ohne Zweifel hat er diesen Satz schon seit langem vorbereitet. Aber fast sieht es auch so aus, als ob er ihm nun entschlüpft sei wie ein kostbarer Gegenstand aus einer zu zärtlichen, zu hingerissenen Hand. Die geschlossenen Augen, der schmale Mund, die aufeinander gepreßten Lippen zeichnen fast den gleichen spöttischen Zug in dies feierliche Gesicht, auf dem der Schläfenschatten jetzt lila, unheilvoll hervortritt.
Steeny leert und füllt sein Glas. Herr Ouine bleibt teilnahmslos.
»Ich pfeife auf Ihre Geheimnisse«, schreit der Junge wütig. »Ich weiß sehr gut, daß Sie sich über mich lustig machen. Sie sind so lebendig wie ein Wurf junger Katzen. Das sind dumme Witze! In sechs Monaten werden wir uns immer noch gegenübersitzen wie heute abend, mit dieser Flasche zwischen uns beiden, der leeren Flasche und dem ebenso leeren Geheimnis. Denn alle Geheimnisse sind leer.« Er marschiert in dem engen Zimmer auf und ab, bis sich ihm der Kopf dreht. Herrn Ouines Bett zieht ihn an und stößt ihn gleichzeitig ab, immer wieder stößt er sich daran. Ist auch dies Bett leer?
»Die Geheimnisse«, fährt er fort, »pah! Dumme Witze, sage ich Ihnen! Schaun Sie, Herr Ouine, da habe ich neulich eine Geschichte gelesen, die ist wirklich zum Kugeln.« [Er hat sie keineswegs gelesen, er erfindet sie im Erzählen.] »Seeleute –

keine echten Seeleute natürlich, Typen unserer Art – sehn eine Flasche im Kielwasser schwimmen und beschließen sofort, hinzugehn und sie aufzufischen. Können Sie sich das vorstellen? Der Kapitän droht, bettelt, weint, denn der Sturm tobt. Umsonst! Die braven Leute machen ein Boot flott, und er bleibt allein auf der Kommandobrücke und flucht wie ein Besessener. ›Wir kommen gleich wieder‹, sagen sie. ›Lohnt sich nicht, Kapitän, wegen einer solchen Kleinigkeit so zu brüllen.‹ Bis zum Abend haben sie zwischen ungeheueren Wellen vergebens versucht, an die verflixte Flasche heranzukommen. Dann kam endlich die Nacht. Aber auch das hat sie nicht weiter gestört: bei jedem durch zwei schwarze Wolken dringenden Mondstrahl sahn sie den Gegenstand einmal links, einmal rechts aufblinken, gerade eine Ruderlänge von ihnen entfernt. ›Es ist ein Blatt Papier darin‹, schrie der Schiffsjunge. ›Wetten?‹ Am frühen Morgen warf eine besonders große Welle die Flasche an Bord. Und... Ah! ich weiß, Sie denken, daß sie leer war. Stimmt's? Sie war zerbrochen, Herr Ouine, der Stoß hatte sie zersplittert. Niemand hat je erfahren, ob etwas darin war... Und das Schiff? Das Boot war mit Rückenwind davongesegelt. Sie haben den Kapitän und das Schiff nie wiedergesehn. Sie sind umgekommen. Das ist eine drollige und erstaunliche Geschichte. Da haben Sie, was die Geheimnisse sind, Herr Ouine. Es gibt keine Geheimnisse. Die Flasche ist immer leer, ah!«

Steeny spricht die letzten Worte mit Emphase wie ein gehetzter Schauspieler das Ende einer zu langen Tirade. Gewiß, er erwartete auf diese Belanglosigkeit keine Antwort, er redete, um zu reden, redete zu sich selbst, um sich am Klang seiner eigenen Stimme zu erfreuen, und tat das genauso mechanisch, wie er im Zimmer auf und ab hetzte, indem er plötzlich von krampfhaften Bewegungen zu der Starrheit eines Tieres überging, das vor seinem eigenen Schatten erschrickt. Doch die Antwort blieb nicht aus.

»Ich bin leer«, sagte Herr Ouine. »Auch ich.«

Diese Worte überraschten Steeny weniger als das ungeheuere Aufseufzen, das ihnen folgte. Es war, als ob sich die geräumige Brust des Sprachlehrers nicht nur von all ihrer Luft leere, aber von jeder Sorge, jeder Vorausahnung, jeder menschlichen Beunruhigung, sich so gründlich, so völlig

leere, daß Steeny das Gefühl hatte, diese ungeheuerliche Erleichterung sauge ihn ein; und er hielt den Atem an, wie er sein Leben festgehalten hätte.
Herrn Ouines Hand suchte im Schatten die seine.
»Junger Mann«, sagte er, »kann das sein? Ich sehe mich jetzt bis auf den Grund. Nichts behindert mehr meinen Blick, kein Hindernis mehr. Da ist nichts. Erinnere dich an dies Wort: nichts!«

Steeny hätte diese Stimme kaum erkannt, und wäre nicht die fette Hand gewesen, die sich jetzt weich in seine offene einpreßte, er hätte bestimmt zu träumen geglaubt. Denn Ouines Stimme schien durchaus nicht geschaffen, ein so schlichtes, ein so kindliches Gefühl auszudrücken, wie das des Staunens, eines sozusagen in reinem Zustand befindlichen, an seiner Quelle aufgefangenen Staunens, ohne jede Beimischung von Neugier oder Spottlust. Und Steeny selbst hatte nur sehr geringe Erfahrung mit einer solchen Seelenregung, der der Mensch einen glanzlosen Namen gegeben hat, wie allen Göttern, die er fürchtet. Vom Staunen, wie von der Angst, kennt die Mehrzahl der Menschen nur die schillernde, seidig geflammte Oberfläche, wie sie flüssigen Abgründen eignet. Das doppelte Geheimnis bleibt in der Erinnerung der ersten Kindheit begraben, der Kindheit, die mit Milch reichlicher überladen ist als ein Kranker mit Brom oder Morphium, der Kindheit ohne Wort und fast ohne Blick, übersehn von allen, unversehrbar – denn die Wiege ist minder tief als das Grab.
»Lassen Sie mich los, bitte! halten Sie mich nicht so! Es ist mir gräßlich, so festgehalten zu werden. Ich laufe nicht davon, das ist blödsinnig.«
»Ich habe Hunger«, sagt Ouine, doch diesmal mit einem dummen Staunen.
»Das ist kein Grund, mich so zu packen«, erwidert Steeny und zwingt sich, zu lachen. »Schaun Sie, Herr Ouine, Sie werden doch nicht essen können.«
Mit seiner freien Hand löst Steeny die dicken Finger, die sich um die seinen knoten, und zittert vor Erregung und Wut. Ein einziger Schritt – und er ist auf der andern Seite des Zimmers, aber sogleich wirbelt ihm der Kopf, er lehnt sich

in die Ecke, läßt seine mit Süßwein ganz verpichte Zunge immer wieder über die Lippen streichen. Pfui!
»Ich habe Hunger«, wiederholt Ouine. »Ich tobe vor Hunger, ich berste vor Hunger.«
»Machen Sie doch keine Geschichten, Herr Ouine! Man wird Sie mit Buttersemmeln vollstopfen, das ist alles, mit Buttersemmeln und Marmeladen, ja, ja! Sie alter Schauspieler!«
Bei dieser letzten Unverschämtheit senkt er unmerklich seine Stimme: gewiß hört ihn Herr Ouine nicht. Herr Ouine redet irr und wirr. Aber sein Reden hat nichts Erschreckendes, erinnert durchaus nicht an Todesnot.
»Nichts kann mich mehr vollstopfen«, fährt Ouine würdevoll fort. »Das wäre eine große Mühe, wenn man mich hätte füllen, wenn man mich hätte ausfüllen wollen, und diese Arbeit ist noch nicht einmal begonnen worden. Vergebens habe ich mich geöffnet, ausgeweitet, ich war nichts als eine Öffnung, ein Einatmen, ein Rachen, weit aufgerissen nach allen Richtungen, und das mit Körper und Seele. Unter so vielen Weiden, die sich mir darboten, im Futter vergraben wie ein Ochse, wie sorgsam habe ich mich befleißigt, die saftigsten, die nahrhaftesten unterscheiden zu lernen, alle, die bloß scheinbar armseligen, zuweilen freilich widerlichen und im allgemeinen von den Schwachköpfen verachteten Weideplätze. Ich habe mich nicht beeilt, ich schmeichelte mir, warten zu können, ich wog ruhig meinen Genuß ab und meinen Gewinn, indem ich genau den Zeitpunkt ihres vollen Saftstands berechnete, jene letzte Reife kurz vor dem Beginn der Verwesung, immer allein, um mit keinem teilen zu müssen, nicht meine Not, nicht meine Lust. Ach, was hätte ich denn zu teilen gehabt? Ich sehnte mich, statt meinen Hunger zu stillen, schwoll ich an vor Sehnsucht, ich verleibte mir nichts Wesentliches ein, weder Gutes noch Böses, und meine Seele ist nichts als ein windgefüllter Schlauch. Und jetzt, junger Mann, atmet sie nun auch mich, saugt sie mich völlig ein, ich fühle, wie ich in dieser gierigen Gurgel zerschmolzen werde und verschwinde, sie macht sogar meine Knochen zu Brei.«
»Pfui! Sie reden von Ihrer Seele, wie der Frosch von der Schlange reden könnte.«
»Dies Tier bezaubert mich in der Tat«, fuhr Ouine ungerührt fort. »Fühle ich seinen Hunger oder den meinen? Im Grunde

habe ich mir um meinen Hunger nie Sorgen gemacht, ich habe meinen Hunger genossen. Jetzt genießt mein Hunger mich. O mein Junge, wenn das hier nur ein Traum ist, dann ist es ein recht seltsamer Traum. Bist du imstande, mir zu helfen? Bist du nicht betrunken?«

»Wenn Sie so weiterreden, dann werde ich es gewiß. Wie kann es Ihnen Freude machen, über solche Dinge in einem so lächerlichen Ton zu sprechen? Und glauben Sie nicht, daß Sie mir Angst einjagen, Sie reizen mich nur, das ist alles, und gehn mir auf die Nerven, wie man so sagt.«

»Genug!« schrie Ouine plötzlich mit schriller Stimme. Er sprang fast mit Leichtigkeit auf. Seine mächtige Schulternbreite hob sich schwarz vom Dämmerlicht des Fensters ab und so dunkel, daß Steeny anfänglich meinte, der alte Mann kehre ihm den Rücken zu. Das geschwollene Gesicht mit den geschlossenen Lidern war übrigens genau so wässerig grau wie seine schweißgetränkten Haarsträhnen. »Ich will dich nicht erschrecken«, jammerte der sonderbare Sterbende. »Bleib einen Augenblick still, nur einen kleinen Augenblick, ich bitte dich darum wie um eine Gnade. Alles, was sich regt, entkommt mir jetzt sofort wieder, als ob es jäh von meiner Welt in die deine spränge. Ich weiß nicht, ob das Trägheit der Augen oder des Hirns ist. Vielleicht habe auch ich endgültig den Standpunkt meines Gleichgewichts gefunden, meinen Gleichgewichts- und Mittelpunkt?«

»Sie haben ihn eben recht deutlich verloren! Ach was! Wenn ich von einer Welt in die andere springe, so springen Sie sehr geschickt aus Ihren Kissen auf den Fußboden.«

»Ich kann meine Beine immer noch gebrauchen«, beteuert Ouine. »Sie kommen mir sogar recht unternehmungslustig vor.«

»Es wird nun Nacht«, sagt er nach einem langen Schweigen. »Wird es nun Nacht oder nicht? Geh, Schafskopf! Jedesmal, wenn man dich braucht, bist du berauscht. Was soll ich mit einem Berauschten anfangen?«

»Ich bin weniger berauscht als Sie«, schreit Steeny wütend und tritt einen Schritt vor.

»Hüte dich, mir zu nah zu kommen!« sagte Herr Ouine streng. »Ich will dir nichts Böses. Wozu brauchst du übrigens meine Geheimnisse?«

»Ich habe Sie nicht danach gefragt, nach Ihren Geheimnissen, aber ich fürchte mich auch nicht davor.«

»Dir Angst einflößen? Keinem Menschen könnten meine Geheimnisse Angst machen. Ihre Verwickeltheit erscheint mir nunmehr so leer und sinnlos wie die von Träumen. Sind es überhaupt Geheimnisse? Vielleicht habe ich mich ihrer einst geschämt. Ich möchte sie hassen, doch ich hasse sie nicht, und ich liebe sie nicht, ohne mein Wissen haben sie ganz langsam an Bösartigkeit eingebüßt. Sie gleichen jenen allzu alten Weinen ohne jeden Geschmack, die ganz blaßrosa geworden sind und, bevor sie verrotten, den Korken verzehren und sogar die Flaschenwände annagen. Ich habe das Böse in Gedanken getan, junger Mann, ich glaubte, mir auf diese Weise sein Wesen zu erpressen – ja, ich habe meine Seele mit den Dämpfen aus dem Glaskolben genährt, und nun ist sie toll geworden, in der Stunde, da ich nichts mehr für sie vermag, weder Gutes noch Böses. Ich habe ihr nicht einmal einen Gewissensbiß vorzuwerfen, um sie über ihren Hunger hinwegzutäuschen, doch, wo ich jetzt halte, fehlt mir die Zeit dazu, und ich brauchte nicht weniger als ein ganzes Leben, um einen Gewissensbiß zustande zu bringen. Sogar dies Wort hat seinen Sinn verloren, und da verwende ich es seit so vielen Jahren gewohnheitsmäßig wieder, ich kann diese Verdopplung meines Ichs nicht mehr fassen, dieses Sich-Verleugnen, diese wunderliche Zersetzung... Ein ganzes Leben, ein langes Leben, eine ganze Kindheit, eine neue Kindheit.«

»Pfui!« sagt Steeny, »Sie sollten sich schämen. Der Zustand der Kindheit gilt mir nicht mehr als der eines Ferkels.«

»Eine neue Kindheit, eine ganze Kindheit«, murmelte Ouine mit leiser Stimme und einem Ton ungeheuern Verlangens. Er sitzt am Rand des Bettes, seine Füße ruhn auf den Fersen, und seine langen Beine verlieren sich in den Falten der Hose. Die tiefe Neigung seines Kopfes hebt den flachen, unförmigen, blaurot gefleckten Nacken hervor. Während er so zusammengesunken dasitzt, in einer unbequemen Stellung, die seine Atemnot noch schmerzhafter macht, murrt und wimmert er ununterbrochen.

»Eine... ganze... Kindheit«, wiederholt er zwischen einem Aufkeuchen und dem andern, »eine vollständige Kind...-heit«, und dabei macht er mit seinen schweren, zögernden

Händen die Bewegungen des Streichelns oder des Knetens. Diesmal siegt in Steenys Herz das Mitleid über jene Art von wilder Neugierde, die ihn mehr als jedes andere Gefühl an diesen Zufallslehrer bindet. Er nähert sich ihm langsam, legt ihm seine frische Hand auf den Nacken. Seit seiner ersten Begegnung mit Ouine ist dies das erste Zeichen von Zuneigung, das er ihm je gegeben hat, oder das erstemal, daß er überhaupt versucht, ihm ein solches Zeichen zu geben.

Dieser Nacken war so hart und glatt wie eine sorgfältig geglättete Kugel aus Eichenholz, aber Steeny hatte keine Zeit, darüber zu staunen. Denn plötzlich lag er halb ausgestreckt auf dem Boden, etwa in der Höhe von Ouines Knien, und das Gesicht des alten Mannes berührte fast das seine. Dennoch spürte er weder dessen Wärme noch dessen Atem.

»Ich habe keine Geheimnisse«, sagt Ouine; »vielleicht habe ich früher über eine große Anzahl von Geheimnissen verfügt, vielleicht brauchte ich damals nur unter ihnen zu wählen. Ich habe keine Geheimnisse mehr, wenn ich überhaupt je welche gehabt habe. Gott spielt mir diesen Streich, junger Mann.«

Die breiten Schultern hüllen Steeny in ihren Schatten: sie haben die Form eines flachen Bogens, eines gewaltigen, genau berechneten, unerschütterlichen Gewölbes. Sie machen dem Knaben den Eindruck von fast erdrückender Dauer ohne Veränderung oder Ende, von Ewigkeit, von ewigem Gleichgewicht. Dennoch fühlt er keinerlei Furcht, sondern ein unbestimmtes, unbestimmbares Mitleid, eine Art von schmerzlicher Heiterkeit, wie sie auf die großen Krankheitskrisen folgt, wenn die erwartete Morgenröte der Genesung den Horizont noch nicht überschritten hat.

»Ich brauche ein Geheimnis, ich brauche aufs dringendste ein einziges Geheimnis, und wenn es das denkbar leichtfertigste wäre, oder auch abstoßender, abscheulicher als alle Teufel der Hölle. Ja, und wäre es nur so groß wie ein Schrotkorn – ich würde mich darum herumschließen und Gewicht und Bestand zurückgewinnen. Ein Geheimnis, versteh mich recht, mein Junge – ich meine etwas Verborgenes, das ein Bekenntnis wert ist, einen Austausch, irgendein Ding, das ich auf einen andern abladen könnte.«

»Und wozu, zum Teufel, wäre das nütze?«

Trotz ihrer spöttischen Form schien diese Frage Ouine nicht

zu kränken. Er dachte lange nach, bevor er antwortete. Seine Hand lag schwer auf der Schulter des Knaben, aber weniger schwer als sein Blick, der Steeny nun so nahe kam, daß er sich, um die Pupille zu erkennen, ein wenig zurückneigen mußte. Er sah nur das Aufleuchten, den Widerschein dieses Blicks, den unbestimmbaren und im übrigen widerspruchsvollen, den träumerischen und listigen Ausdruck darin.

»Das würde mich retten«, sagt er mit einer gleichgültigen Stimme, in der keineswegs der Wunsch lag, wirklich gerettet zu werden, sondern eher eine haßerfüllte Loslösung vom eigenen Geschick, eine eisige Gewißheit. »Das würde das Gleichgewicht zerstören, wenn dazu noch Zeit bleibt. Schon kann ich keinem Menschen mehr etwas schenken, ich weiß das, und wahrscheinlich kann ich auch nichts mehr empfangen. Aber irgend etwas kann von mir herabfallen, wie eine Frucht von einem Baum oder doch wenigstens – denn von Blumen oder Früchten ist nicht mehr die Rede – wie ein Stein von einem Felsen. Ein Stoß, ein Nasenstüber würde genügen. Der allerkleinste Kiesel.«

Über Steeny schwebt noch immer der stämmige, feste Bogen des Schulterschattens, und dieses Bild gibt Ouines letzten Worten etwas Unheilverkündendes.

»Und was denn? Versuchen Sie es! Ich finde es so einfach. Irgendein Geheimnis, nicht größer als ein Schrotkorn... Nun... Reden Sie im Ernst, Herr Ouine? Jedermann hat irgendwo sein Versteck, seinen winzigen Giftschrank. Etwas mit einem Schlüssel zum Zuschließen.«

»Stimmt, und zwar genau«, sagt Ouine [und seine andere freigebliebene Hand legt sich langsam auf Steenys Schulter], »aber dieser Schlüssel würde mir nichts mehr nützen. Die Tür steht weit offen, die Flaschen sind leer, die Gifte in die Luft verstreut, aufs äußerste verdünnt, unschädlich. Ich brauchte Jahrhunderte, um sie wieder zu konzentrieren, wenn ich etwas daraus machen wollte, was auch nur eine Maus töten könnte.«

»Wie können Sie noch an Gift denken? Gift! Genug! Ach, ich verstehe wohl, was Sie meinen. Alles ist Gift oder Nektar oder auch reines Wasser, je nachdem, an welchem Tage, in welcher Stunde man es trinkt, ob man traurig oder fröhlich ist – oder vielleicht nur, wer weiß? je nachdem, was auf der Flasche geschrieben steht.«

»Reines Wasser…«, wiederholt Ouine mit kaum hörbarer Stimme. »Nicht rein, nein, nein, ohne Geschmack, ohne Farbe, weder kühl noch warm, keine Kälte könnte es trüben, kein Feuer wäre damit zu löschen. Wer möchte mit mir von dem Wasser trinken? Es ist härter als der Stahl, schwerer als das Blei, nichts könnte es zersetzen. Es ist nicht rein, wenn ich das Wort genau nach seinem Sinn gebrauche, aber unberührt, unveränderlich, glatt wie ein diamantener Spiegel. Und auch mein Durst gleicht diesem Wasser, mein Durst und dies Wasser sind nur eines.«

»Das kommt daher, daß Sie selbst unberührt und unveränderlich sind«, sagt Steeny, ohne im übrigen seiner gedankenlos hingeworfenen Antwort irgendwelche Aufmerksamkeit zu schenken.

»Ich bin es.« [Und das letzte Wort verliert sich in einer Art von unverständlichem Grollen.] »Oh, mein Gott, ich habe geglaubt, Feile und Stichel zu handhaben, indessen ging ich mit einem so feinen Pinsel über dieses Zeug, daß er auch nicht ein Blütenstaubkorn zum Verschwinden hätte bringen können.«

Scheinbar hatte Ouines Stimme – zumindest, wenn sie deutlich zu hören war – von der Würde seines Lehrerberufs nichts verloren, aber ihr Ton war wunderlich zerbrochen und verursachte Steeny das gleiche peinliche Gefühl, wie es die Maske eines reifen Mannes auf dem Gesicht eines Kinder hervorrufen würde.

Und fast gegen seinen Willen hörte er, wie seine Stimme mit der seines Lehrers zusammenklang, so eng zusammen, daß beide nur noch eine einzige zu bilden schienen. So redeten sie im Schatten miteinander, zwei Gleichgestellte, wie zwei Landstreicher an der Wendung eines unbekannten Weges, in vollkommener Einsamkeit.

»Man kann nichts in sein eigenes Leben einritzen, das sind Dummheiten«, sagt Steeny, »man schreibt nur etwas in das Leben der andern ein, und wir wissen nicht, was wir da eingeschrieben haben. Wie sollten wir es auch wissen!«

»Habe ich nichts in das deine eingeschrieben?« fragt Ouine. »Langsam… langsam… eile dich nicht mit der Antwort!

Oder antworte lieber gar nicht, deine Antwort hätte für mich keinerlei Wert. Geschrieben haben, was bedeutet das schon? Es würde genügen, wenn ich ein Wort von dem ausgelöscht hätte, was da geschrieben steht, nur ein Wort, nur eine einzige Silbe dieser unbekannten Sprache. Ach, junger Mann, hätte ich ihn nur angeritzt, diesen Spiegel, es gelänge mir gewiß, mich so klein zu machen, ich glitte ganz und gar hinein in diese metallene Fuge.«

»Aber was fürchten Sie denn so sehr? Ist es der Tod?«

»Ich weiß nicht, was du darunter verstehst«, sagt der Sprachlehrer feierlich. »Diese Art von Zersetzung der Säfte, die man mit diesem Wort zu bezeichnen pflegt, hat bisher mein Interesse nicht sonderlich in Anspruch genommen; ich bin kein Chemiker. Kurz und gut, der Tod ist für mich stets der letzte Akt eines sittlichen Trauerspiels gewesen. Ich fürchte, dies Spiel verfehlt zu haben. Nie ist in mir Gutes, noch Böses gewesen, kein Widerspruch, die Gerechtigkeit kann mich nicht mehr erreichen. Ich bin unerreichbar, und das ist wahrscheinlich der wahre Sinn des Wortes: verloren sein. Nein, weder freigesprochen noch verurteilt, sondern verloren, in die Irre gegangen, ganz unerreichbar, gar nicht mehr in Betracht kommend.«

»Es gibt nicht nur die Gerechtigkeit«, sagt Steeny schlicht, »es gibt auch das Mitleid, die Vergebung. Und dann – vielleicht nichts, absolut nichts? Warum denn nicht?«

»Dummkopf!« grollt Ouine, aber in seiner Stimme lag weder Empörung noch Zorn. »Wenn da nichts wäre, dann wäre ich etwas, etwas Gutes oder Schlechtes. Ich bin es, der nichts ist.«

Dies Wort fiel buchstäblich von Ouines Lippen auf das junge Gesicht, das sich ihm zuwandte, als wolle es dies Wort empfangen, und wirklich, es empfing dies Wort. Steeny empfing es mehr mit seinem Antlitz, als daß er es mit seinen Ohren vernommen hätte, mit seinem Antlitz, seiner Stirn, seinen Augen, dies Wort netzte seine Schläfen und erfüllte plötzlich seine Brust wie mit einem Eisblock.

»Genug!« wollte er seufzen, aber der Stolz verschloß ihm noch den Mund, und er erbat Erbarmen nur von sich selbst.

»Die Neugier frißt mich auf«, fuhr Ouine fort. »Auch in diesem Augenblick unterwühlt und zernagt sie das wenige, was mir noch bleibt. So groß ist mein Hunger. Wie neugierig bin ich doch auf all diese Dinge gewesen! Aber ich hatte nur Hunger nach Seelen. Warum ›Hunger‹ sagen? Ich habe sie mit einem anderen Begehren begehrt, das nicht verdient, ›Hunger‹ genannt zu werden. Doch eine einzige von ihnen hätte mir genügt, die elendeste, wenn ich sie allein besessen hätte, in der tiefsten Einsamkeit. Ich wünschte mir nicht, meine Beute aus ihnen zu machen. Ich schaute zu, wie sie genossen und wie sie litten, genau wie Der, der sie geschaffen hat, sie hätte betrachten können. Ich schuf weder ihre Genüsse noch ihre Schmerzen. Ich war stolz darauf, ihnen nur einen unmerklichen Anstoß zu geben, wie man ein Bild ins Licht oder in den Schatten rückt. Ich fühlte mich als ihre Vorsehung, eine Vorsehung, fast ebenso unantastbar in ihren Absichten und ebenso unverdächtig und unbezweifelbar wie die andere, die richtige. Ich beglückwünschte mich, weil ich alt, häßlich, gichtbrüchig war, mir wurde warm beim Klang meiner eigenen Stimme, sorgsam steigerte ich ihren näselnden Fagotton, der geeignet war, den kleinen Kerlen Vertrauen einzuflößen. Mit welchem Jubel ging ich in jene bescheidenen Gewissen ein, die sich so wenig voneinander unterschieden, so gewöhnlich waren kleine, glanzlose Backsteinhäuser, die von der Gewohnheit, von Vorurteilen und Dummheit geschwärzt waren, wie die anderen vom Ruß der Städte, diese Siedlerreihenhäuschen im Kohlengrubengebiet. Ich richtete mich voll Würde darin ein, ich erfüllte sie mit meinem Wohlwollen, mit meiner taktvollen Fürsorge, sie lieferten mir mit einem Schlag mein Geheimnis aus, doch ich beeilte mich nicht, es mir zu nehmen. Ich umbrütete mit meinem Blick alles, was diese Art von Häusern in aller Unschuld dem Fremden, dem Vorübergehenden bieten – diese Häuser ohne Seele, diese namenlosen Seelen –, ihre lächerlichen Bequemlichkeiten, die gestickten Überdeckchen, die Lichtbilder an den Wänden, das Bord mit dem Mädchen aus Gips, die von Fliegenschissen geschwärzten Spiegel, geheimnisvolleren Spuren, als es die auf einem Waldweg sind, dem einzigen schmutzglänzigen Teppich, der Star im Käfig, ja, ich durchdrang mit dem Blick all die bescheidenen Festungen, in deren Schutz sich die Mittelmäßigkeit in aller Stille aufzehrt. Ich unterbrach nie, wenigstens

anscheinend nie, diese Art von Sichselbstaufsaugen, doch ohne daß sie es wußte, machte ich sie allmählich unmöglich. Die Sicherheit dieser Seelen lag in meinen Händen, und sie wußten es nicht, ich verbarg und enthüllte sie ihnen abwechselnd. Ich spielte auf dieser groben Sicherheit wie auf einem zarten Instrument, ich entlockte ihr einen besonderen Wohllaut von übermenschlicher Sanftheit, ich erlaubte mir diesen Zeitvertreib Gottes, denn das sind wirklich Gottes Vergnügungen, seine langen Mußestunden... So aber waren diese Seelen beschaffen. Ich hütete mich davor, sie zu verändern. Ich entdeckte ihnen ihr Ich, und zwar mit der gleichen Vorsicht, mit der der Entomologe die Flügel der Schmetterlingspuppe entfaltet. Ihr Schöpfer kannte sie nicht besser als ich, und selbst durch die Liebe kann man nichts so vollkommen besitzen, wie ich diese Seelen besaß durch mein unfehlbares Besitzergreifen, das den Patienten nicht verletzt, ihn unzerstört läßt und doch völlig in unserer Hand, eingefangen mit allen seinen zartesten Farbtönen, seinem Irisieren, dem ganzen bunten Schillern des Lebens. Das war es, was ich mit Néréis gemacht habe, diesem unseligen Kind. Das war es, was ich mit Wollwade tat in diesem alten Haus, das die Erinnerung an mich wird bewahren müssen, in dem jeder Stein durchtränkt ist mit meiner Lust. Ja, aus einem gewöhnlichen Teig habe ich eine Seifenblase gemacht – noch etwas Leichteres, weniger Fühlbares – und den dicken Fingern, die du da siehst, ist dies Wunder gelungen.«
»Was dann? Sie werden also nicht umsonst gelebt haben?«
»Tat ich wirklich, was ich da eben erzählte?« jammerte Ouine. »Wollte ich es überhaupt? Habe ich es geträumt? War ich vielleicht nichts anderes als ein Blick, ein offenes Auge, eine ohnmächtige Begierde?«
»Wollwade ist tot«, sagt Steeny.
»Sie ist ausgerissen: das ist das rechte Wort. Sie hat sich dorthin geschwungen, wo niemand sie erreichen kann, denn ›ausreißen‹ ist vielleicht nicht der rechte Ausdruck. Sie hat sich emporgeschwungen wie eine Flamme, wie ein Schrei.«
»Haben Sie sie geliebt?« fragt Steeny.
Wieder war der Satz gesagt, ehe er ganz in seinen Sinn eingedrungen war. Ouine schien ihn übrigens gar nicht zu hören. Er keuchte und wimmerte immer noch, aber in diesem Wim-

mern war kein klagender Ton. Eher lag darin ein tiefes, ununterbrochen wachsendes Staunen, wie es einer erlebt, wenn er die letzten Schritte auf dem Kamm eines Berges tut, der lange unbeweglich über ihm gestanden hat, und nun entdeckt er den unermeßlichen Raum und die sich so rasch ineinander verschlingenden Gesichtsfelder, daß sein Blick dem sich vervielfachenden Abrollen der schwindelerregenden Wellenlinien nicht mehr folgen kann. Und Steeny muß dabei auch an das Grunzen des gefräßigen Schwachsinnigen denken, den er eines Tages vor der Tür der Kreisirrenanstalt gesehn hat und dem Tränen und Speichel in den Eßnapf tropften.
»Sie wollen jetzt noch Ihre Geheimnisse haben?« sagt er, indem er die Worte auf gut Glück hinwirft. »Gut, da haben Sie nun Geheimnisse!«
»Ach was, Geheimnisse! Wenn es wirklich welche wären, würde ich mich nicht so leicht von ihnen befreien. Ich befreie mich nicht einmal von ihnen, sie fallen von mir ab, sie lösen sich von mir, sie scheinen mir niemals angehört zu haben. Sie fügen meinem Gewicht nichts hinzu, denn ich habe gar kein Gewicht mehr, und sie erleichtern mich nicht, und übrigens weiß ich gar nicht, ob ich überhaupt ein Gewicht habe. Mein Junge«, fährt er mit seinem gewohnten Nachdruck fort, »in meiner Universitätszeit wie auch später habe ich nicht einmal davon geträumt, das Sein der Seele zu leugnen, und selbst heute noch kann ich es nicht in Zweifel ziehn, aber ich habe jedes Gefühl von meiner eigenen Seele verloren. Es ist erst eine Stunde her, da empfand ich sie als eine Leere, ein Abwarten, eine innere Einatmung. Ohne Zweifel hat sie es nun fertig gebracht, mich zu verschlingen. Ich bin in sie hineingefallen, junger Mann, wie die Auserwählten in Gott hineinfallen. Niemand kümmert sich darum, um meiner Seele willen von mir Rechenschaft zu fordern, sie kann über mich keine Rechenschaft ablegen, denn sie kennt mich nicht, nicht einmal meinen Namen. Aus jedem andern Gefängnis könnte ich entrinnen, und wenn es nur durch die Sehnsucht wäre. Aber ich bin genau dorthin geraten, wo mich kein Gericht mehr erreichen kann. Ich kehre in mich selbst zurück und für immer, mein Kind.«
Zu Steenys Überraschung endete das hastige Keuchen Ouines in einem zuerst unterdrückten, dann aber freien und klaren

Lachen, wie er es nie zuvor aus diesem ernsten Munde gehört hatte. In demselben Augenblick überlastete ihn der Schatten der breiten Schultern nicht länger, und er sah sich wieder frei und aufrecht dastehn.
Ouine lachte in kurzen Stößen weiter. Sein Kopf war leicht auf die Rechte geneigt, das eine Auge geöffnet, das andere geschlossen, wodurch sein Gesicht einen sehr gewöhnlichen Ausdruck annahm. Eine große Träne leuchtete in einer Falte seiner Wange.
»Ich habe einen schweren Augenblick hinter mir«, sagte er mit einem tiefen Seufzer. »In sich selbst zurückzukehren, ist keine Spielerei, mein Junge. Es wäre für mich nicht mühevoller gewesen, in den Leib zurückzukehren, der mich geboren hat, ich habe mich wirklich umgedreht, die Kehrseite herausgekehrt, ich habe mich umgestülpt wie ein Handschuh.«
Das leise Geräusch seines Lachens erhob sich kaum noch über der Stille, es glich nun dem Glucksen des Wassers in der lehmigen Wagenspur, dem Plätschern des Regens auf Kieseln, irgendeinem unverständlichen Gemurmel der Dinge, es hatte keinerlei menschlichen Sinn mehr. Daß es aus diesem schweren Körper kam, der mit lächerlichen Lumpen bedeckt in der fahlen Weiße des zerwühlten Bettes lag, wunderte Steeny kaum noch. Und es steigerte sich auch nicht, es rann aus der Dunkelheit wie ein winziges trübes, ungreifbares, unversiegliches Rinnsal, es war ohne Anfang und ohne Ende.

»Nun? Ohne daß ich Ihnen was befehlen will, Herr Steeny, Sie könnten schon ein wenig Hand anlegen. Ich bin nicht stark genug, um ihn zu bewegen.«
[Woher kommt dieser Quellenton?... Es ist der Arzt, der sich in einer am Boden zwischen seinen Füßen stehenden Schüssel die Hände wäscht.]
»Wenn er vor zwei Stunden gestorben ist, dann stimmt es also, daß er hinübergegangen ist, als ich gerade hinunterging. Sehn Sie, Herr Doktor, das wundert mich. Ich hatte geglaubt, ihn frisch wie eine Knospe wiederzufinden.«
»Die Todeskämpfe alter Leute täuschen oft«, bemerkte der Arzt, und weil er kein Handtuch hatte, schwenkte er, um sie zu trocknen, die Hände über dem Kopf. »Im allgemeinen sterben Kinder leichter, Frau Marchal. Aber, junger Mann, es

hat keinen Sinn, das Herz abzutasten, Sie suchen es übrigens viel zu weit links. Über diese wie über andere Fragen ist die Wissenschaft und die Dichtung verschiedener Meinung.«

»Ich schwöre Ihnen, Herr Doktor, daß er und ich in dem Augenblick, da Sie die Tür öffneten, noch miteinander geredet haben.«

»Das erinnert mich an den Titel eines Romans von ehedazumal: Die Toten reden, oder so ähnlich. Was Sie betrifft, junger Mann, neige ich dazu, anzunehmen, daß sich die Lösung des Rätsels auf dem Grund dieser Portweinflasche findet.«

»Wenn Sie sich so fest gegen das Bett lehnen, werde ich das Leintuch nie glattziehn können«, polterte Frau Marchal wütend. »Ich will nicht sagen, daß ein Junge wie Sie hier am richtigen Ort ist, aber da Sie nun einmal da sind, könnten Sie Ihre Zeit mit etwas Nützlicherem verbringen als mit Portweintrinken, oder etwa nicht? Eine Frau meines Alters hat das Recht, frei herauszureden.«

Es war erstaunlich, ihr zuzuschauen, wie sie ihres Amtes als Leichenfrau waltete. Sie kam und ging im Licht der auf dem Boden stehenden Lampe, eine fast unbeschwerte Erscheinung in dem linkischen Hin- und Herschwanken ihrer Wollröcke. Es sieht aus, als ob sie ihre Last mit den Blicken ausmesse wie ein emsiges großes Insekt die seine, dann aber wirft sie plötzlich ihre kurzen Arme mit unfehlbarer Sicherheit nach vorn, und der Leichnam rollt widerstandslos von einer Seite des Betts zur andern gleich einem Boot in der Dünung. Vor Steenys erstaunten Blicken hat sie in einem Augenblick Herrn Ouine seine gewohnten Umhüllungen ausgezogen, und er ist wie von selbst in ein altmodisches, großzipfeliges Nachthemd hineingeglitten, dessen Kragen mit roten Blümchen bestickt ist. Darauf hat Frau Marchal das Leintuch gefaltet, genau wie man einen Briefumschlag schließt, und nun scheint das Gesicht des alten Sprachlehrers ganz, ganz langsam zu versinken, doch nicht in der Grube des Kopfkissens, sondern in einem unsichtbaren Stoff, der ihn jäh erfaßt hat, in den er sich plötzlich geprägt hat wie ein Siegel in Wachs: seinem geistigen Bilde völlig gleich, von einer wunderbaren Ähnlichkeit, so daß nicht die kleinste Falte, der kleinste Hautflecken, kein Haar auf dem Kopfe fehlt. Und dennoch ist dies Gesicht so völlig anders als jenes andere, das redete, lachte, sogar im Traum erschauderte unter jenem Auf-und-Nieder der weder tags noch nachts ruhenden Gedanken und vor diesen Gedanken erschauderte wie Espenlaub im Wind. Diese unbewegte Masse aber nimmt langsam Lehmfarbe an, scheint in der Luft hart zu werden, so daß selbst die Helligkeit der Lampe die Umrißlinien nicht in ihrem Licht aufzulösen vermag. Nur die Nase, die die Augenhöhlen, das Zusammenfallen der Gesichtsmuskeln maßlos verlängert, bleibt voll von einem nunmehr sinn- und zwecklosen Leben und sieht aus wie ein kleines schädliches Tier.

NACHWORT

Die vorliegende neue Ausgabe des Romans »Die tote Gemeinde« von Georges Bernanos wurde notwendig, weil eine neue französische erschienen ist. Diese trägt den Untertitel: »Erste, vollständige, der Handschrift entsprechende und zahlreiche bisher unveröffentlichte Blätter enthaltende Ausgabe.« Die unveröffentlichten Blätter sind eine Seite aus dem Abschnitt mit der Schilderung der Predigt des Pfarrers von Fenouille (Seite 165 unserer Übersetzung) und die ersten acht Seiten des letzten Kapitels (Seiten 239 bis 245 unserer Übersetzung). Außerdem weicht die neue Ausgabe an rund fünfhundert Stellen von der bisherigen ab, bringt größere und kleinere Ergänzungen, einzelne Kürzungen, vielfache Verbesserungen von durch Abschreiben oder in den Setzereien entstandenen Fehlern. Den neuen Text besorgte Albert Béguin. Er hat ihn durch ein ausführliches Nachwort ergänzt. Darin handelt er von der verwickelten Entstehungsgeschichte des Romans und erzählt, wie er der unveröffentlichten Blätter habhaft wurde. Was mein Nachwort an solchen Mitteilungen enthält, entnahm ich dem Béguins. Der um das Werk von Bernanos verdiente Schriftsteller ist 1957 gestorben.

Zu Beginn des Jahres 1931 unterbrach sich Georges Bernanos in der Arbeit an einem andern Roman, um »Die tote Gemeinde« zu schreiben; denn das war auch im Französischen der Titel des Buchs, bevor es »Monsieur Ouine« hieß. Aus jenem damals liegengelassenen Roman wurden später »Ein Verbrechen« und »Ein böser Traum«. Bernanos lebte, als er »Monsieur Ouine« begann, in dem südfranzösischen Ort La Bayorre. Dort schrieb er wahrscheinlich die ersten acht Kapitel des Buchs nieder (bis Seite 116 unserer Übersetzung). »Die Leute«, berichtet Béguin, »mit denen er zu jener Zeit von seinem Roman sprach, erinnern sich daran, daß er ihn als eine Satire auf André Gide darstellte, den Mann, der gleichzeitig Ja und Nein, oui und non sagt« (also: Ouine). »Von dieser ersten Absicht blieb in dem verwirklichten Werk so gut wie nichts zurück. Es wird darin mehr als deutlich, daß die Gestalt des Ouine alles rein inneren Quellen verdankt.« Dann scheint Bernanos die Arbeit für geraume Zeit unterbrochen zu haben.

Doch ist zu Beginn des Jahres 1933 in Briefen wieder die Rede von ihr. Er quält sich damit wie wohl mit keiner andern zuvor, nennt das Buch »den Misthaufen Hiobs«. Im Juli las er seinem Freund Robert Vallery-Radot die fertigen Kapitel vor. Kurz danach, am 21. Juli, erlitt er einen schweren Motorradunfall. Die Folgen waren qualvolle körperliche Schmerzen. Trotzdem nahm er die Arbeit wieder auf. Weil er in arger Geldnot war, schlug er dem Verlag Plon vor, ihm die Handschrift blattweise zu bezahlen, eine bestimmte Summe für jede abgelieferte Seite. Nach langem Zögern willigte Plon ein. Damals lagen vom »Monsieur Ouine« etwa hundertfünfzig mit der Maschine geschriebene Blätter vor. Bernanos rechnete bis zum Ende des Werks mit etwa hundert weiteren Seiten. Aber er verrechnete sich sehr. Den ganzen Winter 1933–34 arbeitete er dann an dem Roman und litt wieder schwer darunter. »Mein Buch ekelt mich an«, schrieb er. Oder: »Mein Roman ist ein finsteres Pissoir. Ich fange an, dies traurige Pissen gegen die immer gleiche Wand satt zu haben. Werde ich je damit fertig werden?« Sehr kränkte ihn, daß ihm der Verleger seine Handschrift zurückschickte, und er am Rand mit Bleistift geschriebene, freche Bemerkungen irgendeines Lektors fand. »Vergessen Sie nicht«, schrieb er an Plon, »daß man einen Künstler tötet, wenn man das stets höchst mißtrauische Vertrauen zerstört, das er in sich und sein Werk hat. Wozu auch?«

Anläßlich einer Reise nach Paris und bei einem Essen mit einem der Angestellten des Verlages Plon kommt Bernanos auf den Gedanken, einen Verbrechensroman zu schreiben, um seiner Geldnot Herr zu werden. Nach La Bayorre zurückgekehrt, schreibt er in weniger als zwei Monaten über zweihundert Seiten dieses Buchs. Dabei bedient er sich der 1930 dem »Monsieur Ouine« zuliebe unterbrochenen Handschrift. Doch fertig wird er damit noch nicht. Bald danach verwirklicht er seinen alten Traum, sich »aus dem Staub zu machen«, und übersiedelt auf die Balearen. Langsam, doch stetig hat er in dieser Zeit auch am »Monsieur Ouine« weitergearbeitet. Auf Grund der verschiedenen von Bernanos in La Bayorre und in Palma de Mallorca verwendeten Tinten konnte Béguin feststellen, daß, als Bernanos Frankreich verließ, fünfzehn Kapitel abgeschrieben waren (also bis Seite 201 unserer Übersetzung), außerdem das sechzehnte im Entwurf vorlag.

Bernanos erklärte damals, es handele sich nun um einen »im Grunde abgeschlossenen Roman«, irrte aber wieder. Vor allem hinderten ihn jetzt politische Ereignisse an weiterer Arbeit: der ihn so tief erregende Spanische Bürgerkrieg, dann der Zweite Weltkrieg. Sechs Jahre sollten noch bis zur Vollendung des Werkes vergehn. Doch wahrscheinlich hemmten nicht nur diese äußeren Umstände. Je näher nämlich Bernanos der von Anfang an geplanten Schilderung von Herrn Ouines furchtbarer Sterbestunde kam, um so heftiger »lähmte ihn«, wie Béguin schreibt, »die Furcht vor einem solchen Niedertauchen in die Finsternisse«. Auf den Balearen vollendete er zunächst »Ein Verbrechen«, dann »Ein böser Traum«. An »Monsieur Ouine« hat er erst gegen Ende 1934 wieder gearbeitet. Zwei Briefe aus jener Zeit zeigen uns, wie wichtig ihm dieses Werk blieb. So schrieb er an Maurice Bourdel: »Was Monsieur Ouine anbelangt, dies zu einer Zeit begonnene und vollendete Buch, zu einer Zeit, die ich als einen andern Abschnitt meines Lebens zu sehn beginne, bitte ich Sie im Interesse aller, mich nicht zu bedrängen. Ich arbeite täglich eine Stunde daran. Es gibt da eine sehr heikle Frage, in der ich Sie bitte, mir das Urteil allein zu überlassen.« (Welche Frage? Wir wissen es nicht.) Und etwas später an Vallery-Radot: »Ich behalte es mir unbedingt vor, Monsieur Ouine mit den Abänderungen zu vollenden, die ich für nötig halte, um, soweit das möglich ist, den von einigen armseligen Kerlen ausgesprochenen Vorwurf, das Buch sei dunkel, aus dem Wege zu gehn. Monsieur Ouine ist das Beste, das Vollständigste, was ich gemacht habe. Es ist mir gleichgültig, wenn man mich zur Zwangsarbeit verurteilt, aber man lasse mich dies Büchlein in Frieden austräumen.« Doch dann unterbricht er von sich aus wieder die Arbeit am »Monsieur Ouine« und schreibt von Ende Dezember 1934 bis zum Februar 1936 in ununterbrochener freudiger Tätigkeit das »Tagebuch eines Landpfarrers«. Aber »Monsieur Ouine« bleibt unvergessen. Er nennt das Buch »meinen großen Roman vom Herrn Ouine«, »die größte Bemühung meines ganzen Schriftstellerlebens«. Am 10. Mai 1935 hält er ihn wieder einmal für »praktisch abgeschlossen«. Aber immer wieder leidet er furchtbar unter diesem Werk und schreibt an den Verleger: »Ich bin zur Zeit grauenhaft müde. Ich denke, nach der Vollendung und Veröffentlichung von Monsieur

Ouine... keine Blumenspenden und vor allem keine Grabreden!« Dann schickt er einige neue Blätter des Romans nach Paris und schreibt gleichzeitig an eine Freundin: »Ich bin vergrippt, huste, speie, geifere mit gelb unterlaufenen Augen, borstigem Haar, und mein Unterkiefer ist drauf und dran, mir auf die Knie zu fallen. Ein fürchterlicher Anblick! Aber ich bin trotzdem aufgestanden, um meine Blätter abzuschreiben. Denn kaum hatte ich die letzte Seite des ›Tagebuchs‹ geschrieben, habe ich mich wieder an den so lange vernachlässigten ›Monsieur Ouine‹ machen müssen. Das ist hart!«

Als Bernanos infolge des Spanischen Bürgerkrieges die Balearen im Juni 1937 verließ, fehlte diesem »großen Roman vom Herrn Ouine« noch das Schlußkapitel. Während der auf Mallorca verlebten Jahre hatte er nur achtzig Seiten geschrieben, nämlich das sechzehnte bis achtzehnte Kapitel (Seite 202 bis 238 unserer Ausgabe). Er blieb nun etwa ein Jahr in Frankreich, schrieb und veröffentlichte »Die großen Friedhöfe unter dem Mond«. Dann wanderte er nach Südamerika aus. In seinem Gepäck nahm er eine schlechte Maschinenabschrift des »Monsieur Ouine« mit, während die Urschrift beim Verlag blieb.

Nach einem kurzen Aufenthalt in Paraguay ließ er sich in Brasilien nieder. Dies herrliche Land und seine Bewohner wurden ihm sehr lieb. Auch dort arbeitete er zunächst nicht am »Monsieur Ouine«, sondern an seinen politischen Schriften, zu denen ihn die Ereignisse drängten. Erst im Februar 1940 nahm er die Arbeit wieder auf. Er scheint sie am 10. Mai vollendet zu haben, denn an diesem Tage schrieb er an Charles Orfaire: »Sie finden in diesem Paket dreiunddreißig handgeschriebene Blätter. Das ist das letzte Kapitel meines Romans ›Monsieur Ouine‹, begonnen 1931, seitdem alljährlich und getreulich vom Hause Plon vorangekündigt, doch erst heute vollendet.« Orfaire sollte Bernanos' brasilianischer Verleger werden. Aber zunächst wollte dieser von einer Veröffentlichung nichts wissen. Eine Abschrift des Schlußkapitels ging übrigens auch an Plon, erreichte trotz der schwierigen Zeitumstände Paris, wurde im Verlagsarchiv abgelegt. Inzwischen ließ Orfaire eine vollständige Maschinenabschrift des Manuskripts herstellen, wobei man sich für das Schlußkapitel einer in drei Schulheften enthaltenen ersten Handabschrift bediente. Schließlich im September 1943 gestattete Bernanos

das Erscheinen des »Monsieur Ouine« in Orfaires Verlag Atlantica Editora.
Aber diese Ausgabe war höchst unvollkommen, wimmelte, wie wir heute wissen, von Fehlern. Bernanos, von anderer Arbeit beansprucht, vor allem von politischen Beiträgen für die Zeitungen und den Rundfunk, weil er an den politischen Ereignissen leidenschaftlich Anteil nahm, las die Druckfahnen nur flüchtig, übersah eine Menge von Abschreib- und Satzfehlern, und wenn sich der Verleger über gewisse Lücken und Dunkelheiten beunruhigte, antwortete ihm der Schriftsteller: »Schreiben Sie hin, was Sie mögen!« So bemerkte er nicht, daß bei der Abschrift eine ganze Seite übersprungen worden, daß ein ganzes Heft der Abschrift überhaupt verschwunden war. Als dann Plon 1946 nach Frankreichs Befreiung den Roman in Paris herausgab, ging man beim Neudruck von der brasilianischen Ausgabe aus und nicht von der Handschrift im Verlagsarchiv; sie war während der Kriegszeit auf dem Land in Sicherheit gebracht worden. Auch diesmal warf Bernanos kaum einen Blick auf die Druckproben. Niemand bemerkte das Fehlen der ersten Seiten des Schlußkapitels, also »eines der Schlüssel zu dem ganzen Roman«, wie Béguin sagt.
Erst Jahre später gelang es Béguin, den vollständigen und von vielen Irrtümern gereinigten Text des Romans so wiederherzustellen, wie ihn unsere Ausgabe der »Toten Gemeinde« nun auch deutschen Lesern darbietet. Dabei halfen ihm zwei brasilianische Freunde von Bernanos. Béguin selbst hat über dies erregende literarische Abenteuer das Folgende berichtet:
»Zu Beginn des Jahres 1951 brachte mir Herr Prassinos, dem wir bereits die wichtigste Handschrift zu ›Ein böser Traum‹ verdanken und der, zuerst auf Mallorca, dann in Rio Bernanos' höchst getreuer Gefährte gewesen war, einige Hefte aus Brasilien, die er aufbewahrt hatte und die ich zuerst etwas zu flüchtig untersuchte. Eines von ihnen enthielt von Bernanos' Hand die Reinschrift der letzten Seiten des ›Monsieur Ouine‹. Ich verschob einen Vergleich mit dem gedruckten Text auf später. Doch einige Monate danach betrat Pedro Octavio Carneiro de Cunha, der das einst von Bernanos bewohnte Gut Croix-des-Ames gekauft hatte, meine Kanzlei, beladen mit einem Haufen von brasilianischen Schulheften mit buntbebilderten Umschlägen, die er in dem Haus von Barbacena

herumliegend gefunden hatte. Als ich diese kostbaren Handschriften durchsuchte, fand ich zwei Hefte, die genau den mir von Herrn Prassinos übergebenen glichen: das eine enthielt die Reinschrift der Seiten, die unmittelbar denen des schon in meinem Besitz befindlichen Heftes vorangehn, das andere zeigte eine stark durchgestrichene und umgeschriebene Fassung des gleichen Abschnitts, begann aber mit fünfzehn Seiten, die mir nach einer ersten flüchtigen und mühevollen Entzifferung als gänzlich unveröffentlicht erschienen. Da nun die Stelle, an der der unbekannte und der gedruckte Text zusammenstießen, am Rande dieser ersten Niederschrift mit einem Zeichen bezeichnet war und da diese Stelle genau mit dem Beginn der Reinschrift übereinstimmte, sprang es in die Augen, daß das den in meiner Hand befindlichen Reinschriftheften vorangehende Heft verlorengegangen war. Da aber die beiden andern auf dem Umschlag von Bernanos mit Bleistift als Nummer 1 und 2 bezeichnet waren, schien es klar, daß das Heft verloren worden war, ehe Orfaire die Handschrift für die Veröffentlichung erhalten hatte. Als Bernanos feststellte, daß dieser Kapitelanfang abhanden gekommen war, hatte er vermutlich darauf verzichtet, eine während so vieler Jahre verschobene, vor drei Jahren mühevoll beendete schöpferische Arbeit wieder aufzunehmen. Was konnte man schon tun, wenn das letzte Gespräch zwischen Ouine und dem kleinen Philipp etwas abgerissen begann? Verstehen würde mans schon. Und es müßte schon ein rechter Kleinigkeitskrämer kommen, um zu bemerken, daß der Knabe betrunken war, nachdem er nur Eingemachtes verspeist hatte! Der neue Text mit dem außerordentlichen Mythos von der leeren Flasche, die so treffend die tote Seele Ouines versinnbildlicht, schien mir für den Aufbau des ganzen Buchs so wichtig, daß ich nicht glauben konnte, Bernanos habe sie bewußt ausgeschieden. Aber wie konnte man es wagen, diese Seiten in zukünftige Ausgaben einzufügen, wenn man nicht den Beweis dafür besaß, daß es sich hier um einen Zufall handelte? Nachforschungen, die Maurice Bourdel in seinen Archiven unternahm, bestätigten mir, daß die Pariser Ausgabe auf Grund der von Rio gedruckt worden war. Dann tauchte die Handschrift bei Plon auf und brachte mir die gesuchte Gewißheit: das Schlußkapitel war vollständig und enthielt auch den Text, von dem ich nur den Entwurf hatte, und mit diesem Text begannen die dreiunddreißig Blätter, die im Mai 1940 von Rio an das Verlagshaus Plon geschickt worden waren.«

Als »Monsieur Ouine« in Brasilien erschien, erlebte Bernanos große Freude an den Besprechungen seines Buches in den Zeitungen und Zeitschriften des Landes. Die französischen Kritiker zeigten sich, als sie den Roman in die Hände bekamen, recht zweifelsüchtig, nannten ihn undurchsichtig, ja dunkel. Als ich ihn vor Jahren übersetzte, hatte ich manchmal mit solchen Dunkelheiten zu kämpfen. Nun habe ich die Freude erlebt, diese Dunkelheiten durch die wieder aufgefundenen Blätter vielfach aufgehellt zu sehn. Gewiß wird auch mancher Leser der »Toten Gemeinde« das Buch in der neuen Ausgabe nicht mehr ganz so dunkel finden, als er es bisher fand, darum gewiß nicht weniger bedeutend. »Die tote Gemeinde« ist, wie der Brasilianer Jorge de Lima schrieb, un livre onirique, ein Traumbuch. Diese Kennzeichnung hat Bernanos selbst in einem Brief an de Lima »meisterhaft« genannt. »Sehr wünschte ich mir freilich«, so schrieb er in diesem Brief, »daß nicht irgendein hergelaufener Kritiker mein Buch als surrealistisch bezeichne. Nichts ist wirklicher, nichts ist objektiver als ein Traum. Aber es gibt viele engstirnige Leute, die keine andern Wirklichkeiten kennen als die eines Zola. Versteht man denn nicht, daß die logischen Dinge traumhaft werden können, logischerweise unter Hypnose geraten? Und gibt es etwas Bewußteres als den künstlerischen Rausch?« Was Bernanos mit diesen Sätzen meint – und mit ihnen kennzeichnete er eigentlich sein ganzes Schaffen –, zeigen besonders deutlich die nun wiedergefundenen ersten Seiten des letzten Kapitels der »Toten Gemeinde«.

Die Neue Arche Bücherei
Ein Forum für literarische Kleintexte

1 **Pablo Picasso** *Wie man Wünsche beim Schwanz packt*
Ein Drama. Übertragen von Paul Celan
2 **Gottfried Benn** *Statische Gedichte*
Mit einer Druckgeschichte und unveröffentlichten Benn-Briefen hg. von Paul Raabe
3 **Werner Bergengruen** *Die drei Falken*
Eine Novelle. Mit dem Vortrag: Novelle und Gegenwart
4 **Otto F. Walter und Silja Walter** *Eine Insel finden*
Gespräch. Moderiert von Philippe Dätwyler
5 **Manfred Hausmann** *Da wußte ich, daß es Frühling war*
Eskimolieder. Gesammelt von Knud Rasmussen
6 **William Goyen** *Nester in einem Steinbild*
Erzählung & Gespräch
7 **Peter Bichsel** *Des Schweizers Schweiz*
Aufsätze. Mit Fotos von Henri Cartier-Bresson
8 **Kurt Schwitters** *Tran Nr. 30. Auguste Bolte*
(Ein Lebertran)
9 **Winfried Wolf** *Geschichten aus Hotterloch*
10 **Otto Höschle** *Die Lunte brennt*
Gedichte am Abgrund
11 **Albert Camus** *Heimkehr nach Tipasa*
Mittelmeer-Essays
12 **Samuel Beckett** *Marcel Proust*
Essay
13 **Walter Mehring** *Kleines Lumpenbrevier*
Verse und Chansons. Mit unveröffentlichten Mehring-Briefen hg. von Christoph Buchwald
14 **Natalia Ginzburg** *Valentino*
Erzählung. Aus dem Italienischen von Maja Pflug
15 **Silja Walter** *Die Feuertaube*
Neue Gedichte. Für meinen Bruder

Arche Verlag, Zürich

Louis Aragon

Louis Aragon wurde 1897 in Paris geboren. Er war bis 1932 einer der Hauptvertreter des französischen Surrealismus; er war während des Zweiten Weltkriegs als Lyriker eine der wichtigsten Gestalten des literarischen Widerstands und trug auch nach dem Krieg durch zahlreiche Romane, ein reiches lyrisches Werk sowie durch seine Tätigkeit als Herausgeber der Kulturzeitschrift ›Les Lettres Françaises‹ entscheidend zur Prägung der französischen Gegenwartsliteratur bei. Aragon starb 1982 in Neuilly bei Paris.

Die Abenteuer des Telemach
Erzählung
Band 5879

Die Glocken von Basel
Roman
Band 5903

Die Viertel der Reichen
Roman
Band 5904

Das Wahr-Lügen
Erzählungen
Band 5831

Fischer Taschenbuch Verlag

fi 495/1

Michel Tournier

Freitag oder im Schoße des Pazifik
Band 5746
›Es gibt großartige Passagen in diesem Roman, die ebenso lebendig wie phantasievoll und poetisch sind ... Sie bilden einen Kontrast zu anderen Passagen, in denen wir einen Schriftsteller entdecken, der ein leidenschaftliches Interesse für Philosophie, Geistes- und Naturwissenschaften und Technik beweist. Man ist entzückt vom Reichtum seiner Sprache.‹ *›Le Monde‹*

Der Wind Paraklet
Ein autobiographischer Versuch
Band 5313
Phantasievoll und eigenwillig beschreibt Tournier sein Leben, seine Arbeit und die Welt drumherum. Ein intellektuelles Lesevergnügen.

Der Erlkönig
Band 5793
›Der Roman gehört zu jenen Werken, die mit ihrem Ende nicht zu Ende sind, die weiterwirken, weil sie die Leser irritieren und bestürzen – Literatur, die über sich hinausweist.‹ *Bremer Nachrichten*

Zwillingssterne
Band 5792
Ein durch und durch hinreißend verrücktes Buch, das, nebenbei, vorzüglich übersetzt ist. Es ist ein sinnliches, ein erotisches Buch. Es handelt von Mythen, Urmythen, das alles aber in einer ganz modernen Welt.

Die Familie Adam
Band 5859

Kaspar, Melchior & Balthasar
Band 5947

Fischer Taschenbuch Verlag

fi 351/3

Louis Guilloux

Louis Guilloux wurde 1899 als Sohn eines Schuhmachers in der Bretagne geboren und starb 1980 in seinem Geburtsort Saint-Brieuc bei Finistère, wo er meist auch gelebt hat. Für sein umfangreiches Gesamtwerk, dessen erstrangige Bedeutung in der französischen Literatur des 20. Jahrhunderts immer stärker hervortritt, erhielt Guilloux 1964 den französischen Nationalpreis der Literatur und 1978 den Großen Literaturpreis von Nizza.

Coco Perdu
oder Der unerwartete Abschied
Erzählung. Band 5245

Guilloux erzählt von einem einfachen Rentner, der den Lebensabend mit seiner offenbar viel jüngeren Frau in einer kleinen Stadt verbringt. Eines Tages will seine Frau für unbestimmte Zeit nach Paris, und Coco bleibt allein zurück, etwas hilflos, um die Sicherheit seiner Alltagsgewohnheiten gebracht. Er wartet auf einen Anruf oder auf eine briefliche Nachricht, doch der Brief kommt nicht. Coco stellt fest, daß seine Frau ihr ganzes Erspartes mitgenommen hat und ihn folglich wohl für immer verlassen hat...

Die Tragik, auf die diese Erzählung hinausläuft... Guilloux dämpft sie auf das Maß des einfachen Helden zurück, der weder zerreißende Verzweiflung noch heroischen Kampf kennt... unsentimental, ohne Pathos und mit den einfachsten Mitteln.«

Frankfurter Allgemeine Zeitung

Das Volkshaus
Roman. Band 5326

Ein »zärtlicher Realist« ist Louis Guilloux in der Frankfurter Allgemeinen Zeitung genannt worden; seine »tiefe humane Anteilnahme« zeigt sich auch in diesem Roman, der zu den bedeutendsten Werken der Weltliteratur über das Leben der arbeitenden Bevölkerung gehört.

Fischer Taschenbuch Verlag

fi 160/1

Jean Giono

Das Lied der Welt

Roman. Band 5315

»Ich wollte ein Buch schaffen mit unberührten Bergen, mit einem unberührten Fluß, mit einem Land, mit Wäldern, mit Schnee und Menschen, die unberührt sind. Es gibt sie alle... Sie leben ihr Abenteuerleben. Sie allein kennen die Freuden der Welt und ihre Traurigkeit. Und das ist gerecht.«
Jean Giono

Der Berg der Stummen

Roman. Band 5393

Landschaft und Menschen der Provence verbinden sich in dieser vielleicht schönsten und poetischsten Liebesgeschichte von Jean Giono mit dem heidnischen Lebensgefühl der antiken Mythologie.

Vom wahren Reichtum

Roman. Band 5974

In seinem programmatischen und poetischen Buch ›Vom wahren Reichtum‹ (1937), das zu den wichtigsten Werken alternativer Literatur im 20. Jahrhundert gehört, zeigt Giono sich als erbitterter Gegner der Zivilisation des Geldes, der entmenschten Riesenstädte, des erbärmlichen entfremdeten Lebens in der Maschinengesellschaft.

Fischer Taschenbuch Verlag

fi 166/3

Raymond Queneau

Der Flug des Ikarus
Roman. Band 5977
Lange bevor Woody Allen seine Darsteller von der Leinwand herabsteigen und die Grenze zwischen Fiktion und Realität überwinden ließ, erfand Queneau Ikarus, der sich aus den Seiten eines unvollendeten Romanmanuskripts entfernt und nach einem erst wenige Seiten langen Leben erste Erfahrungen mit der Realität sammelt, während sein Schöpfer, der Schriftsteller Hubert Lubert, einen Detektiv beauftragt, Ikarus zu suchen.

Das intime Tagebuch der Sally Mara
Roman. Band 5832
»... Die irische Göre Sally Mara – eine ältere Schwester der Zazie – kennt weder Furcht noch Respekt. Sie untersucht Männer und Liebe so sachlich wie der Monteur ein noch unbekanntes Getriebe.«
Der Spiegel

Man ist immer zu gut zu den Frauen
Roman. Band 5833
In dieser Geschichte vom Dubliner Osteraufstand von 1916 entlarvt Raymond Queneau in Dialogen von verblüffender Komik die falschen Parolen von Helden- und Mannestum.

Odile
Roman. Band 5878
»Surrealismus, Mathematik und Liebe verbinden sich in diesem Buch zu einer der schlichtesten Apotheosen des Lebens, die man sich denken kann: Kritik am Irrationalen, Zweifel am Rationalismus, Bekenntnis zum Herzen.«
Mannheimer Morgen